괄호 속의 시간

괄호 속의 시간

이 강 숙 소설집

현대문학

차례

반쯤 죽은 남자 · 7

땅은 아무것도 모른다 · 39

전화기가 운다 · 67

일회용 면도기 · 99

아저씨, 그럼 안녕 · 129

너는 너대로, 나는 나대로 · 159

괄호 속의 시간 · 189

건널목에서 · 215

이름과 이름 사이 · 247

민들레 꽃씨 · 279

플랫폼에서 놓친 여자 · 309

어항과 호수 그리고 바다 · 341

아까운 꽃 · 377

열리는 문 · 417

시 빠진 소설 · 447

추천사 | 이문열 · 507

해설 | 유 준 · 511

작가의 말 · 524

반쯤 죽은남자

나미학은 자기가 울 때 따라서 우는 얼굴이 비치는 거울을 그린다. 미학은 이 세상 어디엔가 있을 그 거울을 찾기 위해 하루를 살고 그 하루를 연장시키기 위해서 세상 곳곳을 헤맨다. 거울을 찾지 못한 미학은 헤매다 지친 몸으로 슈베르트의 〈겨울 나그네〉를 대신 그리며 혼자 운다.

고등학교 졸업을 할 때까지 계속 혼자만 울었다. 헤맬 만큼 헤맨 시골에서는 더 이상 버틸 수가 없었다. 〈겨울 나그네〉 때문에 울게 되는 이유도 알고 싶다. '헤맴'과 '알고 싶음'으로 호흡하면서 사는 미학은 서울에 있는 음악대학으로 진학하기로 결심을 한다. 홀어머니의 반대가 일을 어렵게 만들겠지만 음대 합격이 미학에겐 더 문제였다. 고3이 되자 미학에겐 대입 준비로 시간이 없다. 노래는 초등학교 때부터 불렀고, 피아노는 중2 때부터 배웠다고 하지만 청음과 시창 그리고 화성법 등이 문제였다. 가르쳐 줄 사람이 시골에는 없었다.

도 레 미 파 솔 라 시 도……

낮은 '도'에서 높은 '도'로 올라가는 장음계의 소리다.

도 시 라 솔 파 미 레 도……

높은 '도'에서 낮은 '도'로 내려오는 장음계의 소리다. 미학은 '도' 음에서 '솔' 음을 바로 낼 수 없다. '도'에서 '레' 음은 바로 낼 수 있다. '레' 음이 '도' 바로 옆에 있기 때문이다. '도' 음에서 '솔' 음을 낼 수 있는 방법을 찾아야 했다. 마음속으로 도 레 미 파 솔까지 부른 후 레 미 파는 빼고 '솔' 음을 기억하는 것이 방법이었다. 처음에는 솔 음의 기억이 쉽지 않았다. 연습 이외의 방법은 없었다. 연습에 연습을 거듭했더니 솔 음을 기억할 수 있었다. 기억이 된다는 말은 '도'에서 '솔'을 바로 낼 수 있는 능력이 생겼다는 뜻이다. 미학은 다시 연습에 연습을 거듭했다. 장음계에 속해 있는 음이면 어떤 음이든 바로 낼 수 있는 능력을 가지게 되었다. 시창이 가능하게 된 것이다. 다음은 청음에 도전했다. 모두가 독학이었다. 자기가 아는 노래를 부르는 것으로 독학은 시작되었다. 노래를 부르면서 노래의 부분이 도 레 미 파 솔 라 시 도 중에서 어느 음에 해당되는지 점검을 한다. 처음에는 그 점검이 쉽지 않았다. 여기서도 연습 이외에 다른 방법은 없었다. 연습에 연습을 거듭했더니 자기가 아는 노래의 부분들이 도 레 미 파 솔 라 시 도 중에서 어느 음에 해당되는지 점검이 가능했다. 청음이 가능하게 된 것이다. 배운 것을 익숙하게 만들기 위해서 매일 시창과 청음 연습을 했다. 고3 마지막 시기까지 연습을 계속한 덕분으로 웬만한 시창과 청음은 모두 할 수 있게 되었다. 화성법 공부가 문제로 남았다. 연습이 방법임에는 틀림이 없다는 생각을 했지만 무슨 연습을 해야 할지 미학은 알 수 없었다. 미학은 천자문 외우듯이 화성법 책에 쓰인 문장을 외우기 시작했다. 뜻도 모르면서 무조건 외우는 일은 고통이었지만 어쩔 수가 없었다. 동일한 음은 같은 성부에 머물게 하라, 은복 5도는 피하라, 이런 문장을 외우고 또 외웠다. 외운 지 2, 3개월이 지나자 그 말의 의미가 해독되었다. 책에 화성 문제를 풀어 놓은 사례가 이해를 도왔다. 고등학교 졸업 시기가 다가왔을 때까지 미학은 자기의 실력이 어느 정도가 되는지 확인을 할 길이 없었다. 실력을 확인해 줄 사람이 주변에 없었던 상태에서 미학은 서울로 올라간다. 자주 일어나는 일은 아니지만 미학에게 놀라운 일이 기적처럼 일어날 때가 있다. 미학이 음대에 합격을 하게 된 것이다.

음악과 서울말이 무슨 상관인가. 신입생이 된 미학이 음대 교정에 들어서자 기가 죽는다. 여기저기에서 서울말밖에 들리지 않는다. 무언가 감당할 수가 없는 느낌이 미학을 짓누른다. 시창에는 서울말과 시골말이 드러나지 않는다. 서울말과 시골말이 시창의 우열을 판가름하지 않는다. 음정과 박자 그리고 목소리만 드러난다. 그런데 웬일일까. 교정 여기저기에서 들리는 서울말을 듣는 미학에겐 서울말 하는 사람이 음악을 더 잘하는 사람으로 비친다. 어깨에 바이올린을 메고 다니는 학생 또한 미학의 기를 꺾는다. 옆구리에 베토벤 피아노 소나타 제1권을 끼고 다니는 학생은 또 어떤가. 베토벤을 항상 자기만의 것으로 생각하고 있던 미학은 그 악보집은 내 거다 하면서 빼앗고 싶은 충동을 느꼈으나 그럴 수가 없었다.

청음이 첫 시간이었다. 자기 실력이 어떻게 판가름 날지 몰라 미학의 가슴은 두근거린다.

"8소절의 선율을 친 후 20초를 주겠다. 다음에는 전반부 4소절을 친 후 10초를 주겠다. 후반부 4소절을 친 후 또 10초를 주겠다. 그다음 전체 선율을 다시 한 번 더 치겠다. 청음을 하라."

"청음을 완료한 사람은 손을 들어 봐요."
"아직 멀었어요오오."
교실 어디선가에서 나는 비명 소리다.
"청음을 완료한 사람은 손을 들어 봐요."
교수는 다시 말했다. 교실 한쪽에서는 남지곡, 다른 한쪽에서는 나미학이 손을 들었다.

수업이 끝나고 학생들은 연습실로 향해 뛴다. 피아노 전공이나 성악 전공생은 말할 것도 없고 작곡 전공들도 연습실을 차지하는 일에 열을 올린다. 미학은 화장실에서 볼 일을 본 후 연습실에 갔다. 빈방이 없었다. 지곡은 연습실 하나를 차지하고 있었다. 연습실을 잡지 못한 미학이 지곡이 들어 있는 방으로 들어간다.

"나 피아노 못 치는데."

"너 무슨 과야?"

"작곡과."

"나도 작곡과야."

베토벤 피아노 소나타 〈월광곡〉 2악장 도입부 연습을 하고 있는 지곡에게 미학이 말한다.

"그거 그렇게 치면 안 돼."

미학이 '이렇게' 하면서 연주해 보인다.

"너, 작곡과라면서 피아노도 잘 치네. 아까 청음도 잘하고."

"왜 저래 사람들이."

"학교 뒷산에서 어떤 여학생이 목을 맸대."

"목을 매다니 그게 무슨 소리야."

"신발만 벗어 놓고 고목에 목을 맸다나."

"뭣 땜에."

"몰라."

연습실 밖을 내다보면서 대화를 나누던 나미학과 남지곡은 향수 다방으로 간다.

"죽기 전에 뭘 생각했을까."

"잘 있거라, 나는 간다?"

"농담이 심하네."

"농담 반 진담 반이야."

"죽는다는 것을 우리는 남의 일로 생각하는 것 같아."

"나의 일로 생각한다면 하루도 못 살 걸."

"너, 짬뽕 국물 좋아해?"

"국물만 파는 집이 있나."

"배갈 하나를 시키면 국물을 주는 집이 있어, 거기 가서 한잔하자."

지곡은 대답이 없다.

"술 안마시나?" 미학이 묻는다.

"조금 마시긴 하지만."

"가자, 사람이 죽었잖아. 가서 한잔하자."

간판도 없는 중국집이었다. 허리가 꾸부러진 노파가 손님을 맞는다. 노파의 남편은 해가 지지도 않았는데 취해 있었다. 중국 사람인지 한국 사람인지 분간이 가지 않는 노부부다. 말씨로 보면 한국 사람임에 틀림이 없다. 그런데 어쩐지 한국사람 같지가 않다.

"짬뽕 국물 하나 만들어요. 당신이 좋아하는 학생이 왔어요."

"좋아, 좋아."

술에 취해 있어도 영감은 주방 일을 잘했다.

좋아, 좋아,라고 두 번 발음하는 걸 보니 중국사람 같다.

"아저씨, 배갈 하나 주세요."

"좋아, 좋아."

미학이 혼자서 배갈 한 독구리를 거의 다 마신다.

"술 안 마시고 왜 날 쳐다보기만 하냐."

"넌 하루를 어떻게 보내?"

"책을 읽지, 음악을 들으면서 술을 마시지, 나는 글이 좋아."

미학이 웃으면서 대답했다.

"청음도 잘하고 피아노도 잘 치던데, 왜 술만 마시나."

"너는 하루를 어떻게 보내는데?"

"책은 잘 안 읽어. 하는 거라고는 작곡뿐이야."

"그래서 이름까지 작곡 비슷하게 지었냐."

"너는 왜 미학으로 지었냐?"

"몰라. 집에서 지어 주었어."

"아저씨, 여기 짬뽕 국물 하나만 더 주시겠어요." 미학이 말했다.

"이제 그만 가자. 나 다른 일이 있어." 지곡이 말했다.

미학은 지곡의 속을 알 수가 없다.

배갈 두 독구리를 거의 혼자 마신 미학은 바이 바이 하면서 학교 뒷담 길로 사라진다. 지곡은 반대쪽 길로 걸어간다.

미학은 지곡이 더불어 울 수 있는 친구인지 궁금했다.

그 친구는 준비가 되어 있는데 내가 아직 모자란다면 말이 안 되지.

마음을 어떻게 먹어야 할지 몰라 이튿날까지도 망설이고 있던 미학은 피아노 연습이나 하자면서 아침부터 연습실로 간다.

"어, 무슨 일이야. 벌써 연습실에 나와 있다니."

미학은 지곡이 연습실에 나와 있는 것을 보고 놀란다.

"나, 수업이 있어서 들어간다."

연습실을 빠져나가는 지곡의 등 뒤를 보면서 피아노 앞에 앉은 미학은 주머니에 넣고 온 동전 두 개를 꺼낸다. 둘 모두 손등 위로 올려놓는다. 손등에서 동전이 떨어지지 않게 조심스럽게 양손을 피아노 건반 위로 올려놓는다. 하논 1번부터 치기 시작한다. 스케일 연습이 나올 때까지 계속 하논을 친다. 동전이 손등에서 떨어진다. 동전을 주어서 손등 위로 올려놓는다. 그때 학교에서 피아노를 제일 잘 친다는 선배 권건덕이 미학 방으로 들어온다.

"동전으로 뭘 하는 거냐?"

난생처음 보는 광경에 놀란 권건덕의 말이다. "아, 이거요" 하면서 미학은 권건덕을 쳐다본다.

"우리 선생님이 동전이 떨어지지 않게 손을 움직이지 말고 피아노를 치라 했어요."

"뭐라고? 선생님이? 어느 선생님이?" 권건덕은 고성을 지른다.

"어릴 때 배운 시골에 계신 선생님이요."

권건덕은 그때서야 그러면 그렇지 우리 학교 교수님이 그런 말을 했을 리는 없지라는 표정을 짓는다.

"웃기는 선생이군. 그건 절대로 안 돼."

미학은 권건덕의 말을 믿지 않았다. 피아노를 처음 배웠던 선생님의 말이 깊숙이 입력된 미학이었던 것이다.

미학과 지곡은 3년 동안 간판 없는 하꼬방의 단골손님이 된다. 첫날처럼 배갈 두 독구리를 미학 혼자 마시고 헤어진 날은 드물었다. 3년이 지난 어느 날 하꼬방 문은 더 이상 열리지 않았다. 주방장 영감이 죽게 되자 하꼬방 문이 닫혀 버린 것이다. 미학과 지곡은 졸업 작품 준비에 바빴고 하꼬방도 없어지자 서로 만나지 않았다. 얼마 전만 해도 신입생이었던 학생들이 벌써 졸업장을 받는다. 미학과 지곡은 기념사진 한 장도 찍지 않고 멀리서 손만 흔들고 헤어진다.

"그 종잇장 찢어 버려!"
졸업장을 들고 온 아들에게 지곡의 아버지가 호통을 친다.
"곧 취직할 겁니다. 아버지."
"취직? 말로 하는 취직은 취직이 아니지."
"방구석에서 작곡을 전업으로 하는 취직 말입니다."
이런 말을 밖으로 드러낼 수 없는 지곡이었다.
"미학이라는 친구 이야기 자주 하던데. 한번 데리고 와."
방구석에만 처박혀 있는 아들에게 하는 지곡 아버지의 말이다.
"그 친구 바빠서 시간을 내지 못할 거예요."
"뭣 땜에."
"며칠 후 미국으로 떠나요. 수속이랑, 떠날 준비랑, 정신이 없는 것 같아요."

"그거 잘됐네. 그렇지 않아도 내가 말하려고 했다. 너도 유학을 가라. 여기서는 안 되겠다. 출구가 없어. 기왕에 시작한 것이니, 뿌리를 뽑아 봐."

"유학 간다고 다 되는 건 아니지요. 아버지."

"이놈아. 똥고집 세우지 마. 내가 큰마음을 먹고 하는 이야기인데, 너 그러면 나 마음 바꾼다."

바꾸시려면 바꾸세요,라고 말하고 싶었지만 참았다.

자의에 의해서 시작된 일은 아니었지만 유학의 계기가 아버지에 의해서 마련된 이상 객기로 그것을 뿌리칠 이유가 없다는 데에서 지곡은 모든 생각을 일단 접기로 하고 유학의 길에 오르기로 한다.

미학은 졸업 후 양조장을 하는 아버지 일을 돕는다. 술 마시는 일이 아버지를 도우는 일이었다.

"우리 집 술이 좋다고 야단들이다. 우리 술과 비슷한 술을 만들어 진짜라고 하면서 파는 악당들이 있다. 진짜와 가짜를 구별할 수 있는 능력이 그 악당을 잡을 수 있다. 너가 그 악당을 잡아야 한다."

아버지가 원하는 능력의 개발은 다양한 술을 많이 경험해야만 가능했다. 체질적으로 주신의 노예로 태어난 미학으로서는 술에의 다양한 경험을 마다할 이유가 없었다. 음악의 경우도 작품의 우열을 판단하는 능력은 다양한 작품을 많이 경험해야 가능하다고 생각한 미학은 술이든 음악이든 간에 많은 경험을 하면 비경험적 접근법에 통달할 것으로 믿었다. 경험을 할 만큼 했기 때문에 더 이상의 경험을 필요로 하지 않는 상태, 경험을 더 이상 하지 않아도 실제로 경험한 것처럼 판단할 수 있는 상태, 미학은 그런 상태를 비경험적 접근법이라고 생각하면서 술에서나 음악에서나 그런 능력을 가지게 되는 날을 고대하면서 살았다. 음대에서의 출발점이 같았던 것은 사실이었으나 날이 갈수록 미학과 지곡은 다른 길을 걷는다. 독일로 간 지곡의 관심은 작곡 기술에만 있었고, 미국으로 간 미학의 관심은 음악을 포함한 예술 전반에 대한 판단 능력에 있었다.

독일에 와서 활동을 하고 있는 한국인 작곡가 K를 통해서 독일의 유명 작곡가 H 씨에게 지곡의 작품을 넘긴 지 한 달이 지났다. H 씨는 작곡가로서 장래성이 있는 젊은이를 찾아내는 명수로 알려진 사람이다. H 씨의 반응을 기다리던 지곡은 궁금증을 참을 수 없어 K 씨에게 전화를 걸었고 두 사람은 어느 날 오후에 K의 집에서 마주 앉았다. 가타부타 말이 없는 K의 얼굴을 보는 것이 지곡에겐 죽고 싶도록 싫었지만 자존심 다 꺾고 물었다.

"내 작품 그분이 뭐라고 했어요."

자기 작품에 대한 믿음을 가지고 있었고 한국의 음대 작곡과 교수들도 지곡을 유망주로 평가하고 있었던 것은 사실이었다. K도 그 사실을 들어서 알고 있었기 때문에 지곡의 작품을 H 씨에게 보여 주겠다고 자청을 했다.

"남지곡 씨."

K가 입을 연다.

"뜸을 들이지 말고 어서 말씀이나 해 주시죠."

말 대신 부끄러운 얼굴을 K의 눈앞에 내밀고 있는 지곡에게 2, 3초가 왜 그렇게 긴 시간인지 알 수가 없었다.

"지곡 씨는 자기 작품에 대해서 남들이 이렇군, 저렇군, 하는 것에 대해서 어떻게 생각하십니까?"

지곡의 직관은 정확히 작동된다.

'H 씨로부터 작품이 신통치 않다는 말을 들었구나…….'

"이 근처에 술집이 있어요?" 지곡이 물었다.

"술집이요?" K 씨의 대답이다.

"한잔하고 싶네요."

"나는 술을 못합니다."

술을 못한다는 말이 사실인지 아닌지 알 수가 없었지만 둘이서 마시자는 뜻은 아니었다.

"아, 그렇습니까. 저도 잘하는 편이 아닙니다만 갑자기 목이 칼칼해서요. 독일에는 맥주 집이 많다는 소리를 들었는데요."

글쎄요,라는 반응을 보이는 K와 지곡은 이야기를 더 이상 나누지 않았다. 자기 처소로 돌아오는 길에 지곡은 죽고 싶었다. 그냥해 보는 소리가 아니라 정말 죽고 싶었다. 잘 통하지도 않는 독일어가 지곡을 더욱 괴롭힌다. 손짓 발짓으로 맥주 집을 찾았다. 구석에 앉은 지곡은 배갈을 같이 마시던 미학 생각을 하면서 술을 마신다.

H 씨가 내 작품을 신통치 않게 보았다?

작품이 취입된 CD의 표지에서 본 H 씨의 얼굴이 지곡의 눈 안으로 들어온다.

남들이 이렇군, 저렇군, 하는 것에 대해서 어떻게 생각하느냐고 물었던가? 신통치 않다는 말을 하는 걸 듣고 기분 좋을 사람이 어디 있다고 그런 바보 같은 질문을 던지는가.

H 씨 하면 잘 알려진 독일 작곡가다. H 씨가 신통치 않다는 판정을 내렸다면 희망이 없다는 이야기다. 포기를 하고 귀국을 해야 하는가. 아니면 정말 죽어 버려야 하는가. 이거 정말 사람을 미치게 만드네.

그때다. 지곡은 그게 아니지 하면서 정신이 든 사람처럼 주먹을 불끈 쥔다. 그리고 'H 씨가 뭔데'라고 내뱉는다. 누구에게 투정을 부리려는 투는 아니었다. 자기를 찾고 싶은 무의식적 충동이다. 그 사람의 말 한마디에 내가 포기를 해, 말도 안 돼,라고 다시 내뱉는 지곡은 자기가 설 땅을 찾는다. 쇤베르크와 스트라빈스키는 서로 다른 작곡가가 아니었던가. 달라도 아주 많이. 차이콥스키는 브람스 작품을 두고 모래 씹는 기분이라고 했다지 않는가.

지곡은 그 영감 생각을 하면서 자기가 설 땅을 다시 찾는다. 하꼬방에서 미학과 함께 짬뽕 국물과 배갈을 마시던 그 옛집. 아무도 알아주지 않는 그 집에서 낮부터 술에 취해 있던 그 영감 생각이 났다. 살아 있을 때보다 죽음이라는 소식을 통해서 더 많은 말을 해 준 그 영감이 보고 싶었다. 사람을 슬프게 만든 그 영감이 지곡을 통째로 흔들었다.

인간의 마음을 흔드는 힘만큼 중요한 것이 어디에 있겠는가. 머리를 테이블 위에 박은 채로 지곡은 중얼거린다.

창작의 뿌리는 그것이 어떤 것이든 간에 흔들림의 힘이다. 나에게도 그런 흔들림이 있다. 제대로 알고 했던 말인지 알 수가 없지만 미학이 흔들림의 힘 이상으로 중요한 창작의 씨앗은 없다는 말을 어느 책을 인용하면서 주절대던 기억이 났다. 지곡은 청소년처럼 대망을 가지라고 외친다. 그래 맞아. 나는 너가 아니야. 나는 어디까지나 나란 말이야. 작곡이 나를 버릴지는 몰라도 H! 너 때문에 내가 작곡을 버릴 수는 없지. 맞아, 내가 죽을 때까지 잡고 있기만 하면 되는 거야.

야망이야 무슨 야망인들 못 가지겠는가. 실천이 문제가 아닌가. 죽을 때까지 잡고 있겠다는 것이 어디 쉬운 일인가. 지곡은 '그래 죽을 때까지 잡고 있자'라는 말을 되풀이한다.

모교의 C 교수가 미국에 왔다. 미학이 다니는 학교를 둘러볼 겸 C 교수는 미학의 거처에 와서 이틀 밤을 지낸다. 서재 겸 침실에 흩어져 있는 책 꾸러미들을 보면서 C 교수는 한국 사정에 대한 이야기를 했다.

"자네 미국에 온 지 몇 년 됐나."

"꽤 오래 됐어요."

"학위를 끝내는 대로 귀국하는 게 좋겠어."

"지곡 소식은 듣습니까?"

"공부 열심히 하고 있는 모양이야."

"작곡은 좀 한대요?"

"그 친구도 빨리 귀국을 해야 할 텐데."

"우리 너무 심했지."

세월의 흐름이 낳는 말이다.

"그래도 생각 가끔 했어."

"사실 나도 그랬어. 같은 학교에서 만나게 되다니 꿈에도 상상을 못 했어."

"C 교수가 신경을 많이 썼다지."

"그랬다는군."

"너 연구실 어디냐?"

"3층."

"나도 3층이야."

"한잔해야지."

"너 아직도 술 하냐?"

"술은 나의 학문이야. 취향의 기준 찾기를 위한 것이야. 데이비드 흄 공부도 할 겸 말이야."

"뚱딴지같은 소리는 여전하군."

"뚱딴지같은 소리가 아니야. 미국에서 공부한 게 그거야. 정말이야. 그게 다야."

"술이 학문이라니 그걸 누가 믿어."

"술을 마신다는 거나, 책을 읽는다는 거, 전부가 경험을 한다는 거지. 각양각색의 술을 마셔 보지 않으면, 어느 술이 진짜고 가짜라는 것을 알기가 힘들거든."

"몸은 어떡하구."

"가끔 속은 쓰리지만 그럭저럭 지내고 있어."

"내 곡도 들어 봤어?"

"아니야. 이제부터 들어야지. 다 듣지 않으면 어떤 유형의 음악이 있는지 알 수가 없지. 서로 비교해 볼 수도 없는 거고. 누가 누구의 곡을 모방했는지도 알 수 없고 말이야."

지곡은 개인 레슨을 통한 작곡 지도를 하는 교수가 된다. 개인 레슨을 받는 제자들만이 지곡이 무슨 소리를 하는지 듣는 기회를 가진다. 미학은 공개강좌를 통해서 모든 학생들을 상대로 하는 강의를 한다.

서양음악에 대한 이야기이지만 성악밖에 없었던 시절에 음이 언어로부터 해방됨으로써 탄생된 이른바 기악해방론에 대한 강의에 이어 오관이 아닌 인간이 개발한 육관에 대한 강의 그리고 음악에 있어서의 진보와 보수, 음악 양식의 다원성 등 여러 가지의 제목을 놓고 강의를 해 오던 어느 날이었다. 그날은 '음악은 진공에서 태어나지 않는다. 음악은 문화적 장場에서 태어난다'라는 긴 제목을 놓고 강의를 했다. 강의를 끝내고 연구실로 올라오면서 미학은 자기 강의의 성공도 여부가 미심쩍어 마음이 편치 않다. 마음의 평정을 잃고 앉아 있는데 누가 문을 두들긴다.

"들어와요. 열렸어요."

"선생님. 저는 많이 헷갈렸어요. 선생님 말씀이 옳은 것 같기는 하지만 지금까지 생각했던 것과 너무나 많이 달라서요."

"기회를 잡아서 다시 이야기해 봅시다."

미학은 찾아온 학생을 다음 기회에 만나기로 하고 돌려보내고 만다. 누가 또 문을 두들긴다.

"들어와요. 열렸어요."

"선생님, 질문이 있어서 왔어요."

매번 강의실 제일 앞줄에 앉아 강의를 듣는 학생이라 낯익은 얼굴이었다. 다음에 만나자는 말을 또 할 수가 없다는 생각에서 미학은 '무슨 질문?'이라면서 이리 가까이 오라는 손짓을 했다.

"작곡가가 마음대로 할 수 있는 것과 마음대로 할 수 없는 것이 있다는 말씀을 하셨는데, 그게 잘 들어오지 않아요. 작곡가는 자기 마음대로 작곡을 하는 사람일 텐데 마음대로 할 수 없는 것이 있다고 하니, 그게 어떻게 된 건지 이해가 되지 않아서요."

"강의 시간에 설명을 했을 텐데."

"설명을 듣긴 했어도, 머리에 잘 들어오지가 않아서요."

"다섯 곡을 내가 노래 불러 볼게, 들어 봐요."

"선생님께서요?"

"그럼. 내가 부르지."

학생은 당황한다. 선생님의 노래를 들으려고 온 것은 아닌데, 이

걸 어쩌지 하는 표정이다.

"잘 들어 봐요, 박자는 무시하고 계명으로만 부를 테니까."

1. 도 미 솔 시 도 레 도; 2. 미 레 미 레 미 파 미 레 솔; 3. 도 시 도 미 레 도; 4. 솔 도 시 도 미 솔 도 도; 5. 미 미 솔 미 미 솔;

"내가 방금 부른 이 다섯 곡에서 도 레 미 파 솔 라 시 이외의 음이 사용되고 있는지 확인을 해 봐요."

학생은 무슨 영문인지 알 수가 없다. 미학은 다시 한 번 더 1에서 5까지의 노래를 부른 후 학생에게 확인을 해 봐요,라고 말한다. 학생은 여전히 반응이 없다. 미학은 자기가 불렀던 노래를 '도 레 미 파……'라는 계명으로 칠판 위에 쓴다.

"자, 이 칠판을 보면서 확인을 해 봐요."

"없는데요." 학생의 반응이다.

"왜 그럴까?"

학생은 벙어리가 된다. 미학은 칠판을 보라면서 1에서 5까지 노래를 다시 부른다.

무엇이 어떻게 되어 가는지 알 수가 없었지만 학생은 미학의 언행을 멍하니 바라본다.

"이 다섯 곡은 서로 다른, 그것대로 완벽한 그리고 기막히게 아름다운 음악이지. 1은 모차르트 피아노 소나타, 2는 베토벤 피아노 소나타, 3은 슈베르트의 아베마리아, 4는 슈만의 트로이메라이, 5

는 브람스 자장가의 부분들이지. 모두가 말 그대로 독창적인 선율이지. 그래서 오늘날까지 세계 방방곡곡에서 널리 감상되고 있는 것이지. 그런데 말이야. 조금만 들여다보면 도 레 미 파 솔 라 시 이외의 음이 사용되고 있지 않다는 것을 알 수 있거든. 장음계를 장음계답게 하는 질서를 파괴하지 못한다는 거지. 작곡가에게 주어진 조건을 마음대로 할 수는 없다는 거지. 작곡이라는 놀이를 가능케 하는 놀이의 장, 일종의 테두리가 작곡가에게 주어진다는 거지. 작곡가가 자기 마음대로 작곡한다고 하지만, 그 테두리를 마음대로 벗어날 수 없다는 거지. 주어진 음악 양식이나 음악 문화라는 테두리의 위력은 우리로 하여금 입을 딱 벌리게 하거든."

"선생님은 왜 마음대로 할 수 없는 것에 대한 이야기를 그렇게 강조해서 말씀하시는지 그것을 모르겠어요."

"개별 작품을 창조하는 것도 중요하지만 테두리의 창조 역시 중요하다는 사실을 잊고 있다는 거야. 어떤 테두리이든 상관이 없다, 주어진 테두리 안에서 아름다운 음악을 만들면 된다는 입장도 좋지만, 새로운 음악 문화 관련 테두리의 창조에 대한 관심을 가져야 한다는 생각이거든."

토요일 오후의 어느 하루였다.

"들어와요. 문 열렸어요."

반쯤 열린 연구실 문틈에서 학생 얼굴이 보인다.

"들어와요."

네 명이 연구실 안으로 들어온다.

"선생님, 점심 안 드세요?"

"글쎄다."

"저희 넷이서 선생님 점심 대접을 하고 싶은데요."

강의에 대한 다른 학생들의 반응을 미학은 알고 싶었다. 학생들을 데리고 학교 근처에 있는 설렁탕집으로 갔다. 아래층에는 손님들이 꽉 차 있었다.

"2층으로 올라가세요. 조용한 자리가 있습니다."

"선생님 맥주 하실래요?"

"낮인데 괜찮을까."

"내일은 일요일이니 한잔하시고 쉬시면 되지 않습니까."

"선생님 강의 감동적이었습니다."

미학에겐 이런 자리를 가져 보는 것이 미국에 있을 때부터의 꿈이었다.

"저는 공대생입니다. 선생님 강의가 좋다고 해서 청강을 하고 있습니다."

"이 친구 공대를 포기하고 음대로 전학할까 하는 생각을 가지고 있는 학생입니다."

"선생님, 육관이라고 하셨는데, 그게 잘 들어오지 않아요."

"공대생이 그걸 알아서 뭘해. 선생님 피곤하셔. 술이나 대접하자고."

"육관, 음 언어, 기악해방이라는 것이 음악에만 적용되는 것이 아니야. 인간 삶 전반에 모두 적용되는 것이야. 다만 적용될 때에 입고 있는 언어의 옷이 달라서 그것이 그렇지 않은 것으로 생각하고 있다는 것뿐이야."

"언어의 옷이라니요?"

"수화 같은 인공 언어를 보라고. 그리고 서로 아는 사이에 주고받는 눈짓 같은 것을 보라고. 육관이라고 했던가? 귀 있는 자는 들으라는 말이 있지. 음악을 들을 수 있는 특별한 귀가 육관이지. 모든 사람이 가지고 있는 오관이 아니라 인간이 개발한 인공 감각에 해당되는, 그러니까 여섯 번째 감각이라는 의미로 육관이라는 이름을 누가 붙였던 것 같아. 인간이 육관만 만들어 낸 것은 아니야. 인간은 자기네들끼리 통하는 소통 수단을 발명하고 그것을 사용하고 있는 신기한 족속이지. 언어의 옷을 입힌다고 했던가. 언어의 옷을 입히는 곳은 많지. 해방이 어디 하나인가. 직장으로부터의 해방, 공부로부터의 해방, 거짓으로부터의 해방, 조직으로부터의 해방, 해방은 많고도 많은데 그중 하나가 말로부터 음이 해방됨으로써 생긴 것이 기악이라는 거지."

"공개 강의를 하지 않으니까 대부분의 학생들은 남지곡 교수가 어떤 분이신지 모르지만 제자들은 자기 선생을 존경한대요."

"작곡가가 할 일은 〈겨울 나그네〉처럼 아름다운 음악을 만들어 내는 일 이외에는 없다. 그러니까 아름다운 작품을 생산해 낼 수 있는 기술 연마밖에 할 일이 없다."

"학생들은 남 교수님의 이런 말에 동조를 한대요."

"그게 나쁘다고 나미학 교수님이 말씀하신 것은 아니잖아. 교수님도 슈베르트를 얼마나 좋아하시는데. 다만 테두리 창조의 역할을 외면하는 것이 문제라는 거지."

"테두리 창조라니, 그게 무슨 소리야?"

"선생님이 지난번에 하신 말씀이잖아. 마음대로 할 수 없는 부분에 대한 말씀 말이야."

미학은 학생들의 대화를 들으면서 눈을 감는다. 그리고 평론가적 삶과 작가적 삶의 방식이 정말 서로 다른 것인가에 대한 생각을 한다. 미학은 교수이고 싶지 않았고 학생들과 헤어지기가 싫었다. 그러나 그날은 그것으로 끝냈다.

강의실 뒤쪽 어두운 곳 가장자리에 어떤 남자 분이 앉아 있었다. 학생은 아닌 듯했다. 누굴까. 어디서 본 듯하다. 맞아, 살이 더 찐 것 같지만 옛 얼굴은 그대로다. 항상 책을 옆구리에 끼고 혼자 걸어 다니던 국악과 학생이다. 강의가 끝난 후, 그 남자가 미학에게로 왔다.

"절 모르겠어요?"

"국악과 다니시던……"

"예, 맞아요. 백태운입니다. 지금 국악과 교수로 있어요. 청강을 하고 있어요."

얼마가 지났는지 모른다. 백태운 교수가 저녁 초대를 했다.

"학생들 간에 선생님과 남지곡 선생을 놓고 요즈음 말이 많은가 봐요."

"대충 짐작하고 있습니다. 지곡을 욕할 생각은 없었습니다. 우리 나라 음악가들의 사고 테두리를 문제 삼았지요. 그게 지곡에겐 못마땅했던가 봐요. 문제의 발단은 제가 쓴 연주회 평이었습니다. 연주곡목에 한국 작곡가의 신작이 포함되어 있었어요. 무식한 평론가라는 반박의 글을 놀랍게도 연주가가 썼어요. 작곡가와 연주가만 아는, 이 세상에 처음 발표되는 신곡인데 연습이 부족하다는 말을 어떻게 하느냐는 논조였습니다. 연극평이나 영화평을 한번 보라고 했지요. 보통 신작 평이 아닙니까. 영화나 연극을 볼 줄 아는 평론가에겐 얼마든지 가능한 일이지요. 음악의 경우도 마찬가지가 아닙니까. 귀 있는 자에게 신작 평은 얼마든지 가능한 일이지요. 다음이 문제였어요. 그 신작이 마침 지곡의 곡이었어요. 작곡가의 사고 테두리를 문제 삼았지요. 그래서 생긴 문제였어요."

2차는 '바다'라는 술집이었다.

"선생님, 평론가는 다 알아야 되고, 작곡가는 자기 경험에 의존하기만 하면 된다는 말을 강의 시간에 했는데 그 말을 정말로 하시는 겁니까?"

미학은 골치가 아팠다. 자기 뇌에 주사를 주어야 할 것 같았다.

"나에겐 하나가 없어요."

"하나가 없다니요?"

"모든 부분이 하나를 향해 응결되는 현상 말입니다. 전체는 하나이고 그 전체를 이루는 부분은 여럿이잖아요."

"무슨 말이신지?"

"시계는 하나이고, 고장 난 하나를 고치려고 분해를 한 후 다시 하나로 만들기 위해서 종합을 하는 과정에서 나사 하나를 빠트렸어요. 시계가 작동될 수가 없지요. 전체를 이루지 못했던 거죠."

"그래서요?"

"내가 지곡에게 큰소리를 치고 있지만 사실상 나에겐 사고 체계가 없어요. '하나'가 없다는 말입니다. 여기저기서 끌어모은 여럿은 있으나 그것뿐이어요. 앞뒤가 짜인 체계가 없다는 거죠."

"왜 그런 소리를 하는데요."

그때 밖에서 삐삐 하는 구급차 소리가 들렸다.

"선생님, 저 한잔 주세요."

"누가 죽으러 가는군요."

대화를 나누던 미학이 중얼거린다.

"저 소리 들리지요? 삐삐 하는 저 소리."

"예."

"나는 저 소리를 들을 때마다 죽고 싶어요. 나의 일과 남의 일이라는 것에 대한 생각 때문입니다. 내 사고 체계에 남과 나, 둘이 모두 들어와야 하는데, 그렇지 못해요."

"남과 나라니요. 남 교수와 나 교수님 이야기를 하는 겁니까?"

"진짜 술과 가짜 술, 진짜 음악과 가짜 음악이 있다면 진짜 인간과 가짜 인간도 있지 않겠어요."

"무슨 말인데요?"

"친구의 어머니가 죽었을 때에는 그냥 죽었는가 보다 했어요. 남의 일이었다는 거지요. 내 어머니가 돌아가셨을 때에는 그게 아니었어요. 나의 일이 되더라고요."

"그래서요."

"내 식구만 챙기고 남의 식구는 나 몰라라 한다면 이거 진짜 인간일까요. 말로는 국민을 위하여,라고 하지만 속내는 자기를 위하는 정치인이 있다면 국민을 자기 시계의 나사로 취급하는 사람 아닐까요."

"가짜지요."

"그렇다면 밖에서 삐삐 하는 소리를 남의 소리로 듣고 있는 나는 어떻게 되는가요. 넣어야 할 부분을 빼 버리면 전체가 성립되지 않는다고 했잖아요. 남의 일이니 잊어버리라는 차원에 머물고 있다면 어떻게 되나요."

"선생님의 넋이 너무 여리고 고와요. 인간이 신이 되려고 한다면 위선이지요."

"귀 있는 자가 듣는 사람이라면 뇌 있는 자는 생각을 해야 해요. 변수 하나라도 빠트린 생각은 전체를 이루는 사고 체계를 이루지 못합니다. 전체를 이루려고 하는 것이 어떻게 위선이 됩니까. 삐삐 하는 저 소리를 들을 때마다 '죽으러 가면 안 되는데'라는 생각 때문에 괴로워하는 것도 신이 되려고 하는 위선입니까. 한 인간의 죽음을 나의 일이 아닌 남의 일로 치부해 버리고 마는 사람에게 영양가가 있을지는 몰라도 진짜 가짜를 따질 때에는 이야기가 달라지는 거 아닙니까."

"선생님, 많이 취하셨어요. 내일 일어나면 다른 소릴 할 거예요. 학생들처럼 왜 이러세요."

"신을 알기 위해서 마음 훈련을 하는 것이 반드시 위선일까요."

"위선이라는 말 취소합니다. 죄송합니다."

그때다. 지곡이 들어온다. 내일 결혼할 제자가 주례 부탁으로 2차까지 모시고 있는 중이었다. 미학은 이미 술에 취해 있었고 지곡 역시 1차에서 술을 좀 마셨다. 미학을 보지 못한다.

"화장실이 어디냐." 지곡이 묻는다.

지곡이 화장실에 간 동안 제자들이 대화를 나눈다.

"내일 너가 선생님 모셔라."

"나 초보야."

"면허증 딴 지 꽤 됐잖아."

"그래도 초보라서 불안하거든. 집에서 학교까지만 왔다 갔다 했을 뿐 시내에 몰고 간 적은 없어. 한 번도."

"그럼 너가 해라."

"나, 내일, 아버님 모시고 지방 갔다 와야 해."

"이 친구가 내일 선생님을 예식장까지 모실 겁니다. 초보라고 엄살을 떨지만 선생님을 잘 모실 겁니다."

미학은 속이 계속 쓰려 오고 있는 것을 참고 있었다. 아버지 때문에 얻은 업보이지만 그럭저럭 견디고 있었으나 때로는 누적된 위장 장애를 술로 마비시키지 않을 수 없었다.

"선생님. 너무 과합니다. 오늘은 이만하고 일어나시지요. 택시 잡아 두었어요. 내일도 강의 있는 걸로 아는데요."

집으로 오긴 온 모양인데 어떻게 온 것인지 미학에게 기억이 없다.

"저게 뭐지요."

"가만 있어요. 힘들어요."

"저게 뭐지요."

미학의 말투에는 힘이 없다.

"종합 병원이 아닙니까."

"몇 층입니까?"

"20층이나 되는 거 같아요."

"여기가 지금 어디지요."

"정신이 희미하시군요. 지금 구급차를 타고 오시지 않았습니까. 삐삐 소리 안 들었어요?"

"응급실에 다 도착했어요."

7층은 신생아가 태어나는 병동, 10층은 말기 암 환자로 내일모레 하는 노인층이 누워 있는 병동, 12층은 조금 전만 해도 멀쩡하던 사람이 갑작스러운 사고로 죽느냐 사느냐 하는 문제로 응급실로 급송되었다가 그곳에서 옮겨 온 환자들의 병동이다. 세상 돌아가게 하는 동력은 신생아의 태어남과 노인의 죽음이다. 노인의 죽음이 예고되어 있는 10층 복도에서 한 가족의 조심스러운 표정들이 세상살이의 단면을 그린다. 노인의 막내 손자가 7층에서 생남을 했지만 표정 관리를 해야 했고, 막내 손자의 할아버지는 10층에서 다가올 날을 기다리고 있다. 노인의 막내 손자뿐만 아니라 아들들은 12층이라는 병동이 있는 줄조차 모른다. 응급실이 있는 지상 1층에서 들리는 삐삐 소리로부터 귀 있는 자는 길지도 짧지도 않는 두 마디의 인성人聲을 다시 듣는다. 1. '자연스러운 태어남과 죽음은 7층과 10층이 감당한다'와 2. '12층은 예기치 않던 죽음이라는 이름으로 세상을 돌게 한다'가 그것이다.

아버지의 양조장에서 일한 지가 한 세월이었던가. 위장 장애로 기어코 응급실로 우송된 미학은 수술 후 10층 병실에 누워 있다. 미학의 머릿속에 7층과 12층은 남의 일들로 들끓고 있었지만, 10층은 조용하기만 했다. 체념의 그림자가 운반되는 어두운 그림자만이 깔려 있는 공간이었다. 며칠 전의 삐삐를 기억하면서 미학은 칼을 댄 복부에서 나오는 고통을 참고 있다. 그때다. 12층에서의 전언이 미학의 귀를 막고 만다. 결혼식 주례를 끝내고 병문안을 오던 도중 지곡이 교통사고를 당했고, 12층 병동에 입원을 한 지 두 시간 만에 죽었다는 기막히는 소식이다. 초보 운전자는 생사에는 지장이 없다고 했다. 자기 때문에 지곡이 죽었다는 사실이 미학을 미치게 한다. 이 세상을 보는 미학의 눈이 순식간에 급변한다. 위수술을 끝내고 10층 병실로 옮길 때만 해도 '남의 일'로 가득 찼던 12동이 돌연 '나의 일'로 변한다. 죽는다는 게 남의 일이 아닌, 나의 일이 될 때의 미학에게는 모든 이야기가 근본적으로 달라진다. 지곡이 죽고 미학 자신의 삶도 불투명한 시점이다. 단 한 번이라도 정직해지고 싶다. 철학적으로, 종교적으로, 예술적으로, 정치적으로, 경제적으로, 교육적으로, 기고만장하게 살아온 사람이 지구 상에는 많았다. 좋은 일을 한다면서 시작한 정치가의 일들이 수많은 사람을 죽이는 일로 변질되기도 했다. 모두가 기고만장하게 살다가 지금은 저 세상으로 가고 없다. 그들의 노력에도 불구하고 인간들은 지금도 곳곳에서 계속 싸운다. 미학도 누구 못지않게 싸우고 있었다.

왜 그럴까. 나 남 할 것 없이 인간들이 왜 그럴까.

단 한 번이라도 정직한 대답을 들으면 죽어도 후회가 없을 것 같다. 그동안 미학은 진공에서 살지 않았다. 사람이 사는 동네에서 여러 가지 놀이를 하면서 살았다.

내 분야에서 제일 잘 노는 놀이꾼이 되고 싶었다? 내가 그랬고 남들도 정말 그랬었던가. 어이가 없어서 웃음이 나온다. 공명共鳴에의 꿈과 앎에의 꿈은 다 어디로 갔단 말인가. 결국 남과의 공명에서 자기와의 공명이 인간이 갈 길이란 말인가. 아니, 그런 것 자체가 애초부터 없는 것이었단 말인가. 근년에 구름 저편의 하늘을 쳐다본 일은 미학에게 없었다. 땅을 면밀히 관찰해 본 일도 없었다.

반쯤 죽은 미학은 먼 마음으로 먼 하늘을 쳐다보고만 있다. 너와 나의 마음과 몸이 하나 되어 가길 바랐듯이 하늘 사랑과 땅 사랑이 하나가 되길, 미학은 지곡을 기리는 마음으로 기원하고 있다.

땅은 아무것도 모른다

약속병? 그런 병도 있나?

김장수는 자기가 약속병 환자라고 자처하는 사람이다. 남들은 웃지만 김장수는 자기 병을 고쳐 주는 의사도 없고 약도 없는 세상에서 나날을 고통스럽게 보낸다. 무직이면서도 부모에게서 물려받은 3층 건물을 관리하면서 먹고사는 데는 지장이 없다. 오십 대 후반의 홀아비가 혼자 살면서 스스로 개발한 치료약으로 건강을 다스린다고 하지만 삶이 온전할 리는 없다. 자기가 개발한 치료약이란 두 가지다. 지키지 않을 약속은 아예 하지 않고 약속을 했을 경우는 반드시 지키는 것이 첫 번째 약이고, 상대가 약속을 어겼을 경우는 즉각적인 절교가 두 번째 약이다. 주변에서는 정신병이라는 사람도 있다. 약속병 때문에 그때 그 사건에서 얻은 멍든 가슴을 지금도 안고 사는 사람이 김장수다.

"우리 결혼하는 거지?"

"왜 그 말을 되풀이하세요?"

"결혼하기 전과 후가 같아야지."

"몇 번 말해야 되나요."

"결혼 전에 우리는 어떻게 살았지?"

"각자 따로 살았지요."

"내가 하고 싶은 말이 그거야. 결혼 후에도 같이 살면서 각자 따로 사는 거야. 서로의 삶을 간섭하지 않는 거야."

"그 문제는 100번 이상 약속을 했잖아요."

"형부, 그만한 일로 이혼까지 할 필요는 없었잖아요."

"결혼 전 우리의 약속을 어긴 건 언니야."

"무슨 약속을 어떻게 어겼는데요?"

김장수가 어떤 여인을 다방에서 만났다. 대학 때의 동기생이었다. 반가웠다. 다방에 가서 이런저런 이야기를 했다. 김장수는 옛날을 생각하면서 집으로 돌아왔다.

"당신 어디 갔다 왔어요?"

"왜 그래."

"어떤 여자와 다방에 있는 것을 보았어요."

"그래서?"

"그 여자와 무얼 했던 거예요?"

"언니가 약속 위반을 한 것이었어."

그런 일로 이혼을 하게 되었다는 이야기를 들은 처제는 어이가 없었지만 형부의 병을 아는 터라 더 이상 말을 하지 않았다.

3층 건물의 출입구는 셋이다. 1층에 세 들어 있는 레스토랑의 출입구는 건물의 중앙에 있다. 중앙의 오른쪽에 보일 듯 말 듯한 작은 문이 있는데 그건 3층의 출입구다. 김장수가 살고 있는 2층의 문은 1층 뒤쪽에 있다. 뒷문은 김장수가 자기 거처를 드나드는 그만이 아는 통로다.

자기가 거처하는 방을 김장수는 서재라고 부르지만 서재 같지가 않다. 유리창이 있는 한 면만 빼고 나머지 세 벽면은 온통 LP 레코드로 도배되어 있다. 음악을 듣다가 졸리면 낮이나 밤이나 잠을 잔다. 유리창은 두꺼운 커튼이 드리워져 있기 때문에 방 안은 항상 어둡다. 그의 책상 앞에는 1인용 소파가 있고 그 소파 앞에는 커피를 놓을 수 있는 탁자와 3인용 소파가 있다. 침실과 거실 역할까지 하는 그 방을 서재라고 부르는 이유는 서재라는 말이 부러워서다.

김장수에겐 또 하나의 병이 있다. 음악병이다. 음악을 듣지 않으면 죽을 것 같다. 음악병의 경우도 스스로 개발한 몇 가지 약에 의존한다. 서재에 피아노가 한 대 있는데 서툴지만 그는 피아노 연습을 매일 한다. 듣기만 하는 것이 아니라 악기 하나를 만질 수 있다는 것에 자부심을 느끼는 그에게 연습 시간만큼 행복한 시간은 없다. 오후가 되면 U동에 있는 헌 레코드 가게로 간다. 새로 구입할 LP가 나와 있나 싶어서다. 저녁이 되면 술을 마신다. 대부분 혼자서다. 매일 반복되는 삶에 그는 지루함을 느끼지 않는다. 더 중요한 약이 있다. 음악을 좋아하지 않는 사람을 인간으로 취급하지 않으려는 그의 태도다. 그게 상비약이다. 삶의 태도가 그에겐 무엇보다 중요한 약이 된다. 음악회장에서, 레코드 가게에서, 라디오에서, 텔레비전에서 김장수는 음악과 자주 만난다. 그에게 있어 이 세상 사람들 모두가 음악을 좋아한다고 믿는 믿음 이상으로 좋은 상비약은 없다.

그런데 어느 날 느닷없이 J 때문에 문제가 생긴다. 문화인류학 박사 J는 김장수에게 단 하나 있는 친구다. 문화인류학이 무엇인지 알지 못하지만 J가 하는 말은 무엇이든 옳은 말로 믿는다. 이유는 간단하다. J는 무엇을 알면 아는 것을 그냥 말한다. 내가 이만큼 안다는 것을 남에게 보이기 위해서 말하지 않는다. 다시 말하면 J의 모든 행위는 언제나 남에게 보이기 위해서 하는 행위가 아니라는 것이다. 그게 이유다.

"자네는 다 좋은데 딱 한 가지가 문제란 말이야."

"그게 뭔데?"

"자기가 그런다고 남들도 그러는 줄 알아."

"내가 뭘 그러는데."

"자네가 베토벤을 좋아한다는 건 알아."

"그런데."

"남들도 모두 베토벤을 좋아한다고 믿는다는 거야."

"베토벤을 좋아하지 않는 사람도 있어?"

"거봐. 자네는 그렇잖아."

"그 사람들이 뭘 몰라서 그래. 베토벤은 넋을 울려."

"자네가 운다고 남들도 운다고 믿는 거 그거 문제라니까."

"울어야 할 때 울지 않는 사람은 인간이 아니지. 그 좋은 음악을 좋은 음악인지 모르는 인간은 인간이 아니란 말이야."

"음악 모른다고 인간이 아니면, 이 세상에 있는 96퍼센트는 뭔가?"

"96퍼센트라니 그게 무슨 소리야."

유수한 문화인류학 학술지에서 읽은 논문이라면서 J가 말을 잇는다.

"지구 인구의 4퍼센트만이 자네가 오매불망하는 음악을 좋아하고 나머지 96퍼센트는 음악과 아무런 상관이 없는 삶을 산다는 거야. 살아도 아주 잘."

그동안 잠잠했던 김장수의 음악병이 고개를 쳐든다. J의 말이면 무엇이든지 믿는다지만 이번 경우는 그냥 넘길 수 없었다. 김장수는 사실 확인을 하지 않고서는 배길 수가 없었다. 혼자서 무작정 집을 나선다. 무작위로 사람들을 붙들고 묻는다.

"베토벤을 아십니까?"

"누구요?"

누구요,라고 되묻는 사람이 하나둘이 아니다.

언젠가 유럽 여행을 갔을 때 쇤베르크 집이 어디냐고 물었던 적이 있었다. 쇤베르크 동네 사람의 대답은 하나같이 "모른다"였다. 심지어는 "쇤베르크가 누구요?"라고 묻는 사람들까지 있었다.

서재 벽에 걸어 놓은 베토벤의 사진을 본다. 김장수는 〈제9교향곡〉을 듣는다. 결국 혼자서 운다.

이럴 수가! 이건 안 된다. 세상을 바꾸어야 한다.

며칠간 뜸한 게 궁금해서 J는 김장수를 찾는다. 1층이 개조되고 있는 현장을 본 J는 입을 딱 벌린다. '한다면 하는 사람이야'라는 태도를 취하면서 김장수는 J를 보고도 모르는 척한다. 건물을 개조하기만 하면 모든 일이 될 것으로 믿는 김장수를 보는 J의 눈은 서글프다.

"나는 간다, 또 보자."

사라지는 J의 등을 바라본 후 김장수는 하던 일을 계속한다.

좁은 공간과 넓은 공간을 분리하는 유리벽을 만든다. 레스토랑이었던 자리가 둘로 나뉜다. 감상실이 될 넓은 공간은 교실에 학생들 책상이 놓여 있는 공간과 비슷하게 된다. 교단과 칠판이 차지하는 곳과 비슷한 좁은 공간은 유리벽을 사이에 두고 넓은 공간과 분리된다. 김장수는 좁은 공간을 DJ의 일터로 생각한다. 그리고 그 일터에 몸이 쉽게 움직일 수 있는 회전의자를 놓는다. 좁은 공간의 벽면에는 LP 레코드가 빼곡히 꽂힌다. 레코드장의 높이가 사람 키로는 닿을 수 없기 때문에 레코드장 아래에 나무로 된 디딤대 하나를 놓는다. 그 위에 올라서면 필요한 LP를 뽑아내는 도구로 쓰이겠지만 DJ를 찾아오는 사람이 앉을 수 있는 의자 역할도 한다. DJ를 구할 때까지 김장수가 회전의자에 앉기로 하고 처제인 미스 정을 직원으로 고용한다. 감상실 입구에 매표소가 있고 매표소 옆에 작은 글씨로 쓰인 팻말이 붙어 있다.

귀로 자기를 찾으려는 사람에게 무한한 가능성을 열어 주는 공간.
대표 김장수가 여러분을 '르네상스'로 초대합니다.

어느 하루 30대 초반으로 보이는 젊은이가 감상실로 들어온다. 미스 정이 그 젊은이 앞으로 간다.

"신청곡을 틀어 줍니다. 무슨 곡이라도 모두 갖고 있어요."

젊은이는 반응이 없다. 어두운 곳에 그대로 서서 미스 정은 또 말한다.

"밥만 찾는 사람들의 세상이지만요."

젊은이는 미스 정을 향해 고개를 든다.

"몸의 먹이보다 마음의 먹이가 없어 영양실조가 된 사람이 더 불쌍히 보이거든요."

젊은이는 미스 정 쪽으로 고개를 다시 쳐들다가 커피 잔에 입을 댄다.

"무슨 곡 틀어 드릴까요?"

"지금 그대로 좋아요."

그 젊은이는 매일 르네상스를 찾아온다. 김장수는 그가 누군가 싶었다. 왜소한 체격에 옷차림은 남루한 편이었다. 세상 어느 곳에서 언제일지 모르지만 영영 숨어 버리고 싶어 하는 사람처럼 보였다. 언제나 몸을 웅크리고 고개도 숙이고 있었다. 며칠 후였다. 전화가 왔다.

"여보세요."

"레스토랑에서 일하던 사람입니다."

"······?"

"르네상스 옆에 설렁탕집을 냈어요. 사장님이 찾아 주시면 영광일 것 같아 실례를 하는 겁니다."

김장수는 그날 저녁 설렁탕집을 찾았다. 두 사람이 마주 보고 앉을 수 있는 테이블이 여섯 개 놓여 있는 식당이었다. 손님들이 테이블 모두를 차지하고 있는 걸 보니 잘되는 모양이었다. 한 테이블에만 한 사람이 고개를 숙인 채로 앉아 있었다.

"사장님, 와 주셨군요. 감사합니다. 자리가 곧 날 겁니다. 우선 저쪽에 앉으시지요."

고개를 숙인 손님이 앉은 자리로 김장수를 안내한다.

"괜찮겠어요?"

"앉으세요."

김장수는 놀란다. 매일 찾아오는 그 젊은이였다. 빈 소주병 하나가 놓여 있었다. 김장수는 거기서 젊은이의 이름이 전상병이고 무명 시인이라는 사실을 알게 된다.

"시를 쓰시는 분이 음악도 좋아하시는 모양입니다. 르네상스를 찾아 주셔서 감사합니다."

코를 테이블에 박으려는 듯 고개를 숙인 채로 젊은이는 말했다.

"오히려 제가 감사를 드려야지요."

젊은이의 말투는 테이블 위로만 떨어진다.

"저는 음악을 사랑하는데, 음악은 저를 사랑하지 않는 것 같아요. 저와 따로 놀고 있는 것이 죽도록 싫어요. 음악과 하나가 되길 원하기 때문에 르네상스를 찾아요. 레코드 많기로 소문난 르네상스를 알게 된 것이 얼마나 다행인지 몰라요."

이런저런 이야기 끝에 시인은 앞뒤가 맞지 않는 듯한 이야기를 했다.

"사람은 억지스러움에서는 불편을 느끼는 것 같아요. 저는 가끔 이런 생각을 해요. 자연은 스스로 자연스럽다고 말하지 않는다고요. 자연은 자연스러움 바로 그것이니까요. 그런데 음악은 인공물이지요. 인간이 '만든 것'이니까요. 그런데 좋은 음악은 자연만큼 자연스러워요."

이 친구를 DJ로 써 보면 어떨까?

마음만 먹으면 지금처럼 말도 잘할 것 같고, 음악에 대한 지식도 꽤 있을 것 같았다. 서로 잔을 주고받다가 김장수는 젊은이에게 DJ 직을 제의했고 시인은 응했다.

"무직인 저에게 일자리를 주시니 감사하네요."

그런데 이게 어찌 된 일인가. 시인이 약속을 어겼다. 매일 르네상스를 찾던 젊은이가 막상 일을 시작하겠다는 날에 나타나지 않았다. 김장수의 약속병이 작동한다. 김장수는 미스 정이 들고 온 조간을 편다.

'동반 자살을 한 남녀'

신문에 대문짝만 한 제목이 붙었다.

"미친놈들! 약속을 어기는 놈이 없나, 동반 자살을 하는 연놈이 없나."

화가 나서 입에 담지 못할 말을 김장수가 했고 기사를 미리 읽은 미스 정이 말한다.

"그중에 남자 쪽이 전상병이래요."

음악과 하나가 되지 못하는 괴로움을 안고 있던 전상병이 사랑하는 사촌 여동생과 하나가 될 수 없음을 비관해서 자살을 했고 사촌 여동생은 사촌 오빠의 죽음을 비관하여 뒤따라갔다는 기사를 읽은 김장수는 기가 막혀서 말문을 닫고, 미스 정에게 DJ 급구 지시를 내린다. 미스 정에겐 가당치도 않은 지시였다.

김장수의 고민은 깊어진다. 모든 일이 생각처럼 잘 풀리지 않는다. 전상병도 놓쳤고 손님은 여전히 없다. 문을 연 지 한 달이 지났는데도 감상실은 텅 빈 상태다.

내가 정말 잘못 생각한 걸까. 괜한 일을 시작했나? J의 말대로 정말 4퍼센트일까.

노크도 하지 않고 누가 문을 연다. 며칠간 마음이 편치 않던 김장수는 문 쪽을 향해 고함을 친다.

"또 노크를 하지 않고 들어오는 거야. 너 모가지가 몇 개냐!"

미스 정인 줄 알았더니 J가 서 있다.

"그래, 잘돼가나?"

일이 잘 안 되고 있다는 것을 알고 온 J의 말이었다.

"손님이 전혀 없어. 이러다간 망할 것 같아. 자네 말을 들을 걸 그랬나 봐. 굶어 죽는 건 좋으나 꿈으로 끝난다는 게 싫어."

어찌 할 바를 모르는 김장수는 J를 쳐다본다.

"내가 반대했지만, 속으로는 자네 같으면 해내겠다는 믿음이 있었어. 넘어야 할 산이 많을 것 같아 걱정을 했지만 말이야."

"자네 지금 불난 집에 기름 붓기야?"

"그게 아니야. 이발소 이야기를 하려는 거야."

"이발소 이야기? 4퍼센트는 아니고? 차라리 0퍼센트라 그래라."

"너무 그러지 말고 내 말 좀 들어 봐. 우리 동네에 이발소가 하나 있거든. 이발소를 열어 놓고 기다리는데 한동안 손님이 한 사람도 안 오더라는 거야. 집세도 못 내고 있던 친구가 기사회생하는 것을 내가 보았거든."

김장수는 지푸라기라도 붙잡고 싶은 심정이었다.

"손님이라는 것은 영감 같은 것일 수도 있어."

"영감이라니. 여기서 자네 지금 예술 하나?"

J는 한술 더 떴다.

"영감이라기보다 뮤즈라는 생각이 들거든. 뮤즈란 놈만큼 고약하고 얄미운 게 없어."

"고약하고 얄미운 게 없어?"

"자네 알지? 나, 학문 한다는 거. 그런데 학문도 말이야, 그냥은 안 되더라고. 논문인가 뭔가 좀 써 보려고 해도, 마음이 서야 되더라고. 그런데 이놈의 마음이 통 서질 않는 거야. 그럼 나는 미친다고. 그런데 말이야. 희한하게도 내가 마치 예술이나 하는 사람처럼, 뮤즈가 나를 찾아오길 기다린다는 거야. 웃기는 일이지만 그게 사실이거든. 뮤즈란 놈은 세상 곳곳의 사정을 다 알고 있는 괴물이라는 거야. 자기가 오길 끝까지 기다리는 자가 누군지를 아는 영리한 친구라는 거야. 사실이 그렇다는 것도 학자가 증명을 했거든."

"또 학자 이야기냐."

"너무 그러지 말고, 내 말 들어 봐. 개업한 지 6개월이 지났을 때쯤이라지 아마. 문을 닫기로 결심을 했다는 거야. 내가 그때 그 이발소 앞을 지나다니고 있었는데, 문만 열려 있고 손님이 있는 것을 본 적이 없었어. 저 집 저래서 되겠나 싶었지. 그런데 말이야. 그날 내가 무슨 생각에서인지 그 이발소로 들어간 거야. 이거 정말 놀랐지 뭐냐. 이발이 어쩌나 정성스러운지. 나는 감동을 먹었어. 이발도 이발이지만, 면도도 정말 깨끗이 해 주더라고. 여자 종업원은 없고, 모두 혼자 하더군. 학술대회 시간이 늦을까 걱정이 되어서 빨리 끝내 달라고 해도 곧 끝난다면서 20~30분을 더 끄는 거야. 시계를 보았더니 시간이 있더라고. 그래서 그대로 내버려 두었지. 그날 이후 나는 그 집 단골이 되었고, 지금은 나 같은 단골이 여럿이거든. 성업이라고 할 만큼 이발소가 잘되고 있어. 아가씨도 한 명을 쓰고 말이야. 르네상스에도 뮤즈가 찾아올 날이 반드시 있을 거라는 말을 하고자 내가 오늘 자네를 찾아온 거야. 그러니까 버텨야 해. 그냥 버틸 수는 없지. 내가 아이디어를 하나 가지고 왔어. 아이디어를 채택할지 어떨지는 자네 몫이지만 말이야. 나는 그냥 아이디어를 주겠다는 것뿐이야."

김장수는 J에게 이길 수가 없음을 안다. 기왕에 시작한 거니, 그냥 계속해,라는 생각을 할 수밖에 없었다.

"순교자를 구해."

J의 말은 너무나 엉뚱한 것이었다. 뮤즈 이야기는 그런대로 그렇겠다 싶었지만, 순교자라는 말은 앞뒤가 정말 맞지 않았다.

"공동체라는 말 들어 보았지?"

김장수는 첩첩산중이군, 했지만 J는 계속 이야기했다.

"뜻을 같이하는 사람들이 모인 모임 말이야."

그때 미스 정이 차를 가지고 들어왔다.

"미스 정, 너도 여기 앉아서 J 박사 이야기를 들어 봐. 나는 뭐가 뭔지 모르겠다."

"세상 사람들 아무도 믿지 않는, 어떤 믿음을 자기네들끼리만 믿고 있는 소수의 모임 같은 것도 일종의 공동체이지. 내 말은 아무리 소수여도 뜻을 같이하는 사람들이 모여서 만든 공동체라는 것이 이 세상에 있다는 말을 하고 싶다는 거야."

눈을 말똥말똥하게 뜬 미스 정의 얼굴에는 호기심이 가득하다.

"초기 기독교 공동체의 운명이 어땠는지 알아?"

문화인류학자가 이번엔 목사가 되려고 하나? 초기 기독교 공동체는 왜?

"초기 기독교 시절에 몇 안 되는 기독교인들은 유태인들의 핍박을 엄청나게 받았을 뿐만 아니라 로마 병사들에게 발각되면 죽임을 당했거든. 그래서 숨어 다니면서 예배를 보았다고 하잖아. 산속이나 땅굴 같은 곳에 모여서 자기네들끼리 기도를 하고, 복음을 전하는 일에 목숨을 걸었다는 거야. 지상의 논리와는 다른 하늘의 논리를 전파하기 위해서 목숨을 걸었던 순교자들 말이야. 음악은 하늘의 논리잖아. 그러니까 르네상스를 성공시키려면 순교자를 생각하라는 거야. 순교자들 때문에 그렇게 지독한 박해를 받던 기독교가 결국 수백 년 후 로마 국교가 되었거든. 자네가 클래식 전도사가 되려면, 그냥은 절대로 안 돼. 순교자를 찾으라는 거야. 한 사람의 순교자 덕분에 수천 수만 명의 기독교인이 생기게 된 거, 정말 신기한 일이거든. 클래식 음악의 대중화를 위한 순교자 정신을 가진 인력이 한 사람만 있으면 되는 거야. 오늘날의 기독교인 말고, 초기 교회의 기독교인들처럼 목숨을 걸 각오가 되어 있는 사람 말이야. 물론 찾기가 쉬운 일이 아니지. 거의 불가능하다는 것도 알아. 그러나 뮤즈는 끈질긴 사람에겐 찾아오는 법이라는 사실을 잊지 말아야 해. 그게 4퍼센트를 5퍼센트로 발전시키는 길이야. 4퍼센트에서 5퍼센트라면 정말 대단한 거야. 어느 분야에서나 하루아침에 100퍼센트로 이루어지는 일은 없어."

뭐가 뭔지 알 수가 없지만, J가 떠난 후 순교자라는 단어가 자꾸만 김장수의 목에 걸린다. 김장수는 미스 정을 불렀다.

"너, J 박사 말을 어떻게 생각해?"

"대단한 사람 같아요."

"전상병만 한 사람 구하는 것은 불가능할지 모른다. 그러나 네가 순교자를 구해 봐. 어서."

"제가요?"

미스 정은 기겁을 한다.

"내 초대글 옆에 광고문을 써 붙이고 동네 주변에 벽보도 붙여."

가내수공업식으로 일이 되겠나 싶었지만, 미스 정은 시키는 대로 했다. 하지만 광고는 아무런 효과가 없었다. 음악해설가를 꿈꾸고 있는 사람으로서 르네상스의 일이 형부의 일이라고만 생각할 수 없었던 미스 정이 2~3일 후 급한 마음으로 형부를 찾는다.

"너 또 노크를 하지 않고 들어오는구나. 몇 번을 이야기해야 알아듣겠느냐."

"왔어요!"

미스 정은 숨을 헐떡인다.

"뭐가 왔어?"

"어떤 노인이 왔어요."

"누가?"

"어떤 노인이 광고를 보고 왔대요. 지금 밖에 있어요."

"들어오라고 해야지, 뭘 하나."

"꽤 늙은 노인이에요. 70이 넘었대요."

"들어오게 하라니까."

김 사장은 뮤즈가 찾아온 것이길 기도하는 마음으로 빌었다.

"어서 오세요, 영감님. 저는 김장수라고 합니다."

백발에 키는 중키, 몸은 마른 편이었다. 허리는 곧았고 첫눈에 깐깐한 사람으로 보였다. 서재로 들어온 노인은 김장수 앞에 그냥 서 있다.

"앉으시지요."

서재에 있는 커피 테이블을 사이에 두고 두 사람은 마주 앉았다.

"미스 정, 여기 차 좀. 그리고 J 선생에게 전화 좀."

영감은 벽에 걸린 베토벤 사진을 본다. 이 사람도 베토벤을 좋아하는구나.

"그동안 무엇을 하셨어요?"

대답 대신 영감은 베토벤의 사진만 보고 있다. 영감은 김장수의 눈에 겸손해 보이기도 하고 거만한 사람처럼 보이기도 했다. 젊었을 적에는 허풍깨나 부렸을 사람으로도 보이다가 그렇지 않을 것 같기도 했다.

"은퇴하시기 전에는 무엇을 하셨으며 지금은 어떻게 소일을 하고 계십니까?"

"은퇴와는 상관이 없는 삶이었어요. 그냥 돌아다녔지요."

콧물이 흐르지도 않는데 왼손으로 코를 닦으면서 계속 베토벤 사진만 보고 있다.

"제가 사람을 찾고 있습니다. 영감님이 어떤 분이시라는 것을 알아야 마음을 정할 수 있기 때문에 지금 실례를 무릅쓰고 있는 것입니다.”

“저의 병은 둘입니다.”

영감의 첫마디가 병이었다.

“병이 둘이라니요, 영감님?”

“캐고 싶은 병과 말하고 싶은 병입니다.”

김장수는 외국어를 듣는 것 같았다. 전상병도 웃기더니, 영감도 웃기는군. 영감의 입을 열게 하기 위해서 김장수는 전상병에 대한 이야기를 한다.

“얼마 전에 무명 시인을 만났더랬어요. 음악과 하나가 되지 못하고, 사촌 여동생과 하나가 되지 못한 괴로움 때문에 죽은 친구지요.”

“알고 싶어서 방황을 했지요. 미국과 유럽 여기저기를 방황하고 다녔지요. 인간들도 그랬고 음악도 그렇더라고요. 같으나 달랐고, 다르나 같았어요.”

이게 무슨 소린가. 확실히 외국어였다.

“‘캐고 싶은 병’이라고 했던가요. 무슨 말인지 이해가 되지 않네요.”

그때 J가 들어선다.

“어서 오게. 이리로 앉게. 아까 전화를 급히 끊어서 미안하네.”

김장수는 자기가 앉아 있던 일인용 소파에 영감을 앉히고 J와 자기는 삼인용 소파에 앉는다. 영감은 무대 위에 서 있는 연주가가 되고, 김장수와 J는 청중이 된다. 서재는 갑자기 연주 직전의 공연장처럼 정적이 흐른다.

"음악이 좋으면 그것으로 그만인 사람이 있지만 저는 그렇게 잘되지 않았어요. 인간이 음악을 좋아하는 이유를 알고 싶었거든요."

J가 몸을 고쳐 앉는다.

"어떤 사람은 어떤 것을 좋아하면 그것으로 만족이지만, 저는 인간이 그것을 좋아하는 이유를 알아야 만족하게 되거든요. 캐고 싶은 병이지요."

참으로 여러 가지네.

김장수의 중얼거림이다.

"저는 우선 두 가지를 물어보았어요. 일단 시작은 해야 하니까요. 인간은 어떤 경우에 어떤 것을 좋아하나, 그렇다면 그런 인간이 음악은 왜 좋아하나,라고 물었다는 것입니다. 현재까지 얻은 답은 이런 것이 되더라고요. 저 친구는 숙맥 같아, 영 통하지가 않아 미치겠어, 이런 말을 하는 인간을 보았다는 것이지요. 이런 인간 이외에도 여러 종류의 인간이 있겠지만 저는 이런 인간에게서, 믿거나 말거나 인간은 자기와 통하는 사람을 좋아한다, 서로 통한다는 말은 생각이나 느낌이 닮았다는 뜻이다, 이런 생각이 들더라고요. 그래서 자기와 닮은 어떤 것을 인간은 좋아한다는 결론을 얻었지요. 음악을 좋아하는 이유 역시 인간과 음악이 닮아야 하는 것이 아닌가 싶었어요. 그래서 인간의 삶과 음악의 삶을 비교해 보기 시작한 결과 둘이 닮았다는 결론을 얻었어요."

"인간과 음악이 닮았다는 결론을 어떻게 얻으셨는지요?"

자기 문화와 닮지 않는 문화를 접할 때의 자기 생각을 하던 문화인류학자 J가 물었다.

"인간의 생각은 각자 다르니까 여기서도 물론 믿거나 말거나였겠지만요. 저는 이런 생각을 했다는 거지요. '삶의 중심은 집이다'라는 생각을요. 집에서 먹고 자고 하다가, 집에만 있지 않고 밖으로 나가지요. 나가서 활동을 하지요. 집에서 가까운 곳으로 나가기도 하고, 멀리 나가기도 하지요. 영 먼 곳으로 여행을 가기도 하고요. 그러나 결국 집으로 돌아오지요. 음악이 그렇더라고요. 아주 꼭 닮았어요."

책과 현지답사를 통해 생소한 문화와 자주 접하게 되는 문화인류학자이긴 하지만 영감의 말은 J에게 생소했다.

"제가 어떤 사람인가에 대한 이야기를 하라고 하시니 어쩔 수가 없네요. 일을 얻으려고 온 사람이니 더욱 그렇고요. 결국 많고 많은 개별적 현상의 근본 구조에 대한 이야기이거든요."

"말씀하세요. 괜찮아요. 무엇이든지 좋아요."

"문화권이 어떠냐에 따라 다르지만, 어떤 음악에서든 중심축이 되는 음이 있어요. 그 중심축에서 출발하여 중심축으로 돌아오지 않는 음악은 없다는 것이지요. 그 점에서 인간의 삶과 음악의 삶이 닮았다는 거지요."

"통역이 필요할 것 같아요."

김장수의 말이다.

"조성음악의 경우 출발은 중심축의 예가 되는 주화음이지요. 도, 미, 솔 중의 어느 한 음에서 출발하지요. 그렇지 않은 노래는 없어요. 그러고는 다시 '도'로 돌아오지요. 노래가 시작에서 끝까지 흐르는 과정에서 중심축에서 조금 벗어나는 음 활동도 있고 많이 벗어나는 음 활동도 있어요. 그러나 결국 '도'에서 마무리 짓는 것을 볼 수 있지요. 단조의 경우는 '라', '도', '미'가 중심축이 되니까 끝은 항상 '라'가 되지요. 많이 벗어나면 드라마의 묘가 커지기 때문에 작곡가는 벗어나는 정도를 살피지요. 인간의 삶에도 음악의 삶에도 언제나 예외는 있고요. 노래에 정보량을 많게 하기 위해서 새로운 양식이 탄생되긴 하지만 거기에도 중심축 역할을 하는 음이나 음군은 있거든요. 없으면 반드시 암시가 되지요. 노골적 표현보다 간접적 암시의 힘이 더 막강하다는 것을 인간도 알고 음악도 안다는 것이지요. 인간의 삶과 음악의 삶의 뿌리는 그러니까 결국 '집에서 집으로'라는 결론을 얻었다는 것이지요."

"말하고 싶은 병에 대해서 말씀해 주실 차례 같군요."

영감의 말이 여전히 외국어로밖에 들리지 않는 김장수가 묻는다.

"인간이면 누구나 가지는 병인 것 같아요. 예술 작품 역시 자기 표현의 결과이고, 일상생활에서 사람들이 자기 이야기를 하는 것도 따지고 보면 모두가 자기를 나타내기 위한 것이거든요."

J가 묻는다.

"영감님은 지구 인간의 4퍼센트만이 음악을 좋아한다는 문화인류학자의 주장을 어떻게 보십니까?"

"4퍼센트라고요? 그건 너무 많은 거 아닌가요."

영감을 바라보면서 고개를 끄덕이는 J를 김장수가 본다. 음악은 모르지만 문화의 일반론에 눈을 뜬 J는 영감에게 흥미를 느낀다.

우선 네 번의 강의식 음악해설을 할 것. 2주일의 말미를 줄 터이니 강의 초를 제출할 것. 사전 통보 없이 결근하면 약속을 어긴 것으로 간주함.

위의 조건에 합의한 후 영감은 13시에서 21시까지 문을 여는 르네상스에서 일을 하기에 이른다. 2주간의 적응 기간을 얻은 영감은 출근 첫날, 감상실을 둘러본다. 제일 먼저 넓은 방과 좁은 방을 가르고 있는 유리벽을 본다. 레코드장과 나무로 된 디딤대, 책상 하나와 책상 앞에 놓인 회전의자를 본다. 김장수와의 약속을 이행하기 위해 강의 준비를 하면서 영감은 회전의자를 좌우로 돌려본다. 자기를 도우려고 디딤대에 앉아 있는 미스 정에게 도울 일이 없으니 나가도 된다고 한다. 미스 정이 나간 후 영감은 푸우우 하고 한숨을 쉰다. 그리고 평생을 되돌아보는 시간을 가진다. 영감에겐 심각한 순간이다. 목에 힘을 주는 시간은 아니다. 영감에게 오랜만에 그런 시간이 찾아온 것이다.

여기가 내 집인가. 집에서 출발한 지가 언제였던가. 이제 정착이란 말인가. 더 이상의 움직임은 아니고 정지 상태를 준비한다는 건가. 캐고 싶은 병이 완치가 되었다는 건가. 기쁜 일인가. 슬픈 일인가. 그때 영감은 잊을 수 없는 옛 벗인 영욱 생각을 한다.

한 번만 더 영욱을 그리고 그에게서 해방되자고 중얼거리면서 베토벤의 〈제9교향곡〉을 듣는다.

영욱은 생각의 차원에서 항상 자기보다 한 발자국 앞서고 있었던 친구였다. 고향에 있는 녹향이라는 지하 다방도 영욱의 소개로 알게 되었다. 녹향에 가면 언제나 음악을 들을 수 있었다. 특별한 요청이 없을 때에는 〈제9교향곡〉을 반복적으로 틀어 주는 녹향이었다.

르네상스에서 〈제9교향곡〉을 들으면서 영욱과 나누었던 그날의 대화를 회상한다.

"음악성이라는 말은 들어 보았으나 기악성이라니 그게 무슨 소린가?"

"내가 만든 말이야."

"네가 만든 말이라고?"

"그럼 내가 만든 말이지."

"그게 무슨 의미인가?"

"너 지금 흘러나오는 〈환희의 송가〉 들려?"

영욱이 물었다.

"들려."

"너 〈환희의 송가〉가 좋아?"

"좋고 말고."

"너 독일어 알아?"

"몰라."

"그렇다면 〈환희의 송가〉를 좋아한다는 것은 노랫말 때문이 아니라 음들의 조화 때문이군."

"이야기가 그렇게 되나. 사실 나는 선율과 피아노 반주의 아름다움 때문에 예술 가곡을 좋아했어. 독일어와는 상관없이 〈환희의 송가〉의 경우도 음들의 조화가 좋아서 어떤 때에는 울었다니까."

"그래 맞아. 우리가 예술 가곡을 좋아하는 것은 기막힌 선율과 피아노 반주 때문이지. 노래는 몸이라는 악기, 반주는 피아노라는 악기에서 나오는 소리니까 기악성 때문이지. 음악성이라고 해도 좋고. 그래서 문학성과 기악성에 대한 생각을 해 보았다는 거지. 〈성불사의 밤〉 가사가 몇 절이지?"

"2절이잖아."

"가사는 서로 다르지."

"그래 다른 가사야."

"그런데 선율은 1절 2절 모두 같거든. 가사의 의미를 반영하는 것이 성악이라면 가사가 다르면 선율도 달라야 하지 않겠나. 그런데 가사의 의미는 두 절이 다른데 선율은 하나이거든. 문학성과 기악성 문제를 놓고 어떤 대답을 해야 하는가 하는 생각을 해 보았다는 거야. 음악성과 문학성이라는 두 성性이 하나가 되어야 한다는 것인데, 그게 본질적으로 하나가 될 수 있는 것이냐, 될 수 없는 것임에도 우리가 하나가 되길 원하는 것이냐, 이런 생각을 해 볼 수 있다는 거지. 물론 많은 작곡가들이 '하나'를 시도해 왔고 앞으로도 끊임없이 시도할 것이기 때문에 간단한 문제는 아닌 것 같아."

오랜 세월 동안 외국에서 살다가 집으로 돌아 온 영감은 늙은 몸이 된 지금도 자기의 메피스토펠레스, 영욱 생각을 하면 가슴이 아린다. 영욱의 생각이 옳고 옳지 않고와는 상관없이 자기보다 언제나 엉뚱한 생각을 먼저 하던 영욱이 보고 싶어서다. 손님이 없는 빈 감상실에서 〈제9교향곡〉을 크게 틀어 놓고 영욱을 그리면서 글 썽거리고 있는 영감의 마음을 아는 사람은 없다. 어두운 곳에서 슬피 울며 이를 갈아 본들 영감에겐 아무런 소용이 없었다.

　영감이 〈환희의 송가〉 마지막까지 듣고 있는 동안, 명DJ가 되는 것이 꿈인 미스 정은 넓고 어두운 감상실 구석 자리에 앉아 있다. 영감을 도우라는 말만 남긴 김장수는 어디로 간 것인지 알 수 없다.

　영욱 생각을 하는 시간을 제외하면 영감은 김장수에게 제출할 강의 초에 대한 생각뿐이다. 영감이 강의 제목을 정해서 김장수에게 제출할 하루 전날 〈제9교향곡〉이 신청곡으로 들어온다. 누가 〈제9교향곡〉을 신청했나 싶어서 회전의자를 감상실 쪽으로 돌린다.

　"아, 저기 영욱이?"

　우연한 사고라는 말이 아직도 살아 있던가. 영감은 기절할 정도로 놀란다. 회전의자에서 뛰어내린다.

　"어이, 영욱이!"

　손님으로 앉아 있던 사람이 놀라면서 말한다.

　"누굴 찾으세요?"

　영감은 그 자리에서 잠시 넋을 잃는다. 영욱과 닮았을 뿐 영욱이 아니었던 것이다. 정신을 차린 영감은 사전 통보도 없이 퇴근을 한다. 집으로 들어가기 전에 미치도록 술을 마신다. 사실은 영욱이 보고 싶어서라기보다 영욱의 망령에 시달렸던 자신에 대한 원망 때문이었다. 병의 뿌리가 모두 영욱이었다는 생각에서 벗어날 수가 없는 자기 자신에 대한 분노라고나 할까. 결국 다음 날 결근을 한다. 김장수에겐 원칙은 원칙이었다. 미스 정을 영감에게 보내서 해고 통보를 한다. 소식을 들은 J가 뛴다. 김장수를 호되게 비판한다.

"자네는 도대체가 목적과 수단을 혼동하고 있어. 위대한 음악이 우리의 혼을 빼앗기 때문에 자네가 혼동하고 있는 것은 이해를 해. 그러나 자네는 하나만 알지 둘은 몰라. 인간이 음악의 주인이지, 음악이 인간의 주인일 수 없어. 약속이 원칙이라는 자네의 의도는 알아. 그러나 약속의 경우도 마찬가지야. 인간이 약속의 주인이지, 약속이 인간의 주인일 수는 없어. 자네와 영감의 관계가 인간 역사의 축소판 같다는 생각이 왜 드는지 알 것 같아. 4퍼센트도 많다고 하던 영감의 말을 자네도 들었잖아. 자네는 영감을 몰라. 음악의 신이 있다면 순교자가 될 수 있었던 영감이었어. 자넨 큰 실수를 한 거야."

J가 서재를 떠나기 전에 또 말했다.

"르네상스가 목적인가, 자네의 원칙이 목적인가?"

J의 말에 김장수의 몸은 땀에 젖고 만다. 넋의 헷갈림이 낳는 홍수 같은 땀 때문이다. 헷갈리고 마는 것만이 아니라 태어난 후 처음으로 해 보는 뼈를 깎는 반성이다. 약속병 때문에 아내와 이혼한 후 멍든 가슴을 숨기고 산 김장수는 허둥지둥 영감의 숙소를 찾는

다. 사죄한다는 말을 한 후, 영감과 함께 르네상스로 되돌아올 것을 상상하면서 허둥댄다. 그때까지도 자기의 기대감만이 유효한 것으로 생각하는 김장수였다. 고용을 하는 사람과 고용을 당하는 사람의 차이에 대한 생각은 하지 않는 자네, 그러한 자네가 영감이 다른 생각을 하고 있다는 걸 어떻게 알았겠는가. J의 이 말이 유효한 줄을 김장수는 그때까지도 모르고 있었다.

방황하고 다닐 때에 언제나 주인이었다는 사실을 바보처럼 다시 깨닫는 영감은 노구를 이끌고 모처럼 얻었던 회전의자를 버리고 역시 떠나야 했다. 정착보다 방황이라고 중얼거리면서 정처 없는 길을 찾아 나선다. 새가 되어 하늘로 날아올라 간 영감을 놓친 김장수는 땅을 보면서 걷는다. 땅은 아무것도 모른다. 음악을 통해 하늘을 찾겠다는 르네상스는 저 멀리, 아주 멀리에 희미하게 서 있을 뿐이다.

전화기가 운다

두문불출을 결심한 창우는 새 출발에 적합한 작업실을 꾸민다. 방 정리가 끝났다 싶었을 때 방구석 어두운 곳에서 새 한 마리를 발견한다.

'네가 여기 있었구나.'

어디서 무얼 하고 있는지 알 수 없는 친구 용수가 20년 전에 준 선물이었다. 오리, 학, 두루미의 부분적 특징들로 아우러진, 나무로 만든 조각품이었다. 키는 34센티미터. 그 새는 목이 긴 새였다. 물속에 발을 숨긴 오리가 배 부분만을 물 위로 내밀고 있는 듯했고, 긴 목은 뒤로 굽었다가 머리 부분에서 앞으로 쭉 뻗으면서 하늘을 쳐다보고 있는, 기묘하다고밖에 말할 수 없는 아름다운 새였다. 이 세상에서 그 유형을 찾을 수 없는 새를 선물로 받은 후 처음 10년

동안은 눈에 띄는 곳에 두고 그 새를 매일 보면서 살았다. 볼수록 신기한 새였고 영원을 향해 어디론가 날아갈 듯한 새, 그 새를 타고 하늘로 날아오르려다가 땅으로 떨어지는 꿈을 여러 번 꾸게 한 새였다.

어느 날부터였던가. 있어도 그만 없어도 그만인 새가 되어 버렸다. 늘 피아노 위에 얹혀 있던 새가 창우도 모르는 사이에 방구석에 버려지고 말았다. 창우는 목이 긴 그 새가 버려진 줄도 모르고 십여 년을 살아왔었고 마흔을 넘긴 날 그 새가 창우 앞에 다시 나타났다.

"선생님, 저 왔습니다."

"응, 거기 앉아라. 아직 늦지 않았어. 법대나 의대로 원서를 고쳐 써. 음대가 뭐냐, 음대가."

담임선생에게 꾸중을 듣고 교무실을 나온 창우는 무거운 책가방을 메고 교문을 나선다. 선배 한 사람이 교문 앞에서 기다린다. 문예반을 기웃거리다가 한두 번 만난 일이 있었던 선배 김용수였다. 용수는 T시의 법과대 학생으로 이미 대학생이 되어 있었다. 창우보다 키가 큰 용수는 거두절미하고 창우의 손을 잡더니 자기 집으로 가자고 했다. 인물도 좋았고 팔목의 힘은 창우보다 서너 배나 더 셌다. 끌려가다시피 한 창우는 그의 집이 첫눈에 용수만큼이나 멋있게 보였다. 남향으로 되어 있는 양옥집이었다. 용수의 방에는 힘없는 햇빛이 하늘거리고 있었다. 분위기가 아늑한 방구석에 보면대가 하나 있었고 그 옆에 바이올린이 놓여 있었다. 용수는 말없이 바이올린을 들었다. 그리고는 〈타이스의 명상곡〉을 연주하기 시작했다. 연주를 남 앞에서 한다는 것은 쉬운 일이 아니다. 해라, 안 한다, 이런 절차 없이 용수가 연주를 한 것은 말 백 마디보다 자기를 진솔하게 소개한다는 의미가 된다. 이 세상 아닌 다른 어떤 세상에 온 것 같은 느낌을 받은 창우는 마음이 숙연해진다. 입을 닫은 채로 용수의 연주를 들으면서 기교파라기보다 음악성파라는 생각을 한다.

"음대에 간다면서?"

선배라고 그러는지 연주로 자기를 소개한 것이 부끄러워서 그러는지 반말이었다. 말은 반말이었지만 후배에게 어떻게 처신을 해야 할지 당황하는 표정이 역력했다.

"별종이 별종을 만나고 싶었다."

말투가 또 이상했지만 그냥 두고 보기로 했다.

"문예반에서 한두 번 만났을 때부터 나는 알았지. 나와 비슷하다고. 음악에 미쳐 있는 것도 알았고 나도 법대 집어치우고 음대에 갈 작정이야."

듣고만 앉아 있는 창우에게 "미미미미도오오오…… 레레레시이이이이……"라는 소리를 낸다. 바이올린 소리 대신 노래였다.

'이 양반의 정신, 뭔가 좀 이상한 거 아닌가.'

창우의 생각에는 아랑곳하지 않는 용수는 말을 잇는다.

"토스카니니, 브루노 발터, 푸르트벵글러, 다 다르지."

듣고만 있는 창우에게

"'도오오오'와 '시이이이이'의 길이 말이야. 그 길이가 다르다, 이 말이야. 나는 어느 것도 마음에 들지 않거든."

그때까지 입을 닫고 있는 창우를 보면서 '혹시 베토벤 운명 교향곡도 모르는 친구인가' 싶었던지, 용수는 또 입을 연다.

"누구나 아는 베토벤 운명 교향곡 있지. 시작 부분을 두고 사람들은 운명의 신이 노크를 한다라는 식의, 말 같지도 않은 말을 하지. 말짱 거짓이라는 것쯤 너도 알지? 그런데 말이야. 나는 그런 허깨비 같은 소리보다 미미미도오오오의 도오오오를 끄는 길이, 레레레시이이의 시이이이이를 끄는 길이, 그 길이가 어떠냐에 관심이 더 가거든. 아무렇게나 끌어서는 절대로 안 되거든. 얼마만큼 그리고 어떻게 끄느냐가 바로 음악성이란 말이야. 너도 그걸 알잖아. 가장 적절하게 끌어야 하는 음악성 말이야."

용수가 '도오오오'나 '시이이이'를 끄는 길이를 점검해 보는 창우는 용수의 길이가 가장 적절하다고 생각한다. 그게 창우를 놀라게 한다. 난생 처음으로 음악적 동지를 만났다는 기쁨마저 느낀다. 나중에 안 것이지만 어떤 곡을 두고서도, 그 곡의 리듬의 처리 방식, 리듬뿐만 아니라, 악절 연결 시의 호흡이나, 균형감각 그리고 다이내믹의 조절 등, 사건 진행의 속도감 모두가 창우의 그것과 일치한다는 사실을 발견한다. 창우는 그날부터 용수의 음악적 내심을 좋아하게 된다.

창우는 작곡 전공으로 용수는 바이올린 전공으로 음대에 합격해 돈암동에서 하숙 생활을 시작한다. 하숙생활을 해 나가는 과정에서 창우는 용수를 점점 더 좋아하게 된다. 용수가 하는 말 중에서 음악과 상관되는 말이면 모두 동의하게 되기 때문에 하루하루가 창우에겐 즐겁다. 그런데 어느 날부터인가 하나의 문제가 생긴다. 바이올린 연습에 대한 용수의 태도 때문이다.

"야, 너 이 곡 알아?"

누구나 아는 곡을 자기만이 그 곡을 처음으로 발견한 것으로 생각하고 그 사실에 취하고 있었다. 창우가 "나 그 곡 안다"라고 말하면, "아니지, 네가 아는 것은 아는 것이 아니야"라는 식이다. 창우는 "좋아, 네가 아는 것이 아는 것이라면, 그 말이 맞겠지"라고 말해 버리고 만다. 용수를 좋아하는 창우였기 때문에 용수가 무슨 말을 해도 모두를 악의 없는 말로 받아들인 것이다. 그런데 연습에 대한 용수의 태도가 문제였다. 자기가 선택한 곡을 연습하기 시작하는 첫날은 행복하다. 이 좋은 곡을 자기가 연주하기 위해서 연습을 하는 날이니 행복한 날이 아닐 수 없었다. 그런데 일주일을 넘기지 못한다. 일주일 정도 연습을 하다가, 마음대로 잘 안 된다는 것을 용수는 알게 된다.

"이놈의 곡이 왜 이렇게 잘 안 돼."

잘 안 되면 될 때까지 연습을 계속해야 하는데, 안 되니, 그 곡이 지겨워진다. 좋다던 곡이 갑자기 '지겨운 이놈의 곡'으로 변하고 만다. 용수는 미칠 듯이 좋다고 했던 곡을 버린다. 그리고 다른 곡을 찾아 나선다. 다른 곡을 찾은 날, 용수는 자기가 버린 곡에 대한 생각은 까마득하게 잊고 창우에게 와서 "야, 너 이 곡 알아?"라는 동일한 질문을 던진다. 그리고 일주일이 지나면 그 곡을 또 버리고, 다른 곡을 찾는다. 그러다 보니 제대로 연주하게 되는 곡이 하나도 없게 된다.

피아노나 바이올린이나 간에 악기로 연주를 하려고 하는 경우는 어릴 때부터 연습을 시작하지 않으면 성공하기 어렵다. 어릴 때부터라고 하는 것은 중학생이 되어서 시작하면 벌써 늦다는 뜻이다. 아주 어릴 때부터 시작해야 할 뿐만 아니라 좋은 선생에게 레슨을 받아야 한다. 용수의 경우는 레슨은커녕, 그 근처에 가 본 일도 없고, 누가 시켜서 하는 것도 아니었다. 중학교 3학년 때부터 자기가 좋아서 독습을 했을 뿐이다. 남학생이 바이올린을 하는 경우가 극히 드물었기 때문에 T시에서 용수만큼 바이올린을 잘하는 학생은 없었다. 용수 스스로도 자기가 최고라고 생각했다. 문제는 대학생이 된 후에 생겼다. 대학에 진학을 한 후부터 용수는 서울 학생들과 비교해 볼 기회를 가진다. 자기의 바이올린 연주 실력이 턱없이 모자란다는 것을 알게 되고서부터 난생처음으로 심각할 정도의 좌절감에 빠진다.

마음속에서 자기 혼자만 그릴 수 있는 음악과 남의 마음에 들리게 하는 음악, 본질이 근본적으로 서로 다른 이 두 음악이 있다는 사실에 대해서 눈을 뜬다. 바이올린을 들지 않을 때에는 어느 누구의 음악 못지않은 음악이 마음 안에 그려지는데, 바이올린을 드는 순간 모든 것이 수포로 돌아가고 만다. 용수의 내부에서 짙은 피 섞인 흙탕물이 들끓기 시작한다. 자학을 해야 할지, 다른 방식으로 도전을 해야 할지 방법을 찾지 못한다. 용수의 마음은 풀 수가 없는 실타래로 꼬여 간다.

"지금은 못해도 앞으로는 잘할 수 있다, 내가 누군데."

입버릇에 불과한 말이라는 것을 주변 친구들 모두가 안다. 그것만이 아니다. 입버릇은 날로 늘어 간다.

"안 하면 안 했지 시시한 음악은 연주하기 싫다. 시시한 친구를 친구로 생각하기 싫다. 시시한 곳에서는 살 수 없다. 훌륭한 음악을 마음속에 품는 일이 마음 밖으로 자기를 드러내는 일보다 더 중요하다."

이런 말을 하는 용수가 남들의 눈에는 미친놈으로 보이지만 용수는 아랑곳하지 않는다.

"다 된 밥과 덜 된 밥이 있잖아. 다 된 나와 덜 된 나도 있거든. 다 된 나를 나는 '나인 나', 덜 된 나를 '나 아닌 나'라고 나는 이름 짓거든. 현재의 나는 '나 아닌 나'이지만 앞으로 '나인 나'라는 사람으로 내가 나타날 터이니까 그렇게 알아라."

"……"

"이번 1학년 협연자 선발에서 낙선했지만, 1등을 한 그 친구의 연주, 너 들어 봤지. 정말 참을 수 없을 정도로 비참한 연주라는 거 너만은 알거야. '나인 나'의 연주를 상상해 봐. 내 말이 무슨 말인지 알지. 이추훈도 내 말기를 알아듣더군. '나인 나'는 그런 시시한 연주는 못해. 그리고 '나인 나'는 나를 인정해 주지 않는 여기서는 살지 못해. 그래서 내가 살 곳에 대한 생각을 하거든. 내가 원하는 곳이 내 주변에는 보이지 않는다고. '나인 나'는 이 세상에서 가장 아름답고 착한 사람들만이 모여서 사는 곳이어야 한단 말이야. 나는 그런 곳을 찾아야 하거든. 그게 내 삶이어야 하거든. 그래서 나는 여길 떠나려고 하는 거거든. 음대? 좋아하네. 음악이 좋으면 됐지, 무슨 놈의 음대야! 나는 음대 같은 거 싫어. 떠나기 전에 너에게 했던 말을 다시 한 번만 더 할 거야. 밖으로 드러나는 것보다, 마음속에 있는, 드러나지 않는 '어떤 것'이 거짓이 아니라는 말을 너에게 남기고 싶단 말이다. 이거, 내가 손으로 만든 거야. 목이 꽤 길지? 너에게 주는 선물이야."

뇌가 하는 일이 무엇인지 과학적으로 완벽하게 아는 사람이 있을까. 창우는 자기의 머릿속에는 공간이 둘 있다고 생각한다. 하나는 눈으로 볼 수 있고 손으로 만질 수 있는 것만을 인정한다고 명령하는 수뇌부, 다른 하나는 눈으로 볼 수도, 손으로 만질 수도 없는, 무언지 모르지만, 그것에만 끌리는 어떤 것의 의미를 인정하라고 명령하는, 비현실적 세상을 보는 수뇌부, 이렇게 둘이다. 창우는 전자를 약은 뇌, 후자를 허황한 뇌라고 부른다. 용수가 약은 뇌속에 들어올 때에는 바보 천지가 되지만 허황한 뇌에 들어올 때에는 창우의 일상을 뒤덮는 귀재가 된다. 한 인간 행위의 어떤 뿌리, 바보 같고 철없는 순수함 그 자체, 주관적 가치만을 추구하기 위한 끝없는 방황, 이런 글귀가 용납되는 인간 삶을 가능케 하는 공간이 이 세상에 정말 있을까. 용수에 대한 궁금증이 생길 때면 창우의 모든 일상은 무의미해진다.

뜬소문인지 모르지만 용수에 대한 갖가지 소문이 돈다. 독일에서 산다더라, 미국에서 산다더라, 아니 프랑스, 아니, 스위스에서 산다더라, 발리 섬에서 산다더라 하는 소문이다. 그런데 발리 섬에서 산다는 소문은 뭔가 좀 이상하게 들렸다. 도깨비같이 서울에 나타나서, 오토바이로 종로 네거리를 질주하고 사라졌다는 소문도 들렸다. 무슨 재주로 그럴 수 있었는지 알 수 없으나, 세계 방방곡곡을 떠돌아다닌다는 소문이 소문 이상의 것이 아닐 때도 있었지만, 소문이 사실일 때도 있었다.

그게 정확하게 언제인지 기억이 잘 나지 않지만, 용수와 헤어진 후 창우가 용수를 딱 한 번 만난 일이 있었다. 그때 용수는 독일에서 박사학위 과정을 밟고 있다고 했다. 악학궤범을 번역하는 작업을 하고 있다고도 말했다. 창우는 용수가 한문을 모른다는 사실을 안다. 그러니까 악학궤범을 번역한다는 말은 허풍일 가능성이 짙다.

"내가 최근 한문 공부를 했다!"라고 말했지만 그것도 허풍일 가능성이 짙다. '여전히 허황한 소리만 하고 있군'이라는 생각을 하지 않을 수 없었다. 결혼은 하지 않았다고 했다. 나중에 알고 보니, 박사과정에 정식으로 들어갔다는 말은 거짓이었다. 무엇이 거짓이고 무엇이 거짓이 아니고는 창우에겐 문제가 되지 않았다. 누가 뭐래도 창우는 용수가 좋았다. 용수만큼 허황한 생각을 지속적으로 하고 있는 친구를 이 세상에서 쉽게 발견할 수 없다는 점, 허황함에 끝없이 집착하는 고집이 항우 같은 친구라는 점, 그 집착이 오히려 더 아름다운 영혼과 연결되어 있는 것은 아닌가라는 창우의 주관적 해석, 이런 것들이 창우의 마음속에 혼재하고 있었다. 만나면 실망스럽기 때문에 더 이상 만나기가 싫어지지만 오랫동안 만나지 못하고 있으면 이젠 사람이 좀 되었나 싶어서 궁금해지고, 그래서 꼭 한 번 더 만나 보고 싶은 그런 친구가 용수였다.

우선 죽었는지 살았는지, 그게 제일 궁금했다. 무덤 없는 무명의 병사처럼, 이 세상 어딘가에서 형체도 없는 시신으로 변해 버린 것은 아닐까. 이런저런 생각으로 창우는 용수를 알 만한 사람을 미친 듯이 뒤진다.

용수와 제일 친했던 친구가 창우 자신이었는데, 창우가 모르는 사실을 알 사람이 이 세상에 있을 리가 없다. 그러나 창우는 용수를 조금이라도 아는 친구들을 수소문한다. 천신만고 끝에 다섯 사람을 찾게 되었는데, 그중의 한 사람은 이미 죽었고, 남은 네 사람은 갑, 을, 병, 정이었다.

갑 : "몰라, 그 친구 홍길동 같은 친구 아닌가. 아니, 미친놈이었지. 음악 소질은 뛰어났었지. 그 미친놈의 음악적 소질은 누구나 인정했어. 그러나 손이 돌아가야지. 항상 기분만 내고, 그 기분을 연주를 통해서 나타내지는 못했지. 우리가 그의 연주를 듣고 웃으

면, 화를 버럭 내곤했지."

을 : "제일 친한 자네가 알지, 내가 어떻게 아나. 그 친구 독일에서 어떤 독일 여자와 결혼해서 산다는 소리를 듣긴 했는데. 얼마전인지 기억이 잘 안 나는데, 종로에서 아래위에 희한한 옷을 입고, 허름한 구멍가게에서 소주와 담배를 사고 있는 것을 보고 인사를 했었지. 인사를 받지도 않더군. 받지 않고, 소주병을 따면서 폼을 잡고 있더군. 바이올리니스트가 아니라, 미친놈 짓은 여전하더군. 독일에서 사는지 어떤지 내가 알 수야 없지."

병 : "그 몽상가, 브라질로 갔다던데. 브라질 여자와 붙었대나. 나도 들은 이야기야. 확실하지는 않아. 그 친구 무척 착한 면이 있었어. 지나친 몽상가여서 문제였어. 그의 눈을 자세히 보면 언제나 몽롱했었지, 참 안 된 친구야, 그 친구."

정 : "발리에서 산다는 소문을 들었어. 어떻게 거기까지 흘러갔는지 도무지 이해가 되지 않더군. 누가 알아? 위대한 예술가만이 취할 수 있는 비상식적 행동일지 말이야. 그 친구 통이 컸었지. 주머니에 돈이 들어 있으면, 그날로 몽땅 털곤 했었지."

창우는 몽상가 대신에 위대한 예술가라는 말을 사용하는 정과의 면담 후 그릇을 찾지 못해서 아직 미성인으로 있는 사람이지 그릇을 찾는 날엔 위대한 예술가라는 호칭을 세상 사람들이 용수에게 붙여 줄 것으로 믿었다. 정의 말투는 약간 빈정대는 투의 말이었지만, 용수의 어떤 면을 인정하는 듯한 말투였다. 창우는 그 말투 때문에 마음이 편했다. 그리고 용수가 불쌍한 친구라는 생각이 들었고, 그래서 딱 한 번만이라도 보고 싶었다.

　창우는 있는 힘을 다 해서 용수를 잊는 방향으로 마음을 틀었다. 아무리 찾아도 행방이 묘연하니 어쩔 수가 없었다. 견디기 어려운 결심을 하면서 창우는 고개를 흔들고 또 흔들었다. 새 출발을 하기 위해서 사표를 냈던 생각을 되살리고 있을 때 이추훈에게서 전화가 왔다. 지방의 K 지역에서 벌어지는 음악인 모임에 가자는 전화였다. 추훈은 창우가 아는, 용수 이외의 단 한 사람의 친구였다. 학교 선생을 그만두고 새 출발을 한다는 소문을 들었다고 했다.

　"진작 그랬어야지. 축하하네. 자네 같은 천재가 음악 선생 노릇을 하고 있어서야 되나."

　창우는 천재라는 말을 난생 처음 들어 본다. 겸손이 아니라 둔재 중에서도 상 둔재를 두고 천재라는 말을 하는 걸 보니 추훈이 자기를 좋아하는가 보다,라는 생각을 했다.

　작곡가 등 유명한 음악가들이 1년에 한 번씩 모여서 브레인스토밍을 하는 캠프라고 하면서 연주나 작곡의 비밀을 캘 수 있는 기회일 수도 있고, 최소한 친구를 사귈 기회를 가질 수 있기 때문에 손해볼 것은 없다고 했다. 자세한 이야기를 나누고 싶다면서 추훈의 단골 한식집인 할리우드로 나오라고 했다. 할리우드로 나갔더니 송형도라는, 잘 알려져 있지 않은 작곡가도 나와 있었다. 술이 오른 추훈이 사람 이름을 댔다.

지휘자 권영후, 바이올리니스트 김형란, 작곡가 윤형진, 김은숙, 오성자, 젊은 지휘자 이철준 그리고 L 시인, Y 시인의 이름이 거론되었다. 한둘을 빼고는 모두가 알려진 이름들이었다. 그중에서도 윤형진은 작곡계의 거목이었고, 김은숙과 오성자는 촉망받는 여류 작곡가로 창우가 알고 지냈으면 하는 작곡가들이었다. 시인 두 사람 역시 세상이 다 아는 이름들이었다. 자기의 시로 가곡이 만들어지는 것에 대한 관심 때문에 브레인스토밍 모임에 참석한다고 했다. 창우가 추훈의 말을 듣고 가만히 있으니까, 추훈은 음악가의 면면을 다시 소개했다. 알고 있다고 말하기도 그렇고 해서 창우가 그냥 듣고만 있었더니 추훈은 그 사람들 모두를 자기가 알고 있다는 사실이 자랑스럽기나 한 듯이 신을 냈다.

권영후는 실내악단을 소유하고 있고 리더십이 있는 지휘자이지만 술이 심한 사람이기 때문에 사람들이 피한다고 했다. 붙들리기만 하면 만취가 되도록 놓아주지 않는 사람이라는 말을 덧붙였다. 그러나 지휘 실력이 뛰어나기 때문에 어느 누구도 그를 괄시할 수 없는 사람이라고 했다. 김형란은 악단에서 최고로 인정받는 바이올리니스트이고 나머지 분들에 대해서도 차츰 알려 주겠다고 했다. 창우가 제일 흥미를 느끼고 있는 사람은 윤형진과 유망주 여류 작곡가 김은숙과 오성자였다.

K 지역을 향해 떠나는 날 창우는 용수를 백 프로 잊고 있었다. 형도는 뒷자리에 앉았고, 운전을 하는 추훈의 옆자리에 앉은 창우

는 이럴 수도 있나 싶을 정도로 기분이 상쾌했다. K 지역은 바다와 가까운 거리에 있는 작은 마을이었다. 숙소에 도착했을 때 추훈이 언급한 음악가들은 보이지 않았다. 모임을 주선하는 사람들로 보이는 한두 사람이 숙소를 배정해 주었다. 추훈은 그들을 실무자라고 했고 그들과 이미 친분을 맺고 있는 사이로 보였다. 배정받은 방에 가서 짐을 풀었다. 음악가들이 오기 전에 추훈이 실무자들과 잠시 어울리자고 했지만 창우는 방에서 쉬겠다고 했다.

침대에 누운 창우는 결심 하나를 한다. 극기를 하자는 결심이었다. 하고 싶은 짓을 하지 말고 참자는 결심이었다. K 지역을 수용소로 생각함으로 해서 극기에 성공하자. 성공하는 방법으로 매일 일지를 쓰기로 하자. 창우는 단단히 마음을 먹고 공책에 내 인생을 새로 시작하게 하는 날이라고 썼다. 또 하나 일지에 써야 할 사항이 있었다. 아침마다 스트레칭 15분, 그리고 냉수를 마시는 일을 일지에 쓰자는 결심이었다.

이튿날 새벽, 추훈과 형도가 창우에게 와서 해 뜨는 거 구경하러 바다에 가자고 했지만, 안 가겠다고 했다. 창우는 혼자서 아침밥을 먹었다. 무엇부터 어떻게 일을 시작해야 새 출발이 될지 막막했다.

전화기가 운다.

동일에게서 온 전화였다. 창우가 좋아하는 음악 미학을 전공하는 학자였다. 안부 전화였다.

전화를 끊고 창우는 방바닥에 누워서 천장을 바라보았다. 심각한 생각을 해 보고 싶었으나 뭐가 심각한 것인지 알 수가 없었다. 앞으로 만나게 될 윤형진의 곡을 듣기로 했다. 준비해 온 테이프로 윤형진의 창작곡을 듣는다. 음악이 귀에 잘 들어오지 않는다. 추훈이 말하던 사람이 오전 오후에도 눈에 띄지 않는다. 저녁 먹고 아래층 휴게실에서 추훈과 잡담을 나누었다.

밤 11시쯤, 곶감 두 개를 추훈이 가지고 왔다. 캠프에 참여하는 자기 제자의 부모들이 가지고 온 것이라고 했다. 술은 한 잔도 마시지 않았다. 술을 좋아하는 창우의 극기 훈련이 성공하고 있었다. 캠프에 온 둘째 날이기 때문에 가능한 일이었는지 모를 일이었다. 잠이 들려고 하는데 전화기가 운다. 받았더니 툭 끊어진다. 누굴까.

새 아침이다. 5시에 일어나서 스트레칭을 15분간 하고 냉수를 마셨다. 계획대로다. 바다 구경을 다시 간다는 추훈과 형도의 뒤를 따라나섰다. 바닷가의 다방에 들어가서 차를 마시고 평화로운 마음으로 돌아왔다. 아침술을 좋아하는 창우가 술을 마시지 않고 돌아온 것, 스스로 대단하다는 생각을 했다. 추훈이 창우가 만나고 싶어 했던 윤형진과 작곡계의 유망주인 두 여류, 오성자와 김은숙이 숙소에 들어와 있을 것이라고 말했다.

숙소로 돌아와 보니 그들의 얼굴은 보이지 않았다. 창우는 그동안 작업을 해 오던 가곡에 손을 댔다. 선율의 윤곽은 잡았으나 피아노 반주가 잘 안 된다. 불릴 노래와 영원히 불리지 않을 노래에 대한 생각이 창우의 마음을 괴롭힌다.

오후 늦게 도착한 윤형진과 창우는 인사를 했다. 사람이 냉랭하다. 쉽게 사귈 수 없는 사람으로 느껴졌다. 저녁 식사 후 1층 휴게실에서 커피를 마시고 있는데 오성자와 김은숙이 나타났다. 인사를 나누었지만 두 여류는 윤형진에게만 관심을 보낸다. 방으로 올라와서 잠들기 전에 윤형진의 인품에 대한 생각, 두 여류 작곡가에 대한 생각을 했다.

아침 5시 45분에 일어나서, 스트레칭을 15분간 하고 냉수를 마셨다. 세수를 하고, 이불을 개고, 휴지통을 비우고 하루를 살 준비를 끝냈다. 오전 7시가 조금 지났다. 아침 먹고 방에 올라왔다. 전화기가 운다. 사람들이 1층 휴게실에서 모여 차를 마시니 내려오라는 전화였다. 컴퓨터가 말썽을 피웠기 때문에 전화를 받고도 휴게실에 가지 못했다. 컴퓨터를 고친 후 이메일 점검을 했지만 아무 것도 없었다. 창우는 자기가 그동안 술을 안 마셨다는 것을 정말 대단한 일이라고 생각했다. 음악가들의 면면이 어떤지 궁금하다는 생각 때문에 아무 일도 손에 잡히지 않는다. 남에 대한 관심 때문에 일이 손에 잡히지 않는 자기가 창우는 미웠다. 어느 누구도 창우에게 관심을 가지지 않는다. 추훈도 자기 일만 열심히 할 뿐이다.

슈베르트 〈겨울 나그네〉의 마지막 곡 〈거리의 악사〉를 들으면서 스트레칭을 15분간 하고 냉수를 마셨다. 스트레칭과 〈거리의 악사〉는 어울리지 않은 것 같다. 새벽부터 울고 싶었다. 윤형진, 오성자, 김은숙, 이 세 사람은 아침을 먹으러 식당으로 오지 않았다. 사람들과 섞이는 것을 싫어하는 사람들인가. 아니면 윤형진이 어젯밤 두 젊은 여류만을 데리고 가서 늦게까지 술을 마신 건가. 휴게실에 좀 앉았다가, 방으로 올라와서 윤형진의 악보를 읽으면서 그의 음악을 다시 들었다. 냉랭했다. 창우는 자기가 손을 대고 있던 가곡을 다시 본다. 추훈이 놓고 간 곶감 하나를 먹는다.

어젯밤에 내린 눈 때문에 숙소 뒤의 산이 온통 흰색이다. 눈 덮인 산으로 올라간다는 연락이 왔다. 유일한 국악 작곡가 오진용이 산행을 주도한 모양이다. 윤형진, 이추훈, 송형도, 오성자, 김은숙이 일행이었다. 걸어서 갈 거리가 아니었다. 일행은 차 두 대에 나누어 탔다. 눈 덮인 산으로 올라가는 길이 미끄러울까 걱정하는 사람은 없었다. 창우 혼자만 미끄러지면 어떻게 하나 걱정을 했다. 산 중턱에 이르자 눈 덮인 좁은 비탈길이 나왔다. 비탈길 밑은 절벽이었다. 잘못하다가 미끄러지기나 하면 어떻게 될지 모를 일이었다. 일행은 다들 좁은 비탈길을 잘도 비집고 올라갔다. 김은숙은 더 이상 올라가지 못하겠다고 했고, 창우도 더 이상 올라갈 수 없었다. 일행은 조금만 더 올라갔다가 내려오겠다면서 정상을 향해 올라간다. 창우와 김은숙은 비탈길을 건너기 전에 있는 공터에 자리를 잡았다. 움직이지 않고 공터에 서 있었더니 산으로 올라오던 도중에 생긴 땀이 식어서 한기가 돌았다. 창우는 하산하고 싶었으나 김은숙이 그럴 생각을 하지 않았다.

창우는 김은숙에게 당신은 작곡을 어떻게 하시냐고 묻고 싶었다.

꼭 묻고 싶었으나 묻지 않았다. 김은숙 역시 말이 없었다. 말이 없는 김은숙이 예뻐 보였다. 땀이 식어가자 한기는 더해 갔다. 그냥 서 있을 수가 없는 창우가 내려가자고 했고 김은숙도 그러자고 했다.

숙소로 돌아올 때에도 일행은 두 차에 나누어 탔다. 창우는 한기 때문에 찬바람을 피하고 싶어서 차에 먼저 올라탔다. 휴게실로 돌아와서야 겨우 한기가 사라졌다.

오진용 차에 탄 사람은 휴게실에 들리지 않고 자기네들 방에 올라가 버렸고 김은숙, 윤형진, 오성자 그리고 창우는 휴게실로 가서 커피 한 잔씩을 마시기로 했다. 먹이를 찾는 포식 동물 같은 눈으로 창우는 윤형진과 두 여류의 입을 노려본다. 혹시 그들의 입으로부터 작곡에 대한 무슨 비밀이라도 새어 나올까 싶어서였다. 그들은 작곡에 대한 말은 입에 담지도 않았다. 그날도 두 여류는 윤형진에게만 관심을 보냈다. 산에서 김은숙은 창우를 점검했던 모양이고 점검 결과 불합격이었던 모양이었다. 산에서 느꼈던 김은숙의 따스한 호의는 흔적조차 없이 사라져 버렸다. 윤형진이 일어서자 두 여류도 따라 일어섰다. 세 사람은 각자 자기네들의 방으로 가 버린다. 자기 방에 돌아온 창우가 이를 꽉 물면서 시계를 보았더니 오후 2시 30분이었다. 창우는 내가 여길 왜 왔나, 새 출발을 위한 첫 단추를 잘못 끼고 있는 것은 아닌가,라는 생각을 한다.

저녁을 먹기 전에 창우는 가방 속에 숨겨 두었던 소주병을 꺼낸다. 자기 방에서 혼자 소주 한 반병을 하고서 식당으로 내려갔다.

술을 처음으로 입에 댄 것인데 권영후도 이미 취해 있었다. 모두들 권영후를 피했다. 저녁을 먹는 둥 마는 둥 하고서는 모두들 자기 방으로 올라가 버린다. 권영후가 윤형진과 창우를 붙들고 휴게실로 가자고 했다. 싫다고 할 줄 알았는데 윤형진이 아무 말 없이 권영후의 요청을 받아들인다.

휴게실에서 윤형진은 권영후에게 자기 실내악을 지휘해 준 것에 대해서 고맙다고 했고, 어떤 평론가에 대한 이야기도 했다. 윤형진 같은 거목도 평론가에게 신경을 쓰고 있다면, 그건 놀라운 일이 아닌가라는 생각을 창우는 했다. 권영후가 한잔하러 나가자고 했을 때 윤형진이 이번엔 거절한다. 창우가 자기 방으로 올라가려고 할 때 윤형진은 혼자 산보를 하겠다고 하면서 숙소 밖으로 나갔다.

창우야. 너, 윤형진과 동행을 하고 싶냐. 그거 잘 안 돼? 창우야. 참아야 해. 극기가 무엇인지 아냐. 극기는 참아야 하는 거야. 간단한 거지. 보고 '싶으면' 참고 곡을 쓰는 거야. 만나고 '싶으면' 참고 곡을 쓰는 거야. 누구나 '싶은 게' 많지. '싶으면, 싶으면, 싶으면', '써라, 써라, 써라' 이거야. '싶으면'이라는 괴물이 마음 안에서 움틀 때 너의 마음을 아는 사람이 어디에 있다더냐. 없어. 절대로 없어. '싶으면'을 일게 하는 원인 제공자가 누군지도 모르잖아. 다시 말하지만 너, 누굴 보고 싶으면 일단 쓰라는 거야. 그러니까 쓰던 가곡을 끝내라는 거야. 일단은 끝내는 게 중요해. 너무 주저하지 말고 일단 갈기라는 거지. 되든 안 되든 말이야. 너는 조심이 너무 심해.

창우가 자기 방에 들어와서 혼자 주절거리고 있는데 전화기가 운다. 받았을 때 툭 끊어진다. 누굴까.

아침 5시에 스트레칭을 15분간 하고, 냉수를 마셨다. 식사 시간까지 다시 잤다. 식당에 내려갔더니 추훈만이 나와 있었다. 둘이서 아침을 먹었다. 나머지 사람들은 어젯밤에 대취를 했는지, 식당에 보이지 않는다. 권영후는 점심 때 나타나서, 이미 소주 세 병을 마셨다고 한다. 점심을 먹고 창우는 가곡에 다시 손을 댔지만 진전이 없다. 누가 창우의 방을 두들긴다. 윤형진이 자기 곡 하나를 창우에게 준다. 창우는 놀란다. 왜 주었을까. 창우도 사표를 내기 전 음악실에서 학생들에게 들려주었던 미발표 가곡 하나를 윤형진에게 주었다. 왜 주었을까.

아침 6시에 깼다. 많이 잤다. 스트레칭 15분간 하고 냉수를 마신다. 판에 박힌 삶이 계속된다. 권영후, 이추훈, 송형도만이 아침을 먹으러 내려왔다. 윤형진과 두 여류는 또 보이지 않는다. 추훈이 무슨 사정이 생겼다면서 퇴실할 것 같다고 했다.

"나를 초대해 놓고 먼저 가면 어떻게! 나가더라도 같이 나가야지!"

창우가 항변했다. 추훈은 눈만 껌벅이고 있었다. 권영후에게 창우는 미발표 가곡 한 곡을 주었다. 식당에 얼굴을 자주 내밀지 않는 사람이 윤형진, 오성자, 김은숙이다. 창우는 궁금했지만 남에게 눈을 돌리고 있는 자신이 다시 싫었다. 점심을 먹고 곧 올라와서 오선지와 씨름을 한다. 더 이상 견디기가 힘들어 밖으로 나갔다. 한참 헤매다가 숙소로 돌아왔더니 y 시인이 나타났다. 창우는 자기 방에서 윤형진의 악보를 다시 읽는다.

저녁 먹으러 나가는데, 승강기에서 권영후를 만났다. 술에 취하지 않은 것을 처음 본다.

"노래 좋던데요, 실내악곡이 있으면 하나 보여 주시지요."

창우는 부끄러웠다.

"윤형진의 실내악곡을 지휘한 일이 있는데, 곡이 재미있었어요."

창우는 그 순간 벙어리가 된다.

저녁 먹고, 휴게실에서 추훈과 노닥거리고 있는데, y 시인이 나타났다. 2주일 정도 머문다고 했다. 창우에게 서울 올라 갈 일이 생긴다. 서울 올라가야 한다던 추훈은 그냥 버티고 있었다. 이틀 후 창우는 다시 K 지역으로 내려왔다. 숙소로 들어가기 전에 터미널에서 점심을 먹기로 했다. 슈퍼에 가서 술을 샀다. 1천 7백 원 하는 캔 맥주 세 개와 소주 세 병을 샀다. 방에 소주 두 병이 있다는 것을 알았지만 여분으로 더 샀다.

중국집에서 마시다 남은 소주와 캔 맥주를 가지고 숙소에 돌아와서 모두 마셔 버렸다. 저녁을 먹고 아래층 휴게실에서 권영후, 추훈과 차를 마시는데, Y 시인이 내려왔다. y 시인이 〈디 아워스〉 이야기를 했고 테이프를 가지고 있다고 해서 창우가 빌렸다.

전화기가 운다. 또 끊어지려나 하고 받았더니 친구 모친상이라는 전화였다. 창우는 나는 안 간다, 미안하다고 중얼거린다. 전화를 끊은 후 창우는 극기를 포기할까 생각한다.

아침에 일어나서 할 일을 모두 했다. 할 일이란 뻔했다. 그동안 일지에 지겹게 적은 그대로다. 스트레칭 15분과 냉수를 마시는 일이 전부였다. 〈디 아워스〉를 다시 볼까 하다가 그만 두었다. 여기 있는 사람들, 뭐가 그렇게 잘 났다고 툭 털어놓고 이야기를 하지 않나. 창우는 답답하고 점점 재미가 없어진다. 휴게실에 가서 테이프 복사하는 곳 있는가 물었다. 없다고 했다.
눈이 또 왔다. 송형도와 y 시인이 서울로 떠났다. 2주일 정도 있겠다던 y 시인이 떠나는 이유를 알 수 없었다.
어제 과음으로 하루 종일 아무 일도 못하고 방에서 빌빌하고 있다. 전화기가 또 운다.
빌어먹을 저 울음소리!
모윤정이 휴게실에 나타났다는 전화다. 윤형진과는 스타일이 다른 작품을 쓰는 작곡가이지만, 자기 나름대로 악단의 한 부분을 좌지우지 하는 실력자가 모윤정이다. 휴게실로 내려갔더니 서중서 외에 여섯 사람이 모여 있었다. 서중서는 모윤정 작품 스타일을 옹호하는 평론가다. 그 자리에 권영후가 있었다. 서중서가 나가서 한잔하자고 했는데 권영후가 마다할 리가 없었다. 창우는 안 나갔다.

아침 식사가 끝난 휴게실에서 L 시인이 입을 열었다.

"요즈음 가곡 도무지 모르겠어요. 제 시에 노래를 부친 곡이 열 곡 정도 있는데, 고맙기는 하나 모두 모르겠어요."

거기에 윤형진, 김은숙, 오성자가 앉아 있었다. 그들은 현대 기법 으로 작곡을 하는 사람이었다. L 시인의 말을 듣고, 그들은 함구했 다. 말을 해봐야 소용이 없다는 것을 알고 있다는 표정이었다. 그 때 모윤정과 서중서가 휴게실로 들어온다. L 시인의 말을 듣던 윤 형진이 어조를 높인다.

음악이라는 단어가 그릇이 될 때에는 하나이지만 그릇에 담기는 내용물이 될 때에는 여럿이 된다는 사실을 아는 사람은 적다, '하 나'라고 생각하는 사람이 '여럿'이라고 말하는 사람을 만날 때 고 개를 갸우뚱하게 되는 일은 자주 일어난다. 작곡가들끼리도 마찬 가지다. 자기 그릇에 담는 내용물이 서로 다르면 서로들 고개를 갸 우뚱거린다. 창우는 사람들이 고개를 갸우뚱거리는 모습을 수도 없이 보아 왔다는 생각을 한다.

새벽 2시에 깨서 스트레칭 하고, 작업을 시작했다. 3시 30분쯤 다시 잤다. 아침 식사 후 그동안 만지던 가곡을 마무리했다. 점심 먹고 방에서 쉬고 있는데 오성자가 전화를 했다. 오진용 씨가 물건 을 싸게 파는 슈퍼로 가는데, 같이 갈 사람을 찾는다면서, 가겠느 냐고 물었다. 창우는 따라나섰다. 맥주, 소주, 라면을 샀다. 극기에 대한 생각은 이미 흐려졌고, 저녁 전에 소주 한 병과 맥주 한 캔을 마셨다.

저녁을 먹으면서 오성자 작품 발표회가 서울에서 있다는 이야기를 김은숙이 했다. 오성자 같은 젊은 작곡가도 발표회를 갖는데 싶어서 잠을 잘 수가 없었다. 소주 한 병을 더 마셨다.

아침 5시 10에 기상. 스트레칭을 15분간 하고 냉수를 마셨다. 하루도 빠지지 않고 해 온 것은 스트레칭과 냉수 마시기뿐이었다. 그게 창우가 할 수 있는 일의 전부인 것처럼 일지는 지루하기만 하다. 오성자 작품은 프랑스풍이었다. 윤형진 영향권에서 벗어나 있는 유일한 작곡가라는 생각이다.

휴게실에 여러 사람들이 모였다. 퇴실을 한다던 추훈이 퇴실을 보류하고 송형도를 불렀고, 송형도는 윤형진을 불렀고, 윤형진이 김은숙과 오성자를 불렀다. 오성자가 "y 시인을 부를까" 했다. 김은숙이 "왜" 하니까 "사람이 좋거든" 했다. "온다면 불러" 결국 y 시인이 왔다. 잠옷 아닌 것을, 그러나 잠옷 비슷한 옷을 입고 왔다.

술이 돈다. 토론이 시작된다. 윤형진과 그 자리에 와 있었던 모윤정이 격론을 벌인다. 파국이 될 뻔하다가 김은숙이 술에 취한 윤형진의 팔짱을 끼고 밖으로 나가는 바람에 수습이 되었다. 모두가 자리에서 일어났고, y 시인만이 떠나지 않고 휴게실 청소를 한다. 외모만이 아니라 마음 역시 고운 사람인 것 같다. 창우는 자기 방으로 돌아온다. 전화기가 운다. 누구세요? 대답이 없다.

아침 식사하고 방으로 올라와서, 오성자에게 전화를 걸었다. 휴게실에 초대하고 싶어서였다. 전화를 받지 않았다. 다행이었다. 전화를 받고 거절을 당하는 것보다 낫지 않는가. 오전 11시 30분에 전화기가 운다. 오성자가 자기 작품 하나를 주겠다는 전화였다. 이렇게 반가울 수가.

아침에 눈을 떴더니, 속이 안 좋다. 어제 일이 기억이 나지 않는다. 어디서 술을 했기에 속이 이렇게 안 좋은지, 알 수가 없다. y 시인 친구라는 정두헌이라는 사람과 y 시인 방에 가서 마신 모양이다. 많이 마시지 않은 것 같은데? 저녁 먹고 혼자서 또 더 마셨나?

이구봉 선생이 온다는 날이다. 작곡계의 다른 산맥인 이구봉은 사람을 피하는 작곡가로 알려져 있다. 창우는 용기를 낸다. K 지역에 온 지 꽤 된 것 같아서 그런지 창우의 얼굴이 두꺼워졌다. 이구봉을 환영한다는 의미로 근처 식당에서 점심을 내겠다고 선언한다. 초대를 거절하는 사람이 없었다. 자기 말발이 서는가 싶어 창우는 기분이 좋았다. 점심 값 총액이 19만 원이었다. 한 달 용돈이 날아가 버린 셈이지만 창우는 기분이 좋았다. 술에 취한 창우는 저녁을 먹지 않고 자기 방에 들어가서 잤다. 전화기가 울었지만 받지 않았다.

속이 안 좋다. 해장술을 하려다가 안 했다. 안 하길 잘 했다. 아침을 먹지 못했다. 이곳으로 온 후 처음으로 아침을 먹지 못하고, 스트레칭도 못했다. 극기 생활이 무너지고 말았다. 점심 때 휴게실로 갔다. 이구봉이 어제 고마웠다고 했다. 차를 같이 마셨다. 방으로 돌아오니, 오후 1시가 조금 넘었다. 이구봉은 4시에 서울로 돌아가야 한다고 했다. 무엇 때문에 여기에 온 것인지 알 수가 없었다. 권영후가 그때 같이 서울로 갔다. 모두들 잘도 살고 있었다.

점심을 먹으면서 윤형진이 김은숙과 산보 약속을 하는 것을 보았다. 옆에 앉았던 창우가 자기도 갈 수 있느냐고 물었다. 산보가 아니라 할 이야기가 있으니, 오후에 우리 따로 만나자면서 전화를 걸겠다고 했다. 오후 3시 조금 넘어서 전화기가 운다. 윤형진의 전화가 아니었다.

"저 오성자입니다."

"웬일인가요. 오성자 씨가."

"윤형진 선생님에게 사정이 생겼대요."

오성자 씨의 이 말 한마디가 창우를 슬피 울게 했다.

잠을 청했을 때 전화기가 운다. 이추훈이 처가가 있는 인천에 도착했다는 소식을 전했고, 모든 것은 떠나기 전에 처리했으니, 걱정 말라고 했다. 경비 부담을 했다는 이야기였다. 다시 자려고 하는데, 또 전화기가 운다. 받지 않았고 언제 잠이 들었는지 알 수가 없다.

마지막 날 밤에 김형란이 미니 콘서트를 열었다. 앙코르 곡으로 〈타이스의 명상곡〉을 연주했다. 목이 긴 새를 잊고 있었던 창우다. 그곳에서 그 곡을 들을 줄은 꿈에도 몰랐다. 창우의 뇌 속에서 지진 같은 변란이 일어난다. 용수 생각도 생각이지만, 보면대가 놓였던 용수의 방 그리고 옛날 창우의 눈에 아롱거렸던 이것저것들이 떠

올라 어찌할 바를 모른다. 연주가 끝나고 모두들 모여서 한잔을 했다. 창우는 그 술자리에 그냥 앉아 있을 수가 없었다. 자기 방으로 달려와서 방바닥에 덜렁 드러누웠다.

그때 전화기가 크게 운다. 팔을 뻗어 전화기를 든다. 잘 들리지 않는다. 전화를 끊는다. 또 운다. 다시 전화기를 들고 "어디세요?"라고 묻는다. 전화 소리가 바람에 섞인 소리 같다. 들렸다 안 들렸다 하다가 "무슨 무슨 회"라는 말끝만 들렸다. 그러다가 전화가 또 끊겼다. 잘못 온 전화인가 하면서 다시 방바닥에 덜렁 누웠다. 전화가 다시 운다.

"전화 잘못 걸었습니다."

잠시 후 또 전화기가 운다.

저놈의 울음소리!

창우는 짜증이 났다. 이번에도 바람 소리에 섞인 소음만이 들린다. 무슨 말인지 알아들을 수 없었다. 말끝이 "무슨 무슨 회"란다. "전화 잘못 걸었습니다"라고 말하려는데, "창우 씨 맞습니까?"라는 소리가 바람에 섞인다.

"예, 창우라고 하는데요."

"여기 발리 섬 한인회입니다."

"발리 섬?"

발리 섬에서 전화가 올 리가 없었다. "전화가 잘못 걸렸다"는 말을 다시 하려는 순간, "창우 씨 맞습니까?"라는 말을 다시 한다. 창우는 대답을 하지 못하고 잠시 머뭇거렸다.

"김용수라는 분 아세요?"

쇠망치가 창우의 뇌를 강타한다. 〈타이스의 명상곡〉을 들었을 때의 강도보다 더 센, 치명적 강타였다. 순간적으로 부고인가?라는 생각이 번개같이 뇌리를 스쳤다. 가슴이 쿵쿵한다.

창우는 "뭐라고요?" 한다. 전화가 잠시 또 차단된다.

"예? 안 들려요! 예? 어디라고요? 누구라고요?"

"김용수라는 사람이 창우 씨를 찾고 있어요."

"뭐라고요?"

"여기는 발리 섬에 있는 한인회인데요. 김용수라는 분이 우리 한인회에 와서, 창우 씨를 찾아내라고 야단입니다."

창우는 말을 이을 수가 없었다.

"여기 발리 섬인데요. 창우 씨를 용수라는 분이 찾는데, 거기 창우 씨 맞아요?"라는 말이 다시 들린다.

아, 살아 있었구나! 발리 섬이라는 것이 소문은 아니었구나!

"예 저, 창우라고 합니다. 용수 지금 어디 있습니까?"

"여기 있는데, 지금 바꾸겠습니다."

창우는 전화를 들고 있을 수가 없었다. 그 순간 익숙하지 않은 목소리가 들린다.

"어, 나 용수야."

말투는 옛날 말투 그대로였으나 목이 몹시 쉬어 있었다.

대답 대신에 '너, 살아 있었구나'라는 말을 창우는 속으로 울부짖었다.

"어, 창우? 나 용수야"라는 소리가 다시 들렸다.

"응, 용수?"

"어, 그래 나 용수야."

용수는 창우의 목소리를 알아듣는 모양이다.

"거기 어딘데?"

"여기 발리야. 가믈란 음악으로 유명한 곳, 대학 다닐 때 네가 내게 소개해 준 섬 말이야."

"발리는 왜?"

"나 여기서 살잖아."

"……"

"야, 너 하고 나 하고 악학궤범 번역하자. 내가 한국 곧 나갈 테니, 사무실 하나 마련해라. 윤형진과 통화를 했더니, 너, 힘이 세다고 하더라, 네가 마음만 먹으면 서울에서 넉 달 정도 내가 살 수 있을 방 하나는 쉽게 마련해 줄 거라고 하더라."

창우는 기가 막혔다. 용수가 윤형진을 알 까닭이 없다. 윤형진 하면 누구나 아는, 알려진 작곡가일 뿐이다. 용수가 아니면 그런 홍두깨 같은 말을 할 사람이 없다는 것을 창우는 그 순간 직감적으로 알았다. 사무실 하나, 그리고 넉 달 동안 먹고살게 해 달라?

고등학교 음악 선생을 하다가 실직 상태인 나에게 너를 살게 해 달라? 참으로 기가 막혀서 속으로 웃을 수도 없었지만, 그건 또 그렇다 치자 싶었다.

아직도 악학궤범이냐.

창우는 할 말을 잃었다. 보고 싶었던 친구이지만, 그의 말을 듣는 순간 기가 막혔다.

"내게 곧 연락해라. 너하고 나하고 아니면, 그걸 누가 번역하겠느냐. 그리고 그 번역이 얼마나 중요하다는 사실은 너와 나밖에 모를 것이다. 이 세상에서 말이야."

창우는 다른 생각은 없었다. 아직도 살아 있었구나. 살아 있는 그를 확인하니 울고 싶도록 기쁘다는 생각밖에 없었다.

용수와 통화를 하던 그날 밤은 창우에게 참으로 특별한 밤이었다.

서울로 올라온 후, 발리 섬 한인회로 연락을 했다. 한인회에서는 용수에게 연락이 안 된다고 했다. 그날 야단법석을 떨어 놓고 어디론가 가 버려서 행방을 알 수가 없다고 했다. 용수가 어디에서 뭘 하고 있는지 또 깜깜하다. 목이 긴 새를 보고 있으면 "시는 쓰는 것이 아니고 사는 것"이라던 용수의 목소리를 듣고 있다는 느낌을 받아 온 창우였다. 앞이 다시 깜깜해지던 그날 밤 창우는 그 자리에서 팍 죽고 싶었다.

일회용 면도기

통영 바닷가의 어느 호텔, 새벽 4시 30분. 방 안과 밖은 깜깜하다. 잠을 깬 사내의 눈은 침침하다. 눈을 비빈다. 눈알과 눈꺼풀 사이에 모래알 같은 것이 서걱거린다. 커튼을 연다. 방 안과 밖은 계속 어둡다. 눈을 다시 비빈다. 창밖 바다 위에 반딧불 같은 희미한 빛이 움직인다. 고깃배 같다.

'내가 어젯밤에 이 호텔에 들었었지. 그렇지. 그랬었지.'

사내는 다시 중얼거린다.

'세미나 참석자들과 인사를 나누는 도중에 심장에 이상이 생겼었지. 급히 이 방으로 올라와서 서울로 전화를 걸었었지. 맥박이 왜 이럴까 싶었었지.'

검은 바다를 보면서 사내는 어젯밤의 대화를 기억했다.

"괜찮아. 나도 그럴 때가 있었어. 신경성인지 몰라. 호텔 방에 갇혀 있지 말고 나가서 술이나 마셔. 그리고 푹 자라."

홀어머니와 외아들.

담이 여린 노총각 걱정 때문에 하는 말이라고 해도 맥박이 이상하다는 말을 들은 어머니가 할 소리는 아니었다. 한잔하고 푹 자고 나면 내일 아침에는 말끔해질 거야,라는 말은 더더욱 어머니가 할 말이 아니었다. 술 마시는 아들을 싫어하는 어머니, 심장에 이상이 생겼다는 전화를 받은 어머니, 그러한 어머니가 예상외의 반응을 보인 것에 용기를 얻은 사내는 호텔 밖으로 나가서 소주를 마셨다. 그리고 어머니의 말대로 푹 잤다. 이튿날 새벽에도 맥박은 여전히 정상이 아니었다. 뭔가 이상하다는 생각이 들자 사내는 하는 일에 짜증이 났다. 일단 짜증이 나면 사내의 귀에는 남의 말이 들리지 않는다. 그러나 짜증은 잠시였고, 사내는 공포감에 휘말린다. 일어날 수 있는 일, 일어날 수 없는 일 할 것 없이 상상되는 모든 일에 대해서 멋대로 생각하기 시작한다. '심장마비?', '갑작스럽게?', '죽음?' 이런 말들이 주는 공포감에 사내는 몸을 떤다.

어젯밤에 풀었던 여행가방이 방구석에 그대로 있었고 그 옆에 늘어져 있는 옷가지들이 보인다. 짐을 여행가방 속에 다시 넣었다. 누구에게도 알리지 않고 새벽 택시에 몸을 싣고 통영 고속터미널로 달린다. 해변가 멀리 비치는 아득한 바다가 무의미하게만 느껴진다. 아침 7시발 서울행 버스에 올랐다. 집에 도착했을 때에도 맥박은 계속 정상이 아니었다. 어머니의 눈에 비치는 사내의 몰골은 곧 죽을 사람이다. 아들의 왼쪽 손목에 손을 대고 맥을 짚어 본다. 맥박이 보통보다 훨씬 빨리 뛴다. 속으로 놀란 어머니는 아들의 친구인 의사 K에게 전화를 건다. 전화를 받지 않는다. 시동생인 의사 W도 전화를 받지 않는다. 시동생 친구인 의사 S에게 전화를 걸었더니 W가 근무하는 병원에 가서 심전도로 확인해 보는 것이 빠를 것 같다고 했다. 어머니가 전화를 걸고 있는 동안 사내는 소파에 누워 있었다. K에게서 리턴콜이 왔다. 통사정을 했더니 당장 자기 병원으로 오라고 했다. 병원에 도착하기 전에 갑작스러운 일이 벌어질까 하는 공포감 때문에 사내는 제대로 걷질 못한다. 택시가 왜 이리도 오질 않는지……. 길거리에서 한참을 기다리다가 미친 듯이 K의 병원으로 갔다. 의사인지 누구인지 알 수가 없는, 흰 가운을 입고 있는 젊은 남자와 간호사 두 명이 K에게서 이야기를 들었다면서 사내를 응급실 침대에 눕혔다. 신중하게 검사를 한 후 부정맥이라는 판정을 내렸다. K가 나타났고, 검사를 하던 가운을 입고 있는 젊은 남자와 뭔가 의논을 하더니, 전기충격요법을 적용시킨다고 했다. 부정맥이 뭔지, 전기요법이 뭔지 알 수 없는 사내는 벌벌 떨고만 있었다. 친구 K가 "야, 아무것도 아니야. 위험한 것도 아니고. 너는 그냥 가만히 있으면 돼"라고 했다. K의 말대로 걱정할 것은 없었던 모양인지 부정맥은 곧 잡혔다. 부정맥이 잡혔으니 집으로 가라고 할 줄 알았는데 좀 더 지켜보는 것이 좋다면서, 입원을 하라고 했다. 입원? 이건 또 뭐냐, 싶었지만 사내는 K가 잡아주는 병실로 올라갔고, "어머니, 죄송합니다. 급한 마음에 어머니께

인사도 드리지 못했네요"라는 K의 인사를 들은 어머니는 필요한
짐을 챙기기 위해서 집으로 갔다.

　병실의 정면에 밖을 내다볼 수 있는 창문이 있었다. 누울 수도
있고 반쯤 일어날 수도 있고, 앉는 자세를 취할 수 있도록 조정할
수 있는 침대는 창문이 있는 벽에 붙어 있었다. 창문과 침대 사이
에 빈 공간은 없었다. 간단한 물건을 얹어 놓을 수 있는 받침대라
고 불러야 할지, 뭐라고 불러야 할지 알 수가 없는 판자가 있었다.
냉온방장치로 생기는 바람이 통할 수 있게, 그 판자에 구멍이 뚫려
있었다. 병실 입구에 보호자용 의자가 있었고, 그 옆에는 냉장고가
있었다. 보호자용 의자는 침대로 변할 수 있는 의자였다. 내일 검
사가 있으니 오늘은 그냥 쉬라는 말을 남긴 후 의사는 병실을 나갔
다. 어머니에게서 전화가 왔다.
　"뭘 가지고 갈까?"
　"일회용 면도기 가지고 와요."
　"입원하는 사람이 면도기는 왜?"
　"아픈 사람이라고 면도도 안 하나?"
　사내는 그동안 여러 등급의 면도기를 사용해 본 적이 있었다. 그
중에는 외제도 있었고 국산품도 있었다. 어느 날부터인가 사내는
백 원짜리 일회용 국산면도기를 사용했다. 일회용이라고 하지만,
사용해 본 결과 사내에겐 일회용이 아니었다. 대여섯 번을 사용해
도, 아니 열 번을 사용해도, 면도날의 기능은 제 역할을 제대로 하

고 있었다. 천 원으로 열 개를 사서 한 계절 동안 면도를 할 수 있을 정도였다. 면도기의 색깔은 하늘색이었고, 몸집은 남자의 새끼손가락만 하고, 길이는 여자의 손바닥 정도나 될까. 물가가 올라서 살기 힘든 세상이라고 해도 백 원을 들여서 면도를 상당 기간 할 수 있다는 것은 사내에게 놀라운 사실이었다.

어머니가 가지고 온 물건들을 침대와 창문 사이에 있는 판자 위에 올려놓았다. 침대에서 손을 뻗으면 닿을 수 있는 곳이다. 수첩, 열쇠, 휴지, 컵, 주전자, 핸드폰, 안경, 제임스 조이스의 『더블린 사람들』, 그리고 백 원짜리 일회용 면도기가 놓였다.

이튿날 아침, 병실에서 자고 깬 어머니는 오후에 다시 오겠다고 말한 후 병실을 나섰다. 어머니가 집으로 간 후 사내는 며칠을 살아도 여기서 살 것이라면 병실을 살펴 두어야 할 것 같아서 여기저기를 살폈다. 그리고는 창밖을 내다보면서 해야 할 일의 우선순위에 대한 생각을 했다.

아프지 않은 사람들이 움직이고 있는 창밖의 세상을 보면서, 사내는 저 세상에서 한번도 살아 본 일이 없는 사람처럼 저쪽 세상이 뭔가, 그립다는 표정을 지었다. 그 표정은 두 개의 슬픈 그림으로 겹친다. 건강한 사람들이 살아 움직이는 '창밖 세상 그림'과 아픈 사람들이 불편하게 움직이고 있는 '창 안 세상 그림'의 겹침이다.

사내는 병실 창밖에서 살아 움직이는 사람들을 아무 생각 없이 멍하니 바라보고 섰다.

그때 사내의 등 뒤에서 '혈압'이라는 톡 터지는 소리가 들렸다. 갑작스러운 소리였다. 사내가 뒤를 돌아보았더니 예쁜 간호사가 웃고 서 있었다. 어제 입원을 했을 때의 간호사가 아니었다. "어제의 간호사가 아니네요?" "시간마다 당번이 바뀌어요." 병원 사정을 사내가 알 턱이 없다. "여자들을 많이 울렸을 것 같아요." 느닷없는 간호사의 말을 듣고 놀란 사내는 "뭐라고요?" 했다. 간호사는 했던 말을 되풀이했다. "왜 그런 소리를 해요?" "너무 미남이셔서요." 웃기는 간호사라는 생각이 들었지만 그때부터 사내는 다른 간호사보다 그 간호사가 당번이 되었으면 싶었다.

사내에겐 병이 있었다. 남의 말을 믿지 않는 병이다. 남의 말을 믿지 않는 병 이외에도 병은 많았다. 오버하는 병, 자기 위주적 생각을 하는 병, 그러면서도 자기의 생각은 어디까지나 객관적이라고 주장하는 병, 이런 증상들이 따로 놀 때가 있고 동시에 놀아날 때가 있어서 사람들을 골치 아프게 만드는 병 등, 병명도 없는 병이 많았다. 또 사내는 자기가 싫어하는 고정관념에 꽉 묶인 사람이 바로 자기라는 것을 모르고 있다. 자기를 모르는 사람인 사내는 자기를 모르기 때문에 자기 체격을 두고도 갈비씨라고 생각한다. 사내의 체격이 영화에 나오는 멋진 배우 같지는 않지만 보통 사람의 눈으로 보면, 그다지 빠지지 않는 팔, 다리를 가지고 있다. 그럼에도 불구하고 사내는 자기의 체격을 믿지 않는다. 병의 증상은 그가 입는 옷에서도 나타난다. 여름에 사내는 짧은 반바지나 반소매, 노타이 같은 것은 절대로 입지 않는다. 자기의 다리와 팔이 남 앞에서 노출되는 것을 싫어하기 때문이다. 사내에겐 병이 또 있다. 모든 일이 잘 되어가고 있음에도 불구하고 불안감에 사로잡히는 병이다. 그래서 심장마비라는 말을 사내는 싫어한다. 심장마비에 대한 공포로부터 벗어나지 못하고 있다. 옆집 남자에게 일어난 일처럼 어느 날 갑자기 죽는 병이 심장마비라고 생각하는 그는 '갑작스럽게'라는 말이 주는 불안감 때문에 마음을 놓지 못하고 있다. 그런 그가 지금 심장 문제로 입원을 하고 있다.

아무에게도 알리지 않고 입원을 했기 때문에 병문안하러 올 사람이 있을 리 없다. 그런데 사내는 안심을 하지 못한다. 겉으로는 멀쩡하면서 속에서는 모든 것이 휘청거리고 있다. 해결할 수도 없는 세상의 고민거리를 자기 혼자 모두 안고 있는 사람처럼 사내의 마음은 언제나 멍하기만 하다. 사람의 입에서 나온 말이 여기에서 저기로 전해지는 속도는 번개 같을 때가 있지 않은가. 생각지도 않은 손님이 갑자기 병문안을 올 수 있다. 사내는 방문객에게 병자 같은 인상을 주기 싫었다.

"그 사람, 안 돼요."

"왜, 그 사람 능력 있잖아?"

"능력이 문제가 아닙니다. 심장에 병이 생겨서 입원을 하고 있어요. 어제 가 보았더니, 몰골이 말이 아니더라고요." 생존경쟁의 사회에서 이런 대화를 가능하게 할 빌미를 방문객에게 주기 싫었다.

오전 9시 30분에 아래층으로 내려가서 검사를 해야 한다는 말을 기억한 사내는 먼저 면도를 할 생각이었다. 면도기를 찾았다. 면도기가 없었다. 침대와 병실 창 사이에 있는 판자 위에 얹어 둔 면도기가 어디로 가 버렸는지 보이질 않는다. 몇 번을 되풀이해서 찾아도 없었다. 검사 시간이 다가왔다. 어떠한 일이 있어도 면도는 하고 검사실로 내려가야 한다. 이건 낭패다. 사내는 당황한다. 이게 도대체 무슨 신호란 말이야. 면도기에 날개가 달린 것도 아닌데 어디로 사라진 걸까. 이 방에 누가 들어오지도 않았는데, 판자 위에 얹어 놓은 면도기가 없어지다니. 도대체 어떻게 된 일인가. 불길하다는 생각을 한다. 면도를 하지 않고 검사실에 가야 한다는 말은 검사 결과가 좋지 않게 나온다는 신호가 아닌가. 엉뚱한 생각이며, 근거가 없는 생각이긴 하지만, 한번 그러한 생각이 입력이 되면 그것으로 끝인 것이 사내의 병이 아니었던가.

병은 그냥 생긴 것이 아니었다. 일회용 면도기가 다 떨어진 어느 날이었다. 일회용 면도기가 없어서 마침 집에 하나 있었던 더 비싼 면도기로 면도를 했던 날이었다. 그날, 누군가가 새로 구입한 사내의 자동차 몸체를 긁어 놓고 도망쳐 버렸다. 그다음 날의 일이었다. 일회용 면도기를 사 온다는 것을 깜박하고 또 그 비싼 면도기로 면도를 했다. 그날은 어머니가 집 안에서 미끄러져서 다리뼈가 삐는 사고가 생겼다. 사내는 이런 식으로 찾아온 불운이 비싼 외제 면도기의 사용 때문이라고 생각했다. 불안감에 질린 사내는 집 바로 옆에 있는 구멍가게로 가서 일회용 면도기 열 개가 묶여 있는 것을 천 원을 주고 사왔다. 그날부터 아무런 사고가 발생하지 않았다. 일회용 면도기의 유무가 불길함과 상관이 있다는 말은 누구에게도 하지 않았지만 그런 일이 있고 나서부터 사내는 일회용 면도기를 집 안에 상비용으로 비치해 두었고, 혼자만의 비밀이지만 그 면도기에 행운을 빌면서 살았다.

9시 30분이 되었다. 그때까지도 면도기를 찾지 못했다. 간호사가 왔다. "시간에 맞추어 내려가지 않으면 다음 환자가 검사를 받게 됩니다. 그러면 차례가 늦어지지요. 벌써 늦었어요. 빨리 2층으로 내려가세요." 면도기를 찾을 수는 없고 2층으로 내려가긴 가야겠고, 사내는 오줌을 쌀 것 같았다. 하는 수 없이 아랫바지에 손을 대면서 면도를 하지 않은 채로 2층으로 내려갔다. 뭐가 뭔지 알 수 없는 온갖 검사를 했다. 그중의 하나가 갑상선 검사라는 것이었다. 심장에 탈이 나서 입원을 했기 때문에 심전도 검사를 한다는 것은 이해가 갔으나 갑상선 검사는 왜 하는지 알 수가 없었다. 의사인지 간호사인지 알 수가 없었지만, 가운을 입고 있는 어떤 여자 분에게 "이 검사는 왜 합니까?"라고 물었다. 대답이 없었다. 다시 물을 수도 없고 해서 가만히 있었다. 나중에 안 것이지만, 맥박이 빨리 뛰는 이유 중의 하나가 갑상선 기능과 관계가 있다고 했다. 검사를 받으면서 병실로 올라가는 즉시 면도기를 찾아야지,라는 생각만을 했다. 면도기를 찾으면 검사 결과가 좋게 나올 것이고 찾지 못하면 결과가 좋지 않게 나올 것으로 믿고 있었다.

검사를 마치고 병실로 올라오려고 하는데 간호사가 일지를 써서 다음 날 오전 9시 30분에 오라고 했다. 그러겠다고 대답을 한 후 병실로 올라왔다. 해파린이라는 주사를 놓기 시작한다. 해파린이라는 주사를 왜 놓는지 알 수가 없었지만 왜 이 주사를 놓느냐,라는 식으로 물을 수가 없었다. 사사건건 묻는 환자를 좋아하지 않을 것 같다는 생각에서다. 병실에 오니 담당 간호사도 병실일지를 쓰라고 했다.

사내는 면도기를 다시 찾기 시작한다. 침대와 창문 사이에 놓아두었던 면도기였기 때문에 그 자리를 이 잡듯이 다시 뒤졌다. 보이지 않았다. 어머니에게 전화를 걸어서 면도기를 하나 더 가지고 오라고 말하고 싶었으나 그러지 않았다. 어머니에게 번거로움을 주기 싫었기 때문이다. 그간의 사정을 모르는 채 오후에 병실로 올라온 어머니에게 면도기가 없어졌다는 걱정 섞인 말을 했다. 사내가 면도기에 대해서 얼마나 심각하게 생각하고 있는지 알지 못하는 어머니는 아무렇지도 않게 "뭐 그걸로 걱정이냐. 지하매점에 가서 하나 사오면 그만인 걸." 사내가 지하매점의 면도기를 원하는 것이 아니라는 것을 어머니가 알 턱이 없다. 잃어버린 면도기를 찾아야 하는 것이 사내에게 주어진 지상명령이라는 것을 어찌 알겠는가. 면도기는 여전히 없었고 면도를 하긴 해야겠고 해서 사내는 하는 수 없이, 링거병을 달고 지하매점으로 내려갔다. 매점에는 4백 원짜리 일회용 면도기가 있었다. 4백 원짜리 일회용 면도기로 면도를 하는 순간부터 불길한 일이 벌어질 것이라고 생각한 사내는 어머니 앞에서 면도를 하는 척만 했다. 처음에는 척만 해서 그런 줄 알았었으나 알고 보니 4백 원짜리 면도기가 백 원짜리보다 훨씬 더 나빴다. 사내는 오히려 기뻤다. 이 면도기 잘 들질 않네,라고 말하면서 원래의 면도기를 찾을 명분이 생겼기 때문이었다. "병원에 있을 때만은 면도를 매일 하지 않아도 되잖아. 아파서 누워 있는 사람이 면도를 해서는 뭘 해?" 사내는 어머니의 말을 들은 척도 하지 않았다.

주삿바늘 쪽에서 피가 나왔다. 간호사를 불렀다. 간호사는 손 위치를 링거병보다 위로 올리면 그렇게 된다면서 손 위치를 조심하라고 했다. 사내가 간호사에게 "귀찮게 굴어서 미안합니다"라고 한다. 사내에게 미남이라고 했던 그 간호사는 "자꾸 불러 주시면 저는 더 좋아요. 미남 선생님을 자주 뵐 수 있으니까요" 한다. 사내는 이 여자가 나를 유혹하려는 건가 싶었지만 간호사의 애교가 밉지 않았다. 기어코 면도기를 찾으려는 아들을 어머니는 이해하지 못했지만 하는 수 없다고 체념하는 모양인지 집에 가서 새것을 하나 가지고 오겠다고 했다. 사내는 그러지 말라고 한 후, 잃은 면도기를 찾아야 한다고 마음속으로 단단히 다짐했다.

사내는 검사 결과를 먼저 알고 싶었다. 보통 같으면 검사한 당일에 결과를 아는 것은 불가능했다. 그러나 K가 사내의 친구라서 사정은 달랐다. 검사를 한 그날 오전 중으로 결과를 알려 주겠다고 했었다. 그런데 어느 누구도 검사 결과에 대해서 말해 주는 사람이 없었다. 간호사에게 물어보아도 결과가 아직 나오지 않았다고 한다. 무슨 문제가 생겨서 자기에게 알리지 않는가 보다,라는 생각을 한다. 궁금증이 생기면 생길수록 사내의 마음은 면도기를 찾고야 말겠다는 쪽으로 생각이 더 기울어진다. 사내의 일회용 면도기에 대한 집착은 단순한 집착이 아니라 심한 정신착란증 같은 것이었다. 현대인이면 누구나 가지는 경증 노이로제와 성격이 다른 것인가 싶을 정도였다.

오후 늦게 주치의가 나타났다. 사내의 가슴은 덜컹했다. 주치의가 검사 결과를 가지고 왔을 것이 틀림없다는 생각 때문이었다. 주치의의 얼굴이 평안하게 보였다. 심각한 표정 같은 것을 읽을 수가 없었다. 주치의의 그런 표정에 오히려 사내의 가슴은 더 쿵쿵거렸다. 주치의가 무슨 말이라도 빨리 해 주길 원했다.

"별일 없지요?" 주치의가 말했다. 사내는 그냥 "예"라고만 대답했다. 주치의는 갑상선에 문제가 있다고 말하고선 빙긋이 웃으면서 사내를 쳐다보더니만, "간에 문제가 있으니 내일 초음파 검사를 다시 해야겠네요"라고 했다. 의사의 말을 들은 사내의 가슴은 다시 덜컹거렸다. '그 봐, 내가 뭐랬어. 그 면도기가 없어지더니, 결국 말썽을 피우는구면. 뭐라고? 갑상선에 문제가 있다? 간에 문제가 있다?' 자기가 생각해도 심하다고 할 정도로 사내는 그동안 술을 많이 마셨다. 간에 문제가 생기지 않을 수 없을 것으로 예견했었고, 사실에 있어서 사내는 그걸 겁내고 있었던 것이다. 간에 문제가 있기 때문에 그 문제의 원인을 알기 위해서 초음파 검사를 내일 다시 해야 한다는 말을 들은 사내는 이제 올 것이 왔구나 싶었다. 검사를 다시 해야 한다……? 사내는 어처구니없게도 탓을 자기의 술로 돌리지 않고 일회용 면도기에 돌리고 있었다.

초음파 검사를 하기 전에 어떠한 일이 있더라도 잃은 것을 찾아야 한다. 그래야 불길한 일이 벌어지지 않는다. 절대로 입원실 밖으로 면도기가 나가지는 않았다. 범인은 이 방 안에 있다. 기어코 범인을 잡아야 한다. 그렇다면 범인이 누군가. 아무리 치밀하게 생각해도 범인이 누구인지 짐작조차 가지 않는다. 사내는 간호사를 의심할 수밖에 없었다. 의심을 하는 순간, 간호사가 무엇 때문에 면도기를 훔치겠는가. 아니다, 간호사일 수 없다는 생각이 즉각 들었다. 설사 간호사가 훔치려고 했다고 해도, 병실을 비운 일이 없지 않은가. 아니다. 병실을 비운 일이 있었다. 그렇지, 검사를 하러 2층으로 내려갔을 때, 어머니는 집에 가고 없었지. 그렇다. 간호사가 범인일 수 있다. 사내는 다시 그럴 리가 없다고 생각했다. 백 원짜리 면도기를 간호사가 무엇 때문에 훔치겠는가. 간호사가 아니면 청소아줌마? 옳지, 청소아줌마일 수 있다. 청소아줌마일지 모른다는 생각을 하는 순간, 사내는 자기 자신을 비웃었다. 남이 들으면 정신병자가 따로 없다는 말을 정말 할 것 같았다. 청소아줌마의 경우도 마찬가지가 아니겠는가. 백 원짜리 면도기를 무엇 때문에 훔치겠는가. 청소아줌마가 훔치지 않았다는 결론을 얻었다고 해서 문제가 풀리는 것도 아니었다. 사내는 온몸에서 무엇이 쑥 빠져나가는 것 같은 느낌을 받았다. 내일 초음파 검사를 해 봐야 모든 것을 안다는 말이 사내에겐 내일 사형선고가 내려질지 모른다는 말로 들렸다. 간경화? 간암? 죽음?이라는 어휘들이 머리에 떠오르자 사내의 정신은 점점 더 혼미한 상태로 빠져들었다. 면도기에 목숨을 걸기 시작했다는 말을 어머니에게 할 수는 없었다. 그렇다고 어머니에게 넋 빠진 자기의 얼굴을 계속 보여 줄 수도 없었다. 사내는 창밖을 바라볼 수밖에 없었다. 초음파 검사가 내일이라아아아……. 사내는 한숨을 쉬면서 침대로 가서 누웠다. 눈을 감았다. 악몽을 꾸기 시작했다. 정신이 혼미해진다. 꿈인지 생시인지 알 수가 없는 악몽이다. 그때 사내 앞에 의사가 나타났다. 갑상선전문 의사라고 했다. 갑상선전문 의사는 사내에게 몇 가지 질문을 던졌다.

"전에는 그렇지 않았는데, 덥고 추운 것이, 조절이 잘 안 되는 것 같습니다."

"아, 바로 그겁니다. 그래서 그런 검사 결과가 나왔군요. 심장과는 관계가 없더군요. 약만 먹으면 낫습니다, 걱정 마세요." 걱정 마세요,라는 의사의 말을 듣고 사내는 한숨을 쉬었다. 푸우우, 한 가지 걱정은 덜었구나. 그러나 아직 간초음파 검사가 문제로 남아 있지 않은가. 잡다한 것들로 긁힌 사내의 마음은 피투성이가 되고 있었다. 오후 늦게 K가 "좀 어떠냐" 하면서 나타났다. 검사에 대해서 물었다. "갑상선은 아무것도 아니고, 간 치수 높은 것도 술만 안 마시면 돼"라면서 걱정 말라고 했다. K에 의하면 모든 것이 아주 간단했다. 술만 마시지 않으면 문제는 그것이 무엇이든 해결된다는 것이 K의 지론이었다. 사내는 K에게 다시 물었다. "초음파 검사는 왜 하는가?" "그건 아무것도 아니야. 술만 마시지 말라니까"라고 다시 금주령으로 못을 박았다. 사내는 자기를 이해하지 못하는 K가 야속했다. 사내의 입장으로 보면, 술 없으면 시체가 된다는 것을 K는 모르고 있었다. K는 사내더러 사실상 '너 시체로 살아라'라는 말만 하고 있는 셈이었다. 시체가 아닌 생체로서의 사내를 생각하면서, 술을 마시지 않는 것이 좋으니, 잘 생각하라는 정도의 말을 해도 될 것 같은데, K는 생나무를 꺾듯이, 거두절미하고 너 술 마시면 죽는다는 말만 하고 있었다.

이튿날 사내는 아래와 같이 쓴 일지를 간호사에게 주었다.

11시 : 화장실(소변), 11시 10분 : 통조림 야채참치 먹음, 11시 15분 : 컴퓨터 작업 시작, 11시 30분 : 해파린 주사약 투입, 12시 30분 : 점심, 1시 40분 : 바나나 한 개 먹고 물 한 컵 마심, 1시 50분 : 화장실(대변과 소변), 2시 10분 : 토스트, 같이 만든 김밥으로 간식, 그리고 휴식, 5시 : 화장실(소변+대변 약간), 6시 : 저녁 먹은 후 채혈, 7시 20분 : 소변, 8시 : 먹는 해파린약 먹음, 12시 : 또 채혈함. 언제 잠든 것인지 모름. 아마 밤 1시 10분 아니면 1시 20분쯤?

초음파 검사실에서 검사를 하는 날이다. 이른 아침이었다. 간호사가 채혈을 하러 왔다. 채혈을 하러 온 간호사가 맥박이 조금 느린 것 같지만, 이 정도면 정상 측에 속합니다,라고 했다. 아침 8시쯤에 젊은 의사가 와서 심전도를 잰다. "심전도를 여러 번 재네요." "변화 여부를 보기 위해서 여러 번 재어야 합니다. 피검사를 여러 번 하는 것도 마찬가지입니다." 무슨 소리인지 알아들을 수 없었지만 의사가 하는 대로 두고 있을 수밖에 없었다. "가슴에 붙어 있는 이 물건은 무슨 검사 때문입니까?" "그것도 심전도 검사입니다. 검사하는 순간에는 좋다가도, 조금 후에 나빠지는 경우도 있어 24시간 동안 심전도의 상황을 살피기 위해서 계속 검사를 해야 하는 것입니다."

약을 가지고 간호사가 왔다. "식사하셨지요?" "검사 때문에 밥을 먹지 말라고 하던데요?" "아 참, 맞다. 검사 후, 제가 이 약을 다시 가져오지요. 약은 하루에 한 번만 먹으면 되는 거니까요." 해파린 주사는 계속 맞고 있었다. 간초음파 검사를 하러 아래층으로 내려갈 때에도 해파린 주사약은 달고 갔다. 심전도 검사를 위해서 가슴에 붙여 둔, 뭔지 모르는 도구들은 초음파 검사 전에 뗐다. 해파린 주사가 체내에 들어가는 통로인 왼쪽 손목이 갑자기 부어올랐다. 이게 왜 이러느냐고 놀라면서 간호사에게 물었다. "아, 주사가 잘못 들어가고 있군요." 간호사는 놀라지도 않고 말했다. "이리로 오세요." 사내를 어느 곳으로 데리고 가면서 환자들이 손목을 잘못 움직이면 그런 일이 가끔 생긴다고 했다. 영어로 뭐라고 쓰인 어떤 곳에 가더니 그쪽 간호사에게 주삿바늘을 빼게 한 후 적절한 조치를 취해 주었다. 사내의 병실이 있는 9층 간호사실과 전화를 하는 것 같았다. "곧 괜찮아질 겁니다."

사내는 그런 일이 다시 일어나지 않게 왼쪽 손목에 신경을 쓰면서, 초음파 검사실로 갔다. 검사를 받고 있는 시간은 견디기가 힘든 시간이다. 차라리 죽고 말지, 싶다. 검사관은 초음파를 통해서 간을 보고 있었다. 보는 순간순간, 어떤 증상이 있다는 것을 알지 않겠느냐. 알면서도 가만히 있는지도 모를 일이라는 생각에서 사내의 가슴은 쪼그라질 대로 쪼그라졌다. 검사원은 아무 말 없이 검사를 계속하고 있었다. 검사가 빨리 끝나도 걱정일 것 같고, 검사 시간이 지연되면 그것도 걱정일 것 같았다. 사내의 경우 검사 시간이 꽤 길었다. 가슴이 한 번만 덜컹거리는 것이 아니라 계속 덜컹거렸다.

"검사 끝났습니다."

검사가 끝났다는 소리가 왜 그렇게도 무섭게 들리는지 알 수 없었다. 흰 가운을 입은 검사관에게 "문제가 있습니까?"라고 물었다. "의사 선생님 만나세요." 대답은 차갑고도 무뚝뚝했다. 무뚝뚝한 그 대답이 사내에겐 '너는 이제 죽었다'라는 선언문같이 들렸다. 병실로 올라오면서, 사내는 턱수염이 보기 싫을 정도로 돋아 있는 것을 보았다. 불길한 생각에 온몸을 떨었다. 병실에서 사내는 다시 '가상 죽음'과 대결했다. 이 대결은 이 세상의 어느 누구도 알지 못하는, 사내 혼자만 아는 대결이었다. 사내에 대해서 아무것도 모르는 간호사는 아래층에서 부어올랐던 손등에 얼음덩어리를 얹어 주었다. 그리고는 주삿바늘을 왼쪽에서 오른쪽 손목으로 옮겨 꽂아 주었다. 어머니가 사온 김밥 하나를 먹은 후, 사내는 물을 마셨다. 11시에 간호사가 준 약도 먹었다. 초음파 검사 결과는 아직 모른다. 사내는 사형선고를 기다리는 사형수가 되고 있었다. 간호사가 혈압과 맥박을 측정한 후 말했다. "참 좋으시네. 혈압과 맥박, 모두 정상입니다." 사내에겐 혈압과 맥박이 문제가 아니었다. "초음파 검사 결과는 어떻게 되었습니까?" "아직 결과가 나올 시간이 아니지요." 사내는 입을 꽉 물었다. 모든 사고는 면도기 때문이다. 면도기를 찾아야 한다는 다짐을 다시 굳힌다. 그때, 사내의 인척인, 심장병 전문의 H에게서 전화가 왔다. "어떻습니까?" 핸드폰 소리가 잘 들리지 않아서 "누구예요……" 하다가 통화가 되었다.

"아, 현철이구나, 갑상선검사, 간초음파 검사 모두 했다."

"초음파 검사를 하는 것은 지방간 여부를 보자는 것 같네요."

"간암 여부를 보려고 하는 건 아닌가?"

"간암 검사는 다른 걸로 할 걸요?"

H가 하는 말이 사실이라면 얼마나 다행한 일인가. 사내는 H에게 또 물었다.

"내가 지금 한 말을 듣고, 전체적 느낌은 어때?" "회복되시겠네요." 전화를 끊은 후 생각했다. 회복되시겠네요,라는 말은 막연한 말이었지만 무언가 희망적인 말로 들렸다. 무엇이 회복된다는 것인지 알 수가 없었지만, 회복되시겠네요,라는 말은 결론적으로 아무 일이 없을 것 같네요,라는 말이 아닌가. 사내는 아무 일이 없게 되려면 면도기를 찾아야 한다는 생각을 다시 했다. 간호사가 와서 피를 또 뽑아가면서 오늘 밤 12시에 다시 한 번 더 뽑아 간다고 말했다. 피검사를 다시 한다는 말은 무슨 뜻인가. 초음파 검사가 괜찮은 것으로 판정이 났다는 말인가.

사내는 H와의 통화에 희망을 걸었으나 아직 아무것도 모른다. 지금 오후 2시 1분이 지나고 있다는 사실만 알고 있을 뿐이다. 사내는 책 몇 권이 꽂혀 있는 자기 방이 그리웠다. 아무 일 없다는 판정을 받고 자기 방에 돌아가고 싶었다. 방에 돌아가서 무슨 대단한 일을 하겠다는 것은 아니다. 일은 우선 둘째 문제가 아닌가. 그냥 방이 그리웠다. 방을 그리워하고 있는 마음과는 달리 소변을 보고 싶은 사내의 몸은 따로 놀았다. 오전에 검사 결과를 알려 준다더니, 시계를 보니 이미 오후 2시 10분이다. 간호사를 부를까. 사내에게 미남이라고 하던 간호사는 당번이 아닌 모양이었다. 마음이 급한 사내는 소변을 본 후 아무 간호사에게나 이런 말을 하고 싶었다.

'궁금한 것이 있어서 불렀습니다. 아침에 간초음파 검사를 했거든요. 나는 그 결과가 궁금합니다. 아무도 아직 그 결과에 대해서 내게 말해 주는 사람이 없습니다. 아마 결과가 안 좋은 거라서, 내게 말을 하지 않는 모양인가 싶어 저는 걱정이 됩니다.' 사내는 또 이렇게도 묻고 싶었다.

'아까 피 뽑으러 왔을 때, 오늘 밤 12시에 다시 뽑는다고 했는데, 밤 12시에 다시 뽑아야 한다는 사실을 언제 알았습니까. 오늘 아침부터 알았습니까. 그 소리를 이제 방금 의사 선생님에게서 들어서 알았습니까. 왜 내가 그것이 궁금한가 하면요, 이제 방금 들으셨다면, 다른 문제는 없으니, 피검사 결과를 보고, 먹는 해파린약 처방만을 하면 된다는 것으로 해석되기 때문입니다. 만일 간초음파 검사에 문제가 있었다면, 피검사보다 더 급한 다른 조치가 있을 것으로 추측된다는 것입니다. 다시 말씀드리면, 다른 조치는 없고, 피만 뽑아라,라는 지시를 방금 받으셨다면, 초음파 검사에는 문제가 없다는 결론을 낸 것으로 추측되기 때문에 지금 제가 이런 말을 하는 것입니다. 오늘 밤 12시에 피 뽑는다는 말을 언제 들었나요. 지금입니까. 오늘 아침부터입니까.'

오, 하나님. 지금이 벌써 오후 2시 20분입니다.

마음만 먹으면 잃어버린 물건을 찾는 일에 귀신같은 사람이 어머니다. 말 그대로 어머니는 찾기의 명수였다. 그럼에도 불구하고 일회용 면도기에 대해서만은 태연했다. 면도기를 찾는 일에 도움을 줄 생각은 아예 하지도 않았다. 사내는 어머니가 원망스러웠다. 원망스러웠다기보다 어머니에게 자주 내는 짜증이 또 났다. 어머니는 오히려 딴청이다. "너는 왜 그래. 어린애도 아니고, 꼭 그 면도기이어야 하는 이유가 어디에 있냐. 매점에서 사온 것으로 면도를 하면 되잖아?" 불난 데에 부채질할 필요까지는 없지 않은가. 사내는 침대를 다시 뒤지기 시작했다. 열 번을 반복해서 뒤져도 소용이 없었다. 혹시 싶어서 쓰레기통을 뒤졌다. 코를 푼 종이밖에 없었다.

'이 문제를 어떻게 해야 하나, 치료 방법은 뭔가…… 없지…… 현대 의학으로는…… 아까운 사람인데…….' K까지 포함한 의사들 모두가 한자리에 모여서 위와 같은 발언을 하면서 다른 방에서 지금 회의를 하고 있는 것일까. 사내는 죽음과 대화를 나눈다. 사내에게 있어서 죽음과의 대화는 자기가 상정해 놓은 하나님과의 대화였다. 자기가 상정해 놓은 하나님이라는 말은 무슨 뜻인가. 객관적이라는 말과 주관적이라는 말을 사내 역시 평소에 사용한다. 사내가 상정해 놓은 하나님이라는 말은 주관적이라는 말과 상관된다. 자기 멋대로 상정해 놓은 하나님이라는 말이다. 평소에 곧 죽어도 하나님을 자기 멋대로 해석하는 일을 싫어하는 사람임을 자처해 오던 사내였지만 면도기를 찾으면서 생각되는 하나님은 자기 멋대로의 하나님이었다.

'하나님, 하나님은 저의 마음을 다 알고 계시지 않습니까. 초음파도 좋고, 죽음도 다 좋아요. 다만 한 가지만 말씀드리겠습니다. 제가 지금 죽을 지경인 것은, 무섭다는 것입니다. 제가 지금 원하는 것은 죽음에 대한 공포증을 없애달라는 겁니다. 저는 이 두려움이 죽도록 싫습니다. 제발 두렵게 하지 말아주십시오. 더욱이 저는 서원 같은 것은 할 수가 없습니다. 하나님에게 맹세 같은 것은 할 수 없단 말입니다. 맹세를 하면, 어기지 말아야 하는데, 저는 번번이 어기는 인간이 아닙니까. 그런 인간이라는 것을 하나님은 잘 알고 있지 않습니까. 맹세를 할 수 없는 이유는 또 있어요. 하나님이 무섭기 때문입니다. 맹세를 해 놓고, 어긴다는 것은 저로서는 상상이 잘 안 되는 일입니다. 속된 말로, 맹세를 해 놓고, 그걸 어긴다는 것은 일종의 불충이 아닙니까. 인간에게 불충하는 것도 못할 일인데, 하나님께 어떻게 불충을 하겠습니까. 아무튼 저는 천사가 아니라, 인간이고 싶습니다. 하나님. 저를 도와주십시오. 살려주십시오.' 자기가 상정해 놓은 하나님에게 사내는 빌고 말았다. 하늘로부터 아무런 반응이 없었다. 사내는 계속해서 초음파 검사에 대한 공포증을 해소하는 방식을 자기 스스로 연구할 수밖에 없었다. 타자의 눈에는 보여도 사내에겐 아무것도 보이지 않는 공간, 모든 것이 검게만 보이는 공간 안에 사내의 두뇌가 들어앉아 있기 때문에 신통한 연구결과가 나올 리가 없었다. 창문도, 창밖 하늘도, 옆에 앉은 어머니도, 들어오는 간호사도 모두가 검게만 보였다. 어디선가 이런 소리가 들렸다.

'사람은 어차피 죽는다. 조금 빨리 죽고 조금 늦게 죽는다는 차이뿐이다. 넌 왜 그걸 모르느냐.' 들리는 말은 사내에게 아무 의미 발생이 되지 않았다. 사내에게 말은 더 이상 필요가 없었다. 죽음을 만나기 전에는 '말'에 의미가 있었다. 지금은 아니었다. 또 다른 소리가 들린다.

'너는 살 만큼 살았다. 10년을 더 살고 죽어 봤자, 뻔한 것이 아니냐. 정 살고 싶으면 10년치를 6개월 동안에 살아라. 너 작곡가 슈만을 알지. 슈만이 그 주옥같은 연가곡 〈시인의 사랑〉을 6개월 동안 작곡했다고 하지 않던가. 슈만에겐 〈시인의 사랑〉 때문에 10년, 20년이 필요했던 건 아니지 않았던가. 슈만의 6개월을 기억하고, 앞으로 6개월만 산다고 생각하라고! 간암! 어서 와라,라고 말하라고! 아무리 네가 온다고 해도 나에겐 6개월이란 세월이 있다!라고 외치라고! 6개월을 길고 긴 세월로 믿으면 공포증에서 벗어날 수도 있을 거야. 그리고 네가 진실로 하고 싶은 일이 있으면 그것도 해내게 될 거야.'

6개월 운운이 괜히 하는 소리인지 사실인지 알 수가 없었지만, 사내는 마음이 좀 편안해지는 것 같았다. 그러나 편안함은 잠시였다. 순간에 불과했다. 더 무서운 공포증이 사내를 덮쳤다.

K가 왔다. 사내는 컴퓨터의 자판을 두들기고 있다가 K의 얼굴을 쳐다보았다. 지금쯤 K는 검사 결과를 샅샅이 알고 있을 것이다. 사내는 K의 얼굴을 합격자 명단을 볼 때의 공포감 같은 것을 안은 채로 쳐다보았다. K는 사내의 얼굴을 한번 쳐다본 후 병실을 나가려고 했다. 나가려는 K의 옆얼굴에는 불합격이라는 글씨가 쓰인 것 같았다. K가 병실문 밖으로 나가려고 했을 때 사내가 떨리는 목소리로 말했다. "어이. 그냥 나가면 어떡해? 내 간은?"

K는 사내를 쳐다보지도 않으면서 퉁명스러운 어투로 "야, 간 걱정은 하지 말래도, 내가 몇 번 이야기를 해야 알아들어." 자기 말을 믿지 않는 것에 대한 불쾌감인지, 친구가 치명타를 맞은 것 때문에 고통을 참느라고 그런 것인지, 사내로서 알 수 없었다. K의 말로는 간 걱정은 말라는 것이 확실했다. 사내는 그 말을 믿을 수 없었지만 믿고 싶었다. 병실을 나간 후 복도에서 사내가 듣는 줄도 모르고 간호사에게 "언제 퇴원한대?"라고 K가 물었다. "언제 퇴원한다는 말, 아직 못 들었어요." 간호사의 대답이었다. '언제 퇴원한대'라는 K의 말을 어떻게 해석을 해야 할지 알 수가 없었다. 심장병 전문의가 아니라서 주치의는 아닐망정 사내가 입원하고 있는 병원의 의사인 K가 간호사에게 퇴원하는 시기를 묻다니, 있을 수 없는 일

이 아닌가. 아무 탈이 없으니 이젠 퇴원을 해도 된다는 뜻인지, 치명타를 맞은 친구이니, 일단 퇴원을 해서, 다른 방법을 강구해야 한다는 뜻인지, 알 길이 없었다. 궁금증을 이기지 못한 사내는 링거병을 끌면서 간호사실에 갔다. 사내에게 미남이라고 했던 그 간호사는 어디로 가 버렸는지, 이럴 때 좀 있으면 좋으련만 싶은데 보이질 않았다. 간호사실에 앉아 있는 간호사에게 물었다. "초음파 검사 결과 아직 안 나왔나요?" 저희들은 몰라요,라고 말할까 걱정을 하면서 물었더니 반갑게도 "기다려 보세요" 하더니만 컴퓨터를 두들겼다. 컴퓨터 화면을 한참 들여다보더니, "결과 보고가 아직 올라오지 않았네요"라고 했다. 사내는 간호사의 말을 믿지 못했다. 검사 결과가 정말 올라오지 않아서 그렇게 말하는 건지, 결과가 나오긴 나왔는데 의사가 환자에게 직접 말하기 전에 간호사가 미리 말하다간 큰일이 날까 싶어서 그렇게 말한 건지 도무지 알 길이 없었다. 아무도 믿을 수 없는 게 세상이라는 것을 사내는 재확인한다. 시간이 갈수록 공포감에서 해방될 기미는 보이지 않았고, 믿을 수 없는 세상 속에서 말 그대로 막막하기만 했다.

사내는 출구를 결국 면도기로 잡았다. 그 순간, 잡으면 뭘 하는가,라는 생각이 들었다. 잡았다고 해서 문제가 당장 해결되는 것은 아니지 않은가. 겉으로는 멀쩡했지만 속으로는 무언가가 점점 더 뒤틀리고 있었다. 뒤질 곳은 모두 뒤졌지만, 면도기는 깜깜이었다. 이래선 안 되겠다 싶었다. 처음부터 일을 다시 시작해야겠다는 생각을 했다. 이번엔 일의 순서에 번호까지 붙였다.

1. 벽 사이에 눈을 대는 일

침대와 벽 사이에 눈을 대면 무엇이 보일지 모른다는 생각이 해결책일지 누가 아는가. 정성을 다해서 거기에다 눈을 댔다. 아무것도 보이지 않았다. 침대와 벽 사이의 공간은 너무나 좁았다.

2. 하나님을 부르는 일

하나님! 하면서 사내는 한숨을 쉬었다. 자기 힘으로는 면도기를 찾을 수 없다는 사실을 하나님께 고백하는 마음의 옷을 입고 싶었다.

3. 물건들을 다시 점검하는 일

모든 물건들을 하나하나씩 다시 점검하기에 앞서 이빨이 부서지도록 입술을 꽉 물었다. 수첩, 열쇠, 휴지, 컵, 주전자, 핸드폰, 안경, 제임스 조이스 할 것 없이 모두가 그 자리에 있었다. 백 원짜리 일회용 면도기만이 보이지 않았다.

4. 방 구석구석을 다시 살피는 일

혹시 아나 싶었다. 화장실 같은 곳에 그것이 들어가 있을지 아나, 싶었다. 사내는 최종확인이라는 의미에서 병실 구석구석을 뒤졌다.

5. 커튼을 드는 일

입원을 한 다음 날 커튼을 열 때, 커튼에 말려서 커튼 뒤로 가 버렸나? 커튼을 뒤져도 무엇 하나 보이는 것이 없었다. 1에서 5까지의 행위를 세 번 반복했다.

6. 침대를 옮기는 일

침대 밑을 보면 그동안 안 보이던 곳을 볼 수 있을 것 같았다. 침대는 꼼짝 하지 않았다. 침대를 잡고 사내는 자기를 비웃었다. 간과 면도기가 무슨 상관이란 말인가. 허허 웃으면서 면도기를 포기하자,라는 생각을 하는 순간, 그의 몸에는 소름이 돋았다. '무슨 소리냐. 지금 죽고 살고의 기로에 서 있는데, 안 될 말이지, 기어코 찾아야지.'

7. 침대 밑을 보는 일

결론은 침대 밑이라는 생각이었다. 사내가 힘을 쓰면 쓸수록 침대는 더 꼼짝달싹하지 않았다. "이놈의 침대, 왜 이렇게 만들어져 있지." 사내는 화를 버럭 내면서, 침대에 놓인 매트리스를 들어 올렸다. 매트리스를 받치고 있던 쇠줄들이 나타났다. 쇠줄 역시 꼼짝도 하지 않았다. 쇠줄 밑을 보았다. 침대 밑이 보였다. 희미하긴 했지만 파란 하늘 조각 같은 것이 보였다. 사내의 호흡은 이미 정지되었다. 파란 색깔을 띤, 일회용 면도기가 '나 여기 있네. 놀랐지롱' 하면서 사내에게 손짓을 했다. "저기 있다아아아!" 사내의 괴성이었다.

두말하면 바보다. 사내는 울었다. 이젠 간암이라도 좋다면서 그 자리에서 그냥 펑펑 울었다. 사내가 울고 있는 것을 어머니가 옆에서 보면서 '정말 못 말릴 사람'이라는 표정을 지었다. 사내는 침대 밑으로 손을 뻗었다. 쇠줄에 가려 손이 들어가지 못했다. 다른 공간을 통해서도 손이 들어가지 않았다. 막대기 같은 것이 있으면, 침대 밑으로 넣어서 끌어낼 수 있을 것 같았다. "어머니, 어디 막대기 하나 없어요?" 막대기를 찾으러 병실 밖으로 나갔던 어머니는 간호사를 불러왔다. 간호사는 힘을 쓰지도 않고, 침대 다리 쪽의 어느 곳을 만졌다. 침대는 공 구르듯이 스르르 굴렀다. '파란 하늘색'을 손에 안고 사내는 화장실로 들어갔다. 그동안 하지 못했던 면도를 그걸로 했다. 면도를 한 후 화장실을 나왔다. 그때다. 주치의가 나타났다. "걱정 많이 하셨다고요. 지방간이 있군요. 술을 삼가야겠습니다." 그 말만 하고 병실을 나가려던 주치의가 "참, 이젠 퇴원해도 되겠네요"라고 했다.

"술? 술을 삼가셔야겠다고? 안 될 말씀! 술을 빼고 무엇으로 살아아." 사내의 부르짖음이었다. 사내가 객기를 부릴 생각을 하고 부르짖은 것은 아니었다. 객기를 부리다간 구사일생으로 얻은 '6개월'은 어찌 되겠는가. 바깥을 내다볼 수 있는 창문은 입, 퇴원과는 상관없이 있었던 그대로 거기에 있었다.

왠지 모른다. 퇴원할 생각을 하면서도 사내는 병실 창밖에서 살아 움직이는 사람들을 아무 생각 없이 멍하니 바라보고 섰다.

아저씨, 그럼 안녕

"왜? 못 볼 것을 봤나."

"아니, 형, 이게 어쩐 일입니까?"

"놀러 오면 안 되나?"

"안 되긴요. 형이 제 집을 찾다니 너무 놀라서요. 어서 들어오세요."

사십 대 후반에 소설로 등단했지만 무직인 인호 집에는 사람이 없다. 인호의 아내는 저녁때인데도 돌아오지 않고 있고 재수생인 아들 D는 술 마시러 나갔다고 한다.

"형, 분해서 왔지요?"

"분하다니, 그게 무슨 소리야."

"지난번 왜 기원에서……."

"무슨 소리야. 우리가 기원에서 만난 일이 있었던가."

준이가 얼마 전에 기원에서 인호와 바둑을 둔 일이 있었다. 자기보다 약했던 인호에게 준이가 세 판을 연달아 졌다.

"너, 그동안 글은 안 쓰고, 바둑만 두었더군." 준이의 반응에 인호는 빙글빙글 웃고만 있다. 준이는 웃고 있는 인호의 모습에서 창피를 느낀다.

글을 나보다 잘 쓸지는 몰라도, 바둑은 안 돼요,라는 뜻이 인호의 웃는 얼굴에 쓰여 있는 것 같아 준이는 속이 상한다.

"야, 바둑만 두지 말고, 글이나 더 열심히 써. 등단은 아무것도 아니야. 요즈음 등단한 사람 수천 명 아닌가."

바둑에 진 준이는 인호를 윽박지른다.

'나보다 먼저 등단한 것뿐이잖아. 당신은 뭐 대단한 걸 썼다고 야단이냐 야단은!'

속으로야 무슨 말을 못하겠냐만 사실상 글로 따지자면 인호는 준이에게 꼼짝을 못한다.

인호가 혼자서 마시던 소주병을 들고 준이 앞으로 온다. 또 술인가 했지만 준이는 인호와 더불어 술을 마신다.

"형, 바둑 때문에 온 거 아니면, 형 같은 고집통이 어쩐 일입니까?"

"야, 고집통이라니, 선배에게 통이라는 말을 함부로 써도 되나."

기분이 정말로 나쁜 것인지 그냥 한번 해보는 소리인지 알 수가 없는 인호가 형에게 투정을 부리는 어투로 말한다.

"아따, 우리 집에 놀러 와주시는 것이 고마워서, 한번 해본 거 아 닙니까. 통 자 못 받아들인다면, 앞으로 안 쓰고, 형을 남 대하듯 대 하면 되지 않습니까."

인호는 소주 한 잔을 들이켜면서 준이의 눈치를 살핀다.

"제 생각은 그렇습니다만, 저의 뜻대로 하시지 마시고 형님의 뜻 대로 하시옵소서. 칼자루는 형이 쥔 것이 아닙니까."

입을 놀리고 있긴 하지만 말소리는 들리지 않았고, 중얼거리는 입과 그 입 주변의 얼굴 표정을 주시하다가 준이는

"그런 뜻은 아니고." 하더니만,

"통 자도 때에 따라 의미가 달라지는 모양이네. 아무튼 좋아. 통 좋다."

"형, 그렇다면, 나 궁금해서 못 살겠으니, 형 같은 고집통, 실례, 고집통 형님이 어떤 일로 우리 집에까지 오셨어요. 그냥은 아닐 테 고. 술 때문에도 아닌 것 같고. 아무래도 이상하거든요."

"그래, 자네 말이 맞아. 바둑을 두러 온 것은 아니지만, 바둑과 상 관되는 일인 것은 사실이야. 내 정말 기가 막혀서. 변하는 게 역사 라고 하지만 그냥 바뀌는 것이 아니라 패러다임이라는 말 있지. 그 게 바뀌어야 하는 건지 원."

준이가 건네는 술잔을 받은 인호는 듣고만 있다.

"괴동의 출현이라면서 바둑 역사를 다시 써야 한다는 거 아니야. 현실 세계에서는 있을 수 없는 기적을 그 괴동이 일으킨다는 거야. 우리에겐 기적인데 그 괴동에겐 일상이라는 거야."

"천천히 말해 보세요. 형. 무슨 일이 있었습니까."

"자네도 바둑을 두니까, 알겠지만, 바둑의 고수가 되려면, 인생을 알아야 한다는 말이 있잖아. 바둑판이 바로 인생의 축소판이라는 말도 있고."

"그렇지요. 바둑판은 인생의 축소판이지요. 바둑을 조금만 알아도 그 말의 뜻은 알지요. 바둑만 그런가요. 소설도 그렇지요. 애들이 소설을 쓸 수야 없지요. 인생을 모르는 애들이 어떻게 소설을 쓰겠어요. 말도 안 되지요."

"그래서 내가 하는 말인 거야. 이 사람아."

소주잔을 비우는 인호가 그래도 미심쩍다.

"사실 아직 못 알아듣고 있거든요. 형."

"일본 보라고. 바둑의 종주국이 일본 아니었던가. 그런데 요즈음 일본이 엉망이거든. 왜 그런지 알아. 일본 사람들의 생각이 어른들 입장에서만의 생각이었던 것 같아."

"그건 또 무슨 소립니까."

"일본의 최대 고수는 대부분 나이가 지긋한 분이었거든. 혼인보, 메이진 등 유명한 타이틀 보유자는 모두가 어른들이었지. 아이들이 아니었다고."

"그건 그렇지요. 사카다, 후지사와, 다카가와 할 것 없이 모두 어른들이지요."

"어른이라는 말은, 바둑을 잘 두려면, 아까도 말했지만 인생을 아는 것과 상관이 있다는 거 아닌가. 그런데 말이야. 요즈음 우리

나라에선 그게 아니거든. 이상한 일이 막 벌어지고 있다고. 아이들이 어른을 우습게 안단 말이야."

"그건 또 무슨 소립니까."

"자네, 이창호를 아나?"

"그럼요. 알지요. 바둑 둔다는 사람이 이창호 모르는 사람이 어디 있나요."

"조훈현은?"

"물론 알지요. 조훈현이 누구라고 모릅니까."

"조치훈은?"

"그분이야. 한국사람으로서 일본을 제패한, 명인 중의 명인 아닙니까. 일본에서 가장 상금이 많은 세 개의 기전 타이틀 모두를 한 손에 쥔 적도 있는, 고수 중의 고수지요. 바둑의 종주국에서 말 그대로의 제일인자이지요."

"알긴 아는군. 그런데 십 대의 이창호가 자기 스승인 조훈현에게만 이기는 것만이 아니라 조치훈에게도 이긴다는 거야. 어쩌다 한 번만 이긴 것이 아니라, 실력으로 이긴다는 거야. 바둑판이 인생의 축소판이라는 말은 다 틀렸다는 거냐. 이거 말이 되는가, 이창호가 바둑을 잘 두는 것이 싫다는 게 아니라, 어른들이 뭘 하나 싶어서 속이 터진다는 거야. 바둑계에서 잘 들먹이는 옛 성현들이라는 말, 그 성현이라는 말이 무색하게 되어 버린다는 거니, 이거 정말 기막히는 일이 아닌가?"

"가만있어요, 형. 우리 집 바로 앞에 슈퍼가 있어요. 내 가서 소주 몇 병 사올게요."

"그럴 거 없다. 우리 나가자. 내가 한잔 살게. 자네 아직 무직 아닌가."

둘은 밖으로 나간다.

"내가 속이 터진 것은 나보다 젊은 자네가, 그리고 나보다 늦게 배운 자네가 지난번에 세 판이나 이겼잖아. 자네도 바둑 역사를 다시 쓰려고 하는 거야."

포장마차의 소주병이 비어 가자, 인호의 언성은 높아진다.

"요즘 아이들의 이야기만은 아닌 것 같아요. 옛날에도 희한한 아이들이 있었던 것은 사실인 것 같아요. 말하자면 천재 말입니다. 모차르트 같은 천재를 생각해 보아도 그래요. 어른이 백번 죽다가 살아나도 안 될 일을 십 대의 모차르트가 해냈다는 것은 세상이 다 알잖아요. 그 증거가 작품으로 남아 있잖아요. 형이 바둑에 대해서 말한 것과 똑같은 말이 가능하다는 이야기이지요. 어린 모차르트가 작곡에 대해서 알면 얼마나 알까, 이런 말은 말이 되지 않거든요."

"그러니까 모차르트는 아이가 아니란 말이지."

"사실, 저도 형에게 할 이야기가 있어요. 열한 살 난 괴동 이야기예요. 소설의 괴동이에요. 사실은 나이가 문제가 아닌 것 같아요. 요즈음 이십 대 후반의 젊은 소설가가 주목을 받는 걸 보세요. 나이 나이 하는 말은 바둑에서 어른들의 말과 같은 것에 불과하거든요. 나이 어린 아이들도 생각이 있고, 그 생각이 어른 생각보다 더 좋고 옳을 때가 어디 한두 번인가요. 아까 집에서 형이 저에게 '저게 뭐야' 했는데, 대답을 할 기회를 놓쳤지요. 형의 질문에 대한 대답이 제가 지금부터 하려는 이야기예요."

"형이 옛날에 원고지 1만 장을 들고, 산으로 들어갔다고 했지요. 1만 장 모두에 낙서라도 좋으니 뭐라도 한번 써본 후 안 되면 하산하겠다는 결심을 했다고 했지요."

"이 사람아, 낯 뜨겁게, 지금 와서 그 소리는 왜 해."

"아까 그거 공책이었어요. 그 공책 누가 준 줄 알아요. 옛 애인 R의 열한 살 먹은 아들 찰리가 미국에서 보낸 거예요. 공책 열 권이지만 제법 무겁데요. 그걸 보내면서 등단 축하해요,라는 쪽지도 보냈어요."

"옛 애인 R라니, 지금의 자네 부인 Q는?"

R는 인호가 대학 다닐 때 사귀던 여자친구였고 문기는 인호의 절친한 친구였다. 하루는 자기가 사귀는 여자친구라면서 인호가 R를 문기에게 인사를 시켰다. 그리고 몇 달 후의 일이었다. 오래전부터 유학을 계획했던 문기가 미국 유학을 간다고 했다. 인호가 R에게 문기가 미국 유학을 간다고 하니, 같이 가서 유학 축하를 하자고 했다. 그때 R가 "나도 미국 유학을 가요"라고 한다. 인호는 갑자기 그게 무슨 소리냐면서 놀란다. 알고 보니 문기와 R가 같이 미국 유학을 가게 되어 있었고, 미국에서 그들은 결국 결혼을 한다. 뒤늦게 정황을 안 인호는 실의에 빠져 술로 세월을 보내다가 지금

의 아내 Q와 만났다. 문기는 인호의 애인을 빼앗았다고 생각하지 않았다. R가 자기를 좋아해서 미국 유학을 따라온 것에 불과한 것이라고 생각했다. 사람이 이 사람을 좋아하다가, 저 사람을 좋아하게 되는 것은, 너나 할 것 없이 다 마찬가지가 아닌가,라는 식이었다.

허무한 세월은 어설프게 흐른다. 인호와 Q 사이에 아들 J가 태어난다. 문기와 R 사이에 태어난 아이는 고등학교 다닐 때 교통사고로 죽었고 뒤늦게 찰리라는 아들을 낳았는데 이 아이가 소설의 괴동이라는 소문이 자자하다. 아들이 글짓기에 재주를 보이니, 자랑을 하지 않을 수 없었던 것도 이유였지만 소설이 무언지 모르는 문기로서는 등단한 인호의 충고가 아들의 장래를 위해 좋을 것이라는 생각에서 아들 소식을 자주 전하곤 했다. 문기로부터 오는 소식이 인호에게 허무맹랑한 소리 같게만 들리지 않았던 것이 문제의 발단이었다.

찰리는 자기 지역의 글짓기 대회에서 1등을 한 후, 한 차원 높은 수준의 글짓기 워크숍에 참여하게 된다. 여러 학교의 어린 영재들이 참여하는 전국 규모의 워크숍이었다. 참여자는 모두가 11세 안팎의 소년 소녀들이었고 자기 지역의 글짓기 대회에서 1등을 한 어린이들이었다. 문기는 아들과 동행을 한다는 사실을 인호에게 알린다. 이런 저런 서신이 오간 후, 인호가 문기에게 '네 아들이 2주간 배운 것을 요약해서 내게 보내 봐라, 잘 배웠는지 어떤지 한

번 보게'라는 전갈을 보낸다. 미국에서는 아이들에게 글짓기를 어떻게 가르치는가에 대한 궁금증 때문이었고 혹시 어린 모차르트가 배운 것이 어른 작곡가라고 해서 참고 대상이 되지 말라는 법이 없지 않은가,라는 생각도 작용되었던 것이다. 아마데우스라는 영화를 본 사람은 알리라. 살리에리가 젊은 모차르트의 비밀이 무엇인지 얼마나 알고 싶어 했고 동시에 열등감을 얼마나 많이 느꼈던가. 당대에 어느 누구도 무시하지 못할 사회적 지위와 명예를 안고 있었던 살리에리가 말이다.

미국의 대학도시 E시에서 베풀어진, 영재를 위한 여름 캠프에서 사용된 강의계획서 한 장과 찰리가 배운 내용을 요약한 원 포인트 레슨식 메모가 배달되었다. 그 우편물을 보고 인호는 기성棋聖 수준의 바둑 대가에게 이긴 이창호가 왜 가능한가,라는 생각을 했다. 도저히 있을 수 없는 일이 현실에서 일어날 수 있구나, 그런 가능성에 대한 갖가지 생각이 머리에 떠올랐다. 혹시 열한 살 소설 괴동이 인호를 우습게 알고 마는 사건이 현실화되는 것은 아닐까 하는 망측한 상상까지 하기에 이른다. 계획서가 영어로 쓰인 것이기 때문에 그런 생각이 든 것인가,라고도 생각해 보았지만 그 생각이 망측한 상상을 뒤덮을 만큼 강력하지는 않았다. 글쓰기에 관여되는 문제를 요약해서 보낸 원 포인트 레슨을 읽고 '정말 이럴 수가' 싶어서 인호는 그저 망연자실할 수밖에 없었다. 요약 내용이 대단해서 놀란 것이라기보다 열한 살 난 아이가 배운 내용이라는 점에서 놀랐던 것이다. 인호는 중학교 영어 실력으로 영어와 한글이 뒤섞여 있는 우편물 읽었다.

강의 제목 : 자, 쓰자! 창조적 글쓰기 워크숍!

강의 계획서 :

"글쓰기는 쉽다. 잘못된 단어를 지워 버리기만 하면 되는 것이니까."(마크 트웨인)

마크 트웨인 말처럼 글쓰기가 정말 쉬울까.

'자, 쓰자!' 워크숍에서 영재들은 선생님과 더불어 서로의 경험을 탐험하고 스스로의 느낌, 생각, 기억, 관찰을 통해 다양한 글쓰기 개념과 기법을 배우게 될 것이다.

워크숍을 잘 따라온 학생이 얻을 수 있는 수확은 다음과 같다. 작가의 공책을 어떻게 간직해야 하고 그것을 어떻게 사용해야 하는가를 배울 것이다. 글쓰기에는 다양한 기술이 있는데, 자기 기술을 연마하고 개발하고 발전시켜 나갈 것이다. 친구들과 글쓰기에 관한 의미 있는 모임을 가질 수 있을 것이며 의미 있는 대화를 위한 시간을 나눌 줄 알게 될 것이다. 작품 하나를 다양한 차원의 수정 작업을 통해서 어떻게 효과적으로 만들어 나갈지를 배우게 될 것이다. 독자들이 매혹될 단어 선택을 적절히 사용할 수 있게 될 것이다. 감동적인 인물 설정, 능한 비유적 표현 그리고 플롯이 무엇인지를 알면서 자기가 가상하는 이야기를 만들 줄 알게 될 것이다.

이상이 A4 용지 한 장에 쓰인 워크숍 강의계획서였다. 이 계획서는 지도 교수가 유인물로 만들어서 워크숍에 참여한 모든 아이들에게 사전에 배부한 것이다. 11세 안팎의 아이들에게 나누어 준 계획서였다는 생각을 인호는 새삼 해 본다. 아이들이 그 계획서를 읽으면, 그 내용을 알아볼 수 있다는 것이 전제가 되는 것이 아니겠는가. 정말 놀라운 일이다. 오랜 경험을 가진 지도교수가 아이들의 눈높이에 맞추어서 계획서를 작성했을 것이라는 생각 때문이었다.

메모 : 찰리가 인호 아저씨에게 보낸 글쓰기 레슨

1. 설명하지 말고 보여 주라.

웃기는 어릿광대라고 쓰면 설명하는 것이 되고, 크고 둥근 붉은 코, 창백할 정도로 흰 얼굴 그리고 몸에 맞지 않는 헐렁한 바지를 입고 있는 어릿광대라고 쓰면 최소한도 보여 주는 것이 된다.

2. 묘사가 중요한데, 묘사는 보여 주는 좋은 방법의 하나다. 묘사 연습을 많이 하되, 눈만을 통하지 말고, 오감 모두를 동원해야 한다.

3. 절대 하지 말 일, 세 가지

1) 단어를 낭비하지 말 것.

2) 같은 뜻의 낱말을 반복하지 말 것.

3) 토픽과 상관이 없는 문장은 쓰지 말 것.

(위의 메모는 찰리의 말을 듣고, 문기가 대신 적은 것이고 찰리는 스스럼없이 어른을 위한 레슨 메모 작성에 협조를 했다. 마치 이창호가 어른에게 바둑 한 수를 가르쳐 주듯이)

워크숍에 참여했던 아이 모두가 무얼 배웠는지 인호로서는 알 수가 없다. 워크숍 강의계획서에 적힌 대로 모든 것을 아이들이 제대로 배웠는지 어떤지도 알 수가 없었다. 그러나 찰리가 배운 내용은 메모에 적혀 있었기 때문에 무엇을 배웠는지 알 수 있었다. 메모에 적힌 것이 소설작법의 상식이라고 해도, 열한 살 나이에 그런 상식을 배웠다는 것에 인호는 놀랐던 것이다. 아이들은 하루가 다르게 발전하지 않는가. 그렇다면 열두 살이 되었을 때에는 무엇을 배울 것이며, 열세 살, 열네 살, 나아가서 십 대 후반에 이르러서는 어떤 것을 배우고, 어떤 글을 쓸 수 있을까 싶어서 인호는 다시 이창호 생각을 했다.

"지금의 아내 Q는?"이라는 준이 형의 질문을 받고서 Q에 대해서보다 문기의 아들이 천재일지 모른다는 이야기가 길어졌지만 인호는 어쩔 수가 없었다.

"형, 그런데 이게 웬일이지요. 우편물을 받고 소설 괴동에 대한 궁금증이 생기기 시작하더라고요. 글쓰기 대회 1등에 대한 축하의 말 그리고 보낸 우편물, 고마웠다는 말 이외에는 할 말이 별로 없었어요. 처음에는 말이에요. 그런데 시간이 조금 흘렀어요. 소설 괴동이라는 말에 짓궂은 생각이 들어서 그랬던지 농담 하나를 했었지요. 물론 어처구니없는 농담이었지요."

아저씨는 컴퓨터를 쓸 줄 몰라, 지금도 공책에 글을 쓰거든. 공책이 많이 필요한데 무직자라 돈이 없어 공책을 살 수가 없거든.

"이 농담이 찰리에게 공책 선물을 강요하게 될 줄은 몰랐지요. 결국 공책 사건으로 변질되고 만 거 아닙니까."

선물로 보내온 공책에는 새것만이 아니라, 헌것도 끼어 있었다. 공책마다 모양과 색깔이 달랐다. 어떤 공책은 누런색으로 변한 종이였고, 종이의 질이 좋지 않아서, 연필로 글씨를 쓸 수 없을 것 같은 것도 있었다. 공책의 모양새가 모두 각각이지만 한 가지 공통점이 있었다. 공책을 보호하기 위해서 그랬던 것인지 공책 표지가 모두 갖가지의 색깔을 입힌 철판으로 되어 있었다. 열 권밖에 되지 않는 공책이지만 그 철판 때문에 전체를 한꺼번에 들기는 힘이 들 정도로 무거웠다. 공책 종이는 철판 때문에 찢어지거나 손상되는 일은 없을 것 같았다.

어느 공책 하나에 빨간 리본이 붙어 있었다. 무언가 요술을 부리고 있는 듯한 공책을 보면서 인호는 이상한 상상을 했다. 모차르트가 음으로 어른조차 감당할 수 없는 신기를 부렸듯이 찰리도 혹시 기상천외의 일을 벌이려는 것은 아닐까.

"그래, 결국 빨간 리본이 달린 공책을 펴 보았단 말이야?"

"그럼요. 저에게 주는 무슨 신호 같아서, 그걸 제일 먼저 펴 보았어요."

"그래서."

"메모가 있었어요."

"무슨 메모?"

"소설가 아저씨, 이 공책에는 마법이 걸려 있어요. 이 공책에 아

저씨가 어떤 문장을 쓰면 그 즉시 아저씨가 원하는 대체 세계가 창
조되고 말아요. 그러니까 아저씨, 조심해야 해요."

"그런 공책이 어디 있어. 아이들이 괜히 장난을 하려고 그러는
거야."

"그런데 말이지요. 형. 아이 말이 진짜인지 어떻게 알아요. 아이
들 생각이 어른들 생각보다 한 수 높다는 말 형도 했잖아요."

"무섭다는 거니. 조심스러워서 문장 한 줄도 못 쓰고 있다는 거
니?"

"형도 걸핏하면 아무렇게나 쓴 문장이 소설 버린다는 말을 했잖
아요. 아무렇게나 써서 이상한 일이 벌어지면 어떻게 감당할 수 있
겠어요."

"그 아이 말이 그렇다면 맞다는 건가."

"글쎄. 그걸 제가 어떻게 알아요. 아무튼 소설은 작가가 쓰는 대
로 가길 원하는 거 아닙니까. 지우면 지워지는 거고. 지웠던 걸 살
리면 죽었던 인물도 다시 살아나고 하는 거 아닙니까. 아이가 한
소리, 처음에는 별것 아닌 것으로 생각하고, 그냥 선물 고맙다는
편지를 보냈지요. 그런데요. '아저씨, 다 좋은데, 조심 하세요. 공책
다루는 거 말이에요. 정말이에요'라는 회신이 온 거 아닙니까. 기가
막혀서. 그래서 이상하게도 공책에 뭘 써야 할지 헷갈리기 시작하
더라고요. 쓰긴 써야할 것 같은데 뭘 써야 할지 몰라 머리만 깨어
지는 것 같고, 되는 일이라곤 하나도 없었어요. 머리가 꽉 막히는
나날이 하루 이틀이어야지요. 그놈의 아이 때문에 미칠 지경이었

어요. 하도 답답해서 쓰는 도구를 바꾸어 보기도 했지요. 볼펜, 연필, 만년필, 어느 것도 마음을 작동시키지 못하더라고요. 그런데 엎친 데 덮친 격으로 아내가 왜 거지같은 공책 때문에 그렇게 한 자도 못 써요, 등단 전에 있던 그 패기는 어디 갔어요,라고 핀잔을 주는 거 아닙니까. 속이 상해서 견딜 수가 있어야지요. 아내의 말이 죽고 싶도록 듣기가 싫어지더군요. 속이 상하는 김에 되는 말이든 안 되는 말이든 아무거나 써 버리자 싶기도 했어요. 항상 불만을 터트리는 지겨운 나의 아내, 이 아내를 어쩔 것이냐,라는 생각이 들었던 거 아닙니까. 그러면서도 아무렇게나 쓰면 좋지 않을 것 같기도 해서, 마음의 전원 켜는 것이 조심스러웠어요. 창피하게도 어린 찰리의 마법이 무엇인지 은근히 겁이 나기도 했고요. 그래서 공책에 글씨는 쓰지 않고 그냥 이런저런 생각을 해 보았지요. '아내는 나의 괴로움이다'라는 생각을 그냥 한번 해 보았지요. 물론 아내 몰래였지요. 그랬더니 그 생각의 뒤를 잇는 갖가지의 생각이 머릿속에 떠오르더군요. 떠오른 생각을 친구로 삼고, 공책을 쳐다보았지요. 그랬더니 놀라운 일이 벌어지지 않겠어요. 공책 속에는 정체불명의 글씨들이 아롱거리기 시작하데요. 날 불러다오, 날 써다오,라고 외치는 글씨들 말입니다. 네가 나에게 손만 대면 내 모습을 드러낼 거야,라고 이번에는 들릴락 말락 하는 희미한 아우성까지 들리지 않습니까. 정말 믿을 수가 없었어요. 들리는 것도, 들리지 않는 것도 아닌 글씨들의 아우성을 들으면서 방문 쪽으로 그냥 아무 생각 없이 눈을 돌렸지요. 눈앞에 결혼사진이 벽에 걸려 있는 것이 보이더군요. 그 사진을 보면서 '저 때에는 좋았었지'라고 혼자 중얼거리게 되데요. 그 순간이었어요. 내가 왜 그때에 공책에 그런 글씨를 썼는지 지금도 알 수가 없어요. '아, 저 결혼사진 지겹게도 걸려 있네'라고 썼던 거예요. 아무튼 제가 그렇게 썼던 거예요. 그런데 써 놓고서 혹시 아내가 볼까 싶어서 그 즉시 겁이 났어요. 지겹게 걸려 있네,라는 글씨 중 '지겹게'라는 단어를 아내가 보게 된다면 큰일이 날 것 같았어요. 그래서 쓴 문장을 지웠지요. 새까맣게 먹칠이 된 지운 흔적만 남더군요. 그때 밖에는 바람이 세게 불고 있었어요. 그 순간 벽에 걸린 사진이 없어지는 거 아닙니까. 기절할 정도로 나는 놀랐던 거지요. 있던 사진이 없어지다니, 도저히 믿을 수 없었어요. 아니야, 저건 거센 바람 때문이야, 했었지만 이미 때는 늦었다는 것을 알았어요. 내 정신이 정상으로 돌아오지 않더라고요."

기적을 누가 믿겠는가. 기적이 일어나고 있는 것을 목격하지 않은 사람은 기적을 믿지 않는다. 그러나 기적 같은 일은 이 세상에 옛날이고 오늘날이고 일어나게 마련이다. 찰리의 말을 믿을 수 없었지만 인호가 쓴 문장으로 인호가 원하는 대체세계가 눈앞에서 창조되고 있는 것이 아닌가. 인호는 대체세계고 뭐고가 문제가 아니었다. 큰일이 난 것이다. 아내가 그 순간 거실에 나와서, 벽을 쳐다보게 된다면 어떻게 되겠는가.

알았어. 당신 이제 결혼사진도 보기 싫다 이거지, 하면서 거세게 반발할 것이 너무나 뻔한 것이 아닌가.

어디에 버렸어, 하고 악을 쓸 것 같기도 해서, 인호는 안절부절 못했다. 기왕에 일이 벌어진 바에야 지겨운 결혼사진이라는 제목으로 단편을 하나 쓰면 될 것이 아닌가,라는 생각이 들었다. 이거야 말로 다른 형식의 기적적인 생각이 아니고 무엇이겠는가. 모든 것은 순간적이었다. 허겁지겁, 지운 자리 밑에, 단편 제목이라는 명목으로 '결혼사진'이라는 글씨를 정자로 다시 썼다. 지운 것을 수정, 재생시킨 것이다. 아내가 그 문구를 보더라도, 지겨운이라는 단어가 없기 때문에 상관이 없다는 생각도 들었다. 결혼사진이라고 쓰자마자, 벽에 결혼사진이 다시 걸린다. 인호는 들고 있던 공책을 거실 바닥으로 떨어트린다.

정말 희한한 공책이었다. 그때부터 공책이 정말로 무서워진다. 결혼사진이 벽에 다시 걸리면 뭘 하는가. 그다음에 어떤 문장을 써야 무사할지, 무서워서 공책에 손을 댈 수가 없었다. 아무리 고심을 해도, 잘못 쓰다간 큰일이 또 날 것 같아서 글씨 한 자도 쓰지 못한다. 마음의 전원에서 합선이 된 것인지, 마음이 뜨거워진다. 전원을 끄지 않으면 마음이 타서 그 기능을 상실하고 말 것 같다. 열한 살밖에 되지 않는 어린아이가 무엇 때문에 이런 공책을 선물로 주었을까. 넋이 빠진 인호는 다시 바람 때문이야, 하면서 벽 쪽으로 조심조심 걸어간다. 사진이 걸렸던 벽 옆에 서서 저쪽에 놓인 열 권의 공책을 본다. 그때 어디선가 들어 본 것 같은 소리가 들린다.

'그 애가 당신 마음을 훈련시키고 있는 거야. 아이지만, 알 건 다 알아 버린 거야. 그냥 있다간 당신이 삼류 소설가밖에 되지 않는다는 것을 알고, 지금 당신을 훈련시키는 거야.'

들리는 소리가 실상인지, 환청인지 인호는 알 수가 없었다. 자기 마음의 전원을 끄지 않으면 마음이 정말 다 타 버릴 것 같았다. 소리가 또 들린다.

'당신 마음에는 새로운 생각이 들어갈 장소가 없어. 온통 쓸데없는 생각만이 가득 차 있어. 당신 마음에는 주저하는 생각뿐이야. 그래서야 되겠는가. 자신을 믿어야 해. 그리고 걸레라도 써야 해. 복잡할 것 없어, 그냥 단순하게만 생각하면 되는 거야. 일상에서 단순한 일들이 얼마나 많이 벌어지고 있느냐. 그 단순한 일들 때문에 우리 인간들이 웃고 울고 하지 않는가. 마음을 비우는 대신에 공책을 채워야 해. 겁을 내지 말고 말이야.'

환청이었다. 인호는 더 이상 버틸 수가 없었다. 집을 나가 걷기 시작했다. 이쪽 세상이 저쪽 세상이 되는 것도, 저쪽 세상이 이쪽 세상이 되는 것도, 모두가 겁이 났다. 무작정 걸었다. 눈에 띄는 것은 없었다. 한참 걷고 있는데 저쪽에서 어떤 여인이 걸어온다. 눈에 그 여인이 확 들어온다. 뭐가 어떻게 된 것인지 알 수 없었지만 '저 여인은 아내보다 착할 것 같다'라는 생각을 한다. 혹시 차라도 한잔하면서 이야기를 나누게 되면 환청 같은 소리가 들리지 않을 방편이라도 찾아질까 하는 생각이 들었다. 그 여인은 인호 옆으로 지나간다. 있는 듯 없는 듯한 향수가 섞인 여자 냄새가 인호의 코 안으로 들어온다. 인호의 몸은 그 순간 휘청한다. 인호는 걷다가 뒤를 돌아본다. 여인은 앞을 보고 또박 또박 걸어가고 있다. 인호는 잘 가시오, 어디로 가서 누굴 만날지 모르지만 잘 가시오,라고 중얼 거린다. 그 여자의 등이 사라진 후, 인호는 산보를 끝내고 집으로 돌아온다. 저쪽 세상이 이쪽 세상 같게 느껴지는 순간을 찾아라, 그 러면 그 여인이 네 앞에 나타날 것이다. 다시 환청이었다. 저쪽 세 상이 이쪽 세상이라니, 그게 도대체 무슨 허망한 소리란 말인가.

집으로 돌아와서 공책을 다시 본다. 인호는 소스라치게 놀란다. 왜 그동안 노란 리본이 붙은 공책을 보지 못했었던가. 리본 끝자락 이 철판 위쪽에 삐죽 나와 있었다. 공책 덮개 역할을 하는 철판의 색깔이 가지각색이었던 것이 원인이었다. 철판 색이 리본 색과 비 슷했던 것 때문에 그동안 노란 리본을 보지 못했던 것이다. 빨간 리본이든 노란 리본이든, 리본을 보는 순간, 이건 또 뭐냐 싶어서 인호의 가슴은 철렁했다.

"아저씨, 공책을 빈 공책으로 너무 오래 두면 안 돼요. 공책이 인 격체라는 것을 아셔야 해요. 자기를 무시하는 인격체는 참지 못해 요. 공책이 참지 못하게 되면 스스로 자기의 기능을 무효화시키고 말아요. 이 점을 반드시 기억하세요. 그러니까 뭐라도 좋으니 빨리 매일 써넣어야 한다는 사실을 잊으면 안 돼요."

이럴 수가 있나. 인호는 사지를 뒤튼다. 아이라는 놈이 이런 스 트레스를 줄 수가 있는가. 아니 이건 스트레스가 아니라 압박이다. 그냥 주는 압박이 아니라 몸과 마음 전부를 온통 짓누르는 압박이다. 인호는 갑자기 살기가 싫어진다.

　나는 왜 이 세상에 없는 것을 만지려고 하는가. 이 세상에 있는 것, 볼 수 있고 만질 수 있는 것들에서 의미를 찾지 못하는 이유는 무엇일까. 볼 수 있는 것, 만질 수 있는 것을 통해서, 이 세상에 없는 것을 그릴 수 있다는 사실, 아니 그려야 한다는 사실을 내가 모르고 있었던 탓일까. 공책이 나에게 무엇을 가르치려고 나를 이렇게도 어렵게 만드는가. 고민의 누적을 이기지 못하는 인호는 드디어 결단을 내린다. 공책을 무서워하는 마음만 빼고 나면 사실 나 요즈음 할 일도 별로 없지 않은가. 에라 모르겠다. 광화문의 교보문고에라도 한번 가 보자.

　남부터미널에서 3호선을 탄다. 종로3가에서 내려 5호선을 갈아 탄다. 한 정류장만 지나면 광화문이다. 개찰구를 빠져나와서 계단을 밟고 올라가면 교보의 입구다. 문예지 코너로 가서 이것저것을 뒤진다. 와아, 모두 잘도 쓰고 있구나. 존경스럽다. 인호는 다시 집으로 돌아오는 길에 오른다. 광화문에서 종로3가로 달리고 있는 전철 안이다. 한 정류장이면 종로3가에 닿는다. 인호는 자리에 앉지 않고 전철 안을 살핀다. 눈앞에 여자들이 앉아 있다. 젊은 여자, 중년 부인, 늙은 여자들이 갖가지 옷을 입고 앉아 있다. 다 좋다, 그런데 이상한 여자가 그들 틈에 끼어 있다. 다리만 내놓은 것이 아니라 허벅지까지 드러내고 있는 여자다. 남자에게 어떤 자극을 주는지도 모르는 여자 같다. 인호는 저 여자, 남자의 속마음을 정말 모르고 저러는 걸까, 알면서 저러는 걸까,라는 생각을 한다. 그 순간 종로3가에 닿는다. 계단을 걸어 올라가고, 에스컬레이터를 타고 오른쪽으로 돌아서 잠시 걸어가다가 왼쪽으로 돌면 아래로 내려가는 계단이 나온다. 뛰어 내려가는 청년이 있는가 하면 더듬거리면서 계단 하나하나에 발바닥을 내려놓는 노인도 보인다.

남부터미널로 가려면 계단을 내려와서 왼쪽에 서야 한다. 지친 몸을 이끌고 인호는 수서역 행 전철을 기다리고 있다. 전철역 플랫폼에는 사람이 별로 없다. 그런데 그 순간 인호의 눈이 확 뜨인다. 눈앞에 전철을 기다리는 여인이 한 사람 서 있었다. 이 세상에 태어나서 첫눈에 와아, 싶을 정도로 매력적인 여인을 본 일이 없는 인호의 눈앞에 그런 여인이 서 있었다. 인호는 그 여인의 얼굴과 상체 그리고 하체를 훔쳐본다. 보면 볼수록 놀랍다는 생각이 든다. 와락 달려가서 끌어안고 싶은 충동을 느낀다. 전철이 왔다. 인호는 그 여인 뒤를 따라 전철에 올라탄다. 이름을 모르니 '그 여인'일 수밖에 없었다. 두 자리가 비어 있어서, 인호와 '그 여인'은 옆 자리에 앉는다.

말을 하지 않아도 안다,라는 이론과 말을 해야 마음을 안다,라는 이론이 있다는 말을 들은 적이 있다. 차라도 한잔하자는 말을 할까 말까 주저를 하고 있는데 전철은 을지로3가역에 도착한다. 그 여인은 일어나서 전철 밖으로 걸어나가 버린다. 집으로 돌아오면서 인호는 공책 일은 잊는다. 을지로3가에서 놓친 여인 때문이었다. 정말 매력적인 여인인데, 그 여인을 어디서 다시 또 볼 수 있을까. 차를 마시지 않아도 좋다, 한 번만 더 그냥 보고만 싶다는 생각을 억누를 수가 없다.

인호가 공책을 잊고 그 여인 생각만을 하고 있을 때 아내의 얼굴이 떠올랐다. 무서운 얼굴이다. 자기 남편이 자기 아닌 다른 여자를 생각하고 있다는 것을 알면 아내는 어떻게 될까. 어려운 질문이 아니다. 자기 아내가 자기 아닌 다른 남자를 생각하고 있다는 것을 알면 세상의 남편들은 어떻게 될까가 대답이다. 인호의 아내가 인호에게 만족스럽게 생각하지 못하고 있는 것은 사실이나 인호 아닌 다른 남자를 생각하는 일은 없는 여자다. 인호만을 의존하고 인호만을 생각하기 때문에 불만이 누적되는 것뿐이었다. 인호의 경우는 달랐다. 남자가 더 나빠서 그런지 모를 일이다. 아내를 두고지금 다른 여자를 생각하고 있는 것이 아닌가. 다른 여자만을 생각하는 것이 아니다. 길거리에서나 전철 안에서나 상관이 없다.

저쪽에서 청바지를 입고 걸어오는 여자가 있다. 무릎에서 허리로 올라가는 바지 부분이 오래 입어서 그런지 색깔이 바랬다. 푸른색이어야 하는 청바지의 색깔이 흰 색깔로 변해 있다. 인호의 눈에만 그런지 알 수가 없지만, 그 흰 색깔은 여자의 하체를 드러나게하는 효과를 낸다. 바지를 입고 있지만, 바지 속에 있는 무릎 위의다리가 밖으로 노출되고 있는 것으로 착각하게 한다. 길거리에서그런 바지를 입고 다니는 여자는 심심치 않게 여기저기에서 보인다.

저 여자들이 자기가 어떤 청바지를 입고 다니는지 알까.

인호는 여자의 마음을 알 수가 없다. 다만 한 가지, 숨겨 둔 자기의 몸이 밖으로 드러났을 때, 남자의 눈에 육감적으로 보이는 체격을 가진 여자가 있고, 저런 체격이면 차라리 숨기고 다니는 것이 더 좋을 텐데 하는 그런 체격이 있다. 인호를 슬프게 만들 때가 있다. 드러내지 말아야 하는 빈약하기 짝이 없는 체격을 가진 여자가 자기의 체격이 그렇다는 것을 모르고 바랜 청바지를 입고 다닐 때가 그때다. 그런 여자를 볼 때마다 인호는 구역질을 한다. 그런 여자 때문에 구역질을 하는 것만이 아니라, 인호 자신의 삶의 방식과 상관되는 생각이 만일 그런 여자의 생각과 비슷한 것이라면 소름이 끼칠 일이 아닐 수 없다. 참으로 비극이 아닐 수 없다. 구역질은 그런 비극을 의식하는 순간에 생긴다.

인호는 고개를 흔들면서 자기 생각을 머릿속에서 지운다. 아니, 지워야 한다는 생각을 한다. 그런데 아무리 지우려고 해도 지워지지가 않는다. 공책에 썼다가 지우면 지워질지 모르지 않는가,라는 생각을 한다. 공책에 쓴다? 마음속에서 지우는 것이 아니라 공책에서 글로 써서 지운다? 인호는 그렇게 할 수 없다는 결론을 내린다. '그 여인'을 딱 한 번이라도 더 만난 후 지워도 지울 것이라는 결론을 내린다. 그렇다면 '그 여인'과 어떻게 다시 만날 수 있는가. 인호는 공책의 마법을 시험할 절호의 기회라는 생각을 했다.

아무리 공책에 마법이 걸려 있다고 해도 밑져 봐야 본전이라는 생각으로 그리고 어쩌면 공책의 공포감에서 해방될 기회가 될 수도 있지 않은가,라는 생각에서 한번 써 보기로 했다.

"수요일 오후 3시 종로3가 수서행 전철역 플랫폼에 그녀가 서 있다"라고 썼다. 그리고는 그날 종로3가로 시간에 맞추어 나갔다. 그 것뿐이었다. 그 이상도 그 이하도 아니었다. 다시 말하지만 어차피 답답하고 할 일도 없는 처지에 놓인 몸이 아닌가. 미친 짓 한번 해 본들 어떠랴 싶었던 것뿐이었다. 그런데 이게 어찌 된 일인가. 그 여인이 거기에 서 있었다. 처음 보았을 때의 모습 그대로. 인호는 반갑다기보다 무서웠다. 공책의 공포감에서 해방될 기회가 될지도 모른다는 기대감이 사라진다.

아니다, 이건 아니다, 이건 정말 우연의 일치다,라고 외쳤지만 인 호는 어쩔 줄 몰라 한다.

절대로 공책 때문이 아니다. 그 여자의 직장이 을지로3가에 있 고, 종로3가에 볼일이 있어서 왔다가 다시 직장으로 돌아가는 길 이다. 그날도 그랬었다. 절대로 그랬었다. 그 이상의 것은 절대로 아니다. 수십 번을 다짐하지만 인호의 마음은 걷잡을 수가 없다. 설사 우연의 일치라는 것이 사실이라고 해도 그 시간에 그 장소에 서 그 여자가 서 있다는 것은 이미 기적이었다. 현기증으로 그 자 리에서 쓰러지지 않은 것이 다행이었다. 헛것을 보고 있는 것인지 모를 일이었다. 안 된다. 이럴 수가 없다.

대학 다닐 때 기독교 서클에 같이 가자고 독려했던 문기가 자주 읊던 구절 생각이 났다. 위급할 때에 하나님을 찾으라는 말이었다. 인호는 그 순간 출구를 찾자,라는 생각을 한다. 전철이 와야 무슨 일이라도 벌어질 것 같았다. 전철이 오지 않는다.

당황, 혼비백산, 인사불성, 넋 잃음. 말이야 많지만 어느 쪽인지 모를 일이었다. 의지할 곳은 또 공책이었다. 들고 다니는 물건이라 곤 공책 하나뿐인데, 공책이 그날은 왜 그렇게도 무거운지 알 수가 없었다. 공책만 무거운 것이 아니라 공책에 쓴 글씨를 지우기 위해 서 숙인 인호의 고개도 천 근이 된다. 제정신으로 지운 것인지, 누 가 도와서 지운 것인지 알 수가 없었다. 써 놓았던 문장을 말끔히 지우고 나니 남은 것은 지운 자국뿐이었다.

그때 전철이 들어왔다. 인호 때문에 들어오는 전철이 아니라는 것은 인호도 안다. 인호는 들어오는 전철이 출구인지 어떤지 알고 싶어서 고개를 들었다. 그 순간 여자의 흔적은 온데간데없이 사라 지고 말았다. 더 이상 잃을 넋 같은 것도 없는 인호는 전철을 놓친 다. 그때 공책이 땅으로 떨어졌고 인호의 손은 덜덜 떨고만 있다.

"너 우리 아이 소식 못 들었어?"
"무슨 소식?"
"찰리, 그놈이 내 말을 안 듣는다 싶었는데 결국 저지르고 마네."
"무슨 소리야."
"자기의 뿌리를 찾기 위해서 한국으로 간다더니 정말 가 버렸 어."
"아이 혼자서?"
"그놈은 아이가 아니야. 자라면서 하루가 달라지더라고. 내 속을 얼마나 썩이는지 몰라."
"한국에 오면 내가 보살필 텐데, 나는 전혀 아는 바가 없네."

"떠난 지 벌써 2주일이 넘었다고!"

찰리가 한국에 와 있다는데 그 아이가 어디 있는지 알 수가 없는 인호의 마음은 갈 곳을 잃는다. 서울의 지리조차 아리송하게 된다. 여기가 저기 같고 저기가 여기 같다. 인호 마음이 존재하는 공간 역시 오감으로서는 분간을 할 수가 없다. 괴동을 만나고 싶다는 일념은 어릴 때 학교 변소의 제일 후미진 곳에서 달걀귀신이 나온다는 말이 무서웠던 시절을 생각게 한다. 괴동을 만나고 싶다는 일념 때문에 공책의 마법에 대한 공포감에서 해방된 지는 오래다. 찰리가 어떻게 생긴 놈인지 일단 얼굴이라도 보고 싶다는 생각뿐이다. 한국에 온 지 2주일이 넘었다는 말을 들은 지 2주일이 지났음에도 괴동은 정체를 드러내지 않는다. 인호는 기다리는 수밖에 다른 도리가 없었다. 기다리고 기다려도 소식이 없다. 그래서 인호는 공포감이 사라진 지 오래라고 했지만 여전히 공포감이 동반되는 공책 생각을 한다. 손도 대기 싫은 그 무서운 공책에 손을 댄다.

내일 오후 3시에 종로3가 전철역 수서행 플랫폼에 가면 그 괴동
이 서 있다.

교통사정 때문에 약속시간보다 30분 늦게 거기에 도착했다. 괴동은 거기에 없었다. 인호는 이건 또 뭐냐 싶었고 무슨 다른 마법을 숨겨 놓고 있단 말인가 싶었다. 아니면 공책의 효능이 무효화되었다는 이야기인가. 어디서 툭 튀어나와서 사람을 놀라게 하자는

것인가. 아무리 기다려도 찰리는 나타나지 않는다. 인호는 집으로 돌아서지 않을 수 없게 된다. 검은 리본이 달린 공책이 인호를 기다리고 있을 줄이야 누가 알았겠는가.

"아저씨 제가 뭐랬어요. 공책 한 권도 제대로 채우지 못했잖아요. 오래 끌면 무효화가 된다고 하지 않았어요. 그리고 약속을 어겨도 무효화가 된다고 했고요. 아저씨가 약속 시간을 30분씩이나 어겼으니, 이젠 별 도리 없어요. 아저씨가 직접 만든 공책에 마법을 걸리게 하는 길밖에 없어요. 그 길은 형극의 길이지요. 그 길이 그렇다는 거 아저씨도 알 거라 믿어요. 아저씨, 그럼 안녕."

너는 너대로, 나는 나대로

등단 수년째로 여전히 무명으로 지나고 있는 김진오에겐 좌절감으로부터 빠져나갈 출구가 없다. 엎친 데 겹친 격으로 시력이 날로 나빠진다. 출구가 보이지 않는 이유는 그의 삶이 무명과 악화 일로인 시력으로 허우적대기 때문이다. 그날도 오후 3시부터 혼자서 술이다. 해장국으로 유명한 감자탕 집에서다.

식당에는 삼십 대 초로 보이는 젊은이 셋이서 밥을 먹고 있다.

"뼈다귀 하나 주세요." 진오의 주문이다.

감자탕 집에서는 뼈다귀로 통하는 해장국이 명물이다. 국물 맛이 좋아 소주 안주로는 더 이상 좋은 것이 없다. 주머니에서 소주한 병을 꺼낸다. 술을 사 들고 오는 것을 싫어할까 싶어서 주인의 눈을 피한다. 맥주 컵에 소주를 따른다. 한 두어 모금을 마신다. 소주병에 남아 있는 술을 컵에 다시 따른 후 물인 것처럼 테이블 위에 놓는다. 그리곤 천천히 마신다. 진오는 어렸을 때 눈 때문에 뺨을 얻어맞았던, 오늘날로서는 상상을 할 수 없었던 옛일을 회상한다.

"어머니, 외가에는 안 가고 왜 자꾸 산속으로 들어갑니까."

"다 왔다."

"어, 저기 초가집이 보이네요, 어머니."

"외갓집이다."

아이는 외가가 이런 벽촌에 있는 걸 몰랐다.

"초가집 밖에 없네요."

"저 너머에 있는 산을 봐라. 우리의 산소다. 네 조상님들이 쉬고 계시다. 가장 먼 조상님이 산 밑에서 가장 가까운 자리에서 쉬고 계시고, 최근에 돌아가신 조상님들은 산꼭대기 쪽으로 더 올라가서 쉬고 계신다. 외할아버지가 돌아가시면 아주 산꼭대기에서 쉬게 될 것이다."

"왜 그러지요, 어머니?"

"산 밑에는 빈자리가 없기 때문이지."

"외가는 30여 세대 밖에 살고 있지 않는, 워낙 깊은 산속이라 발전할 겨를이 없었다. 태어나서 시집갈 때까지 여기서 살았다."

어머니가 아들에게 이런 말을 했을 때 저쪽에서 어떤 노인이 걸어온다. 노인에게 어머니가 인사를 했다. 인사를 받지도 않은 노인이 "이 고약한 놈, 바보 같은 놈" 하면서 초등학교 4학년생밖에 되지 않은 진오의 뺨을 내리친다. 고개를 숙인 진오는 '고약한 놈'이라고 했다면 참을 수 있었을지 몰라도 '바보 같은 놈'이라는 말에서는 참을 수가 없었다. 그러나 어쩌겠느냐. 진오는 땅바닥 쪽으로 눈을 돌린다. 안경을 찾지 못한다. 그 당시는 아이가 어른 앞에서 안경을 끼면 못 배운 쌍놈의 자식으로 혼이 나던 시절이었다. 외가에서 혼이 난 후부터 진오는 마음에 병이 생긴다. 남들은 우습게 생각하지만 진오에겐 심각했다. 시력을 숨기는 것이 자존심을 지키는 것이 되었다. 바보로 업신여김을 받는 것은 자존심이 허락하지 않았기 때문이다.

사십 대로 보이는 여성들 셋이 들어와서 진오의 뒷자리에 앉는다. 한 여자가 주방을 향해서 소리친다.

"여기 소주 한 병 줘요. 뼈다귀는 둘, 맥주도 하나 주고요."

주문한 것들을 기다리던 여자들이 등 뒤에서 자기네들끼리 하는 말이 진오의 귀에 들린다.

"저는 술을 못해요. 언니도 알잖아요. 어쩌다 술에 취하는 날이 있긴 하지만 술 취한 날은 아무나 붙들고 주정을 하고 싶어요. 언제나 후회를 하지만요."

진오 역시 그랬다. 취하기만 하면 그에게 전화를 걸고 싶은 '그'가 진오에게 있었다. '그'의 반응은 언제나 "또 취했군"이다. 진오는 전화 건 것을 후회한다.

"언니, 무명 시절은 누구에게나 있어요. 우리 회사 사람들이 제가 누군지 몰랐을 때가 있었거든요. 좌절하면 자기만 손해라는 생각이 저를 살렸어요."

여자가 자기에게 말을 하고 있는 것으로 느낀 진오는 감자탕 집을 뛰쳐나온다.

도대체 무엇이 어떻게 되어서 나는 이 모양, 이 꼴인가? 여자에게서 무명 소리를 듣다니. 좌절하면 자기만 손해라고? 듣기조차 민망하다. 감자탕을 붙들고 앉아 있을 수가 없었다.

도대체 이번 호에는 어떤 친구가 어떤 글을 썼나, 한번 보기나 하자.

강남 고속 터미널 근처에 있는 서점으로 갔다. 문예지 코너가 보이지 않았다. 주변을 두리번거렸다. 문예지 코너 자체가 없어졌다. 직원에게 물었다.

"저리로 옮겼어요."

직원이 손을 저쪽으로 뻗는다. 진오는 뻗은 쪽으로 간다. 여전히 보이지 않는다. 다시 직원에게 돌아온다.

"거기에 없네요."

저기요,라고 다시 말하면 화를 낼 작정을 하고 있었는데 직원이 안내해 주었다. 사람 눈에 잘 띄지 않는 구석 자리에 문예지 코너가 있었다. 통로는 한 사람이 지나갈 수 있을 정도였다. 진오는 문예지 하나하나를 펼쳐 본다. 이름이 나 있는 문예지는 물론 새로 보는 문예지 할 것 없이 코너에 꽂힌 문예지의 수는 놀라울 정도였다. 듣도 보도 못한 문인 이름도 수두룩하다.

이렇게 쏟아져 나오고 있는데, 나는 도대체 뭘 하는 건가. 무엇이 문제인가.

등단 2년이 넘었을 때 장편 하나를 써서 출판사로 보냈다. 거절이었다. 그냥 거절이었다면 모를 일이나 한 세월을 기다리게 한 후의 거절이었다. 좌절의 늪은 깊어 갔다. 술과 더불어 자기 도피 생활이 시작되었다. 시력은 날로 더 감퇴되고 있었다. 소설도 소설이지만 날로 감퇴되는 시력이 읽고 쓰는 일에 말도 못하게 괴롭힘을 준다. 냉가슴만 앓고 있는 진오는 자존심을 지키기 위해 자기의 시력에 대해서 어느 누구에게도 말을 하지 못한다.

책 읽고 글 쓰는 것이 직업일 텐데 눈이 멀었다면 다 끝난 거 아니야.

천에 하나 자기네들끼리 모인 자리에서 이런 말이라도 나올까 두려웠다. 진오의 나날은 허공에 낙서를 쓰는 격이 되어 갔다.

'아마추어 수준에서 어찌 등단을 했을까. 이름을 갈아서 새로 등단을 하는 게 나을 거야.'

이런 생각을 하면서 집에 도착했을 때 전화가 온다. 같은 해에 등단을 했으니 등단 동기생이랄까.

"○○문학상을 받는데, 내일 시상식이다, 올래?"

시상식을 보던 날 진오는 죽고 싶었다. 우리나라에 도대체 소설가가 몇 명이냐. 5천 명이 넘는다지. 문학상을 탄 소설가를 전부 합치면 몇 명이냐. 잘나가는 소설가는 20명 정도라지. 나는 도대체 뭘 하는 놈인가.

시상식장 구석에 앉아 술을 마시던 진오는 더 이상은 참을 수가 없었다. 그때 누가 말을 건다.

"자네 혼자서 그거 무슨 추태야. 나가서 한잔하세."

평소에 진오를 아껴주는 선배 작가 우영주였다.

시상식장 밖으로 나와 술집을 찾는 길에 선배 작가가 말했다.

"사람이 좋다는 것과 소설을 잘 쓴다는 것은 별개의 문제야."

집으로 돌아오는 길에 감자탕 집에 들린 진오는 우영주 선배의 충고를 다시 떠올린다.

"자네는 배신을 할 줄 몰라 탈이야. 의리고 경조사고 다 집어치워. 몽땅 집어치우고 맨몸으로 집을 떠나. 빈털터리로 말이야."

빈털터리로 집을 떠나라? 무엇이 빈털터리이고, 어디가 그 집인데?

진오는 이튿날 인터넷을 더듬는다. 전국 여기저기에 크고 작은 문인 집필실이 문예지만큼이나 많았다. 진오는 문인 집필실을 운영하는 P, T, Y에 대한 정보를 얻는다. 백방으로 노력한 덕분으로 P에 집필실을 얻는다. 집필실로 가기만 하면 모든 일이 해결되는 것으로 아는 바보가 자기인줄도 모르고 진오는 바퀴 달린 여행용 가방을 끌고 P의 문인 집필실 사무실로 들어갔다. 이름을 밝혔더니 로비에 있는 소파에서 잠시 기다리라고 했다. 자동판매기에서 커피를 하나 뽑아서 소파에 앉았다. 로비에는 문인이 한 사람도 보이지 않았다. 진오를 알 만한 문인이 있을 리가 없겠지만 진오는 혹시 싫었다. 어떤 문인과 만나게 될까 하는 호기심에 가슴이 부풀기도 했다. 이름 난 문인들이 지나가는 길에 흘리는 소설 작법의 비밀을 훔쳐 들을 기회가 있을까 싶기도 했다.

1층에는 사무실, 식당, 로비, 다용도 회의실이 있었고, 2층에는 무엇이 있는지 알 수가 없었다. 3층이 집필실이었다. 승강기는 없었다.

"계단으로 오르내리기 때문에 많이 걷게 됩니다. 건강에 좋지요."

사무직원이 3층에 있는 방 열쇠를 주면서 말했다.

"저녁 식사는 6시입니다. 아침과 점심시간은 집필실 입구에 쓰여 있으니 참고하시기 바랍니다."

모든 게 낯설고 신기했다. 사무실 직원이 하는 말이 외국어처럼 들렸다. 모든 게 낯설고 신기하다 해서 모국어가 외국어로 들리는 이유를 알 길이 없었다.

"산책하실 곳은 많습니다. 하루 이틀 지나시면 모두 아시게 될 거고요. 궁금하신 것이 있으면 언제나 데스크로 오십시오."

집필실에서 짐을 푸는 진오는 눈을 뜬 채로 꿈을 꾼다. 옷장, 이불, 테이블, 전화, 소형 냉장고, 침대는 없었다. 창밖에는 산이 그림 같다. 노트북 연결은 쉬웠고, 인터넷이 연결이 되지 않아 사무실에 전화를 걸었다. 식사 시간의 준수가 문제였다. 시간을 놓치면 굶어야 한다. 글이 쓰이는 시간에 식사를 하러 내려갈 수도 없다. 식사를 놓쳤을 경우, 집필실에서 혼자 요기를 해야 하는데 집필실 근처에 슈퍼가 없다. 자동차가 없는 진오는 슈퍼가 있는 곳으로 가는 기회를 찾아야 했다. 아는 사람도 없었다. 라면 등 요기 거리를 사다 놓아야 하는 것이었고, 술이 준비되어 있어야 했다. 프린터가 집필실에는 없었다. 프린터 사정을 알려고 사무실에 갔다. 입주 문인 이름이 벽에 걸린 작은 칠판에 방 번호와 함께 쓰여 있었다. 거의 모두가 모르는 이름이었다.

"프린터가 로비에 하나 준비 되어 있지만 오래된 것이라 신통치가 않아요. 꼭 필요하시면 사무실로 오세요."

말투를 들은 진오는 프린터 때문에 사무실을 다시 찾지 않아야겠다는 생각을 했다. 진오는 로비로 나왔다. 누구의 전용도 아닌 컴퓨터 두 대가 로비 구석에 있었다. 그중 한 대에 프린터가 붙어 있었다. 사무실 직원의 말대로 작동 여부가 의심스러웠다. 집필실에 올라온 진오는 창밖의 산을 바라본다. 산을 덮고 있는 나무들도 본다. 복도에서 왁자지껄한 아이들 소리가 들린다. 뛰는 아이들이 복도를 쿵쿵 댄다.

"조용히 해."

어른의 목소리다.

"선생님, 우리는 어느 방으로 들어가요?"

"뛰지 말라니까. 여기에서는 조용히 해야 한다고 선생님이 일렀잖아."

"선생님, 우리는 어느 방으로 들어가요?"

다른 아이들이 또 묻는다.

"조용히! 자, 날 따라와."

복도를 사이에 두고 한쪽은 집필실, 다른 한쪽은 객실용으로 사용한다는 것을 나중에 알았다. 수학여행을 온 시골 학생들이 즐거워서 어쩔 줄 몰라 복도를 시끄럽게 했다는 이야기도 나중에 들었다. 아이들의 목소리가 들렸다가 들리지 않았다가 했는데, 그것은 아이들이 든 방문을 열 때와 닫힐 때의 차이에서 온 것이라는 사실도 나중에 알았다. 진오는 복도가 조용해지자 소주병을 따서 첫 잔을 마시면서 창밖을 바라본다. 술이 목줄을 타고 내려가자 몸이 따뜻해진다. 술에 취한 사람들의 술버릇은 사람마다 다르다. 객기를 부리는 사람, 되지도 않는 말을 지껄이는 사람, 했던 말을 되풀이하는 사람, 허풍을 떨든가 시비를 거는 사람, 사람 수만큼 가지각색이다. 진오의 경우는 자기 자신에게 정직해진다. 소주 한 병을 비운 진오는 혼자서 취했다.

'산아. 오, 산 아아.'

진오의 목소리는 겉으로 나오지 않고 가슴 안에 머문다.

'내가 소설을 쓰러 왔다. 소설을 어떻게 하면 잘 쓸 수 있냐, 산아, 비밀이 뭐냐. 날 좀 도와다오.'

산을 덮고 있는 나무를 보면서도 말한다.

'이 무심한 나무들아. 너의 뿌리로 산속을 흔들어다오. 나에게 대답을 주게.'

그때 전화벨이 울린다.

"303호입니다."

전화를 걸 사람이 없다는 것을 아는 진오는 놀란다.

"거기 302호지요."

"예, 그렇습니다만."

"303호로 좀 오실 수 있습니까. 우리 한잔하려고 하는데요."

진오는 반가웠다. 소주병, 오징어와 땅콩을 방바닥에 늘어놓고 있었고 남자 둘이 앉아 있었다.

"오늘 입주하셨다는 소리를 들었어요. 저는 소설 공부를 하는 우영수,라고 합니다."

"저는 김진오입니다."

우영수라는 사람 옆에 앉은 젊은이가 말했다.

"304호에 든 소설 쓰는 기도현입니다."

한 사람은 소설 공부를 한다고 하고 다른 한 사람은 소설을 쓰는 사람이라고 한다. '소설 공부를 한다'와 '소설을 쓴다'에 어떤 차이가 있는 것일까. 공부를 한다는 사람은 체격이 좋고 인품이 넉넉해 보였다. 나는 소설이 어떤 것인지 잘 모릅니다,라는 태도를 취하는 사람 같았다. 소설을 쓴다는 사람은 살이 마르지도 찌지도 않은 누굴 봐주지도 누구에게 봐 달라고도 하지 않을, 성질이 깐깐한 사람 같았다. 그러나 두 사람은 오래전부터 서로 아는 사이로 보였다.

"작가 우영주 선배님 혹시 아세요?"

우영수는 놀란다.

"이름이 비슷해서요. 저를 많이 아끼시는 분이지요."

"제 형이에요."

진오도 놀란다.

둘은 더 이상 말을 하지 않았다. 각자의 마음이지만 그것은 나중에 가서야 알게 된다.

"우리 지금 논쟁을 하고 있었어요. 취하기도 전에 소설 공부를 좀 하려고요."

우영수는 논쟁을 계속하겠다는 투로 말을 잇는다.

"김진오 씨도 언제든지 끼어드세요. 어차피 얼마 동안 우리, 같이 놀아야 하니까요."

그동안 막혀 있던 진오의 숨통이 터지는 것 같았다. 지나가는 길에 흘리는 비밀이라도 들을 수 있을까 싶어서다. 그냥 앉아 있는 진오에게 소주잔을 내밀면서 우영수가 말했다.

"소설을 좀 더 잘 쓰고 싶어서 제가 도현에게 물었지요. 자네는 소설을 어떻게 쓰나,라고 말이지요. 나는 열세 번 낙방을 먹은 문청이었거든요."

김진오는 그 순간 아, 했다. 이번에야 말로 누설될 비밀을 엿들을 수 있는 기회가 오는구나 싶었기 때문이다.

"이 친구가 묻는 말에 대답은 하지 않고 딴전을 벌이고 있잖아요."

진오는 어느 쪽에서든 비밀이 누설되기만 바라고 있었다.

"이 친구, 내가 좋아하지만 어떤 때에는 얄미워요."

"그런 질문을 쉽게 하는 사람과, 알고 싶지만 그런 질문을 하지 않고 버티는 사람이 있거든."

기도현의 말이었다.

"또 대답은 하지 않는군. 좋아, 그런 사람이 있다는 거 다 좋아. 그러나 내가 묻는 것은 자네 생각을 알고 싶다는 거야. 등단 작가에게도 묻고 싶은 마음이 있느냐 없느냐,라고 묻는 거야. 있다면 있다, 없다면 없다 중의 하나가 대답인 거지."

"이 사람아. 내 말은 그게 아니고, 대답을 들어도, 아무런 소용이 없더라는 거야. 남이 하는 말이 아니라 내가 내게 하는 말을 나는 듣고 싶다는 거야."

"무슨 말인지 알아들어. 그러나 나는 단지 조금 전에도 말했지만 지금의 자네 마음을 알고 싶다는 거야."

"그런 질문 지겹도록 했고, 그 지겨움 때문에 몇 번이나 죽을 뻔했다, 이젠 됐냐."

"진작 그럴 거지. 왜 빙빙 돌려."

"빙빙 돌리는 거 좋아하네. 쉽게 묻는 사람과 묻고 싶어도 안 묻는 사람 중에 어느 쪽이 비밀을 빨리 캘까, 어느 쪽이 더 독한 사람일까. 소설의 선생은 남이 아니고 자기더라고."

진오는 영수가 좋은 인간이라고 느낀다. 그냥 앉아 있을 수가 없었다. 술김에 숨김없이 신세타령이라도 하고 싶었다.

"저 소리 때문에 죽어요."

진오의 입에서 죽어요,라는 타령조가 나올 때 우영수와 기도현은 서로의 얼굴을 쳐다본다. 자기 방에서 소주 한 병을 마시고 온 진오가 그들의 대화를 듣고 있을 때 쏴아아 하는 소나기 소리가 창밖에서 났던 것이다.

"소리는 나는데 천지가 조용해지고 있거든요. 너무나 조용해서 미치겠거든요."

"미치겠다니요."

깐깐한 도현의 말이다.

"너무 마음이 조용해져서요. 조용해진다는 말이 맞는 말인지 모르겠어요. 아무튼 기가 막히게 듣기에 좋고 외롭지 않은 고독의 시간이 되거든요."

"고독이면 고독이지 외롭지 않은 고독도 있나."

도현의 중얼거림이다.

쏴아아 하는 소리는 계속 들린다. 우영수가 소형 냉장고 문을 연다. 소주와 깡통 맥주를 꺼낸다. 또 소맥이야,라고 기도현이 묻고 우영수는 그럼 어쩌라고 한다. 미치겠거든요,라고 말했던 김진오가 소맥 한 잔을 받아 들고 또 말한다.

"걸리면 죽고 마는, 병명을 입에 담기도 싫은 무서운 병에 걸린 적이 있었어요. 2~3개월 정도 버틸 수 있다는 의사의 말을 들었을 때 기막힌다는 말은 가당치도 않았지요. 언제 죽을지 모른다는 공포증 때문에 하루 살기가 힘이 들었어요."

진오는 소맥을 비운 후 오징어를 집어 든다.

"여러 하루로 이어지는 '어떤 연속'이 삶이라는 것인지, 오늘 하루라는 '어떤 순간'이 삶이라는 것인지 도통 알 수가 없었어요. 제가 왜 그렇게 물었는지도 물론 몰랐어요. 숨을 쉬는 순간 그러니까 살아 있는 순간은 언제나 '지금 이 순간'이라는 생각이 들더라고요. 그런 생각을 하던 그날부터 지금까지 오늘 하루를 살고 있었어요."

"결과적으로 여러 하루를 살았네요."

"살긴 살았는데 뭘 하고 살았는지 알 수가 없어요."

"오늘 하루만 살자고 마음먹었던 첫날은 무슨 생각을 했어요?"

"그게 아마 여기에 온 것과 상관이 있었던 것 같아요."

"무슨 소립니까."

기도현이 묻는다.

"소설다운 소설 하나만 쓰고 죽는 하루가 되자,라는 생각이었어요. 소설이 뭐기에 죽음과 맞바꿀 생각을 했던 것인지 알지 못했어요. 그러나 사실이 그러했거든요. 하루에 소설 한 편을 쓰자는 생각을 한 걸 보면 벌써 싹이 노랗다는 거 아니겠어요. 등단 6년이 지났는데도 무명으로 남아 있을 만큼 뭘 몰라도 한참 모르는 바보였으니까요. 그러나 소설이 그만큼 저에게 중요했던 건 사실이었던가 봐요."

두 사람은 진오의 얼굴을 쳐다본다.

"그래, 소설다운 소설은 어떻게 된 겁니까."

"그게 문제였지요. 죽을병은 아니지만 제가 무슨 죄를 지었기에 또 그런 일이 생기는지 알 수가 없었거든요. 꼭 해야 할 두 가지의 일, 읽고 쓰는 일에 지장을 주는 시력이 본격적으로 문제가 되더라고요."

"시력이라고요?"

"지금은 더 심해지고 있어요. 통 안 보이기 시작했어요. 이 말은 자존심을 꺾기로 하고 드리는 말입니다."

"자존심을 꺾다니요."

우영수가 물었다.

"봉사라는 소리를 들으면 죽고 싶었거든요. 어릴 때부터 시력이 약하다는 사실을 수치로 생각하기 시작했어요. 끼고 있던 안경을 벗기까지 했으니까요. 시력을 왜 치명적 약점으로 생각하게 된 것인지 도무지 알 수가 없었어요. 아무튼 저의 약점이 폭로되지 않도록 나를 단속하는 것이 바로 저의 삶이었어요. 바보 같은 생각을 하지 말자고 아무리 생각해도 안되는 걸 어떠합니까. 숨기는 것이 최소한도의 자존심을 지키는 것으로 생각했던 것이지요. 제가 생각해도 놀라워요. 지금 두 분 앞에서 자존심을 버리고 있거든요."

바보인지, 순진한 것인지, 착한 사람이라서 그런지.

우영수에겐 진오가 위태로워 보였고 걱정스럽게 보였다. 도현은 냉랭했지만, 영수는 진오에게 연민의 정을 느낀다. 그런대로 세월은 흘렀고 진오는 기대했던 성과를 얻지 못한 채 퇴실을 한다. 퇴실 전에 303호와 304호에 전화를 걸어 퇴실 인사를 했다.

빈 소주병을 비닐봉지에 넣고, 그동안 사용하던 물건들을 바퀴 달린 등산용 가방에 넣는다. 아래층으로 내려와서 빈 병이 든 비닐봉지를 쓰레기통에 넣는다. 사무실로 들어가서 퇴실 인사를 하고 P 건물을 나선다. 천천히 걸어가다가 고개를 돌려 건물 쪽을 본다.

영수가 서서 진오가 가는 것을 보고 섰다.

한 달 동안의 집필실과 두 시간 동안의 영화관이 같은 것일 수 없다. 사무실 직원 말이 외국어로 들리던 것이 이상했듯이 퇴실해서 문인 집필실을 빠져나올 때에도 이상했다. 영화관을 나오고 있다는 느낌 때문이었다. 깜깜한 영화관에서는 상상이 가능하다. 진오는 대낮 세상에서도 그것이 가능하길 원했다. 그런데 그게 자기 마음처럼 잘되지 않는다. 퇴실 후의 서울은 영화관 밖의 세상으로 진오에게 다가올 것이 뻔했다. 서울에 도착하기도 전에 벌써 진오의 몸은 굳는다. 상상이 가능하지 않는 서울에서의 일상이 자기를 기다리고 있다는 생각은 진오의 마음까지 굳게 한다. 진오는 가능하지 않은 상상은 미루기로 하고 일상으로 돌아가서 해야 할 일부터 처리하자는 생각을 한다.

도착 즉시 감자탕 집으로 가서 일단 소주병을 땄다. 해야 할 일에 대한 생각은 그다음이었다. 몇 잔을 마신 후 우영주 선배에게 전화를 건다.

"영수 씨를 만났어요."

"응, 들어서 알고 있어. 자네를 좋게 보고 있던데. 시력은 어떠냐?"

"여전히 괴롭습니다."

전화를 끊고 진오는 수첩을 본다. 결혼식이라고 쓰인 메모가 있다. 진오는 이 결혼식에는 가 봐야 할 것 같았다. 문단 선배의 아들 결혼식이었다. 광화문 근처에 있는 결혼식장에서다. 광화문에 나간 기회에 그동안 미루어 왔던 일 하나도 처리해야 했다. 기독교 서점에 가서 성경을 구입해야 하는 일이었다. 친구에게 성경을 선물로 주겠다는 약속을 그동안 지키지 못했다. 되도록 전철을 이용하는 진오였지만 지하철 대신 택시를 타기로 했다. 시간을 맞추려면 집에서 몇 시에 출발해야 할까. 서점 문은 몇 시에 닫을까. 시간에 쫓기는 것을 싫어하는 진오는 결혼식에서는 눈도장만 찍자는 생각을 했다. 문을 닫기 전에 서점으로 가서 성경을 구입해야지 하면서 4시에 집을 출발했다. 결과적으로 그날 구입한 성경은 다음 날 친구에게 전달했지만 결혼식장에서 눈도장만 찍고 나온 후가 진오에겐 하나의 사건이었다. 결혼식장의 분위기는 한눈에 들어왔고 그게 그들만의 세상이라는 생각이 들었다. 결혼이 인간의 일이라면 그게 그들만의 세상일 수는 없을 것 같았는데 인간의 세상이 아니라 진오에겐 그들만의 세상이라고 느껴진 것이다. 결혼식장을 나온 진오는 광화문 사거리 쪽을 향해서 걷는다. 예식장과 사거리, 사거리에서 서점까지의 거리는 멀지 않다. 시간적 여유가 충분하기 때문에 천천히 걸으면서 토요일 오후의 광화문 사거리 주변을 어슬렁거린다. 놀랍게도 그들만의 세상이던 결혼식장과는 다른 세상을 만난다. 이마에 수건을 쓰고 마이크를 잡고 연설을 하는 일군의 사람이 힘을 쏟고 있었고 연설장에서 얼마 떨어지지 않은 곳에서는 찬송가를 부르면서 선교에 열중하는 그룹이 있다. 이런 세상 저런 세상을 비교해 보려고 잠시 서 있는데, 누가 진오의 어깨를 툭 친다. 한때 아옹다옹하면서 살다가 사정이 생겨서 헤어진 김 과장과 박 계장이다. 잠시 근무했었던 직장도 또 다른 하나의 세상이었다. 토요일이라 그런지 지하도로 내려가지 않아도 건널목을 건널 수 있었다. 지상으로 걷는 것이 시력이 약한 진오에겐 편했다. 서점 안으로 들어간다. 땅을 찾는 사람보다 하늘을 찾는 사람들의 숨 쉬는 방식은 다르다. 결혼식, 마이크 소리, 선교, 기독교 서점 등을 본 진오의 눈, 그 눈을 감았다 떴다 하면서 서점을 빠져나온다. 택시를 타면 교통비에 부담이 된다. 진오는 광화문 사거리 지하계단으로 더듬거리면서 내려간다. 5호선을 타서 종로3가에서 내려 3호선을 탔다. 진오는 집으로 돌아오면서 경조사 일로 시간과 돈을 소비한다면 사람이 아니라고 다짐한다.

다음 날 조간신문이 진오를 움직인다. 돋보기 광고가 커다랗게 나와 있다. 진오는 돋보기 가게로 갔다. 가게는 돋보기 전시장이었다.

이걸로 보세요. 안 보였다. 저걸로 보세요. 여전히 안 보였다. 진오는 실망감에 눈물이 날 정도였다. 포기하고 나가려고 하는데 오뚝이처럼 생긴 반쯤 잘린 유리통이 보였다.

"이건 뭡니까?"

"그것도 돋보기예요."

진오는 그걸로 직원이 내미는 신문을 보았다. 보였다. 놀란 진오는 그 오뚝이를 샀다. 집으로 와서 책을 보았다. 책의 전체 면을 한꺼번에 볼 수 없었다. 돋보기를 움직여야 글씨가 보였다. 속이 상했지만 일단 볼 수는 있겠군, 하면서 오뚝이를 책상 위에 올려놓았다. 시간이 흐를수록 오뚝이로는 일이 잘 안된다는 결론을 얻은 진오는 감자탕 집으로 간다. 술타령을 하기 위해서다. 진오가 이러고 있을 때 다른 세상에서 다른 일이 벌어진다.

"형, 김진오란 사람 알아?"

"누구?"

"소설 쓴다는 김진오."

"어, 그 친구, 괜찮아. 뭔가 안 뚫려서 그렇지, 뚫리면 괜찮은 작가가 될 거야. 봉사 콤플렉스만 없어져도 곧 뚫린 텐데, 그건 영 안되네."

우영수는 형에게 "알았어" 하고 전화를 끊었다.

소설이 목적이고 시력은 수단인데, 수단은 어디까지 수단에 불과한데 그 수단이 목적 성취에 절대적으로 필요하다는 이유 때문에 진오는 수단을 목적인 양 착각하지 않을 수 없었던 모양이다. 그게 안타까운 영수는 진오를 돕고 싶었다.

영수는 진오에게 전화를 건다.

"우영수입니다."

진오는 놀랐다. 반가웠다. 눈 때문이 아니었다. 자존심을 버렸다면서 신세타령을 했을 때 자기를 쳐다보던 영수의 얼굴이 아롱거렸기 때문이었다.

"그동안 연락을 못 드려서 죄송합니다. 생각은 있었으나 그렇게 잘 되지가 않았습니다."

"저도 마찬가지입니다. 전화를 주셔서 고맙습니다."

"전화를 건 이유는 독서 확대기에 대한 정보를 드리기 위해서입니다."

"독서 확대기라니요."

"거기로 가 보세요."

"거기라니요?"

"독서 확대기로는 못 볼 것이 없다고 합니다. 친구 둘이 거기를 압니다. 그 친구 둘이 도와주기로 했어요. 제가 부탁을 해 놓았으니까."

진오는 느꺼웠다. 영수가 보낸 고마운 그 친구들이 와서 진오를 차에 태운 후 어디론가 갔다. 차에서 내린 두 사람은 진오를 어떤 건물 2층으로 데리고 갔다. 겉보기에는 돋보기 가게 같지 않았다. 오뚝이를 구입했던 가게보다 오히려 덜 전문적인 가게 같았다. 이걸로 보세요, 저걸로 보세요, 하면서 여러 돋보기를 선보였다. 모두 안 보였다.

"독서 확대기라는 게 있다고 해서 왔는데요."

"아, 그건 장애아용입니다. 이분에겐 맞지 않을 것 같은데요."

"일단 한번 보여 주세요."

진오의 요청이었다.

몸체가 없는 데스크 탑과 비슷한, 화면만이 붙어 있는 기구가 놓인 책상으로 진오를 데리고 갔다.

"이게 독서 확대기입니다. 앉아 보세요."

직원이 기구에 전원을 켠 후 적당하게 접은 신문을 그 밑에 깐다. 안 보인다는 말만 하던 진오가 보인다면서 놀란다. 함께 온 두 친구는 박수를 친다. 결국 독서 확대기를 구입한다. 진오는 영수에게 구입 사실을 알린다. 가게에 갔던 날은 월요일이었고 집에 독서 확대기를 설치해 준다는 날은 목요일이었다.

"목요일에 설치하기로 했어요. 정말 고맙습니다."

"잘됐네요."

"목요일이 기다려집니다."

"오랜만에 우리 술이라도 한잔하실까요."

"좋지요. 제가 모시겠습니다."

"아닙니다. 축하주를 제가 내야지요. 재미있는 소줏집이 있어요. J 전철역에 내려서 4번 출구를 나오면 교회가 하나 서 있을 겁니다."

"우리 동네이군요. 교회가 어딘지 압니다."

"교회에서 얼마 멀지 않은 곳에 철물점이 있는 것도 아십니까?"

"예, 압니다."

독서 확대기 설치 하루 전날 그러니까 수요일 저녁 7시에 철물점 앞에서 만나기로 했다.

"한 가지 미리 말씀드리고 싶은 것이 있습니다."

"말씀하시지요."

"옛날 어떤 가족의 합동 묘지였대요."

"합동 묘지라니요?"

"기도현이 나와 함께 한번 다녀간 일이 있는 소줏집이지요. 내가 쓰고 싶은 소설이 무엇이라는 것을 잘 아는 기도현은 왕초가 몰락해 가는 현장에 매일 출근하면 되겠네 하더군요. 뭔가 기분이 안좋았는가,라고 물었더니 애드거 앨런 포 원작, 장 엡스탱 감독의 영화 〈어셔가의 몰락〉 이야기를 하더군요. 전혀 다른 형태이긴 하지만 일상의 눈으로는 이해 불가능한, 초자연적 공간이었던 것이지요. 그래서 미리 말씀드리는 것입니다."

수요일 저녁이었다. 소줏집에 들어선 진오는 영수의 말처럼 그냥 기분 나쁜 곳인 줄로만 알았다. 그러나 그게 아니었다. 진오는 기겁을 한다. 가 보지 않은 사람은 모른다는 말이 있던가. 진오가 병명을 입에 담기도 싫은 무서운 병에 걸렸을 때 중환자실에 입원한 일이 있었다. 응급실로 실려 간 일도 있었다. 중환자실이나 응급실에는 콧구멍에 무엇인지 알 수 없는 줄이 붙어 있고, 허리 옆구리에 피가 흐르는 고무줄이 달려 있는 환자가 있었다. 입에 산소마스크가 덮인 환자 옆에 컴퓨터 화면 같은 곳에서 삐삐 소리를 내면서 환자의 위험 상태를 점검하는 기구들은 보기만 해도 무서웠다. 오늘내일 하면서 죽음에 직면한 환자들이 모여 있는 공간이 주는 경험은 보통 사람은 상상조차 할 수 없는 것이었다. 중환자실이나 응급실과는 다르지만 이 소줏집은 섬찟한 느낌을 주는 공간이었다. 손님인지 식객인지 알 수가 없는, 말이 없는 사람들이 술잔하나씩을 놓고 있는 모습은 말 그대로 정상적인 것이 아니었다. 버려진 당구대가 입구에서 제일 먼 쪽 구석에 놓여 있었는데 그것 역시 왜 섬찟한 느낌을 주는지 알 수가 없었다. 무서워서 두 번 다시는 찾아올 기분이 나지 않는 곳이었다.

진오가 묻는다.

"오지 말았어야 할 곳에 온 것은 아닙니까?"

영수는 웃고만 있다. 진오는 다시 묻는다.

"영수 씨, 저는 영수 씨를 좋아하고, 또 존경합니다. 그러나 여기는 사람이 올 곳이 아닌데요."

"맹모삼천이라는 말 들어 보셨어요?"

반응을 보이지 않는 진오 앞에서 영수가 말한다.

"나는 맹자의 어머니와는 아무런 상관없어요. 나는 내가 내 집을 옮긴 겁니다. 남이 만든 환경이 아니라 내가 만든 환경이라고나 할까요."

진오는 무슨 말인지 알 수가 없었다.

영수의 목소리는 그동안의 목소리가 아니었다. 말 하는 속도도 평소보다 느리다.

"이 집에 무엇이 있는지 한번 보세요. 저기 노인이 폐지 뭉치를 들고 들어오는 거 보입니까?"

진오는 영수의 손이 뻗는 곳을 본다.

"폐지 뭉치를 들고 오는 노인 뒤에 노파가 빈 병이 든 보따리를 들고 들어오고 있지요?"

"글쎄요. 보따리를 들고 오는 것은 보입니다만."

"저기 노숙자들이 또 들어오고 있지요. 보입니까?"

"노숙자라고요? 부랑자처럼 보이네요. 우리 아무 일 없을까요."

"전혀 문제가 없습니다."

"영수 씨, 그냥 나가시지요."

"우리에게 우리 사정이 있듯이 그들에겐 그들 사정이 있습니다. 착한 사람들이에요. 걱정 마세요."

"야, 너 오늘 밥 먹었냐?"

"그놈의 교회, 시간 맞추어 오라고 하더라고."

"그거 무슨 소리야."

"밥 주는 시간과 내가 배고파서 찾은 시간이 맞지 않았던가 봐."

"그렇다면 교회 잘못이 아니지. 네 배 탓이지."

"하긴 그래. 내 배 시간에 맞추려면 교회 식당이 하루 종일 문을 열어 놓고 있어야겠지."

노인과 노파는 노숙자들의 말을 들은 척도 하지 않고 짐을 푼 후, 버려진 당구대에 무얼 깔더니 그 위에 올라가서 눕는다. 소줏집 주인이 소주 한잔을 들고 노인에게 가져갔더니 노인은 싫다고 손을 흔들고 노파가 대신 받아 단숨에 마신다. 그리고는 둘 모두가 죽은 사람처럼 조용하다.

소줏집 주인에게 들은 이야기라면서 영수는 말을 이었다.

"노인이 한때 여기서 왕초 노릇을 했답니다. 힘이 센 젊은이들, 세상에 불만이 많은 사람들, 술에 중독된 사람들, 여자밖에 모르는 젊은이들 할 것 없이 모두가 당구대 옆에 모여 놀았다는 겁니다.

그런데 무법 지역의 왕초가 결국 몰락했다는 것이지요. 당구대 옆에서 만난 여자가 저 노파랍니다. 결혼 후 오늘날까지 살고 있다는 겁니다. 노숙자나 소줏집 주인 모두가 한때에는 저 노인의 똘마니였대요. 힘도 세고, 의리도 있고, 세상 욕을 입에 달고 다닌 노인이었대요. 싸움으로 저 노인에게 이길 사람은 없었다는군요. 지금은 벙어리처럼 말이 없지만요."

본론을 듣고 싶은 진오의 마음을 읽었던지 영수가 속마음을 틀어 놓는다.

"사실 나는 삶과 죽음에 대한 소설을 한번 쓰고 싶어요. 그게 나의 문제이지요. 삶과 죽음에 대한 생각을 한시도 잊을 수 없게 하는 힘이 필요했던 거지요. 이 장소가 바로 그것을 가능케 한 곳이었어요."

"점점 깜깜해지네요."

"작품이 완성될 때까지 나를 삶과 죽음에 대한 생각에 푹 젖게 하는 어떤 힘 말이에요."

"이 집이 왜 그 힘이 되지요?"

"이 집이 나에게 어머니의 품이었기 때문이었어요."

"어머니의 품이라니요?"

"아이는 아무 일도, 노력도 하지 않고 안겨만 있어도 자기가 모르는 사이에 말을 배우게 되고, 삶을 가능케 하는 젖이 공급되는 곳이 어머니의 품 아닙니까. 나는 내 소설이 끝날 때까지 내 소설의 주제에 하루도 빼지 않고 푹 젖어 있고 싶었어요. 그렇게 젖어 있게 하는 힘이 필요했다는 거지요. 이 집이 자기 소줏집이라는 사실을 깨달았던 것입니다. 내 어머니 하면 나에게만 해당되지만 자기 어머니 하면 인간 모두에게 해당되는 개념이 아니겠어요. 그래서 내 소줏집 대신에 자기 소줏집이 된 거죠. 말이 소줏집이지 음악회장, 전시회관 등 소줏집의 개념은 훨씬 더 넓지요. 아무튼 기억 하세요. 소나기 내리던 날 밤, 진오 씨의 자존심을 버리던 날 말입니다. 지금 저도 따지고 보면 소설이 잘 안되어서라는 말을 자존심 꺾고 투정 조로 하는 겁니다."

영수가 주방을 향해서 소주요,라고 말한 후 말을 잇는다.

"내일 결혼식 후 여기서 만나요. 다시 한 번만 더 여기서 만나면 내 말이 무슨 뜻인지 분명해질 것입니다."

"결혼식이라니요?"

"여동생 결혼식이 있다는 말을 하지 않았군요. 결혼식을 본 후 여기로 같이 올 수 있을런지요."

독서 확대기로 고마운 마음밖에 없는 진오는 생각도 하지 않고 좋다고 했다.

집으로 돌아 온 진오는 잠을 잘 수가 없었다. 소주 몇 잔을 마시고 잠을 청했다. 영 잠이 오지 않았다. 진오는 새벽녘에 가서야 결론을 얻는다.

영수가 바라는 힘과 내가 바라는 힘은 같은 것일 수 없다. 진오는 오늘 하루를 살자는 생각을 가능케 하는 어머니의 품이, 그러니까 자기 소줏집이 필요했다. 삶과 죽음에 대한 생각과 오늘 하루만 살자는 생각은, 말이 다를 뿐이지 뿌리는 하나이지 않을까라는 생각을 하면서 말이다. 그렇다면 오늘 하루만 살자는 생각을 잊지 않게 하는 힘은 무엇인가. 어머니의 품이 모국어를 가르치듯 잘도 가르친다. 그 힘은 모든 것과의 '절연'이라고. 절연 후 자기 자신의 뼈 속으로 매몰되는 것이라고.

목요일에 할 일은 셋이었다. 오전 9시 30분에 고장 난 프린터를 고치는 기사를 맞이하는 일, 오후 1시에 독서 확대기를 설치해 받는 일, 오후 5시에는 결혼식에 참석하는 일이었다. 절연을 결심한 진오는 세 번째 일인 경조사를 그만두기로 한다. 어려운 결정이었다. 영수에게 감사한 마음, 독서 확대기 가게에 가서 진오를 도운, 더 고마운 두 친구에 대한 감사한 마음은 끝이 없었다. 그러나 절연은 절연이었다. 진오는 빈털터리로 소줏집으로 간다. 소줏집 주인에게 쪽지 하나를 전한다. 진오가 없는 자리에서 영수는 진오의 쪽지를 편다.

결혼식에 못 간 거 미안합니다. 있어도 그냥 지나쳐 버리게 될지 모를 어두운 눈으로 자기 소줏집 찾는 긴 여정의 길을 떠납니다.

메모를 읽은 영수는 진오를 배신자로 생각하지 않는다.
그래, 너는 너대로, 나는 나대로란 말이지.
영수는 진오가 없는 자기 소줏집에서 혼자 술을 마신다.

괄호 속의 시간

사표를 제출한 후 B는 두문불출이다. 그 좋은 자리를 박차고 나와선 방구석에만 처박혀 있는 아들 B를 어머니 한 씨는 하루도 두고 볼 수가 없다.

"쯧쯧, S처럼 왜 못 살까." 입에 달린 한 씨의 소리다.

S는 왼쪽 안주머니에 든 수첩을 꺼낸다. 수첩에는 전화번호가 빽빽이 적혀 있다. 한참 들여다보다가 천장을 향해서 고개를 든다.

이번에는 어떤 그룹으로 할까. S는 자신에게 묻는다. 한동안 천장을 바라보던 S는 고개를 바로 하고 전화기를 든다.

"박 관장 계십니까⋯⋯. 아, S입니다. 이번 일요일 저녁 어때요. 미스 한이라고 여류 골프 코치, 미스 정이라고 잘나가는 피아니스트, 장 사장이라고 골프광, 그리고 물주 한 사람입니다. 괜찮지요. 네, 네, 감사합니다. 저녁 6시, 같은 장소입니다."

"미스 한. 나 S인데, 이번 일요일 어때. 그럼, 그럼, 물론이지. 멋진 분들이지. 공연장 관장을 만날 거요. 그러면 여러 종류의 공연 구경도 덕분에 하게 될 거고. 중소기업 사장으로 골프광도 한 사람 있고. 오케이, 저녁 6시 같은 장소로."

"S입니다. 정 선생, 박 관장이라고 공연장 관장 아시지요. 물론이죠. 저와는 잘 아는 사이이지요. 서로 알면 나쁠 거 없지요. 네? 뭐라고요? 아, 네, 네. 감사합니다. 그러면 일요일 저녁 6시, 우리 만날 만나던 장숩니다."

"장 사장님, 적조했습니다. 이번에 체격 그만이고 인물 그만인 여류 골프 코치 한 사람을 소개하려고 합니다. 일요일 저녁 괜찮으시죠? 거의 프로예요. 잘 치기도 하지만 일류 코치로 이름이 나 있습니다. 한번 라운딩하기만 하면 성적이 쑥쑥 올라가기 때문에 별명이 쑥쑥이래요. 예, 일요일입니다. 시간 지키세요."

"야, 조 사장. 이번엔 자네가 물주야. 너 여자 좋아하잖아. 여류 피아니스트와 여류 골프 코치도 나와. 잔말 말고 두둑이 가지고 나와. 응, 알았지."

전화질을 마친 후 회전의자에 앉아 몸통을 빙빙 돌리면서 S는 푸우우 하고 한숨을 쉰다. 들고 있던 수첩을 주머니에 넣고 이번엔 B에게 전화를 건다.

"아이고, 어머님이세요. B, 이 자식은 뭘 합니까. 코빼기도 안 보이니 말입니다."

"몰라. 요즘 내내 방구석에만 처박혀 있다. 네가 좀 데리고 나가
줘. 아이고, 나는 네 목소리만 들어도 속이 다 풀린다. B는 왜 저러
는지 모르겠다. 너같이 활달하고, 씩씩하고, 의리 있고 하면 얼마나
좋으냐. 아이고, 나 요즈음 B 때문에 속 많이 썩는다."

"어머니, 걱정 마세요. B 그놈, 혼 좀 내 줄게요. 좀 바꾸어 주세
요."

"안 된다. 지금 취생몽사다. 방구석에서 늘어져 자고 있다."

거실에서 전화벨이 또 울린다. "전화 왔다." 어머니의 목소리는
아까보다 더 크다. 반응이 없자 S의 전화가 두 번째라는 한 씨의 큰
목소리만 거실에 남는다.

B는 S를 싫어한다. 중고생 시절부터 친한 친구였지만 대학 졸
업 후부터 행동거지가 못마땅하다. 진실성이 없고 하는 짓 모두가
사기성이 짙다. 자기 돈은 한 푼도 들이지 않고 모든 것을 얼렁뚱
땅으로 처리하면서 남의 등을 쳐 먹다시피 하는 녀석인데도 사람
들은 활달하고, 신의 있고, 성실하고, 의리 있고, 약속을 잘 지키는,
능력 있는 사람으로 평한다. B는 그런 S를 보고 울지도 웃지도 못
한다.

은사의 아들 결혼식, 친우 여동생의 약혼식, 신문사 선배의 부친
상, 새집을 마련한 친구의 집들이 같은 일상사들이 죽도록 싫고 지
겨웠던 B는 사표를 제출한 후부터 S 같은 인간은 얼굴조차 보기 싫
어한다. 그리고 B는 S를 좋아하는 어머니의 취향에 몸서리를 친다.

거실에서 또 전화벨이 울린다. B는 벌써 딴 세상에 가 있다. 한 씨의 통화가 평소보다 길어진다. 긴 전화가 결과적으로 한 씨와 B를 터미널로 가게 한다. 한 씨의 입장에선 하는 수 없는 일이고 B의 경우는 바라던 일이다.

다시는 돌아오지 않는다는 사람, 돌아왔지만 다시 떠난다는 사람, 이젠 다시 떠나지 않겠다는 사람, 마중 나온 사람 없이 갈 곳을 잃어 사방을 두리번거리는 사람, 서로 부둥켜안은 다음 마치 장원 급제나 한 것처럼 여자의 팔을 잡고 사람들 사이를 뚫고 걸어가는 남자, 터미널에 가면 사람들이 B를 어지럽게 만든다.

"할머니 많이 편찮으시다면서요."

"몰라. 걱정이다."

"어떻게 아프신데요?"

"글쎄. 가 봐야겠어. 정말 아프신 건지. 외로워서 그러시는지."

"아무튼 잘 보살피세요."

"한 달은 안 될 거다. 그 동안 너, 술 너무 많이 하지 마라."

"걱정 마세요. 어머니 건강도 생각하셔야지요."

"네가 많이 원하던 거 아니었냐. 소원 없게, 어디서든, 처박혀서, 죽도록 한번 써 봐라."

마주 보고 섰던 B와 한 씨는 등을 돌린다. 한 씨는 g시로, B는 n시로 향하는 버스에 올랐다. 친정어머니의 병간호를 위해서 g시로 향한 한 씨와는 달리 B는 n시 근처에 급히 얻은 민박으로 향하고 있다. 두 사람 모두 터미널로 되돌아오지 않을 사람, 영 헤어질

194

사람은 아니다. 버스에 올라타자마자 B는 한 씨를 잊는다. 한 씨는 그 반대다. 친정어머니 걱정보다 아들 걱정이 앞선다. 한 씨를 잊은 B는 두 번씩이나 먹어 버린 S의 전화가 생각났지만 곧 잊어버린다.

B가 앉은 쪽 차창으로 햇빛이 들어온다. B는 햇빛이 들어오는 차창을 싫어한다. 건너편에 빈자리가 있어 거기로 옮긴다. 버스가 한참을 달린다. 햇빛이 차단되던 차창으로 햇빛이 들어온다. B는 처음 앉았던 자리로 되돌아간다. 그 자리가 그대로 비어 있었기 때문이다. 원래 앉았던 자리에 앉으면서 B는 자리를 또다시 옮길 생각을 하지 않는다. 차창에 기대어 잠을 청했지만 잠이 오지 않는다. 차창 밖을 내다본다. 스쳐 지나가는 것 모두를 B는 기억할 수 없다. 평소에 어떤 것은 오래 기억이 되는데 어떤 것은 어제 일도 기억나지 않는다.

버스가 서울을 떠난 후 차창을 스치는 것들 중 기억되는 것들을 B는 연습 삼아 순서대로 적어 본다. 자기가 고안한 방법으로 글자를 하나씩 빌린다. '가, 나, 다, 라, 마, 바, 사'라는 글자가 그것이다. 시외로 빠져나가기 전에 잡다한 가게들이 즐비했다. 그 가게를 기억하기 위해서 '가게' 대신에 '가' 자를 빌린다. 가게를 '가'로 줄여 놓으면 가게를 기억할 수 있는 도구가 될 것 같아서다. 가게들이 즐비한 곳을 지나자 나무들이 숲을 이루고 있다. 나무숲을 기억하기 위해서 이번엔 '나' 자만을 적는다. 일주일이나 한 달 후에 '나' 자를 보고 나무숲이라는 어휘를 기억해 낼는지 아니면 차창 밖을 스쳐 지나갔던, B가 보았던 그 나무숲의 모습을 기억해 낼는지 알 수가 없지만, 일단 '나' 자만을 적는다. 나무숲을 지나자 버스는 다리 하나를 건넌다. 그래서 다리 대신 '다' 자를 적는다. 다리를 건너자 장사가 될지 의문스러운 라디오 가게가 서 있다. 라디오 '라'라고 적긴 했지만 '라'의 경우도 결과를 예측할 수 없다는 생각이 든다. 라디오 가게 바로 옆에 라디오 가게 주인과 상부상조를 하려는 건지 알 수가 없는, 마늘을 늘어놓은 가게가 하나 있다. 마늘 대신 '마' 자 하나만 또 적는다. 한참을 달리다 보니 멀리 울퉁불퉁하게 튀어나와 있는 바위들이 차창 앞을 스친다. 이번엔 바위 '바'가 된다. 한동안 보이지 않던 시골길에 사람들이 웅성거리고 있다. 사람 '사'라고 적다 보니 B의 메모지에 '가, 나, 다, 라, 마, 바, 사'라는 글자가 순서대로 적혀 있다. '가, 나, 다, 라, 마, 바, 사' 정도는 언제든 기억할 수 있겠지만, 가게, 나무숲, 라디오 등을 기억하는 것은 쉬운 일이 아닐 것 같다.

B는 자기가 적은 글씨를 한번 본다. 자기 글씨가 마음에 들지 않는다. '가, 나, 다, 라, 마, 바, 사'를 보고 나중에 '가'를 가게로, '나'를 나무숲으로 기억하게 될지 어떨지 다시 궁금해진다. 이런 저런 생각을 하다가 가게, 나무숲, 다리, 라디오, 마늘, 바위, 사람 간에 아무런 연관성이 없다는 생각을 한다. 연관이 있으면 기억이 쉽게 될 것 같다는 생각에서 연관이라는 어휘에 대한 생각을 한다. 연관이 없으니 그것들을 순서대로 기억하는 것은 불가능할 것 같다. 가게, 나무숲, 다리, 라디오 가게, 마늘 장사, 바위, 사람들, 이런 것들은 아무 곳에나 있다. 그냥 여기저기에 흩어져 있는 것들이다. 그

런 것들이 서로 무슨 연관성을 이루고 있겠는가. 우리는 연관이 없는 것들 사이에서 서로를 연관 지으면서 살고 있는 것은 아닐까. 그것들이 연관성을 이루고 있는 어떤 실체의 부분들일 수 없음에도 불구하고 말이다. 그 순간 B의 뇌리에 다른 생각이 스친다. 연관이 없는 것이 아니라 있을지도 모른다는 생각이다. 그것들이 따로 따로 놀아나고 있는 것이 아니라 하나에 의해서 엉켜 있는 것일지 모른다는 생각이다. 그런 생각이 정말 가능할까. 가능하다면 어떻게 가능할까. 가능하든 하지 않든 간에 B의 뇌리에 그런 생각이 스친 것은 사실이다. B는 다시 한 번 더 어떻게 그런 생각이 가능할까 하고 자기에게 물어본다. 대답 하나가 스친다. 그런 것들이 B의 눈앞에 스쳐 지나간 것들이라는 의미에서 B의 눈과 연관성이 있는 것이 아닌가 하는 것이다. '가, 나, 다, 라, 마, 바, 사'는 세상이고, B의 눈은 그 세상을 하나로 묶는 어떤 구심점일 수 있다. 세상과 구심점의 관계성 유무는 세상 중심적 사고를 하느냐, 구심점 중심적 사고를 하느냐에 달린 것 같다. 그렇다면 관계성이 없는 것이 아니라 있는 것일 수도 있다.

작은 마을이 또 스친다. 양철 지붕을 하고 있는 볼품없는 집이 보인다. 그 집 앞에서 아이가 지나가는 버스를 보고 손을 흔든다. B는 아이의 손을 죽은 손이라고 부른다. 손만이 죽은 것이 아니라 아이도 죽은 아이로 본다. 살아 있는 아이를 왜 죽은 아이로 보는가. 죽은 사람은 다시 만날 수 없다. B가 저 아이를 평생 다시 만날 수가 없다는 것은 분명한 사실이다. 손을 흔드는 아이에게 답례로 손을 흔들고 나면 버스는 그 아이를 영영 떠나 버린다. 그 아이를 살리기 위해서는 돈이 필요하다. 버스 기사와 버스에 타고 있는 사람들에게 30분 정도의 정차 대가로 각각 10만 원씩을 주고 싶다. 30여 분 정도면 버스에서 내려 아이에게로 가서 함께 사진을 찍을 수 있다. 사진 속에서 그 아이와 만날 수 있으니 아이의 모습은 B의 마음속에서 영원히 산다. 아이의 이름과 주소를 알면 다음에 또 만날 수 있다. 그렇게 되면 아이는 살아 있는 것이 된다. 버스는 B의 마음을 알 리가 없다. 아이를 잃어버린 B는 '나 혼자다'라는 생각을 한다. '나 혼자다'라는 말은 B에게 언제나 기막힌 말이었다. 버스 속에서 B는 혼자가 아니었던 수많은 자기 삶을 되돌아본다. 그 모든 삶의 주인은 자기가 아니었다고 생각한다.

아이들 '아', 자갈밭 '자', 차량 점검 '차', 카센터 '카', 타이밍이 적절했어요 '타', 파란 불 '파', 하얀 하늘 '하', 이런 것들이 차창을 스친다. '아, 자, 차, 카, 타, 파, 하'까지 스치는 도중, 타이밍이 적절했어요 하는 부분은 눈이 아닌 B의 귀를 스친 경우이다. 카센터가 B의 눈을 스친 다음에 버스 내에서 작동되고 있는 라디오에서 예쁜 여자의 목소리가 B의 귀를 스친 것이다. 눈과 귀가 아니라 이번엔 B의 뇌리를 스치는 것들이 있다. 초등학교라는 교육 제도가 탄생되기 전의 어린이들에게도 삶이 있었을 것이라는 생각이 그것이다.

초등학교라는 제도가 탄생되기 전에도 아이들에게 배움의 기회가 있었을까 없었을까. 배움의 기회 덕분으로 삶을 잘 꾸려 간 수

많은 아이들이 옛날에도 있었을 것이 아닌가. 초등학교에 아이들이 억지로 가지 않아도 얼마든지 사람같이 살 수 있었던 옛날, 그 옛날을 원시시대라고 치부해 버릴 수만은 없지 않을까. 그때에도 지금과 한 치의 차가 없는, 인간들의 언행이 있었을 것이다. 먹고, 자고, 싸고, 입고, 벗고, 짝 짓고, 울고, 웃고, 싸우고 하는 그런 행위가 인간 삶의 다반사였을 것이다. 인간들의 언행에 작용되는 수단이나 관습만이 변한 것일 뿐이라는 생각도 스친다. 사람답게 살기 위한 수단이 반드시 초등학교에 가야만 하는 것일까. 아니 중·고등학교와 대학교를 가야 하는 것일까. B의 경우는 학교에 가면 갈수록 바보가 되어 간 것 같다. 자기가 바보가 되어 가는 줄도 모르고 대학까지 졸업을 했었던 것 같다. 따지고 보면 모두가 나 혼자가 아니었기 때문이 아니던가. 겉으로만 나 혼자가 아닌 게 아니라, 저 깊은 곳에서조차 나 혼자가 아니었기 때문이 아닌가 싶다.

어머니의 굴레로부터 벗어나고 싶은 욕망도 따지고 보면 나 혼자가 허용되는 공간을 갈망했기 때문일지도 모른다. 29세의 나이로, 신문사에서 유능한 글쟁이로 대우를 받는 사회인이 마마보이로 남아 있다면 그것은 말 그대로 기막히는 일이 아닐 수 없다. 혼자이고 싶어서 B는 한 씨가 그 사실을 알고 기절한 사표를 냈던 것이다.

한 씨가 B의 마음을 읽었기 때문에 한 사람은 g시로 다른 한 사람은 n시로 갈라진 것은 아니었다. 친정어머니의 병간호 때문에 한 씨로서는 g시로 가는 것이 절대명령이었다. 터미널에서 한 씨는 몇 번을 다짐했다.

"당분간이다. 외할머니가 점점 나빠지시니, 내가 돌보지 않을 수 없게 되었어. 너도 알아서 해라. 넋 빠진 사람처럼 멍하게 있지만 말아라. 제발, 니 친구 S에게 좀 배워라. 나는 그게 뭔지 모르지만, 6년 전 등단했을 때의 기백을 살릴 방도를 찾아보아라."

n시에 도착하기 전에 B는 다시 다짐한다. 나는 격리된 삶을 살아야 한다. 혼자이어야 한다. 다시는 사교 생활 같은 것은 하지 말아야 한다. 그 짓을 다시 하는 날은 내 제삿날이다. 그러면서도 B는 "니 친구 S에게 좀 배워라"라는 어머니의 말이 목에 걸린다. 걸리면 걸릴수록 B는 더 완강하다. S뿐만 아니라 어머니까지 송두리째 잊어버려야지 하고 외친다. 외쳤으면 그것으로 끝내야 하는데 B는 S가 왜 어머니 취향일까에 대한 생각을 다시 하면서 언젠가 어머니가 하던 말을 떠올린다.

"네 말대로 S가 얼렁뚱땅식이라고 치자. 그러나 한번 따져 보자. 너 따지길 좋아하잖아. S를 욕하는 사람 너 봤냐. 너 빼곤 S를 욕하거나 미워하는 사람 나 못 봤다. 너는 S를 너무 잘 알아서 탈이야. 자기 돈 한 푼도 들이지 않고 남의 등을 쳐 먹는 녀석이 S라고 하지만, 남들은 초대받는 것이 즐겁고, 초대를 해 주어서 고맙다, 살맛이 난다, S 같은 사람이 없으면 우리의 삶이 얼마나 황폐하겠느냐, S 같은 사람은 우리를 위한다는 국회위원들보다 더 훌륭해, 돈 좀 쓰면 어때, 우리의 삶을 활기 있게 해 주는데, 모두가 이런 식이 아니더냐. 대답을 해 봐. 삶의 방식만 다르지, 너나 S의 욕심은 내가 보기에 마찬가지더라. 너는 글로 사람들을 초대하려고 하고 있지 않느냐. 네가 쓴 글로 사람이 행복해지길 원하는 것 아니더냐. S의 초대를 받으면 사람들이 행복해지는 것처럼 말이다. 그렇다면 네가 원하는 거나 S가 원하는 것에 무슨 차이가 있냐. 너는 글질이고, S는 전화질이라는 차이밖에 더 있느냐."

그때 B의 반응은 이랬다.

"처녀가 아이를 낳아도 할 말이 있다고 했어요. S가 사는 방식은 처녀가 아이를 낳는 식이에요. 아무튼 저로서는 그렇게는 못 해요. S에게 배우라니, 부모가 자식에게 양심을 팔라니요. 그게 말이 됩니까?"

B는 이런 기억을 되살리면서 고개를 좌우로 흔든다. 어머니의 논리야 어떻게 되든 간에 B는 S 같은 사람은 무조건 싫다.

B가 묵는 민박 주변에는 구멍가게도, 허름한 설렁탕집도 없다. 완벽히 격리된 공간이다. 구멍가게나 식당은 걸어서 40~50분 정도 걸리는 거리에 있다. 혼자가 되기에 더 이상 좋을 곳은 없다. 금주를 전제로 한 민박이었기 때문에 집 주인에게 술을 청할 수도 없다. 노닥거릴 상대는 애초부터 상상도 할 수 없는 곳이다. 있는 것이라곤 집 앞의 산뿐이다. 방문을 열고 좌우로 고개를 돌리면 길게 뻗은 산등성이 끊어지지 않는다. 고개를 쳐들어야 산줄기의 맨 위쪽이 보이지만 그 줄기의 끝은 보이지 않는다.

B가 얻은 방은 작지만 구석에 놓인 앉은뱅이책상이 마음을 편

안하게 한다. B는 매일 빈둥대기 시작한다. 책을 읽고 글을 쓰기 위해서 그토록 혼자가 되길 원했는데 예상과는 달리 빈둥대는 일이 그가 하는 일의 전부가 되고 있다. 앉은뱅이책상 위에 노트북을 얹어 놓았지만 소용이 없다. 자판을 만지다가 그만두어 버린다. 가지고 온 책은 억지로 펼치는 대상이 된다. 책을 왜 억지로 펼칠까 싶어 B는 자신을 이해하지 못한다. 그토록 읽고 싶었던 책을 억지로 펼치기만 했지 읽지 않으니 이게 도대체 어찌된 일인가. B는 누웠다가 벌떡 일어난다. 옆으로 다시 돌아눕는다. 이리 누워도 저리 누워도 편치가 않다. 마음이 어두워진다. B는 방 안에서 미친 듯이 뒹군다. 메모지에 적힌 글자들을 보면서 순서대로 기억해 보려고 한다. 많은 부분들이 이미 잊혀졌다. B는 술 생각이 난다. 술이 없다. 마당으로 나간다. 어깨와 팔을 움직이다 방 안으로 다시 들어온다. 들어와서 방문 앞에서 다시 산을 바라본다. 한숨을 쉬면서 다시 눕는다. 누워서 천장을 본다. 천장의 무늬가 바둑판 같다. 기원에서 바둑이나 한판 두고 싶다. 자청한 감옥살이라 누구를 탓할 수도 없다. 한숨을 쉬는 빈도가 많아진다. 지루함이 이렇게 무서운 것인 줄 미처 몰랐다. 참으로 견디기 힘든 지루함이다. 혼자이기만 하면 모든 문제가 해결될 것으로 여겼던 것부터가 영 아마추어적 사고였다는 생각이 든다.

통곡의 벽이라는 게 있었던가. 자기 방의 벽에 B는 "이대로 밀릴 수는 없다"라고 쓴 포스트잇을 붙인다. 벽에 붙은 글씨는 문제를 해결해 주지 않는다. 더 큰 글씨로 "견디자"라고 써서 다시 벽에 붙인다. 소용이 없다. 지랄 발광을 해도 소용이 없다.

지금이 너에게 주어진 유일한 기회다, 네가 그토록 원했던 것이 바로 이거 아니었더냐, 너 혼자 견디지 못하면 모든 것이 도루묵이다, 정신 차려라.

일주일 동안 여러 문장으로 벽에 환칠을 했다. 소용이 없다. 벽에 쓰인 글씨를 뜯어내면서 "미친 짓들이다"라고 외친다.

민박 주인이 "벌써 퇴실하시려고요. 대부분 일주일도 못 참고 하산하지요"라고 말한다. B는 문밖으로 나가면서 방 값을 치르지 않고 도망갈 사람이 아니니 걱정 말라고 한다. 오후에 다시 들어온 B를 주인은 쳐다보지도 않는다. 술에 취한 B는 방 안으로 들어가서 메고 갔던 등산 가방을 연다. 소주병을 방구석에 숨긴다. 이튿날 주인이 조간을 들고 와서 심심하면 보시구려 하고 간다. '다 장사다'라는 큰 제목 밑에 '장사의 종류'라는 소제목이 붙어 있는 기사가 눈에 띈다. 권력 장사, 명예 장사, 지식 장사보다 더 많이 남는 장사는 견딤 장사라는 내용을 담고 있는 기사다. B는 신문이 자기를 알고 있는가 싶어 머리를 친다. 이튿날도 그다음 날도 머리를 친다. 그리고 이빨이 부러질 정도로 이를 악문다.

쓰고 나서 즉시 휴지통에 버릴 쓰레기라도 좋다, 컴퓨터의 자판을 무조건 두드리자. 그렇지, 내가 뭐 대단한 인간이라고 좋은 문장만을 뽑아내겠는가. 일단 쓰레기라도 두드리자. 그게 내가 살 길이다. B는 컴퓨터 앞에 앉아 자판을 두드릴 준비를 한다. 좋은 문장을 쓰자는 압박감으로부터 해방되자 마음이 풀린다. 쓰레기에 대한 생각 덕분에 일이 조금씩 손에 잡힌다. B는 그날부터 매일 노트북 자판 앞에서 쓰레기를 두드렸고 식사 시간이 유일한 휴식 시간이 되었다. 자판을 두드리는 시간 이외에는 배를 방바닥에 깔고 책을 읽었다.

자판 두드리는 일을 며칠 계속하고 있는데, 편지 하나가 날아왔다. S의 편지였다. B는 S의 편지를 보고 기절할 정도로 놀란다. 아무리 자기식으로 똑똑한 친구라고 해도 이건 너무 심한 게 아닌가. 주소는 어떻게 알았을까. 정말 놀랄 일이 아닐 수 없다.

친우 B에게

놀랐지. 주소를 어떻게 알았냐고. 어머니에게 물었지. 절대로 비밀로 하라고 하면서 알려 주시데. 지금 도움이 필요해. 그래서 SOS를 치는 거야. 이게 처음이고 마지막일 거야. 내 수첩에 적힌 전화번호가 빽빽하다는 거 너 알지. 그게 네가 나를 싫어하는 원인인 줄 나도 알아. 그런데 사람의 사정이라는 건 알고 보면 모두 이해가 되거든. 아무튼 내 수첩에 너의 전화번호도 있고, 또 네가 모르는 어떤 부인의 전화번호도 있어. 혼자 사는 돈 많은 분이야. 그분 역시 나의 손님이거든. 그런데 문제가 생겼어. 최근에 그분이 내 초대에 응하지를 않아. 왜냐고? 그분은 문학을 좋아하는데, 초대 손님 중에 문인이 끼는 일이 없다면서 더 이상 초대에 응하지 않겠다고 하지 않겠나. 유명하고 유명하지 않고는 상관이 없다는 거야. 등단한 소설

가면 된다는군. 너 등단한 지 5~6년이 되었잖아. 내가 그 여자에게 네 이야기를 했더니, 네가 오면 초대에 응하겠다는 거야. 한번만 살려다오. 넌 나의 친구 아니냐. S.

거지같다고 해야 할지 뭐라고 해야 할지 모를 정도로 품위가 없는 S의 편지를 무시하고 말지만, B는 목에 걸린 가시를 뽑느라고 하루 종일 애를 먹었다. 가시를 뽑고, 겨우 통증이 사라지려는 때에 이번에는 강욱에게서 전화가 왔다.

"나, 지금 서울 아니야."

"알아. 서울 아니면 어때."

"어쩐 일이냐?"

"일주일 후야."

친하다는 표시로 강욱의 말투는 명령조다. B의 대답은 듣지도 않고 전화를 끊어 버린다. 순간 B의 얼굴색이 변한다. B는 방바닥에 놓인 포스트잇을 잡는다. "이게 고비다. 잘 넘겨야 한다. 나는 안 간다"라고 적는다. 그리고 벽에 붙인다. 그다음에 "강우욱, 이 노옴"이라고 적는다. "나의 평화를 깨트리는 악마, 이 노오오옴"이라고 적는다. 그리고 또 벽에 붙인다. "이 노오오오옴. 내가 겨우 마음을 잡고 있는데에에에"라고 또 적는다.

"너, 핸드폰 항상 켜 놓고 있어야 한다. 급히 연락할 때 네 핸드폰이 꺼져 있으면 낭패라는 것쯤은 알지?"

한 씨가 터미널에서 당부한 말이 없었던들 강욱의 전화를 받았을 리 없다. '이 노오오옴'이라는 말이 두 번째까지는 입안에서 어물거렸지만 결국 B 스스로도 모르는 사이에 입 밖으로 터져 나온다. 민박집 주인이 열린 B의 방문 밖에서 "무슨 일이오?" 하고 묻는다. "친구 놈이 저를 망치려고 해요. 이걸 어떻게 하면 좋아요." 민박 주인의 눈에는 B가 어린애로 보인다. 억양이 심상치 않다는 것을 느낀 주인은 아무 말 없이 B의 방 앞을 떠난다. B는 방문을 닫는다. 한 시간쯤 흘렀을까. 주인이 B의 방문 앞에서 "B 씨, 나와 술 한잔하겠소?"라고 한다. 놀란 다람쥐가 머리를 하늘 끝으로 뻗으면서 주위를 두리번거리듯이 놀란 B는 고개를 방문 쪽으로 돌리면서 눈을 아래위로 돌린다.

"나, 사실 술을 잘하오. B 씨도 뭔지 모르지만 술로 풀어 보소. 내 방에 곡주 좋은 거 있소. 이리 나오소."

눈부터 먼저 웃고 있는 노인은 곱게 늙고 있다. 바람이 한 점도 없는 한가한 오후, 흰 머리칼이 노인의 이마를 덮고 있다. 처음 들어가 본 노인의 방에서 퀴퀴한 냄새가 난다. 방구석에 B의 방에 있는 것과 비슷한 작은 앉은뱅이책상이 놓여 있다. 그 위에 형사소송법과 민사소송법이라는 책이 꽂혀 있다. 책상 옆에 미닫이문이 있고 문 뒤 어두운 곳에 독 하나가 보인다. 노인은 독 속에 국자를 집어넣으면서 "이 술은 내 손으로 만든 음식이며 보약이요"라고 한다. 주인이 한 국자 쭈우욱 마시더니 "자, B씨도 한잔하소" 하며 권한다. B도 한 국자를 쭈우욱 마신다. B가 잡고 있던 국자를 받아

쥐더니 주인은 주전자에 술을 담는다. "자, 주량껏 한번 마셔 봅시다. 그래, 뭐가 이 노오오오옴이요?"라고 하는 노인의 품이 주는 여유 때문에 B는 마음을 풀어 놓고 마시기 시작한다.

"친구 한 놈이 있는데, 그놈이 나를 다시 감옥에 넣으려고 합니다."

"감옥이요?"

"예, 감옥이요."

"죄는 뭔가?"

"일상이라는 감옥, 사교 생활이라는 감옥 말입니다."

"……."

"문제의 핵은 다른 곳에 있어요."

"다른 곳에 있다니?"

"물리적 시간의 차원에서 하루가 문제 되는 것은 아니지요. 하루 서울 가서 친구를 축하해 주는 거, 그런 게 문제가 아니지요. 문제는 그게 아니더라고요. 첫 단추를 잘못 끼운 적이 너무나 많았어요. 첫 단추가 저에겐 근본 문제거든요."

"근본 문제라니, 그게 무슨 소리요. 늙은이가 알아듣게 말해 보소."

"근본을 흔들리게 하는 친구라는 거지요. 대답도 듣기 전에 전화를 끊어 버리는 자식."

"친한 사이인데 그럴 수 있잖소."

"주인장보다 아직 덜 살았지만 저는 다시는 후회스러운 삶은 살지 않기로 했거든요. 그래서 지금 여기에 와 있는 거고요."

"대충 짐작은 했소만⋯⋯."

"갈 필요가 없는 곳, 이곳저곳에 너무 많이 다녔거든요. 일요일 같은 날엔 봉투 네 개를 들고 여기저기에 다닌 적도 있어요. 관혼상제라는 말, 이젠 진절머리가 나요. 그런 감옥들 때문에 얼마나 많은 허송세월을 보냈는지 몰라요. 다시는 그런 것과 관여되는 삶은 살지 않겠다는 것이 민박의 대전제였으니까요. 강욱이라는 놈은 말이에요, 물론 저와 친한 사이지요. 그런데 왜 저는 그 놈이 미울까요. 사회생활 같은 거, 인간관계 같은 거, 그런 거 적당하게 잘해 가면서 살아가는데도, 글 쓰는 일에서조차 저보다 훨씬 낫단 말이에요. 문단에서 평가도 더 잘 받고 있고요. 제가 속이 상하는 것은 그놈 때문이기도 하지만, 제 자신 때문이기도 해요."

"그건 또 무슨 소리요?"

벌컥 한 잔을 마신 B는 계속한다.

"그놈의 출판 기념회가 내일이라면, 지금 이 순간에 나는 안 간다고 결정을 하면 되는 겁니다. 그런데 일주일 후라고 했기 때문에, 일주일이라는 기간 동안 나의 우유부단한 성격 때문에 결국 거기에 가게 될지 모른다는 생각이 저를 죽이고 싶도록 싫게 하거든요." 말을 마친 B는 고개를 흔들면서 주인이 주는 술을 또 한 잔 벌컥 마신다.

"일주일 후는 일주일 후고, 지금 생각은 뭐요?"

"죽어도 안 갑니다. 가면 저는 그걸로 끝장입니다."

집주인과 한잔하고 방으로 돌아왔을 때, 어머니에게서 전화가 왔다. B는 강욱의 전화인 줄 알고 처음에는 받지 않았다. 전화는 집요하게 계속 걸려 왔다. "야, 난 안 간다"라는 말을 내뱉으려고 전화를 받는 순간, 저쪽에서 "너 뭘 하고 있어, 전화도 안 받고"라는 어머니의 목소리가 들린다. "너 또 술 마셨구나. 아직 해도 지지 않았는데. 그건 그렇고. 내 말 잘 들어. 외할머니가 좀 좋아지신다. 내 간호가 주효했던가 봐. 그런데 어쩌지. 외할머니가 좀 좋아지시니, 내가 자리를 뜰 수 없구나. 기왕에 보살피러 내려온 김에 좀 더 있어야겠다. 집에 가서, 왜 있잖아. 내 저금통장, 그걸 가지고 은행에 좀 가다오. 은행 직원에게 말은 다 해 두었다. 너는 통장 들고 은행에 가기만 하면 된다. 날짜를 어기면 안 되는 일이다."

술에 취한 아들이 잘못 알아들었을까 봐, 어머니는 다음 날 다시 전화해서 했던 말을 되풀이한다.

날짜를 어기면 안 된다는 날이 바로 강욱의 출판 기념회 날이다. 전화를 놓고 B는 운다. 안 가기로 결단을 내린 날이 바로 얼마 전이 아니었던가. 출판 기념회는 저녁 6시부터고, 은행에는 그날 오전이나 오후, 어느 때에나 가도 되는 일이다. B는 어머니의 말을 거역하지 못한다. 아니 할 수 없다. 그건 사교 생활이 아니라, 어머니의 일이고 어떻게 보면 B 자신의 일이기도 했다. 사교 생활 때문에 귀경을 한다면 첫 단추를 잘못 끼우는 것이 되겠지만, 자기가 해야 할 일을 하는 것은 근본적으로 성격이 다르다는 생각 때문에 B는 서울로 가기로 결정한다.

서울로 올라가는 날 B는 새벽 1시에 잠에서 깼다. 앞으로 열일
곱 시간 후면 강욱이 사람들 앞에 나타나서 그의 빛나는 업적 소
개에 답례를 할 것이다. B는 어두운 구석 자리에서 환히 웃는 강욱
의 얼굴을 볼 것이다. 이런저런 생각을 하면서 B는 서울에 가서도
강욱의 출판 기념회에 가지 말았으면 싶다. 그 대신 기왕에 서울에
갔으니 자기가 해야 할 일이나 하고 오자는 생각을 한다. (1) 은행,
(2) 이발소, (3) 녹음기 배터리 여분, (4) 안경 수선, (5) 면도기, (6)
A4 용지, (7) 사우나, (8) 귀경. 이 사실을 아무에게도 알리지 않을
것 등이 B가 할 일이다.

텅 빈 집은 적막하다. 비워 둔 지 얼마 되지도 않은 집이 남의 집
같다. 집 안 어디를 가도 B 자신의 냄새보다 어머니의 냄새가 더
짙다. 그 냄새는 B를 슬프게 한다. 빨리 민박집으로 되돌아가고 싶
다. 그때 휴대폰이 흔들린다. S의 이름이 뜬다. B는 전화를 받지 않
는다. 컵라면 하나를 끓여 먹고 은행으로 간다. 통화했던 대로 어
머니는 모든 일을 전화로 처리해 둔 모양이다. 통장만 달라고 한
후, 은행 직원은 일을 순식간에 처리해 버린다. 다음은 안경점이다.
술을 마신 후 안경을 끼고 잤기 때문에 안경테가 구겨져 있었던 것
이 B가 안경점을 찾는 이유다. 단골 안경점으로 가서 안경을 손본
다음 이발소로 가 이발을 한 후에 집으로 다시 와서 라면 하나를
또 끓여 먹는다. 핸드폰이 흔들리고, S의 이름이 또 뜨지만 받지 않
는다. 계속 전화가 오더니 이번엔 문자메시지다.

'자네가 초대에 응해 주지 않아, 내가 자네에게 읍을 하러 왔네. 지금 민박에 있네. 빨리 와 주게. 나 죽네. 친우 S.'

B는 문자메시지를 보고 기절할 정도로 놀란다. 말할 것도 없다. S는 무례한 침입자다. 강욱이라는 다른 유형의 침입자를 막는 일에서조차 심리적 부담을 느껴 갈지자걸음으로 걷고 있었던 B가 아니던가. S가 얼마나 절박했으면 민박까지 B를 찾아온 것인지 알 바가 없는 노릇이지만 이건 정말 무뢰한의 짓이 아닐 수 없다. 사생결단으로 마음을 잡고 새로운 삶을 살려고 발버둥을 치는 B에게 더 이상의 침입자는 허용될 수가 없다. B는 S의 문자메시지를 어떻게 처리해야 할지 알 수가 없다. 말 그대로 정말 막막하다. 이미 거기에 와 있는 사람을 무엇으로 쫓아낼 수 있겠는가. 아무리 그래도 사람이 찾아왔는데 문전 박대야 할 수 없겠지라는 인지상정을 노린 것은 아닐까. 왜 이렇게 일이 꼬이나 싶어서 견디기가 힘들다. 그렇다고 민박으로 돌아가지 않을 수도 없는 노릇이다. 이렇든 저렇든 간에 한시 바삐 민박으로 돌아가야 한다는 것은 변경할 수 없는 사실이다. 빨리 돌아가기 위해서 B는 해야 할 일을 서둘지 않을 수 없다. 메모에 적은 순서대로 일을 일사천리로 진행시킨다. 강욱의 출판 기념회 전에 모든 일은 끝이 났다. B는 그때부터 머리를 굴리기 시작한다. 거길 가느냐 마느냐의 문제가 B를 괴롭혔기 때문임은 말할 나위가 없다. 오늘은 어차피 서울에서 자는 거다, 서울에서 할 일도 모두 끝냈다. 이런 경우 B는 어떤 결정을 해야 하는가. 울고 싶은 심정이었지만 결론은, 가서 눈도장이라도 찍자

였다. 그게 얼마나 무서운 오판일지 모른다는 생각을 한 B였지만 친구는 친구가 아닌가라는 것이 핑계였다. B는 마음의 부담을 덜고 싶어서 술을 마신다. 취할수록 졸린다. 민박에서 새벽 1시에 깨서 계속 잠을 자지 않고 있었다는 것을 뒤늦게 알았다. 잠을 이길 수가 없다. B는 술을 더 마신 후에 소파에 눕는다. 잠이 쏟아진다. 잠에 영영 곯아떨어지고 말 것 같다. 이러다간 거기에 가지도 못한다는 생각에 B는 벌떡 일어난다. 출판 기념회가 열리는 호텔의 로비에 일단 가자. 로비에 있는 푹신한 소파에서 시간이 될 때까지 쉬자. 로비의 소파에서 잠이 든다고 해도, 기념회가 열리는 장소는 지척이 아닌가. 거기서 잠시 눈을 붙이는 것이 집에서 자는 것보다 안전하다. 이런 생각으로 B는 집의 소파에서 2~3분 더 졸다가 호텔 로비에 있는 소파로 갔고, 결국 출판 기념회에 눈도장을 찍었다. 강욱은 선배 문인들 틈에 끼어서 문단 정치를 하느라고 B는 안중에도 없다. 마음에 열불이 난 B는 출판 기념회장을 급히 빠져나온다. 괜히 왔다는 후회를 해 보아도 소용이 없다. 후회하는 자기 자신이 더 밉다. 집으로 돌아오는 길에 소줏집을 찾는다. B는 모든 것이 서글프다. 소주 두 병은 서글픈 B의 마음을 달래지 못한다.

이튿날 아침 6시, 집단속을 한 후 민박을 향해서 나서는데 승강기에서 설사기가 느껴진다. 두 번 세 번 집단속을 하고 짐까지 챙기느라 많은 시간을 소비한 후 집을 나섰는데, 설사기 때문에 다시 집으로 들어가야 한다는 것이 B는 귀찮다. 그러나 어쩔 수가 없다.

등에 메고 있던 가방을 내려놓는다.

화장실 티브이에서 어떤 연사가 강연을 하고 있다. 행불행을 주제로 한 강연이다. "당신은 불행한가요? 당신이 바라는 게 안 되니, 불행한 것이지요"라는 요지의 강연이다. 너무나 뻔하고 진부한 강연이다. 그런데 이상한 일이 벌어진다. B의 마음에 이상한 생각이 드는 것이다. 이야기의 전후 맥락을 어떻게 설정하느냐에 따라 이야기의 내용이 가슴에 와 닿을 수가 있는 모양이구나라는 생각이 드는 것이다. 어제저녁에 과하게 마신 소주의 여파인지, 아니면 강욱의 문제 때문인지, S의 침입 때문인지, 민박에서 생긴 갖가지의 고통 때문인지, 지칠 대로 지친 B라서 그런 것인지 알 수 없는 일이지만 그 뻔하디뻔한 강연을 듣다가 '아! 저런 말도 가능하구나'라는 생각을 하게 된 것이다.

"당신이 바라는 게 안 되니, 불행한 것이지요"라는 말…… 정말 그런 걸까. 그렇다면 나도 웃기는 놈이 아닌가. 내가 원하는 게 안 되어서 내가 지금 불행한 것이라면, 내가 원하는 게 무엇인지 생각해 봐야 하는 것이 아닌가. 민박이 수단이라면 목적은 무엇이란 말인가. 이런 생각을 화장실에서 B는 한다.

B는 화장실을 나와 짐을 다시 등에 메고 아파트 승강기에 오른다. 속은 계속 메슥거린다. 여행용 가방을 끌고 등에는 등산 가방을 멘 채로 해장국 집을 찾는다. 먹자골목이라고 불릴 정도로 음식점이 많은 동네였지만 대부분의 음식점은 문을 닫았다. B는 동네 주변에서 계속 두리번거린다. 해장국 집은 없다. 거의 포기하려

는 찰나 문 열린 허름한 해장국 집 하나가 눈에 띈다. 아주머니 둘이서 일을 막 시작하려는 참이다. 해장국과 해장술을 시킨다. 해장술이 한두 가지의 슬펐던 일을 회상하게 한다. 어머니 없는 빈집과 강욱의 그 영리한 모습이 B를 슬프게 한다. B를 슬프게 만드는 것이 또 있다. 어젯밤 잠들기 전에 가슴에 심한 통증이 약 5분간 계속된 것이 B를 슬프게 한다. 심장병인가 싶었고, 이러다가 혼자서 혹시 사고를 당하는 건 아닌가라는 생각에 왈칵 겁을 먹었던 일이 기억에 되살아난다. 죽음을 상상하는 인간의 마음은 참으로 허약하기 짝이 없다. 해장술이 주는 취기가 B 자신도 모르는 사이에 침입자 S에게 전화를 걸게 한다. 'S 때문에 내 인생이 도루묵이 되면 그건 내 운명이다'라는 생각이 든 것도 취기 때문일까. 아침의 취기는 B를 다른 사람으로 만든다.

"사실 나, 여기 온 김에 2~3일 동안 일을 더 보고 가려고 했는데 자네가 와 있다기에 지금 올라가니 그리 알게." S는 좋아서 어쩔 줄을 몰라 한다. "자네가 좋든 싫든 간에 나 이번 주말까지밖에 여기 못 있어." B는 주말까지 밖에 못 있는다는 S의 말을 듣고 기가 막힌다. 나는 이제 죽었다라는 생각뿐이다. 주말까지의 시간을 괄호 속에 넣음으로써 자기 인생이 도루묵이 되지 않길 염원하면서 B는 전화를 끊는다. 그다음은 일사천리다. S를 만나고, 술을 마시고, 사교 생활을 하고 그러고는 헤어진다. 무엇이 사는 건가 싶고, S의 초대에 응하기로 약속한 B는 자기가 미워서 웃고, 독하지 않은 자기를 두고 운다.

건널목에서

두통과 어지럼증에 신음하는 건우가 눈을 뜬다. 주변이 온통 깜깜하다. 밤 11시 30분. 붉은 색깔을 띤 형광등 판에 흰 색깔로 응급실이라고 쓰인 글씨가 커다랗게 보인다.

"뭐라고요? 접수라고요? 급한데 무슨 놈의 접수란 말이에요. 의사를 보게 해 줘요."

"여기는 모두가 급한 응급실이에요. 급할수록 접수를 빨리해야 해요."

간호사의 냉랭한 태도에 이럴 수가! 하면서도 보호자 정순은 어쩔 수 없이 접수 절차를 끝내고 응급실 입구로 다시 온다. 간호사는 건우에게 이것저것을 물은 후 컴퓨터에 무엇인가를 입력한다.

"B 구역으로 가세요."

또 하나의 문을 열고 들어서니 이건 아수라장이다.

심한 통증에 못 이겨 죽는다고 고래고함을 치는 사람, 의식 불명의 환자 옆에서 오열하는 여인, 머리를 깬 늙은이가 아들 옆에 서 있는 며느리 손을 잡고 아가야 내 어깨를 주물러라 하는, 술에 취한 불량배……. 아비규환이 따로 있는 것이 아니다.

흰 가운을 입은 사람에게 정순은 접수증을 내민다.

"여기는 B 구역이 아닙니다. 밖으로 나가서 왼쪽으로 트세요."

정순은 B 구역을 찾느라고 마음이 급하다. 움직이지 않고 한쪽 벽에 기대고 앉아 있는 건우를 조심스럽게 감싸며 정순은 미로로밖에 생각되지 않는 복도를 몇 바퀴 돈 후 B 구역을 찾았다.

"이름을 부를 테니 빈 의자에 가 앉아서 기다리세요."

정순은 건우의 손을 잡고 빈 의자에 앉는다.

B 구역에는 이름 부르기만을 기다리는 환자들뿐이다. 기다림이 지루하다기보다 공포감만을 창조하는 공간이다. 죽은 뒤를 생각하는 건우는 몸을 떨고 있다. 몸만이 아니었다. 마음의 병이 더 큰 문제다. 그날은 뇌졸중 공포감까지 다시 겹친다.

"김건우 님 계셔요?"

"네, 여기 있어요."

건우 대신 정순이 대답을 한다.

"3번 방으로 들어가세요."

젊은 의사가 앉아 있는 방은 크지도 작지도 않다. 간이침대 위에 하얀 천이 덮여 있고 책상 위에는 컴퓨터가 켜져 있다. 건우는 의사를 마주 보고 앉았고 정순은 그 뒤에 섰다.

"어떻게 오셨어요?"

"두통과 어지럼증으로 갑자기 쓰러졌어요."

"언제부터요."

"오늘 아침에 그러다가 괜찮기에 그냥 지났는데 한두 시간 전에 정신을 잃고 다시 넘어진 후 움직일 수 없었어요. 머리가 깨지는 듯해서 견딜 수가 없었어요."

"지금은요?"

"아까 보다는 나아졌어요."

의사가 컴퓨터를 한참 들여다보더니 말한다.

"우리 병원에 몇 번 오셨군요."

"예."

"왜 오셨지요?"

어디서부터 말을 해야 할지 알 수가 없었다. 기다리고 있는 의사 앞에서 머뭇거리던 건우는 더듬거리며 말하기 시작했다.

"처음에는 맥박이 130 이상 뛰어서 병원에 갔었지요. 부정맥이라고 하데요. 부정맥이 뭔지, 심장병이라는 말만 듣고 무척 놀랐어요. 그다음에는 심근 경색증, 그다음에는 뇌졸중으로 왔었어요. 심장이나 뇌가 언제 어떻게 될지 몰라 하루도 마음이 편할 날이 없어요."

컴퓨터를 들여다보던 의사가 말한다.

"몇 년 전에 스탠트를 넣으셨군요?"

"예. 그때 가슴이 찢어지는 것같이 아파서 응급실에 왔었지요. 가슴이 답답해서 갑자기 죽는 줄 알았어요. 결국 심근 경색으로 판정을 받은 후 입원했고 스탠트라던가, 그런 것을 넣었어요. 얼마 전에 그때 넣은 스탠트의 상태를 검사하기 위해서 시술을 받았어요. 결과가 괜찮다고 해서 안심하고 있었는데 오늘 갑자기 넘어졌어요. 얼마 전에 이런 증상이 있었어요. 머리가 아프고 왼쪽 눈에 물건이 둘로 보이고 해서 응급실에 왔었는데 시티 촬영 등 모든 검사 결과가 좋다고 하다가 마지막으로 엠알아이 찍어 보자고 했어요. 엠알아이가 뭔지 몰라 몹시 불안했지요. 아무튼 뇌졸중 증세가 포착된다면서 사람을 미치게 했고 입원을 하라고 해서 일주일간 입원 치료를 받은 후 퇴원해서 지금까지 별일 없이 지나고 있었어요."

"알았습니다. 몇 가지 검사를 한 후 다시 뵙도록 하겠습니다. 나가서 기다리시지요."

"그런 일이 있은 후 심장 내과에는 심근 경색증, 신경과에는 뇌졸중 때문에 3개월에 한 번씩 정기 검진을 받고 있습니다."

의사는 건우의 말을 듣지 않고 말했다.

"알았습니다. 검사 결과를 보고 말씀드릴게요. 밖에서 기다리세요."

얼마를 기다렸는지 모른다. 누가 와서 팔에 주사 바늘을 꽂는다.

다시 10분을 기다렸더니 X레이 촬영실에서 부른다. 촬영을 끝내고 한 시간 넘게 기다려도 이름을 부르는 사람이 없다.

"다음에는 무슨 검사를 합니까?"

답답한 정순이 간호사실로 가서 묻는다. "엠알아이를 찍어야 하는데, 응급 환자가 밀려서 시간이 걸립니다. 차례가 오면 이름을 부르겠습니다."

새벽 3시 30분에 이름을 불렀고 엠알아이를 찍은 후 초조한 마음으로 검사 결과를 기다렸다.

"어지럼증은 뇌의 문제가 아닌 것 같습니다. 귀에 무슨 문제가 있는지 모를 일입니다. 이번 엠알아이는 좋네요. 이비인후과 예약을 해 드릴 테니 거기 의사 선생님을 만나 보세요. 오늘은 집으로 가셔도 됩니다."

의사는 사무적으로 말한 후 다음 환자를 부른다.

뭐가 어떻게 되는 건지 건우는 알 수가 없다. 집으로 가기 전에 이비인후과에 예약을 해야한다는 것만 안다. 기왕이면 신경과와 심장 내과에서의 정기 검진 날에 예약을 같이 하고 싶었다. 병원 측은 건우의 요구를 들어주었다.

언제 어떻게 될지 모른다는 불안감과 괜찮다는 의사의 말이 주는 안도감이 괘종시계의 느린 추처럼 좌우로 움직인다. 그러나 안도감보다 불안감 쪽이 더 무겁다. 건우는 자기 건강에 대한 의심 때문에 하루도 마음이 편할 날이 없다.

아침 6시에 정순과 건우는 전철을 탔다. 이른 아침인데 전철 안에 웬 사람이 이렇게 많은지 놀랍다. 졸고 있는 사람이 있긴 했지만 대부분의 눈동자는 또릿또릿하다. 정기 검진을 받는 그날은 채혈 때문에 금식을 해야 했다. 채혈실과 병원 복도 그리고 로비에는 아픈 사람들로 붐빈다. 생로병사에 대한 생각을 하기엔 시간이 너무 이르다. 7시에 채혈을 끝낸 건우는 2층 복도의 한쪽 끝자락, 인적이 없는 곳에 가서 앉는다. 정순 옆에 앉은 건우는 목을 뒤로 굽히고 눈을 감는다. 심전도 검사에는 시간이 많이 걸리지 않았다.

신경과 정기 검진을 받을 9시까지 기다려야 했다. 뇌졸중의 재발 신호라면 문제이지만, 귀 때문에 어지럽다면 그건 큰 문제가 아니라면서 정순이 건우를 위로하지만 건우의 마음은 편치 않다. 혹시 엉뚱한 소리를 하면 어떻게 하나 하는 공포감에 짓눌릴 뿐이다.

건우는 떨면서 신경과 의사 앞에 앉았다. 의사는 컴퓨터 화면을 한참 들여다본다.

왜 저렇게 오래 들여다볼까. 무슨 심각한 문제라도 생긴 건가.

건우의 심장은 더 쿵쿵거린다. 의사가 건우 쪽을 보고 앉는다.

"엠알아이도 괜찮고, 혈액 검사 결과도 괜찮아요. 와파린도 지금까지 먹던 대로 드시면 됩니다. 어지럼증은 귀 때문인 것 같습니다. 오후 1시 20분에 이비인후과에 예약이 되어 있네요. 거기로 가보세요."

"귀 때문에 어지럽다면 그건 큰 문제가 아니잖아."

정순이 건우의 손을 잡으면서 말했다.

건우는 한숨을 내쉬었다.

9시 40분에 예약이 되어 있는 심장 내과에 가기에 알맞은 시간이어서 많이 기다리지 않아도 되었다.

"지난번 실시한 시술 결과는 좋고, 엠알아이 검사 결과도 괜찮네요. 어지럼증은 큰 문제는 아닐 겁니다. 약 처방은 지난번과 같습니다."

정기 검진에서 '괜찮다, 안 괜찮다'는 생사의 문제와 직결된다. 뇌와 심장에 문제가 없다는 말을 들은 건우는 휴우 하면서 식당으로 내려갔다. 이비인후과에 가야 하는 시간이 많이 남아 있었기 때문에 아침밥을 여유 있게 먹을 수 있었다. 밥을 먹는다는 것이 이렇게 좋은 것인지 몰랐다.

건우는 누나 정순과 병원 밖으로 나가서 공원으로 꾸며 놓은 숲속을 거닐었다. 병세가 좋아지고 있는 사람들이 환자복을 입은 채로 수액 걸이를 끌고 산책하는 것이 보인다. 응급실에서 바퀴 달린 침대 위에 얹혀서 여기저기로 운반되고 있는 환자들의 사정과는 사뭇 다르다. 건우는 이비인후과에 갈 생각보다 지금의 자기 신세가 왜 이 모양인가 싶어 서글퍼진다. 산다는 게 뭔가 싶다.

어릴 때부터 건우는 머리가 좋고, 심성이 착한 사람으로 알려졌다. 안동 김씨의 후손답다는 칭찬을 받아온 야무진 아이었다. 책밖에 모르던 아버지는 일찍 죽었고 혼자가 된 어머니는 평생 아버지를 잊고 산다.

시골구석에서 불우하게 자랐지만 건우는 서울대에 합격한다. 집

안만이 아니라 이 이변 때문에 시골구석이 떠들썩했다. 그러나 비극의 시작이 거기에서 비롯된다는 사실을 아는 사람은 없었다. 법과대학이 아닌 국문과에 입학하고 만 것이다. 어머니의 닦달은 시작된다.

"너 같은 머리로는 틀림없이 된다. 한번 쳐 보기나 해라."

어머니의 끈질긴 성화에 못 이겨 국문과 4학년 때 고시考試를 한번 쳐 본 것인데 그게 그만 합격하고 만 것이다.

앞으로 권력과 금력을 쥐게 될 것이 자명한 건우를 사위로 삼으려는 집안이 경쟁을 하고 나선다. 재력가이면서 권력가 Y 씨의 여동생과 건우는 우여곡절 끝에 결혼을 한다. 결혼 후 Y 씨가 건우를 그냥 두지 않았다. 세무 서장 자리에 앉힌다. 어떻게 해서 그렇게 된 것인지 건우는 알 길이 없다.

건우 어머니에게 많은 장점이 있었지만 건우가 죽도록 싫어했던 점이 하나 있었는데 그것은 권력 지향적 여성이었다는 점이다. '서장이면 뭘 하나. 서장 직을 이용해서 출세가도를 달릴 길을 찾지 못하는 바보이니' 하는 어머니가 죽도록 싫었다. 날이 갈수록 건우는 어머니의 닦달과 세금이나 출세 같은 것에는 신물이 났다. 결국 서장 직을 버리게 된다. 거실에는 엄마의 잔소리, 침실에 가면 아내의 울음소리뿐이다. 집에는 건우가 있을 장소가 없다. 하루는 친구가 와서 경마장에 가면 시간이 잘 간다, 담배 한 갑과 소주 한 병이면 모든 문제가 해결된다고 했다. 처음에는 구경만 하다가, 나중에는 경마에 돈을 걸기 시작한다.

엎친 데 덮친 격으로 생각지도 않은 병 때문에 아내가 졸지에 세상을 떠난다. 건우에게 불행의 이유는 또 있다. 하늘 같은 위세를 떨치는 처남이었지만 그게 전부 허세로 위장된 가짜 인간으로만 보인다는 것이 문제였다. 건우는 날마다 술만 마신다. 경마장에서는 굶기 일쑤였다. 영양실조에 걸리고 건강은 날로 악화된다. 정신까지 희미해진 건우는 술에 취한 나머지 경마장에서 똥과 오줌을 싸기도 한다. 술과 도박으로 폐인이 되어 가고 있는 것도 부족했는지 심장과 뇌에 탈이 생긴 후부터 매 순간 죽음과 만나는 '마음의 병'에 걸린다. '갑자기 심장마비로 죽을지 모른다'는 급사急死 공포증 노이로제 환자가 되어 버린 것이다. 지금 이곳에 와 있는 이유도 그 연장선상에 놓여 있음은 말할 나위가 없다.

이비인후과에서 무슨 말을 할지 모르나 귀의 문제는 심장이나 뇌와는 달라, 죽고 사는 문제와는 상관이 없을 것이라는 생각이 들자, 당장 죽지는 않겠구나, 좀 더 살게 되긴 되는 모양이구나 하는 생각이 들었다. 그렇다면 어떻게 되는가. 살 돼 '어떻게 살아야 하는가' 하는 해묵은 질문이 건우를 짓누르기 시작한다.

학창 시절에 운동권 주변에서 서성거리던 친구들과 모여서, 공부 열심히 하는 것이 잘 사는 것이냐, 사회 운동에 참여하는 것이 잘 사는 것이냐, 인간으로 태어나서 어떻게 살아야 하느냐의 문제로 고민을 했던 시절이 기억났다. 사람도 좋고 글도 잘 쓰는 곽선

주라는 고향 선배가 주도한 '어살회'('어떻게 살아야 하는가 동우
회'의 약칭)에서의 활동상도 기억에 떠오른다. 곽선주 선배는 글을
접고 고향으로 내려가서 사업을 해서 잘 살고 있다는 소문이다. 어
살회 회원이었던 명원, 경희, 영소, 선재 중 어떻게 살아야 하는가
의 문제에서 제일 열을 올리던 영소가 지금 어디서 뭘 하면서 살고
있는지도 궁금했다.

건우의 이야기를 다 들은 후, 검사 결과를 다시 한참 들여다본
후 이비인후과 의사가 말한다.

"하루에 세 번씩 5분 정도 걷는 운동을 하세요. 집안에서도 좋고
어디서도 좋습니다, 10미터 걸어가다가 왼쪽으로 틀어서 오던 반
대 방향으로 걸어가서 거기서 이번에는 오른쪽으로 틀어서 왼쪽으
로 틀던 장소에 다시 걸어가는 연습을 반복하세요. 그렇게 하면 어
지럼증이 없어질 것입니다. 지금 형편으로는 큰 걱정을 할 필요가
없습니다. 다음 진료를 위한 예약은 없습니다. 혹시 문제가 생기면
그때 다시 찾아오세요."

의사의 말은 확신에 찼고 시원시원했다. 건우는 다시 휴우 하면
서 이비인후과 진찰실을 나왔다. 모두가 괜찮다는 이야기다. 얼마
나 다행인가. 죽어 버렸으면 할 때가 있었던 건우였지만, 모두가
괜찮다고 하니 어떻게 하나, 구차스럽게도 다시 한 번 살아 보자는
생각을 하게 된다.

"그래도 조심은 해야지."

정순의 조심이라는 말이 건우에겐 '몸이 살려면 그래야 한다'라는 말 이상의 것이 아니다. '몸이 살려면' 하는 말이 왜 그토록 궁색스럽게 느껴지는지 알 수가 없다.

몸만 살면 뭘 하나.

이비인후과로 가기 전, 공원에서 던진 질문이 건우에겐 더 절실했다. 문제는 그 질문이 건우를 해방시키지 못한다는 데에 있었다. 오히려 굵은 쇠사슬로 목을 더 옭아맨다. 질문만 있지 대답이 없다는 괴로움 때문이다. 건우는 대답을 찾아야 했다.

이비인후과에 가기 전에 거닐던 공원의 숲속을 거쳐 건우는 전철역을 향해서 걷는다. 급할 것도 없고, 시간 여유도 있다. 전철역 근처에는 노점상들이 즐비했다. 양말을 파는 사내, 떡볶이를 파는 젊은 여인, 군밤을 파는 노파들…….

전철에서 자리를 잡고 앉은 정순이 노모에게 전화를 건다.

"모든 게 괜찮대요. 정기 검진에서 안 괜찮다고 하면 큰일인데 얼마나 다행인지 몰라요. 조금 있다가 집으로 들어가요. 엄마."

건우의 귀에는 정순의 말이 들리지 않는다.

산 사람을 죽은 사람으로 만들지 말라.

그렇게 말하는 근거가 뭐냐.

어디선가 들리는 이런 소리 때문에 정순의 말이 들리지 않았던 것이다.

어머니가 외면한 이유를 알 수 없는 천국으로 올라가는 계단이 있다. 계단은 묘지로 되어 있었다. 산자락에서 제일 가까운 묘지가 제일 위 조상의 묘지다. 세월이 지나 조상이 죽으면 한 계단 높은 곳에 묘지를 만든다. 세월이 흘러 또 조상이 죽으면 또 한 계단 더 높은 곳에 묘지를 만든다. 이름도 모르는 옛 조상들의 '무덤 계단'을 걸어 올라가도 건우가 처음 찾은 아버지의 묘지는 없다. 산소를 지키는 먼 친척 아저씨도 아버지 묘지가 어딘지 알지 못했다. 계단이 끝난 자리에서 한참 더 올라가야만 근년에 돌아가신 분의 무덤이 있다고 했다. 먼 친척 아저씨는 나무숲이 길을 막고 있어서 아버지의 묘지가 어디에 있는지 알 수가 없다고 한다. 30분을 더 헤맨 후 아버지의 묘지를 찾았다. 돌본 사람이 없었기 때문에 아버지 묘지는 말이 아니었다. 묘지 위에는 보기 싫은 잡초들뿐이었다.

이게 정말 아버지의 묘지인가…….

건우는 사실을 확인해야 했다. 친척 아저씨는 틀림이 없다고 한다. 건우는 그 말을 믿을 수가 없었다. 친척은 잡풀에 뒤덮인 묘지의 아래쪽에 반쯤 숨어 있는 돌 선반에 묻은 흙덩이를 쓸어 내면서 여기 보라고 했다. 그 선반 아래쪽에 '자 김건우'라는 글씨가 새겨져 있었다.

깊은 산 속, 다 버려진, 이름 없는 묘지 밑에 자기 이름이 적혀 있는 것을 본 건우는 왈칵 무엇이 터진다. 상상조차 할 수 없는, 말 그대로의 대홍수다.

"아버지!"

돌이 지나기 전에 아버지를 잃은 건우에게 아버지는 애초부터 없었다. 말의 뜻을 몰라서가 아니라 없는 사람이었기 때문에 평생 아버지라고 불러 본 일이 없었다. 부를 필요 자체가 없었던 건우의 삶이었다. 그런데 지금 자기 눈앞에 아버지가 누워 있다. 없는 아버지가 아닌 있는 아버지, 그것도 명칭만이 아닌, 실재의 '내 아버지'가 눈앞에 누워 있다. 그래서 자기도 모르게 건우는 아버지!라고 불렀던 것이다. 묘지 주변조차 숙연해지는 순간이었다. 바람에 흔들리던 나무조차 흔들림을 멈춘다.

　'건우 왔구나.'

　딱 한 번만이라도 듣고 싶은 아버지의 목소리였다. '딱 한 번만이라도'라는 충동을 느끼는 건우에게 흔들림까지 멈춘 나무조차 냉혹했다. '죽은 사람은 영원히 만날 수 없는 사람'이라는 사실만이 확인될 뿐이다. 아버지, 아버지라고 더 큰 소리로 불러도 빈 메아리뿐이다.

　건우를 괴롭히는 것은 하나둘이 아니다. 그중에서 '단어'의 의미와 상관되는 것이 있다. 사용하기 전의 단어와 특정인이 사용하고 있을 때의 단어의 의미가 다르다는 문제다. 사용하기 전에는 국어사전에 정의되고 있는 단어인데 그 단어의 의미는 미리 정의되고 있다. 특정인이 사용할 때 단어의 의미는 특정인의 수효만큼 그리고 단어에 대한 사용자의 이해 수준만큼 많다. 그러니까 하나가 아니고 여럿이다. '도시'라는 단어도 마찬가지다. 인간이 어떤 '곳'에 있을 때 그 '곳'의 의미도 마찬가지다. 그 의미가 하나일 수가 있고 여럿일 수가 있다. 도시의 경우도 마찬가지라고 말한 이유는 이렇다.

건우가 러시아의 상트페테르부르크에 여행을 했을 때다. 건우에게 있어서의 상트페테르부르크의 의미는 여럿 중의 하나였다. '여럿'보다 '하나'를 보고 싶어서 상트페테르부르크를 찾았는데 그 하나는 볼 수가 없었다. 도스토옙스키만을 통해 보는 상트페테르부르크, 그것도 도스토옙스키 전체를 제대로 알지 못해 상트페테르부르크의 부분만 보고 있는 자신을 두고 괴로워하는 건우였다.

상트페테르부르크의 어느 호텔에서 묵었었다. 모스코바에서의 여행을 끝내고 상트페테르부르크를 방문한 것은 도스토옙스키 때문이었다. 도스토옙스키가 살았을 적에 글을 써 오던 도시로 듣고 있던 건우, 그리고 도스토옙스키 이외에도 여러 가지로 유서가 깊은 도시로 듣고 있었기 때문에 기왕에 러시아에 온 기회를 놓치고 싶지 않았다. 건우는 이름을 기억할 수 없는 어느 성당 근처의 호텔에서 하룻밤을 묵었다. 새벽 1시가 되어도 잠을 잘 수가 없었다. 건물도 많고 사람도 많고 유명한 곳도 많은 것이 사실이었지만 건우는 이름 모를 호텔 방 안에서 도스토옙스키 생각만을 하고 있었다. 아무리 자려고 해도 도스토옙스키 생각 때문에 잠이 오지 않았다. 새벽 1시가 문제더냐. 밖으로 나가서 밤거리를 헤매어 보자 하는 생각이 들었다. 그러나 워낙 추워서 엄두를 낼 수 없었다. 러시아가 춥다는 사실을 알고 있었으나 건우가 입고 간 옷으로는 추위를 감당할 수 없었다. 호텔 방 안에서 술만 마시다가 새벽 2시가 되었을 때다. 도스토옙스키가 살던 집이 어딘가 하는 생각이 들자 건우는 미칠 것 같았다. 날이 새면 귀국 길에 올라야 하는데 상트페테르부르크까지 와서 도스토옙스키가 살던 곳에 한 번 가 보지 못하다니 싶었다. 묵고 있던 호텔 5층 방에서 아래쪽 길거리를 내려다보고 있을 때였다. 인적이라고는 없는, 눈 내리는 춥고 깊은 밤이었다. 내리는 눈발 사이로 가로등이 빛을 잃어 가고 있을 때였다. 어떤 남자가 외투 깃을 올리고 양손을 호주머니에 넣고 걸어가고 있었다. 그 광경을 보는 순간 건우의 가슴속에 갑자기 통증이 일기 시작했다.

저 친구가 누굴까. 이 밤중에 어디서 무얼 하다가 지금 어디로 가고 있을 것일까.

옷은 남루한 것 같았다. 노름을 하다가 돈을 다 잃고 허기에 몸을 가누지 못하고 있는 것일까. 도스토옙스키가 노름 때문에 고생을 했다는 말을 들은 적이 있었기 때문에 그 남루한 옷을 입고 밤길을 걷고 있는 사내를 보고 혹시? 하는 생각이 들었다.

제2의 도스토옙스키는 아닐까.

굶주린 배를 안고 한기로 꽉 찬 창고 같은 방에 들어가서 자기의 생각과 느낌을 밤을 새우면서 쓰고 있을 미지의 작가일지 모를 일이다. 건우는 호텔 밖으로 뛰어나가 건널목에 섰다. 사내는 이미 어디론가 사라지고 없었다. 사내를 찾기 위해서 주변을 두리번거렸다. 어둠 속에서 좁은 골목길이 보였다. 건우는 골목길로 뛰어들었다. 골목 끝에 움츠린 어깨가 움직이는 것이 보였다. 사내가 마지막 골목길을 틀고 있었다. 건우는 미친 듯이 그쪽으로 뛰었다. 골목길은 여럿으로 나뉘어 있었고 사내의 흔적은 찾을 길이 없었다. 건우는 그 골목길에서 추위에 떨면서 헤매던 자기 자신보다 거기서 놓친 그 사나이의 생사에 대한 궁금증으로 지금도 가슴을 앓고 있다. 보고 싶어도 영영 못 보게 되는 아버지가 죽은 사람이듯이 어디에선가 살아 있을지 몰라도 영영 못 보게 되는 사람이라면 그 사람 역시 죽은 사람이다. 이런 의미에서 '산 사람을 죽은 사람으로 만들지 말라'라는 말의 성립 근거가 있구나 싶었다.

건우가 이런저런 생각을 하고 있을 때 S역에서 전철이 섰다. 손님이 오르내린다. 그때 건우는 기절할 정도로 놀란다. 삼십 대 중반으로 보이는 여인이 양손에 무거운 짐을 들고 전철에 올랐는데 그게 죽은 아내였다. 어지럼증에 건우는 다시 곤혹을 치른다. 멍한 채로 얼마간 있다가 그 여인을 다시 본다. 건우는 또 놀란다. 죽은 아내가 아니었다. 아내와 빼닮은 어떤 여인이었다. 건우는 시선을 한곳에 박는다.

아이를 두셋쯤 낳은 여자, 모든 것을 남편에게 의지하고 있는 여자, 집안 살림을 고생스럽다고 생각하지 않는 여자, 양손에 시장바구니를 들고 있어도 무거운 줄 모르는 건강한 여자, 모든 남자들이 탐을 낼 몸을 가지고 있다는 사실을 스스로는 모르는 여자, 옷차림 같은 것에는 관심이 없는 여자, 그러나 무엇을 입어도 품위가 몸에

밴 것 같은 여자, 한 마디로 저런 여자와 차라도 한번 나누어 보았으면 싶은 충동을 느끼게 하는, 정말 탐나는 여자, 혹시 건우의 인생을 송두리째 바꾸어 놓을지 모를 것 같은 여자, 그 여인은 그런 여자였다. 그런데 S역에서 내려 버린다.

아, 놓치면 안 되는데! 누군지 알아봐야 하는데!

"당신, 고시는 치지 말았어야 했어요. 국문과에 그대로 계셨어야 했어요………."

아내가 하던 말이 전철 소리에 묻힐 때 건우는 그 여인을 죽은 사람으로 만들고 만다. 그 순간이다. 건우가 그토록 갈구하던 대답을 얻는다. 놓치지 않는 삶이 잘 사는 삶이다, 어떻게 하면 놓치지 않게 되느냐에 대한 대답까지 얻는다.

오늘 하루만 산다는 결심을 하고 실천하라. 내일로 절대 미루지 않는 삶이어야 한다.

"전화 왔더라. 어살회가 뭐냐?"

"뭐라고요, 어머니?"

"나도 몰라, 어살회라고 하던가, 곽선주라고 하던가……."

건우는 그때서야 눈이 번쩍 떨어졌다. 어살회라니! 그게 건우에게 어떤 말인가. 그렇지 않아도 집에 오기 전에 공원에서 곽선주와 어살회에 대한 기억을 더듬지 않았던가.

"싫은 소리 좀 할란다. 너, 언제까지 무직생활을 할거냐. 나 돈 없다. 이젠 더 이상 못 봐준다. 그러니까 가지 말라는 이야기야. 그까

짓 선배 아들 결혼이 뭐 그리 중요하냐. 몸조심이 더 중요하지.”

어머니는 언제나 몸이었다. 건우에겐 마음이 먼저다. 자기를 잊지 않고 청첩을 보내온 것이 건우에겐 여간 고마운 게 아니었다. 소문대로 소설은 포기하고 사업에 정말 성공을 한 것인지, 그런 것들이 궁금했다.

옳다. 실천은 여기에서부터다. 가야 한다. 만사를 제치고.

열차에서 자리를 찾았더니 건우 앞자리에 두 딸과 딸의 부모가 이미 와 앉아 있었다. 창가에 제일 어린 딸, 복도 자리에 아버지, 역주행하는 자리의 창가에 어머니, 그 옆에 큰딸이 앉았다. 큰딸이라고 해도 아직 어린아이었다. 건우의 옆자리는 비어 있었다. 12시 40분 출발이었고 열차는 K시에 2시 28분에 도착한다. 결혼식은 오후 4시 30분, K시에서 열린다. 시간은 충분했다. 열차가 출발해도 건우의 옆자리는 빈자리 그대로다. K시까지 잤으면 싶어 눈을 감았을 때 전화가 왔다.

“선생님, 몇 시에 도착하세요? 역으로 모시러 나가려고 합니다.”

여자의 목소리였다.

“누구시지요?”

“김추선이라고 하는데, 곽선주 선생님이 시키셨어요.”

“도착 시간은 2시 30분경입니다.”

“알았습니다. 역에서 기다리겠습니다.”

전화를 끊고 눈을 감았다. 잠을 잘 수가 없다. 뒷자리에서 끊임없이 주절대는 어린아이 때문이었다. 평소에 귀엽게 들리던 아이의 말소리가 귀에 거슬린다.

"엄마 엄마 저기 보이는 건 뭐야?"

"그건 한강이야."

"엄마 엄마 한강이 뭐야?"

"한강은 강이란다."

"엄마 엄마 강은 뭐야?"

"강은 저기에 보이는 흐르는 물이란다."

"엄마 엄마 저 사람은 누구야?"

"열차에서 일하는 승무원이란다."

"엄마 엄마 승무원이 뭐야?"

질문은 끝이 없다.

견딜 수 없는 건우는 화장실로 갔다. 10분을 기다려도 사람이 나오지 않는다. 15분쯤 지났을 때 젊은 남자 한 사람이 나왔다. 건우가 화장실로 들어가려고 하니까. 젊은 남자가 손으로 막으면서 곧 다시 옵니다,라고 했다. 젊은 남자가 다시 화장실 안으로 들어간다. 더 기다린다. 화장실 문을 열고 아이의 아버지가 아이를 안고 나왔다.

건우가 볼일을 본 후 자기 자리로 돌아가려고 두서너 발자국을 걸었을 때 화장실과 멀지 않은 곳에 빈자리가 있었다. 역주행 자리였다. 건우는 자리를 옮겨 않는다. 엄마 엄마 하는 소리가 들리지 않았다.

그때 어디선가 굵직한 남자 목소리가 들렸다.

"그거, 무슨 짓이야."

소리 나는 쪽을 보았더니 건우가 원래 앉았던 자리 앞, 네 사람이 마주 보고 앉은 자리에서 나는 소리였다. 굵은 목소리는 딸 아이 아버지가 낸 소리였다. 딸은 양다리를 벌린 채,

"아빠 아빠 화장실" 한다.

"그게 무슨 짓이냐니까."

다시 소리를 버럭 지른 다음 말을 잇는다.

"혼자 화장실 갈 나이가 됐다."

폭군의 목소리다. 말이 떨어지기 무섭게 아이는 화장실 쪽으로 가기 위해서 건우 옆으로 지나간다. 아이는 비키니 차림이다. 창가에 앉아 있는 아이의 엄마는 건우의 시야에 들어오지 않았다. 딸이 돌아왔을 때다. 딸을 창가에 앉히고 엄마는 남편의 앞자리에 앉는다. 엄마가 건우의 시야에 들어온다. 다리를 쭉 펴서 남편 의자 가장자리에 발을 얹는다. 엄마도 거의 비키니다. 뻗은 다리와 허리 사이의 근육이 딱 붙은 핫 팬티를 터지게 한다. 보기가 민망해서 창밖으로 눈을 돌렸다가 건우는 여자 앞에 앉아 있는 남자를 다시 본다. 남자가 종이 위에서 펜을 움직이고 있었다. 펜을 입에 물었다가 종이 위에 올려놓는 짓을 반복한다. 폭군의 목소리를 낸 남자 같지 않다.

열차 여행 시 노트북으로 영화 감상을 하는 사람을 볼 때 건우는

별 생각을 하지 않는다. 누가 종이 위에 펜을 대고 무엇인가 적고 있을 때에는 사정이 달라진다.

저 종이에 무엇을 적고 있을까.

회사 서류에 손을 대고 있는 것일까. 자영업자가 손익계산을 하고 있는 것일까. 자기의 어떤 생각과 느낌을 종이 위에 옮겨 놓고 있는 것일까. 건우는 이런저런 상상을 하다가 '생각 연습'을 한다. '마음'이라는 어휘와 '차이'라는 어휘를 붙여서 '마음의 차이'라는 어휘에 대한 생각을 한다. 회사 서류를 만지면서 승진만을 원하는 마음이 있고 손익계산을 통해서 돈을 벌고 싶은 마음이 있다. 그리고 자기의 생각과 느낌을 종이 위에 옮겨 보고 싶은 마음이 있다. 이런 마음들의 차이에 대한 생각을 하면서 어떤 마음에는 궁금증이 생기고 어떤 마음에는 궁금증이 생기지 않는 자신에 대한 생각을 한다.

아내의 발꿈치가 자기 다리에 닿고 있는 것에는 무신경한 남자, 펜을 입에 물고 있다가 그 펜을 종위 위로 다시 옮긴 후 무엇을 적고 있는 것에만 신경을 쓰고 있는, 저쪽 자리에 앉아 있는 저 남자에게 건우는 관심을 집중시킨다.

건우는 자리에서 일어섰다. 그 남자 쪽을 향해서 걷는다. 그 남자 자리 옆을 지나면서 남자 앞에 놓인 종이를 본다. 얼핏 보아도 회사 서류는 아니다. 공책이다. 공책 반쯤에는 이미 글씨가 쓰여 있고 반쯤은 비어 있다. 숫자는 없고 한글뿐이다. 회사 서류이거나 장부 정리 같으면 숫자가 섞여 있을 것이다. 자리에 돌아와서 건우는 계속 종이 위에서 펜을 움직이고 있는 그 남자를 본다.

저 사람이 누굴까.

건우는 자리에서 다시 일어난다. 사나이가 앉아 있는 자리 옆을 천천히 걷는다. 지나가면서 종이를 다시 본다. 반쯤 비었던 자리에 벌써 글씨가 빽빽하다. 시간 간격을 두고, 한두 번 더 복도를 왔다 갔다 하면서 무얼 쓰는지 확인한다. 확인이 되지 않는다. 건우는 남자의 옆을 또 반복해서 왔다 갔다 한다. 가슴이 펄럭이기 시작한다. 부정맥과 어지럼증이 재발한다. 남자가 앉은 자리 근처에서 가슴을 쥐어짜면서 건우는 비틀거린다. 열차 내에 앉은 손님들이 '저 사람 왜 저러나' 하는 표정들을 짓는다. 건우는 갈지자걸음으로 자기 자리에 와서 앉는다. 정신을 차리려고 눈을 감는다. 열차가 정지한다. 어느 역인지 알 수가 없다. 눈을 뜬다. 정지한 역에서 사나이와 비키니들이 내린다.

아닌데? 내리면 안 되는데!

건우는 사나이를 놓치고 만다. 영원히. 여기서 영원히라는 말이 건우의 가슴을 아프게 한다. 건우는 산 사나이를 죽은 사람으로 만들고 만 것이다.

사나이를 놓치고 만 건우가 끊임없이 마음을 앓고 있는 사이에 열차가 선다. K시다. 어쩌겠는가. 이 세상 모두를 놓친 것 같아 가슴앓이를 하고 있는 자신을 달랠 수밖에 없다. 그리고 오늘이야말로 '오늘을 살아야지'를 다짐하면서 건우는 출구를 향해 걷는다.

역에 김추선이라는 여자가 나온다는데, 처음 만나게 되는 사람이 아닌가. 건우는 처음 만나는 사람이라는 이유 하나로 혹시? 하는 망상을 한다. 혹시라? 건우에게 혹시는 무엇인가. 자기의 운명을 바꾸어 줄 사람일지 누가 아는가 하는 기대감이다.

김추선의 얼굴은 맑고 창백했다. 나이는 이십 대 후반인 것 같았다. 상사의 말이라면 무엇이든 잘 듣는 상냥한 여자로 보였다. 어느 사내의 아내가 될지 몰라도 그 사내가 부럽다는 생각을 들게 하는 여자였다.

"차를 못 가지고 나왔습니다. 택시로 모시겠습니다."

건우는 김추선이 하자는 대로 했다.

택시 안에서 차창 밖을 내다본다. 어렸을 때 살았던 고향이다. 모두가 낯설다. 전혀 다른 도시로 변하고 있었다. T지역, H지역, V지역, E지역 등 변두리에 있던 지역이 모두 K시에 흡수되고 있었다.

김추선이 말한다.

"그 좋은 세무서장 자리를 버리는 사람이 어디 있느냐면서 곽선주 선생님의 칭찬이 대단하셨습니다."

건우는 김추선이 하는 말을 듣지 못했다.

이 여자도 놓치게 될 여자이면 어떻게 하나. 죄 없는 여자를 죽은 사람으로 만들 수는 없지 않은가.

시간이 남아서 결혼식장에 가기 전에 혹시? 하는 생각을 다시 하면서 추선과 같이 중국집에 들어갔다.

술을 잘하는 여자일까. 그렇다면 결혼식이고 뭐고 다 집어치우고 술이나 마셔야지.

술은 못 마신다고 했다. 자장면을 시켰더니, 점심 먹었다고 말하던 추선이 잘도 먹는다. 건우는 혼자 술을 마셨다. 그때 곽선주에게서 온 전화를 추선이 받는다. 건우와 추선은 급히 결혼식장으로 간다. 손님이 많았지만 건우가 아는 얼굴은 안 보였다. 어살회 회원이었던 명원, 경희, 영소, 선재는 안 오나 싶었다.

곽선주는 한마디로 딱 된 사람이다. 건우를 친형제같이 반긴다. 식장 뒷자리에 앉아 있는 건우의 손을 잡았다가 놓은 곽선주는 식장 앞쪽으로 간다.

많이 변했구나. 학교 다닐 때와는 다른 사람이 되었구나. 사업에서 성공할 줄은 몰랐었는데…….

누가 옆에 와서 앉는다. 선재다. 건우는 식장 안에서 떠들 수 없었다. 이게 몇 년 만인가라는 말 대신에 선재의 손을 잡았다.

결혼식이 끝나고 식권을 가지고 식당에 간다. 김추선이 미리 맡아 둔 테이블로 안내한다. 거기서 옛 친구들 몇을 만난다. 선재는 출판사 사장, 명원은 문창과 강사, 경희는 무명 시인이라고 했다.

"영소는 어떻게 지내나?"

"누구?"

"왜 있잖아, 2년 후배. 언제나 어떻게 살 것인가를 문제 삼던 친구 말이야."

"아, 그 친구? 죽었어."

"무슨 소리야? 그 친구가 죽다니. 왜."

"몰라. 소문이 그래. 영 볼 수가 없어."

"영 볼 수가 없다? 그래 바로 그거야. 영 볼 수가 없다는 게 문제야."

"누가 죽은 사람이고, 누가 살아 있는 사람이냐의 문제가 되거든."

"쓰잘 데 없는 이야기는 그만두자."

　

신랑 신부는 결혼식 직후 신혼여행을 떠나고, 건우는 곽선주의 차에 탔다. 집은 아파트 숲 속에 있었다. 곽선주의 방에는 피아노, 컴퓨터, 책상과 책장이 있었고, 곽선주 아내의 방에는 방 복판에 앉은뱅이책상, 그 위에 성경이 놓여 있었다. 벽에는 긴 거울이 기대고 있었고, 거울 아래에는 화장품들이 놓여 있었다. 거실에는 두 개의 소파가 마주 보고 있었고, 거실 창밖에는 꽃 몇 송이가 피어 있는 온실이 있었다. 부엌에 있는 냉장고나 식탁 할 것 없이 모두가 편안한 사람의 마음 같은 자태들을 하고 있었다. 집이 크지는 않았으나 건우에게 작은 천국같이 느껴졌다. 미리 집에 와 있던 곽선주의 아내는 예나 지금이나 변함이 없었다. 가계부로 사용하고 있는 공책의 낱장 하나하나에 하루에 쓸 돈을 매 달 초에 미리 끼어 넣고 있었던 그녀였다. 그날 쓸 돈을 미리 써 버렸을 경우, 다음 날은 더 이상 돈을 쓰지 않는다는 원칙을 결혼 초부터 지금까지 지키고 있었다.

술을 미리 준비해 놓지 않은 것도 그렇다. 곽선주가 술을 마시지 않는다는 것이 이유이기도 했겠지만 건우가 온다는 것을 알면서도 술 준비를 해 놓지 않고 있었다. 결혼 초에는 가난해서 그렇다고 하지만, 이젠 지방 갑부의 부인이 아닌가. 그런데도 여전했다. 건우가 도착했을 때에 가서야 동네 편의점으로 가서 소주 두 병과 맥주 세 병을 사온다.

몇 사람의 친지들이 모여든다. 소파와 거실 바닥에 앉았지만 술병 앞에서 모두 눈치만 보고 있다. 오랜만이라면서 건우가 소맥을 만들어서 주위 사람들에게 돌린다. 건우가 먼저 취한다.

"어떤 예쁜 여자가 결혼식장에서 나에게 인사를 하더라고. 누군지 나는 몰랐어. 인상이 좋더라고. 그 좋은 서장 직을 그만두었다면서요,라는 말을 하더군. 어리둥절해서 그냥 서 있었더니 어디론가 가 버리더라고. 결혼식에 참석을 했으니, 신부 측 아니면 신랑 쪽에서 알 사람이 있을 거 아닌가. 한번 알아보았으면 싶다만."

곽선주 집에 모인 사람 중에서 그 여자가 누구인지 아는 사람은 없었다.

K시에까지 와서 또 놓치는 사람이 생기는가.

건우는 마음이 편치 않다. 김추선이나 그 여인 모두 이것도 저것도 아닌 것으로 되고 만다는 건가. K시에 내려온 값을 못하고, 계속 실패의 연속이란 말인가. 사람들이 술에 취해 가자 횡설수설과 더불어 건우의 주정이 먼저 시작된다.

"살아 있어도 다시는 만나고 싶지 않은 사람은 죽은 사람이다.

영영 안 만나게 되니까 말이야. 어딜 가도 내 눈에는 이 세상에 '움직이는 시체'뿐이야. 정말 끔찍한 일이 아닌가?"

그때까지 아무 말도 하지 않던 곽선주가 입을 연다.

우리 아파트 근처에 대각선 위치에 서 있는 두 고등학교가 있다. 그 대각선을 이루는 중간 지점에 버스 정류소와 사거리 하나가 있는데 토요일 하교 시간에 사거리 모퉁이에 있는 커피숍에 나는 가끔 간다. 참새 떼들처럼 하교 시간에 학생들이 재잘거리면서 버스 정류소에 집결한다. 커피숍으로 가기 위해서 신호등 앞에 서면 그 학생들이 나에게 현기증을 일으키게 한다. 청소년의 집단적 운집으로부터 분출하는 힘에 의한 현기증이다.

저 아이들…… X고 아이와 Y고 아이들…… 일등 하는 아이와 꼴지를 하는 아이가 구별되지 않는, 청소년들의 운집을 보면서 어느 쪽이 살아남고 어느 쪽이 죽어 없어질까 하는 생각이 내 마음을 스치는데 그때 내 몸은 떤다.

"잘 가. 월요일에 보자."

"야, 이 새끼야. 오늘 저녁에 안 나오면 죽인다."

신호등을 무시하고 건널목에서 뛰면서 소리치는 아이들의 목소리가 귀에 스칠 때 한쪽에서는 신호등 터지길 기다리는 학생들이 있다. 피 끓는 속도가 서로 다르구나 하는 생각을 들게 한다.

자기가 타야 할 버스가 오길 기다리는 학생들 모두 그들대로 향기롭다. 좁은 인도에 수십 명의 젊은 체격들이 몰려서 움직이니 어깨가 서로 닿지 않을 수가 없다. 청소년의 어깨에 부딪칠 때마다 내 가슴은 뛴다. 여학생들도 그 속에 끼어 있다. 타야 할 버스 번호를 각자 확인한 후, 때로는 다섯 명이, 때로는 두세 명이, 때로는 열 명이 한꺼번에 버스에 오르는 모습은 눈물겹다.

학생들이 서로 다른 버스에 모두 올라타 버리자, 바글바글, 냄비에서 기름 튀김의 힘처럼 남아돌던 열이 순식간에 사라진다. 언제 그랬더냐는 듯이 길거리는 한가롭다. 동네 사람들 한둘이 웅성거리던 인도 위를 걷고 있을 뿐이다. 참새 떼들이 어디론가 다 날아가 버리자 바람에 흔들리는 가로수 나무들만 남는다. 신호등 터지길 건널목에서 기다리고 있다. 신호등 저쪽에서 이쪽으로 건너오려고 기다리고 서 있는 통통한 여자 한 사람이 보인다. 신호등이 터지자 그 여인의 어깨 옆을 내 어깨가 서서히 스친다. 이 세상 어디에도 그런 사거리는 있다.

그때 밑도 끝도 없이 이상한 생각이 났다.

건우 이 사람아, 우리 대학 때 뭐했나. 이상의 시 생각 안 나?

13인의 아해가 도로를 질주하오.
13인의 아해가 도로를 질주하오.
13인의 아해가 도로를 질주하오.
(……)

이상은 죽었지. 그러나 내게는 언제나 살아 있거든. 왜냐고? 몸은 갔으나, 마음이 낳은 꽃들 때문이지. 이 세상에는 움직이는 시체만 있는 것이 아닌 것 같아. 죽은 사람이라도 다시 만날 수는 있거든. 자네가 오늘 죽어도 나는 매일 자네를 만날 거거든. 사거리 모퉁이에 있는 커피숍으로 들어가서 커피 한 잔을 시켜 놓고 자리에 앉아 창밖을 바라보면서 참새들의 이름 하나 하나에 대한 생각을 하면서 울고 있을 때가 있거든. 그 마음을 자네에게 남겨 영원히 살게 할 수 있거든.

K역에서 곽선주를 보내고 서울행 열차에 올랐다. 취했던 어젯밤에 건우는 곽선주에게 아무 말도 하지 않았다. 열차에서 전화를 건다.

"어제 무슨 말을 했었지요. 내가 지금 흔들리고 있어요."

"무슨 말은 무슨 말."

"정말입니다. 힌트만 줘요. 그러면 내가 기억을 해낼 겁니다."

곽선주가 이런 말 저런 말을 한다. 건우는 '알았어요' 하고 전화를 끊었다. 흔들림 덕분으로 마음의 평화를 얻은 건우는 실천을 결심한다. 부활할 수 있는 삶, 절대로 오늘을 놓치지 말자는 삶이었다.

서울역 앞에는 언제나 차들이 질주한다. 길 건너 저쪽에 비키니 가족이 걸어간다. 그들도 귀경을 하는 모양이다.

감사하구나. 실천의 기회가 이렇게 빨리 오다니! 이번에야 말로 놓칠 수가 없지.

건우는 신호등을 보지 않고 건널목에서 뛴다. 찌이익 하는 바퀴

소리에 건우의 몸이 걸려든다. 비키니를 놓칠 겨를도 없다. 피려다 만 꽃잎들이 건널목에서 바람에 나부낀다.

이름과 이름 사이

"자넨 이제 새로 태어난 거야. 선배 작가들의 말을 듣지 말라는 충고를 선물로 주고 싶네."

아나를 아끼는 선배 D의 말이다.

내가 이거다 하면 그건 아니다 하는 내가 내 속에 있다. 이거다 할 때의 내 이름은 아나, 그건 아니다 할 때의 내 이름은 바나다. 아나와 바나는 자주 싸운다. 바나는 사사건건 아나의 생각에 끼어든다. 뭘 마음대로 좀 할 수 없게 하는 바나를 아나는 죽도록 싫어한다.

아나가 그날 D 선배를 초대하기로 했을 때 바나는 웬일인지 아무 말을 하지 않았다. 불고기 전문집인 허름한 한식집에 D 선배를 초대하기로 했다는 말을 했을 때에도 바나는 아무 말을 하지 않았다. 아나는 바나가 어쩐 일인가 싶었고, 모처럼 자기 결정대로 일을 집행할 수 있어서 기분이 좋았다.

2차를 끝내고 집으로 돌아올 때였다. 바나가 아나에게 끼어들었다.

"D가 한 말의 의미를 이해했냐?"

"나는 앞으로 누구의 말도 듣지 않을 거야."

"너는 말귀를 못 알아들었군."

"또 무슨 말을 하려고?"

"너만의 연필을 가지라는 뜻이야. 이 바보야."

"너만의 연필이라니?"

"아무튼 내 말 외워 둬."

'너는 말귀를 못 알아들었군'이라는 바나의 말은 아나를 언제나 헷갈리게 한다. 아나를 헷갈리게 하는 바나의 소리는 아나로서는 지겨운 소리다. 책장에 꽂힌 책들 틈에서도 아나는 바나의 목소리를 듣는다. A4 용지와 바동대던 지난 수년간의 세월. 아나의 손끝으로 수도 없이 얻어맞았던 컴퓨터 자판에서 터져 나오는 바나의 소리. 한없이 고통스러워 했던 자판이 그 밑바닥에서부터 크고 작은 소리로 복사해 내는 바나의 목소리를 아나는 수도 없이 들었다.

"넌 왜 기회만 생기면 나를 괴롭히냐."

"괴롭히는 게 아니지. 글쟁이 좀 만들려고 하는 거지."

"나만의 연필이라니, 내 연필은 서랍 속에 수두룩한데, 또 뭘 가지라는 거냐."

"두말 말고 내일 문구점으로 가. 너만의 연필을 찾느냐 못 찾느냐가 너의 운명이야!"

"문구점에 뭐 땜에."

"내 말이 옳다는 것을 수도 없이 경험한 너 아닌가. '나만의 연필'
을 주문처럼 외워."

아나의 서랍 속에 셀 수 없이 많은 연필이 들어 있다. 막상 나만
의 연필을 찾으려니 그 연필이 눈에 뜨이지 않는다.

"이 바보야. 너는 정말 말귀를 못 알아듣는구나. 요즈음 연필로
글을 쓰는 사람이 어딨냐. 연필이라는 말은 쓰는 도구라는 뜻 이외
의 아무것도 아니야. 볼펜 정도가 좋지. 오래 쓸 수도 있고 말이야."

아나는 바나와 더 이상 싸우기 싫다. 바나의 말을 듣기로 한다.
'나만의 연필'이라는 말에 매력을 느낀 바이고, 자기 앞에 그런 연
필이 있다면 나쁠 것이 없지 않겠느냐라는 생각이 들기도 해서 연
필 대신 볼펜이라도 나만의 것으로 하나 가지기로 하고 그것을 찾
아 나섰다.

아나에게 '오지 마라'고 하지 않는 곳이 딱 하나 있다. 아나의 책
상이다. 오지 마라고 하지 않는 것이 고마워서 책상 앞에 앉긴 하
나 언제나 앉는 값을 치르지 못한다. 머리가 굳은 지 오래라서 그
런지 컴퓨터가 눈앞에 있어도 자판을 두드릴 엄두가 나지 않는다.
고마운 책상 앞에서 자판을 두들기려고 한껏 버티다가 일이 잘 안
될 때 '나, 그만 간다'면서 책상을 떠난다.

아나에게 '오지 마라'고 하지 않는 곳이 또 하나 있다. 그의 식탁
이다. 조금 전에 점심을 먹었는데 또 저녁을 먹으러 오느냐는 말을

하지 않는다. 글도 못 쓰면서도 책상 앞에는 왜 오느냐고 나무라지 않는 책상만큼이나 식탁은 고마운 존재다.

아나는 음식을 세 종류로 구분한다. 꼭 다 먹어야 하는 음식이 첫째 종류다. 첫째 종류는 아나는 '기본'이라고 부른다. 기본은 밥과 국이다. 밥은 밥이되 먹을 만큼의 밥이다. 국 역시 먹을 만큼의 국이다. 밥과 국의 양은 식사 전에 정해 놓는다. 둘째는 먹다 남겨도 되는 음식이다. 반찬류가 그것인데, 된장, 김치, 김, 콩자반, 멸치볶음, 나물, 명란, 젓갈 같은 것이다. 셋째는 손을 일단 대면 다 먹어 치워야 하는 음식이다. 달걀 프라이, 부친 두부 토막이나 구운 생선 토막 등이 그것이다. 토막이라고 일컫는 것은 먹기 편하게 작게 잘라 놓은 것을 말한다. 손을 일단 대면 다 먹어 치워야 한다는 것이 무슨 법 같은 것은 아니다. 아나가 자기 마음대로 정해 놓은 규칙이다. 아무렇게나 만들어 놓은 규칙이지만 일단 규칙을 정해 놓으면 아나는 그 규칙에 구속을 받는다.

아들이 많이 먹는 것을 아나 어머니는 좋아한다. 밥, 육개장, 김치, 된장, 부친 두부, 구운 생선, 달걀 프라이, 할 것 없이 식탁 위에는 없는 것이 없다. 아나와 그의 어머니는 식사하는 습관이 다르다. 어머니는 밥 한 숟가락을 입에 떠 넣은 후에, 반찬 이것저것에 손을 댄다. 아나는 반찬 이것저것에 손을 대지 않는다. 그의 규칙 때문이다. 그의 규칙은 '순서대로' 반찬 그릇을 비워야 한다는 것이다. '순서대로'를 아나는 합리적인 행위라고 하지만 아나의 어머니나 다른 사람들은 아나의 성격이 만들어 놓은 짓이라고 한다.

반찬 이것저것에 손을 대다 보면 위장에 공백이 줄어들어 '기본'을 다 먹지 못한다는 심리적 부담을 아나는 안는다. 그래서 아나는 숟가락이 가는 순서를 정해 놓고 있다. 제일 먼저 숟가락이 가는 곳은 물론 '기본'이다. 그다음, 만일 위장이 허락하면 한번 손을 대면 다 먹어 치워야 하는 반찬으로 간다. 달걀 프라이 같은 것이나 군두부 토막 같은 것이 그것이다. 그래도 배가 차지 않는 날엔 '기본'을 조정한 후 먹다 남겨도 되는 반찬으로 손이 간다. 어머니는 아들의, 그 '순서대로'라는 것이 불만이다. 순서 같은 것 없이 무조건 많이 먹는 것을 좋아한다. 서로 좋아하는 것이 다르기 때문에 아나와 그의 어머니는 식탁 앞에서 신경전을 벌인다. 어머니 쪽보다 아들 쪽을 더 피로하게 만드는 신경전이다. 식탁에 올라 있는 반찬은 어머니가 성의껏 만들어 놓은 음식이다. 성의에 보답하자는 마음에서 반찬 모두에 손을 대고 싶긴 하나 그게 잘 안 된다는 것 때문에 아들의 마음은 심히 편치 않다.

"어머니 반찬을 너무 많이 식탁에 올리지 말아요."

아들의 말은 소용이 없다. 한두 가지 반찬만을 식탁에 올려놓으려니 식탁이 뭔가 빈 것 같고 어머니 역할을 잘 못한다는 느낌을 받는 모양이다. 어머니의 마음을 읽은 아나는 "어머니는 어머니 역할을 충분히 잘하고 있어요"라고 해도 소용이 없다.

"어머니가 원하면 뭐든지 만드세요. 그러나 저를 위해서는 한두 가지만 올려놓아 줘요."

아들이 한 말을 송두리째 잊고 반찬을 또 여러 가지로 올려놓는 어머니는 올려놓는 것으로 끝인 것이 아니다. "애야, 이거 오늘 내가 만든 거야. 맛이 있을 거다. 한번 먹어 봐"라는 식이다. 그것도 반찬 하나에 끝인 것이 아니라 오늘 만들었다는 반찬의 수효가 네 댓 종류가 된다. 어머니를 만족시키기 위해서 반찬 여기저기에 손을 대다 보면 '기본'을 끝내지 못한다. 기본을 끝내지 못하는 날엔 "너, 오늘 밥과 국을 영 안 먹는구나"라면서 성화다. 아들이 혈압이 오를 대로 오른다는 사실을 어머니는 모른다.

아나의 집 근처에 있는 J고교 주변에 김밥 집, 학생 양복 전문점, 이발소, 중국집, 문구점 등이 있다. 아나가 중국집이나 김밥집에 가서 식사를 한 적은 한두 번 있었으나 문구점에 들어가 본 일은 없다. 편지 봉투를 구입하기 위해서 딱 한 번 들린 일이 있었다. 문구점 주인은 중년 부인이었다. 어느 날부터인지 이발소가 없어지더니만 문구점까지 문을 닫았다. 퇴폐 이발소가 아니었고, 고교생들이 자주 드나드는 이발소였고, 학교 근처에 이발소가 따로 있는 것도 아니었는데 왜 없어졌을까. 이발소는 그렇다 치더라도 문구점 문을 닫은 이유는 이해가 되지 않았다. '나만의 연필'에 대한 관심을 가지지 않았던 시절이었기 때문에 문구점이 없어진 것에 대해서 별 신경을 쓰지 않았던 어느 날 문구점이 다시 열려 있었다. 주인도 바뀌어 있었다. 새로 문구점이 열려 있는 것을 보고 별 생각 없이 거기에 한번 들린 일이 있었다. "주인이 바뀌었네요" 했더니 노인의 반응은 장사를 할 생각이 있는지 없는지 알 수가 없는 듯했다. 물건을 사러 왔으면 살 것이고, 할 일이 없으면 나가든지 하라는 투였다. 아나는 문구점을 나왔고 그것으로 문구점과는 끝이었다.

이발을 집 근처의 미용원에서 해 볼까 하던 날이었다. 미용실 길목에 그동안 없었던 문구점이 하나 생겨 있었다. 편지 봉투를 사러 갔을 때 문구점 주인이었던 그 여인이 거기에 앉아 있었다.

"이리로 자리를 옮겼네요."

"그쪽은 공간이 비좁아서요."

지난번의 문구점은 공간이 정말 좁았다. 새로 옮긴 곳은 공간이 넓었고 물품들도 비교가 되지 않을 정도로 많았다. 없는 것이 없다고 할 정도로 모든 종류의 문구점 용품들이 빽빽이 공간을 메우고 있었다. 그때만 해도 '나만의 연필'에 대한 관심이 없었기 때문에 별 다른 생각 없이 문구점을 나오고 말았다. 얼마가 지났는지 알 수가 없었지만 미용원에 다시 들를 기회에 그 문구점에 또 들어가 보았다. 이번에는 중년 남자가 앉아 있었다.

"주인이 바뀌었나요?"

"아닙니다. 집 사람이 집에 있어서 제가 대신에 나왔어요."

나만의 연필과 문구점, 이 둘이 관심의 대상으로 맞물리던 날이었다. 아나는 미용원 옆의 문구점으로 갔다. 연필은 눈에 띄지 않고, 볼펜류만 수도 없이 많았다. 색깔도 다르고, 크기도 다르고, 디자인도 다른 볼펜이 수두룩하게 쌓여 있었다. 뚜껑이 있는 볼펜, 윗부분을 누르면 촉이 톡 튀어나오는 볼펜 등 다양한 볼펜이 있었다. 가격도 모두 달랐다. 자! 이 많은 볼펜 중에서 어느 것이 '나만의 볼펜'인가. 첫날은 선택이 불가능했다. 반찬이 많으면 어느 것부터 먹어야 할지 몰라 하는 아나의 성격이 어디 따로 가 버리겠나. 자기 집 식탁 위 반찬의 경우와 마찬가지로 여기서도 '순서대로'에 비유되는 원칙을 세워야 했다. 잉크가 잘 나와야 한다는 것, 갖고 다니기에 편해야 한다는 것 즉 아나가 제작한, 특유의 메모용 수첩에 꽂아 다녀도 불편하지 않아야 한다는 것, 값이 싸야 한다는 것 등이 원칙이었다.

문구점 한쪽 구석에서 물건을 찾는 손님은 오랫동안 서성대도 통로가 막히지 않았다. 문구점 통로를 순환시키는 사거리 같은 곳에서 손님이 오래 버티고 있으면 통로가 막힌다. 볼펜이 있는 곳은 통로를 순환시키는 사거리 모퉁이에 있었다. 그러니까 볼펜을 고르느라고 오랜 시간 동안을 거기서 버틸 수가 없었다. 처지가 이러했음에도 불구하고 아나는 여러 종류의 볼펜을 '순서대로' 하나하나 점검해 나갈 작정이었다. '통로를 막지 마세요'라는 문구점 주인의 말이 등 뒤에서 언제 들릴지 모를 일이었다. 문제는 그냥 볼펜이 아니라 나만의 볼펜이라는 점에 있지 않은가. 아나는 생각다 못해 어느 날 저녁 10시경 문구점 앞으로 가서 가게 문을 닫을 때를 기다렸다. 밤 10시 30분까지 기다려도 주인은 문 닫을 생각을 하지 않았다. 문구점으로 들어가서 볼펜이 쌓여 있는 사거리에 섰다. 볼펜을 점검하려고 그랬다기보다 주인이 퇴근하는 시간을 살피기 위해서였다. 주인은 퇴근할 기색을 보이지 않았다. 카운터로 가서 "퇴근 안 하세요?"라고 묻는다.

"11시 넘어서야 문을 닫아요."

"그렇게 늦게까지 손님이 오나요?"

"마지막 한 사람이 왔다가 문이 닫혀 있는 걸 보고 그냥 가게 되면 한 사람의 단골을 놓치게 되지요."

"지금 뭘 하세요?"

"도장 주문이 부쩍 늘어서요."

"도장은 칼로 파서 만드는 거 아니에요?"

"새상이 많이 변했지요. 요즈음은 칼로 도장을 안 파요."

"피곤하지 않으세요?"

"집으로 들어갈 때 옆집에서 맥주 한잔 마시면, 몸이 다 풀려요."

"오늘도 맥주 마시러 갑니까?"

"그게 일과인 걸요."

"맥주 집 문은 안 닫아요?"

"새벽까지 하는 집이기에 안성맞춤이지요."

"오늘 제가 맥주 한잔 대접할게요. 저도 출출하거든요."

사양을 하지 않는 주인을 보고 아나는 일이 잘 되려는가 보다 싶었다. 볼펜 하나하나의 잉크 성능을 점검하는 일에 시간이 많이 걸려도 괜찮다는 허락을 받으려 하는 참이었고, 오랜 세월 동안 문구점 경험이 있는 사람이기 때문에 모르는 것이 없을 것 같았고, '나만의 볼펜'을 선정하는 일에 있어서 많은 도움을 줄 수 있는 사람 같았다.

"걱정 마십시오. 시간이 아무리 걸려도 상관이 없습니다. 얼마든지 보십시오. 다만 손님이 별로 없는 시간에 오시면 영업에도 지장이 없으니까요."

맥주는 즉시 효력을 발휘했다.

주인의 허락을 받은 아나는 매일 밤 10시경에 문구점으로 갔다. 같은 일을 얼마간 거듭한 끝에 아나는 볼펜 하나를 찾기에 이른다. 보통 볼펜의 길이보다 절반밖에 되지 않는, 가늘고, 작은, 아나 전용 수첩에 끼어 넣어도 표가 나지 않을 정도의 크기로 아나의 마음에 딱 드는 볼펜이었다. 가격을 물어보니, 하나에 450원이라고 했다. 가격도 만족스러웠다. 아나는 맛있는 음식보다 값이 싼 음식을 좋아한다. 음식만이 아니라 아나는 같은 값이면 싼 것을 좋아한다. '이거다' 했을 순간 바나 역시 아무런 말을 하지 않았다. 바나가 다른 의견을 내지 않으니 이젠 됐다 싶었고, '나만의 연필'을 선택하게 된 것이 기뻐서, 문구점 문을 닫을 시간까지 기다렸다가 주인과 더불어 자축을 위해서 맥주 집으로 갔다.

아나는 자기가 선택한 볼펜이 문구점을 찾은 손님 모두의 마음에 들까 걱정이었다. 좋은 볼펜이라고 생각한 남들이 그 볼펜을 모두 사 가지고 가 버리면 나만의 볼펜이 혹시 남의 볼펜이 될까 걱정이 되었다. 남들이 구입을 하지 못하게 문구점에 있는 볼펜 전부를 한꺼번에 구입해 버려야겠다는 생각을 했다. 문구점에 있는 '나만의 볼펜'은 모두 스물두 개였다. 아나는 스물두 개 전부를 사 버렸다. '나만의 것'의 가치에 비하면 총액은 너무나 미미한 것이었다. 스물두 개이면 상당 기간 동안 쓸 수 있을 것 같아서 기분이 좋았고, 볼펜 스물두 개를 자기 책상 서랍에 넣어 놓고 아나는 만족스러워 했다. 쓰던 볼펜의 잉크가 떨어지면 서랍에서 새 볼펜을 꺼내면 되었다. 컴퓨터를 두드릴 때도 있었지만 볼펜으로 쓸 때도 많았기 때문에 폐기 처분되는 볼펜은 속출했다. 어느 날이었다. 사용하던 볼펜의 잉크가 떨어졌다. 그래서 서랍을 열고 새 볼펜을 꺼냈다. 글의 리듬을 흔들지 않으려고 새 볼펜으로 글을 계속 쓰려고 했으나 잉크가 나오지 않아 글의 리듬이 삐걱거리기 시작했다. 볼펜을 잘못 잡아서 그러나 싶어서 이리 돌리고 저리 돌려 보았다. 여전히 잉크가 나오지 않았다. 다른 것을 다시 꺼내서 써 보았다. 마찬가지였다. 나머지 볼펜 모두의 잉크가 말라 있었다. 450원짜리라 역시 그런 건가……. 싼 게 비지떡이라는 말이 있다는 것을 알긴 했지만 배신감과 절망감 같은 것을 풀 길이 없었다. 남은 볼펜 모두에 문제가 있다는 것을 알고, 문구점으로 뛰어갔다. 이게 무슨 일일까. 그 상품은 더 이상 판매되지 않는 폐품이 되었다고 했다. 흥분한 아나를 보면서 문구점 주인은 표정 관리를 하지 못했다. 그 날로 450원짜리는 '나만의 볼펜'이 될 자격을 상실했다.

바나가 나타났다.

"이 바보야. 돈이 좀 들더라도, 물건 같은 거 하나 샀어야지."

"왜 그때 말하지 않아. 그때는 가만히 있었잖아."

"……."

"왜 말이 없냐? 너도 입을 다물 때가 있냐?"

"……."

"미안하긴 한 모양이군."

"미안한 게 아니지. 그땐 너를 한번 믿어 보려고 했었지. 저러면 안 되는데 싶었지만 말이야."

"너도 발을 뺄 때가 있냐?"

"발을 빼는 게 아니지. 융통성이지."

"내가 어떻게 너에게 당하겠나?"

"야, 몽블랑이라고 못 들어 봤어?"

"몽블랑? 그게 뭔데?"

"심볼이야."

"심볼이라니?"

"기독교인이 십자가를 목에 걸고 다니는 이유가 뭔지 아나?"

"……."

"십자가의 의미를 항시 마음에 안고 다닐 필요가 있냐 없냐?"

"……."

"D 선배가 그날 술에 취해서 말했잖아. 너는 못 들은 모양인데……."

"뭐랬는데?"

"너도 이제 새로 태어났으니, 남의 말을 듣지 말고 자기를 믿으라고."

"……."

"너는 너를 믿지 못하잖아."

"……."

"너를 믿을 수 있게 하는 부적 같은 것을 항상 몸에 지니고 다니라는 의미, 너 그게 뭔지 알아?"

"내가 그걸 어떻게 알아? 몽블랑으로 쓰면 글이 잘 되고, 그냥 볼펜으로 쓰면 글이 잘 안 된다는 이야기냐, 다른 말은 몰라도 그 말에는 수긍이 안 가."

"너 말에 물론 일리는 있어. 그러나 너는 이제 애호가가 아니야. 프로란 말이야. 프로 냄새를 좀 풍기란 말이야. 그것도 훈련이야. 몽블랑이라는 물건 자체가 중요하다기보다, 그걸 나만의 연필로 작정하고, 그것을 심볼로 안고 살아가라는 뜻이야. 그래야 너 특유의 문체가 생기는 거야. 그래도 모르겠나?"

아나는 자기의 관심권 안에 들어오지 않는 것은 초개같이 버리고 만다. 남에게서 받은 값진 선물도 그것이 자기에게 필요 없다는 생각이 들면 그 순간 서랍 속에 던져 버린 후 잊어버린다. 그러나 바나의 말에 걸리면 힘을 잃고 마는 아나다. 이번에도 바나의 말이 목에 걸려 아나는 과거에 받은 선물에 대한 기억을 더듬는다. 언젠가 서랍 속에 던져 버린 선물 생각이 났다. 그때 받은 선물이 혹시 몽블랑이 아니었던가 싶었다. 그것이 몽블랑이라면 새삼 돈을 들일 필요가 없지 않은가. 그걸 찾아서 몽블랑인지 아닌지 확인해 보아야 할 것 같았다. 아나는 우선 집에 있는 책상 서랍을 뒤졌다. 없었다. 책상 앞에서 멍하니 앉아 있던 아나가 사무실로 뛰어가려고 했을 때였다.

"얘야, 밥을 먹고 가야지. 오늘 공휴일인데 사무실에는 왜 가냐?"

어머니의 말이 걸림돌이 되어 아나는 현관 앞에서 헛발질을 했다.

"너는 순서대로라면서 왜 한 가지만 고집하냐. 음식만 그런 것이 아니더라. 옷만 해도 그렇지 옷이 몇 벌 되는데 왜 하필이면 엄마가 싫어하는 그 옷 하나만 입고 다니냐. 신발은 또 어떻고. 구두가 몇 켤레나 되는데 왜 하필이면 하나만 죽으라고 신고 다니냐. 요즘은 갑자기 연필을 두고 야단이더라. 하나가 다 소멸되면 그다음 것을 사용하면 된다고 하지만, 사람이 어디 그래서야 되겠나?"

아나는 어머니의 말이 끝나기도 전에 수저를 놓고 사무실로 뛰었다. 사무실에는 공휴일이라 예상대로 아무도 없었다. 집이나 사무실이나 간에 책상 위가 번거롭기는 마찬가지였다. 사무실 서랍 역시 고물 창고 바로 그것이었다. 서랍에 든 물건들을 이리 밀고 저리 밀면서 구석구석 뒤졌다. 위 서랍은 얕은 서랍이었고 책상다리 옆에 붙은 서랍은 깊은 서랍이었다. 깊은 서랍을 뒤지다가 아나는 탄성을 울렸다. 검은 색깔의 몽블랑이 나왔기 때문이었다. 기다리던 비를 맞으려고 농부가 마당으로 뛰어나가 얼굴을 하늘로 향한 후 빗방울에 눈물방울을 섞을 때와 같은 마음으로 아나는 발견된 몽블랑을 쳐들고 사무실 천장을 쳐다보면서 탄성을 울렸다. 볼펜 심에서 잉크가 나오긴 하는데 시원하게 나오지 않았다. 오래 묵혀 둔 것이기 때문에 잉크가 말라 가고 있는 모양이었다. 이렇든 저렇든 간에 볼펜이 나타났고, 그것도 다름 아닌 몽블랑이었고, '나만의 것'을 찾은 기분이 들어 아나의 가슴은 설렜다. 희미한 기억 하나가 또 되살아났다. 선물을 받았을 때 여분의 심 하나가 추가되었었다는 기억이었다. 여분의 심을 찾으려고 아나는 서랍을 다시 뒤졌다. 이번에는 서랍을 그냥 열고 뒤지는 방식이 아니라 서랍을 통째로 뽑은 후 속에 든 모든 것들을 바닥에 쏟았다. 얕은 서랍과 깊은 서랍 할 것 없이 서랍 모두를 뽑아서 그렇게 했다. 아직 충분히 쓸 만한 크고 작은 물품들, 스카치테이프, 포스트잇, 스테이플러 같은 것들이 폐품 처리했어야 할 물건들 틈에 끼어 있었다. 아나는 쓸 만한 것들을 골라낸 후 쏟아진 물건들을 뒤지고 또 뒤졌다. 심은 나오지 않고 또 하나의 볼펜이 나타났다. 몽블랑과 비슷하게 생긴 것이었다. 몸통에 뭔가 쓰여 있었지만 그게 뭔지 알 수 없었다. 다만 한 가지, '김아나'라는, 아나의 성과 이름이 몸통에 새겨져 있었다. 이게 도대체 어떻게 된 건가. 아나는 다시 기억을 더듬었다. 언젠가 어느 기업 간부들을 상대로 강연을 한 일이 있었는데 기념으로 아나의 이름을 새긴 볼펜을 받은 기억이 살아났다. 그렇다면 이름까지 새겨진 '나만의 연필'이 이미 준비되어 있었다는 이야기인가. 오늘을 예비하기 위해서 그때 강연을 했었단 말인가. 볼펜을 잡고 있는 아나의 손은 떨렸다. 떨리는 손으로 글을 써 보았다. 몽블랑과는 달리 잉크가 완전히 말라 있었다. 아마 2~3년은 쓰지 않은 채로 서랍 속에서 잠을 자고 있었던 모양이다. 아무리 이리 굴리고 저리 굴려도 잉크가 나오지 않았다. 볼펜의 새 심을 구해야겠다는 생각을 했다. 아나는 주인과 맥주를 마시던 문구점으로 갔다.

볼펜을 보이면서 심을 찾았다.

"지금은 없습니다. 며칠 시간을 주시면 구해 놓겠습니다."

"얼만데요?"

"8천 원입니다."

"8천 원?"

아나는 450원도 볼펜인데, 이름이 무엇인지도 모르는 무명 볼펜의 심이 8천 원이라니, 하는 생각이 들어서, 주문을 하지 않고, 다른 문구점을 찾아가 볼 생각을 했다. 그러나 문제가 생겼다. 아나 앞에 지금 두 개의 볼펜이 있고 그중에 하나를 선택해야 하는 것이 원칙이어야 하지 않겠느냐. 몽블랑 같은 유명 볼펜이어야 하느냐, 아나의 이름만 쓰여 있을 뿐인 무명의 볼펜이어야 하느냐, 그게 문제였다.

유명에는 잉크가 말라 있지 않다고 하지만 앞으로 그것을 계속 사용하려면 어차피 새 심으로 갈아야 할 것 같았고, 잉크가 말라 있는 무명 역시 새 심으로 갈아야 할 판이다. 어차피 새 심을 사야 한다는, 서로 비슷한 사용 조건을 감안해서 기본을 선택해야 하겠는데, 그 선택이 아나에겐 쉽지 않았다. 아나는 선택에 앞서 우선 심을 찾고 보자는 생각을 했다. 적합한 심이란 말할 것도 없이 잉크가 잘 나온다는 것과 가격이 싸다는 조건에 부합하는 것이어야 했다.

동네에 문구점이 또 어디에 있더라…… 아나는 눈을 감고 눈 속의 동공을 돌리면서 온 동네를 헤맸다. 은행, 동사무소, 전자 상가,

그리고 터미널 쪽 근처를 살폈다. 문구점은커녕 '문'이라는 글자조차 보이지 않았다. 눈을 떴다 다시 감았다. 감은 눈을 아래위 좌우로 돌렸다. 돌리면 시야가 넓어질 것 같아서 하루 종일이라도 돌려야겠다는 생각을 했다. 지치지 않고 돌렸더니 은행이 다시 보였고, 은행 모퉁이에 간판도 없는, 지나가는 길에 얼핏 본 것으로 기억되는 문구점 하나가 보였다. 그 앞을 수도 없이 지나쳤지만 한번도 관심을 가져 보지 못했던 문구점이었다. 또 하나의 문구점이 나타났다. 은행에서 아나의 집으로 오는 길목에 도장집을 겸업으로 하는 보잘것없는 조그마한 문구점이었다. 태어나기 전부터 자기 집 바로 옆에 있었던 교회였지만 신자가 되기 전까지 그 교회가 거기에 있었다는 사실을 몰랐다고 간증하면서 눈물을 흘리던 친구 생각이 났다.

아나는 즉시 은행 모퉁이로 갔다. 유명과 무명, 둘을 내놓고 심을 찾았다. 둘의 심은 모두 없었다. 있다면 가격이 어떻게 되는가 물어보았더니 유명은 무명보다 두 배 정도 비싸다고 했다. 도장집 겸업을 하는 가게에 가도 없는 것은 마찬가지였다. 무명의 심이 더 싸다는 점에서만 대답이 같았다.

나만의 것을 찾으려고 하는 판국에 가격을 두고 너무 심하게 따지는 것이 아닌가 싶었으나, '기왕이면' 하는 생각이 원칙의 하나이니 어쩌겠는가. 유명에서 잉크가 아주 안 나오는 편은 아니니까, 그걸 사용하는 동안 무명의 새 심을 찾을 여유를 가지자는 생각을 아나는 했다. 문구점이 집 근처에는 더 이상을 없다는 것을 알고 시내 중심부로 가 볼 생각을 하면서 며칠을 보냈다. 월간 문예지가 나올 월말이 되어, 시내 중심부에 있는 서점에 들른 날이었다. 대형 서점이라 그 속에는 별의별 것들이 다 있었다. 볼펜 심이 있는 곳도 물론 있었다. 유명은 1만 원, 무명은 6천 원이라고 했다. 값도 싸고 무명이라고 하지만 아나의 이름이 각인된 것이기도 하니 무명의 심을 구입하고 싶었고, 결국 무명의 심을 구입하고 말았다. 신중에 신중을 거듭하는 아나가 이렇게 쉽게 무명의 심으로 결정을 본 것을 두고 아나 자신도 놀라고 있었다. 싼 값이라는 것이 무의식적으로 작용했을지 모를 일이었다. 아무튼 6천 원을 내고 구입했다는 말은 아나가 하려는 일에 있어서 모든 것이 이미 결정되어 버렸다는 뜻이 되고 말았다.

집으로 돌아온 아나는 잉크가 잘 나오는 무명과 나오긴 하지만 시원하게 잘 나오지 않는 유명, 이 두 볼펜을 전용 수첩에 꽂았다. 아나가 하려는 일에 있어서 이미 결정을 내린 지금에 와서 왜 유명을 꽂는가 싶었지만 아무튼 아나는 유명을 수첩에 꽂았다. 꽂아 놓고 보니 수첩이 불룩해진다. 불룩해진 수첩을 보니, 수첩이 주인인지 볼펜 둘이 주인인지 알 수가 없었다. 불룩해진 수첩은 호주머니에 넣고 다니기가 불편할 것 같았다. 아나는 하나를 버려야 한다. 아니 버리는 것이 아니라 사용 유보로 서랍 속에 넣어 두어야 한다는 생각을 한다. 그러다가 아나의 생각은 순식간에 또 바뀐다. 어느 것이 사용하기에 더 편할 것인가를 확인하는 것이 순서다. 나만의 연필을 찾으려고 서랍을 뒤질 때 먼저 나타난 것이 유명이 아니었더냐. 그러고 시원한 잉크는 아니지만 지금 당장 잉크가 나오는 볼펜이 아니더냐, 그리고 실제로 사용해 보면 명품이 그래도 더 좋을지 누가 아느냐. 그러니까 유명을 서랍에 넣어 둘 수는 없다. 우선 사용해 보자. 물론 무명으로 결정해 놓고, 그 결정을 번복할 수도 없는 노릇이었다. 그래서 불편하지만 당분간이라는 단서를 붙이면서 아나는 두 볼펜을 수첩에 모두 꽂았다.

얼마간을 그런 식으로 하고 다녔는지 모르지만, 아나에겐 유명, 무명 둘 모두를 몸에 지니고 다니는 것이 생각보다 훨씬 더 불편했다. 유명이든 무명이든 하나만 몸에 지니고 다니고 싶었다. 선택은 이미 무명으로 했던 것인데 왜 유명을 버리지 못하는가라는 생각을 다시 했다. 그런 생각을 하면서도 유명을 서랍에 넣어 두지 못하고 계속 몸에 지니고 다니던 어느 날, 수첩에 꽂혀 있어야 할 유명이 거기에 없었다.

비가 오는 날이었다. 동네 슈퍼에서 산 물건을 비 때문에 들고올 수 없다는 어머니의 전갈이 왔다. 아나는 어머니를 도와서 물건을 집으로 가지고 왔다. 부엌에서 사 온 물건을 정리하던 어머니가 깜빡했다면서 슈퍼로 급히 뛰어가서 달걀 한 꾸러미를 사 오라고 했다.

"나중에 줄게. 네 돈으로 좀 사 와."

집을 나설 때 뒷주머니에 꽂고 다니는 지갑의 유무를 확인하는 것이 아나의 습관이다. 확인 방법은 간단하다. 왼손을 뒷주머니에

슬쩍 대 본다. 그러면 약간 불룩해진 뒷주머니의 딱딱한 감이 손에 와 닿는다. 어머니의 말을 듣고 달걀 한 꾸러미를 사려고 집을 나설 때도 아나의 습관은 작동되었다. 책상에 앉았다가 뒷주머니에 손을 대면서 일어서려고 하는데 뒷주머니가 불룩하지 않았다. 아나는 뒷주머니를 한 번 더 확인했다. 지갑이 없었다. 확인을 하고 또 확인을 해도 없었다. 혹시 싶어서 화장실에 가 보았다. 바지를 반쯤 벗고 화장실에서 볼일을 보던 중 지갑이 바지에서 빠져나갔을지 모른다는 생각 때문이었다. 화장실에도 지갑은 없었다. 우산을 가지고 슈퍼로 가던 도중 길거리에서 흘렸나 싶었다. 집에서는 찾아볼 만한 곳이면 모두 찾아보았기 때문에 길거리에 흘렸을지 모른다는 생각이 들자 급히 길거리로 뛰쳐나갔다. 가던 길과 오던 길의 길바닥을 샅샅이 살폈다. 길거리에서 흘렸다면 벌써 누가 집어 갔을지 모르지 않는가. 그러나 비가 계속 오고 있는 도중에 흘린 지갑을 집어 갈 사람이 있을 확률은 적다 싶어서 바닥을 살피고 또 살폈다. 지갑은 없었다. 집으로 돌아왔다. 어머니가 찾던 달걀은 손에 없었다. "달걀은?" 했지만 아나는 자기 방으로 들어가서 지갑을 찾았다. "너, 뭘 하고 있니?" 어머니의 성화에 아나는 지갑이 없어졌다는 말을 결국 했다. 아무리 찾아도 나오지 않는 지갑을, 물건 찾는 선수인 어머니가 찾았다. "아이고, 장가라도 갔으면 지 댁이 할 일을, 쯧쯧" 하면서 선수답게 어머니가 지갑을 찾았던 것이다. 뒷주머니에 넣어 둔 지갑이 아나의 책상 의자 뒤축에 걸려 있었던 것이다. 어떻게 해서 그렇게 된 것인지 알 수가 없었다. 뒷주

268

머니에 들어 있던 지갑이 흘러내려 방바닥에 떨어지려다가 의자 뒤축에 걸리게 된 모양이었다.

아나는 유명을 지갑 찾듯이 찾고 싶었다. 그러나 없어진 유명은 아나 앞에 나타나지 않았다. 어머니의 도움도 이번에는 소용이 없었다. "장가라도 갔으면 지 댁이 할 일을, 쯧쯧"이라는 말만이 귀에 쟁쟁했다. 어머니의 성화는 그것이 무엇이든 아나를 괴롭힌다. 뭔가 정말 답답한 아나는 책상 앞에 앉아서 한숨을 쉰다. 눈앞에 놓인 노트북 자판 위에 손을 얹었다가 내려놓는다. 고개를 창밖으로 돌린다. 창 너머로 고층 아파트가 보인다. 한참 동안 아무런 생각 없이 고층 아파트를 바라보다가 다시 자판 위에 손을 얹는다.

커서가 움직인다. '아이고, 장가라도 갔으면 지 댁이 할 일을, 쯧쯧'이라는 글자가 커서를 따라 나타난다. '나는 왜 총각으로 있는가'라는 글자가 화면에 또 뜬다. 커서는 계속 움직인다.

'어머니와 신경전을 벌이면서도 왜 집을 떠나지 못하는가.'

우유부단한 인간이기 때문이다. 결혼 이야기가 나올 때 배우자의 선택 문제에서도 우유부단하다. 우유부단한 인간의 전형이다. 연애의 경우도 마찬가지다. 따지고 보면 별 볼 일이 없는 자기가 아닌가. 그러니 어떤 여자가 좋다고 생각되면 그쪽을 선택하면 그만이 아닌가. '나만의 무엇'의 선택이 왜 이렇게도 힘이 드는가?

바나와 아나가 커서로 싸운다.

바나 : 야, 여자는 다 그렇고 그런 거야. 너 그 여자 좋다고 했잖아.

아나 : 결혼이라는 것이 인생에서 제일 중요한데, 아무나하고 덜커덕 결혼할 순 없지.

바나 : 우유부단이야, 우유부단. 니 어머니도, 장가를 못 보내 안달이시잖아.

아나 : 나는 이상적 결정을 위해서, 세계를 떠돌아다녀야 한다. 세계가 아니라도 좋다. 한국으로 국한해도 좋다. 한국의 곳곳으로 떠돌아다녀야 한다. 아니 한국이 아니라도 좋다. 서울이라도 좋다. 내가 살고 있는 동네라도 좋다. 동네 구석구석을 돌아다니면서 그 구석구석의 사정을 살펴야 한다. 그런 연후에 가장 이상적이라 여겨지는 어딘가에 뿌리를 내리고 그곳에 정착을 하고 싶다. 그때까지는 '됐다'가 아니라 '아니다'로 살아야 한다. 쉽게 정착하는 인간보다 힘들지만 방황하는 인간이고 싶다. 내가 우유부단한 인간의 전형이 되는 이유는 간단하다. 정착을 하지 못하고 끝까지 방황만 하기 때문이다. 아니 더 정직하게 말하면 정착과 방황 사이에서 오락가락하는 한심한 인간이기 때문이다. 참과 거짓, 양심과 비양심 사이에도 왔다 갔다 한다. 정답을 몰라서다. 정답을 원하는 속성을 가지고 태어난 사람이 정답을 모르기 때문에 우유부단할 수밖에 없다. 나에겐 지금 여자 문제가 아니다. 유명을 찾지 못하는 것이 문제다.

자판에서 손을 뗀 아나는 자취를 감춘 유명 생각을 다시 한다. 아나는 책상 위에 놓여 있는 책을 하나씩 뒤진다. 밑줄을 긋기 위해서 유명을 책갈피 속에 끼어 두었을지 모를 일이라는 생각에서다. 책상 위에 놓인 책에서는 발견되지 않았다. 아나는 일어났다. 의자 뒤에 있는 책장을 살핀다. 책장에 꽂힌 책을 위쪽 단에서부터 점검한다. 없다. 아나가 자주 뽑아 보는 책이 꽂힌 부분을 다시 살폈다. 책 속에 무엇이 꽂혀 있으면 책이 불룩해진다. 아나는 불룩해진 책을 찾았으나 그런 책은 없었다. 이런 방법 저런 방법을 써 보아도 소용이 없다. 유명은 나타날 기미를 보이지 않는다. 아나는 의자에 털썩 주저앉는다.

물건에도 마음이 있나. 둘 중 하나를 선택해 놓고 실천에 옮기지 못하고 있는 아나의 마음을 알고 유명이 자청해서 자취를 감춘 건가. 그런 생각이 들수록 아나는 유명을 애타게 찾는다. 나만의 것으로 선택하려 했던 대상의 하나로, 처음 만났을 때 얼마나 놀라웠고 반가웠던가. 잃었던 지갑을 찾았던 기억을 아나는 되살린다. 유명 역시 필경 어디에 있을 것으로 확신하면서 계속 찾았다. 어머니에게 도움을 청했지만 어머니도 이번에는 선수답지 않았다. 미쳐 가는 아나는 의자 뒤축을 살폈다. 유명이 지갑이냐고 어머니가 핀잔을 준다. 옷을 바꾸어 입고 다니지 않는 아나이기 때문에 다른 양복 주머니 속에 수첩을 넣고 다녔을 리는 만무했지만, 천에 하나 싶어서 다른 옷의 주머니를 뒤진다. 있을 리가 없다. 유명은 아나의 끈질긴 시도에도 불구하고 영 아나를 찾아오지 않는다. 다른 방법은 없을까. 아무리 머리를 굴려도 좋은 생각이 나지 않았다. 이 걸로 끝을 내 버리는 수밖에 없는 건가. 둘 중 어느 것을 택해야 할 지 몰라 그동안 마음고생을 얼마나 많이 했던가. 마음고생을 그만 하라는 신호인지 모를 일이다. 하는 수 없는 것으로 하고 포기해 버리라는 것인가. 이런저런 생각을 하고 있는 아나에게 바나가 귓 속말로 '너 유명이 네 앞에 나타날까 봐, 오히려 걱정인 거지'라고 속삭인다. 일종의 비웃음이다. 아닌 게 아니라 아나 자신도 유명이 다시 나타날까 걱정이 되지 않는 바는 아니었다. 나타나면 선택 대 상으로 다시 등장하는 셈이고, 일을 처음부터 다시 시작해야 한다 는 무의식이 작용했을지 모를 일이었다. 아나는 부끄럽다는 생각 과 비굴하다는 생각으로 뒤틀리고 있었다. 바나가 '비굴하게 그러 니까 애타게 찾긴 왜 찾아'라면서 또 비웃는다. 잃어버려서 안타까 워함과 나타날까 걱정을 하는 사람이 아나인 것이 확실하지만 만 일 유명이 다시 나타나는 경우 어떻게 해야 하는가라는 생각이 들 자 정신이 번쩍 들었다. '만일의 경우에 대비해서 대책을 세워 놓 아야 한다'고 외친다.

  속이 탈 때, 타는 불을 끄기 위해서 아나는 2호선 전철을 탄다. 아나가 2호선을 좋아하는 이유는 종착역 같은 것을 생각할 필요 없이 서울 외곽을 빙빙 돈다는 데에 있었다. 하차를 어디에서 해야 한다는 것 등에 대한 신경을 쓸 필요가 없는 것이 좋았다. 시간이 허락하는 대로 무작정 몸을 전철에 맡기고만 있으면 되는 것이다.

한 바퀴를 돌든 두 바퀴를 돌든 상관하지 않고 어디서든 내리고 싶은 곳에서 내렸다가 그곳에서 빌빌대다가 다시 전철을 타고 처음 탔던 역에 오면 되었던 것이다. 더 좋은 점은 시간대만 잘 맞추면 전철 안이 텅텅 빈다는 것이다. 텅 빈 차 안이 아나에겐 보금자리가 된다. 차 안에서 '꿈같은 꿈'을 꾸면서 반쯤 존다. 이렇게 졸고 있을 때는 정말 행복하다. 시간대를 잘못 맞추어 손님이 많으면, 그것 또한 즐길 만하다. 손님 구경만큼 재미있는 일이 아나에겐 없다. 단 하나, 출근 시간은 피한다. 몸싸움이 너무 심해서 싫다. 아무튼 유명이 다시 나타나는 경우에 대비할 방법을 강구하기 위해서 2호선 전철을 빌리기로 했다.

몇 바퀴를 돌지 알 수가 없었고, 전철 안에서 시장기가 돌면 어떻게 할까 싶어서 동네 주변에 있는 빵집에서 빵 하나를 샀다. 그리고 전철역으로 가는 도중 길거리에서 팔고 있는 귤도 둘 샀다. 바나나를 하나 더 샀으면 싶었으나 파는 곳이 없었다. 빵 하나와 귤 둘이면 한두 바퀴를 돌아도 걱정될 것이 없다는 생각이 들었다.

불안한 마음과 편안한 마음이 동시에 아나를 건드렸다. 불안한 마음은 궁여지책이라도 좋으니 마음속에 어떤 아이디어가 떠오르지 않으면 어떻게 할까 하는 걱정 때문이고, 편안한 마음은 전철 안이 조용하고 한가해서 무조건 졸렸기 때문이다. 한 바퀴 도는 시간이 꽤 걸릴 것이기 때문에 그 긴 시간 동안 좋은 생각이 떠오를 것이라는 막연한 기대감을 아나는 가지고 있었다. 생각이 떠오르지 않으면 망상이라도 하지 뭐, 하면서 아나는 우선 잠을 청했다.

청하지 않을 때에는 그렇게도 잘 오던 잠이 청할 때이면 달아나 버린다. 그래서 이번의 경우 아나는 잠을 붙들고 늘어졌다. 한참 동안 잠을 붙들고 늘어지고 있을 때 한강 다리가 보인다. 그 순간 그때의 일이 생각이 났다. 한때 아나는 담배를 많이 피웠다. 담배를 많이 피우던 아나가 담배를 끊으려고 안간힘을 쓸 때였다. 자기 의지로서는 끊을 수 없다는 것을 여러 차례 확인해 오던 어느 날, 친구와 한강변에 놀러 간 일이 있었다. 그날도 금연의 일념에 사로잡혀 있었다. 자기 담배가 없어야 하고 라이터가 없어야 한다고 생각했다. 없어야 한다? 그렇다면 없애야지 하는 충동을 느꼈다. 모처럼 구입한 좋은 외제 라이터와 그날 피우려고 산 뜯지도 않은 담뱃갑을 한강 다리 위에서 강물로 던져 버렸다. 그때의 생각이 해결책 1을 상상하게 했다. 가졌든 가지지 않았든 간에 모두 버린다? X역을 지날 때 상상하게 된 것인데 아나는 그것을 '한강 다리 해결책'이라는 말 대신에 그냥 '한강 다리'라고 불렀다. 그때 아나 옆자리에 앉은 어떤 여자가 뭔가 열심히 적고 있었다. 뭘 적고 있는지 알 수 없었지만 적고 있는 모습을 본 것이 아나로 하여금 메모를 하게 했다. 메모의 도구는 그때까지 외롭게 혼자 수첩에 꽂혀 있던 무명이었다. 기정사실화된 사항을 두서없이 적었다.

1. 유명을 배반한 것은 숨길 수 없는 사실이다.
2. 물건에도 마음이 있으니 유명에도 마음이 있을 것이다.
3. 다시 나타나서 유명을 채택을 한다고 해도 순수성은 이미 잃

었다.

　4. 유명의 자존심은 이미 상했다.

　5. 아나가 할 수 있는 일은 유명의 자존심을 살리는 일이다.

　6. 유명의 자존심을 살려도 문제는 해결되지 않는다.

　7. 가만히 있는 지금 이 메모를 적어 주는 무명의 입장은 어떻게 되는가.

　8. 무명이라고 아나 마음의 움직임을 모를 리가 있겠는가.

　9. 무명이라고 자존심이 없겠는가.

　아나는 이름과 이름 사이에 끼어 이러지도 저러지도 못한다. 결국 두 손과 발을 모두 들 수밖에 없는가. 아니면 나 못 살겠다 하고 뒤로 나자빠지고 말아야 하는가. 아무리 우유부단한 아나라고 해도 그럴 수는 없었다. 유명을 배반했으면, 무명도 배반을 해야 하지 않는가. 양쪽 모두를 배반하자라면서 제3의 볼펜을 찾자고 외칠 때 아나는 이유 없이 '한강 다리'를 의심한 후, 느닷없이 이번엔 눈 먼 사람을 생각한다. 아나가 눈 먼 사람을 상상한 것은 운명에 맡기자는 생각과 닮았다. 어릴 때부터 아나는 제비뽑기를 좋아했다.

　식탁 앞에 앉아 있는 어머니를 상상했고 아나 역시 식탁에 앉아 있는 것을 상상한다. 어머니는 눈을 뜨고 아나는 눈을 감고 있다. 어머니가 볼펜 둘을 빙빙 돌리다가 아나 앞에 놓는다. 눈을 감고 있던 아나는 두 볼펜의 위치를 모른다. 아나는 손을 앞으로 뻗는다. 둘 중 하나가 먼저 잡힌다. 그것이 나만의 볼펜이다. 이런 상상을 하면서 눈먼 사람을 제2의 해결책으로 내놓았으나 제2해결책 역시 망상의 범주를 넘어서지 못한다는 사실에 눈을 뜬다.

"도대체 그런 게 어떻게 해결책이 되는가. 병신! 천지! 바보!"

빗발처럼 쏟아지는 바나의 비웃음이 무섭다. 아나는 제2의 해결책도 철수시킨다. 지친 아나는 모든 것이 싫다. 유명이고 무명이고 나와 무슨 상관이냐는 책임 없는 생각까지 든다. 비웃음과 그 비웃음이 주는 고통을 참는 일이 이젠 정말 지겹다. 한강 다리와 눈먼 사람 모두를 철수시킨 다음 아나는 H대 입구 전철역에서 내린다. 지속적으로 아나를 괴롭히는 고통보다 이젠 자포자기의 심정으로 '어떤 기쁨'이라도 찾고 싶다.

전철역 구내를 걸으면서 아나는 '기쁨'의 속성은 무엇일까라고 묻는다. 아니 그것보다 더 쉽게 물어보자. 아나만의 기쁨에 국한시켜 '나만의 기쁨'은 언제 얻어졌던가,라고 물어보자. 대답은 간단했다. 하고 싶은 일이 아슬아슬하게 성취되었을 때 아나는 기뻐했던 것 같다. 그런데 지금 아나에게 아슬아슬하게 성취되는 사건은 벌어지지 않고 있다. 유명과 무명 중 어느 것이 자기만의 글에 적중하는 수단인지 몰라서 지금 그걸 찾고 있지만 그걸 찾지 못한 상태이고 보니 '어떤 기쁨'이라는 말 역시 공허한 어휘가 되고 만다. 더 이상 희망을 가질 수 없는 아나는 출발점인 S역에 되돌아온다. 혹시 해서, 기대했던 것이지만 집에 도착해도 유명은 다시 나타나지 않았다. 아나는 이게 나의 운명인가라고 소리 질렀다. 이때다. 어디선지 모른다. 아나만이 들을 수 있는 비난의 목소리가 쏟아진다.

바나의 개입 시간이 온 모양이다. 아나는 양손으로 귀를 막는다. 양손이 귀에 닿는 순간 그동안 손에 움켜쥐고 있었던 무명이 방바닥으로 떨어진다. 떨어진 소리를 듣고서도 한참을 기다렸다가 아나는 바닥에 떨어진 무명을 잡아 쥔다.

"결국 너냐……. 무명에서 출발하라고……."

아나는 더 이상 바나의 말을 듣지 않기로 하고 바나와 결별을 선언한다. 불안하지만, 정말 불안하지만, 아나는 홀로서기를 결심한다. 홀로서기가 출구일 것 같다는 생각에서, 힘겹게 홀로 선, 지친 아나는 다시 한 번 더 무명을 잡는다.

"그래, 좋다. 나만의 볼펜이 결국 바로 너란 말인가. 안심은 금물이야. 내가 너를 언제 버릴지 몰라."

아나의 목소리는 서글픔에 젖어 있다. 깔깔대는 바나의 웃음소리가 아나의 귀에서 점점 멀어져 간다.

민들레 꽃씨

하늘이 깜깜하다. 거짓말이다. 병실 창문 밖으로 보이는 하늘은 깜깜하지 않다. 구름 너머 하늘은 파랗기만 하다. 위암이라는 판정을 받고 수술 준비를 하고 있는 나에게 거짓말이 참말이 된다. 하늘이 깜깜해진다.

설사가 멎지 않아 약국에 가서 설사약을 사 먹었다. 2~3주가 지나도 멎지 않았다. 견디면서 설사약을 계속 사 먹었다. 3개월이 지나도 멎지 않았다. 하는 수 없이 친우 C 교수를 찾았다. 명의로 소문난 C 교수에게 설사약을 받으면 문제가 해결될 것으로 믿었다. C 교수는 내시경부터 보자고 했다. 결과가 위암이었고 그날로 입원을 하게 된 어처구니없는 일이 벌어졌다.

아내가 C 교수에게 묻는다.

"어떻게 된 겁니까?"

"초기 같으면 몰라도, 이미 2기가 넘은 것 같아요."

아내에겐 말이 죽는다. 기가 막힌다는 말이 살아 있으려면 기막히는 고비를 넘길 가능성이 전제되어야 한다. 짐 뭉치들을 병실 구석에 풀어놓을 때 그 속에 끼어 있는 노트북을 본다. 뚜껑이 닫혀 있는 노트북이 많은 말을 한다. 죽을 사람에겐 말이 없고 살아 있는 사람들에게만 말이 많다.

간호사가 들락날락하는 병실에서 이미 수술 준비는 시작된다. 수술 전에 환자가 해야 할 일이 많다면서 간호사는 이것저것들을 주문한다. 주문에 응하기만 하면 병이 낫는 것으로 착각하는 나는 선생님 말씀을 잘 듣는 초등학교 학생이 된다. 간호사가 링거 병보다 더 큰 유리병을 들고 들어왔다. 저건 왜 들고 들어오나 싶었다.

"이걸 마시세요."

간호사는 명령조다.

"이걸 마시면 토할 겁니다. 토한 후 또 마시세요. 다 마시고 나면 또 가지고 올 겁니다."

머뭇거리던 아내가 무얼 물을 듯이 간호사 뒤를 따라 나간다. 간호사는 이미 다른 방으로 들어가고 없었다. 방금 사라졌던 간호사가 어디에선지 다시 나타났다. 혈압기를 들고 왔다. 혈압을 잰 후 나는 간호사가 가지고 온 물을 마시기 시작했다. 물은 물인데 이상한 물이었다. 구역질이 나는 뭔가 찝찝한 느낌을 주는 물이었다.

마시자마자 왈칵 터져 나왔다. 마시라는 물을 마시면 병이 낫는 줄 알고, 초등학교 학생이 된 나는 우등생이 되려고 있는 힘을 다한다. 빈 물통을 들고 나가면서 아이에게 쓰는, 훌륭하시네,라는 말투로 내 등을 두들겼던 간호사가 새 물통을 또 들고 왔다.

"또 마셔야 해요."

착한 학생, 하는 소리는 생략하는 것 같았지만 즉시 엄한 선생으로 변한다.

"수술 시 위 속에 음식 찌꺼기가 하나라도 남아 있으면 위험해요. 물을 여러 병 마셔서 말끔히 토해내야 합니다. 말끔히 토해 내지 않으면, 항문으로 고무 막대기 같은 것을 집어넣어 위장을 소독할 것입니다. 그건 물을 마시는 것보다 더 고통스러워요."

나는 밥알 하나 나오지 않을 정도로 마셨다. 토해 내는 일에 생사를 걸었다.

남자의 성기에 있는 오줌 구멍, 오줌이 나오는 그 구멍 말이다. '유치 도뇨관'이라던가, 처음 보는 가느다란 고무줄을 들고 두 남자가 병실로 들어온다. 도뇨관 끝은 오줌 구멍의 크기보다 작았다. 나는 뭘 하러 그것을 들고 이들이 병실로 들어오는지 알 수가 없다.

"바지를 벗으세요."

벌써부터 선생이 시키는 대로 하면 병이 낫는 줄 아는 학생이 된 나는 바지를 벗는다. 말하자면 성기를 그들 앞에 드러내고 누웠던 것이다.

남자 한 사람은 나의 몸을 잡고 다른 한 사람은 도뇨관을 오줌 구멍으로 집어넣는다. 나는 기절을 했다. 견딜 수 있는 고통이 아니고 견딜 수 없는 고문이었다.

"참아요. 거의 다 들어갔습니다."

해도 해도 너무했다. 이런 농담이 어디 있는가. 어디까지 들어가야 다 들어가는지 알 리가 없다.

"이상하다, 오늘은 이게 왜 이렇게 잘 안 맞지."

성기 속에 있는 어떤 부분과 도뇨관을 맞추려고 하는 모양이다. 맞추려고 오줌 구멍으로 밀어 넣었던 도뇨관을 빼내더니 그것을 다시 집어넣는다. 나는 그 자리에서 또 기절을 한다.

"마취된 상태에서 수술을 하지만 환자의 오줌은 저절로 나옵니다. 수술 도중에 오줌이 나와서 의사가 원하지 않는 곳에 흘러가면 큰일이 납니다. 오줌이 나올 때 도뇨관을 통해 다른 곳으로 빠져나가게 하기 위해서 지금 이런 준비를 하는 것입니다."

도뇨관이 성기 속에 안착되었을 때 한 남자가 하는 말이었다.

그다음은 온몸에 면도칼질을 한다. 돼지를 잡을 때 몸에 붙어 있는 털을 깎아 내는 것을 본 일이 있다.

"돼지가 되는구나."

나는 숨도 쉬지 않고 죽은 듯이 모든 일을 그냥 내버려 두었다.

"조그마한 털이라도 몸에 붙어 있으면, 수술 도중 문제가 생길 수 있습니다. 몸에 칼을 댈 때 잘못해서 가는 털이라고 해도 잘린 털이 위장 내부로 들어가지 말아야 합니다. 몸속으로 들어가면 수술에 지장이 생기기 때문에 면도를 하는 겁니다."

면도질을 하던 남자의 설명이었다.

흰 가운을 입은 키가 크고 빼빼 마른 남자가 A4용지 한 장을 들고 온다. 그리고 그것을 아내에게 내밀었다.

"뭔가요?"

벌벌 떨고 있던 아내가 물었다.

"드문 일이지만 수술 도중에 사고가 발생하는 경우가 있습니다. 그런 경우 그것이 병원의 책임이 아니라는 사실에 동의한다는 보호자의 서명이 필요합니다."

남자의 대답이다.

아내는 서명하지 않겠다고 했다. 수술 도중에 사고가 일어난다는 말이 무슨 말인가. 어떤 사고든 그 사고를 용납한다는 것은 있을 수 없는 일이었다.

"서명하지 않으면 수술을 못 합니다. 요식행위에 불과하니 서명해야 합니다."

천에 하나라도 사고가 생기면? 하는 그 천의 하나라는 말이 싫었다. 나는 아내에게 서명하라는 신호를 보냈다. 그때 C 교수가 나타났다. 아내가 울먹이면서 서명해야 합니까,라고 C 교수에게 물었다.

"하세요. 그건 누구나 하는 겁니다."

서명하면서도 아내의 마음은 갈팡질팡한다.

움직이는 침대 위에 실려서 수술실로 향하는 시점이었다. C 교수가 잠깐! 한다. 침대 주변에 있던 모든 사람들이 무슨 일인가 싶어, C 교수를 본다. 나의 귀에 하나님 하는 소리가 들린다. 독실한 기독교 신자인 C 교수가 나의 손을 잡고 기도하기 시작한다. '하나님 아버지, 정수는 아직 할 일이 많습니다. 데리고 가시면 안 됩니다'라는 것이 기도의 요지였다. 나는 C 교수를 미친놈이라고 생각했다. 기도를 해도 더러운 기도였다. 수술 도중 죽을지 모른다는 말을 간접적으로 하고 있는 것이 아닌가. 움직이는 침대 옆에는 줄곧 울고 있는 아내와 아이들, 형제들이 서 있었다. 더 불쾌한 일이 벌어졌다.

"야, 너 수술 성공하면 교회에 가야 한다!"

수술실로 들어가는 사람에게 교회라니, 그게 도대체 무슨 소린가 싶었다.

나는 속으로 다시 미친놈, 하고선 입을 다물었다. C 교수는 했던 말을 또 한다.

"야, 너 수술 성공하면 교회에 가야 한다!"

나는 미친놈! 하고 고함을 치고 싶었다.

"야, 너, 수술 성공하는 거 싫어? 성공하길 원하면 나와 약속을 해야 해, 교회 가겠다고!"

확실한 공갈 협박이었다. 협박이라면 무슨 협박이라도 견딜 것 같은데, 그 순간 왈칵 겁이 났다. 혹시 실패하면? 하는 공포증이 생겼다. 긴소리하지 말고 대답만 하라는 말이 C 교수의 입에서 또 나왔다. 겁에 질린 나는 '그래 가마'라고 약속을 한다. 한다가 아니라 해 버린다. 그 약속은 C 교수에게 하는 약속 같지 않았다. 무엇인지 모르지만 어떤 큰 힘 앞에서 굴복하는 것 같았다. 아주 짧은 순간이었지만, 그건 보통 일이 아니었다. C 교수의 기도가 끝나고 침대는 움직였다. 지방에서 올라온 형이 말했다.

"비행기 타고 로스앤젤레스로 날아가는 거야. 한숨 자고 나면 무사히 랜딩할 거야."

나의 눈가에 눈물이 고인다.

수술실 사정이 어떤지 내가 알 길은 없다. 수술 환자가 이렇게 많은 줄도 나는 알지 못했다. 국제공항에서 이륙하려는 비행기가 줄을 지어 서서히 움직이듯이 움직이는 침대는 복도에서 줄을 짓고 있었다. 수술장이 하나만이 아닌 것이 분명했다. 나를 운반해 가는 움직이는 침대 앞에도 뒤에도 침대가 줄을 짓고 있었는데 갑자기 침대가 움직이지 않는다. 침대만 두고 간호사들은 어디로 갔는지 가 버리고 없었다. 원래 그렇게 되는 것인지 알 수가 없었다. 알몸으로 침대에 누워 있는 나는 한기를 느낀다. 한기는 공포증을 배증시킨다.

이거 정말 어떻게 되는 건가. 그저께만 해도 학생들 앞에서 혼자 잘났다고 열강을 하던 내가 아니었던가. 설사는 났지만 저녁엔

술도 마시고 설렁탕 국물에 섞인 밥 덩어리를 잘도 먹지 않았던가. 지금 이건 도대체 무슨 꼴인가.

너, 내 사정이 되어 봐야 나를 이해할 거야, 하던 친구 생각이 났다. 어디선가 소동이 벌어진다. 나의 앞쪽인지 뒤쪽인지 알 수 없는 곳에서 간호사가 질겁하면서 나타난다.

"환자님, 이러시면 안 됩니다."

어떤 노인이 '나 수술 안 할란다' 하면서 침대에서 일어난 것이다. 아무도 없는 서늘한 복도에서 기다리고만 있으려니 공포감이 배증되어 더 이상 견딜 수가 없었던 모양이다. 나 역시 모든 걸 털고 일어나서 병원 밖으로 뛰쳐나가고 싶었다. 하나의 해프닝은 그것으로 끝나고 복도는 다시 조용해졌다. 침대는 서서히 움직이기 시작했다. 침대가 들어가는 문은 하나가 아니었다. 내가 들어간 수술실은 넓고 환했다. 머리에 수건을 쓰고 있는 사람이 여럿 보였고 자기네들끼리 무슨 말인지 주고받았다.

"나는 이제 죽었다."

혼자 중얼거리고 있는 내 옆으로 간호사가 온다. 간호사가 옆에서 무슨 일을 하고 있다는 기억밖에 없다. 전신마취 상태에 돌입하고 말았던 것이다.

의식이 회복되었을 때 나는 만신창이가 된 몸으로 병실로 돌아가고 있었다. 수술 도중에 사고가 생기진 않았던 모양이다. '무사히 랜딩할 것이다'라고 말한 형의 말이 떠올랐다. 랜딩은 투병의 시작에 불과할 뿐인데 마치 완치라도 된 것으로 생각하면서 나는 눈물을 흘렸다. 배를 가르고 위의 3분의 1을 잘라 내는 대수술을 받았다지만 사고 없는 수술을 끝내고 병실로 올라온 것이 그래도 고마웠다.

배를 연 후 위장에 생긴 악성종양을 잘라 냈을 것이고 위장 내부는 피범벅이 되었을 것이다. 몸 밖 피부 상처에서 나오는 피와는 비교가 안 될 정도로 많은 피가 사방으로 흘러내렸을 것이다. 나는 상상을 계속한다.

수술을 끝낸 후 열었던 배를 봉합한다. 몸 밖의 피부 상처에서 흐르던 피가 멈추려고 해도 얼마간의 시간이 필요하지 않겠는가. 하물며 위장 안에서 흐르는 피가 멈추려면 더 많은 시간이 필요할 것이다. 흐르는 피를 위장 안에 그냥 둘 수는 없다. 위장 밖으로 흘러나가게 해야 한다. 그러기 위해서 위장을 봉합할 때 배의 옆구리에 구멍을 뚫고 배액관을 달아서 환자의 몸 밖으로 오물을 흘러나가게 해야 한다. 병실로 돌아온 환자의 고통은 말로 표현할 수 없다. 콧구멍에도 비강캐뉼라가 붙어 있다. 통증 때문에 환자는 기침조차 할 수 없다. 기침을 해야 몸이 정상으로 돌아간다면서 기침을 하라고 한다. 다시 초등학교 학생이 된 나는 기침을 하려고 한다. 기침을 시도해도 고통 때문에 가능하지 않다. 풍선 부는 연습을 하라고 해서 아내가 풍선을 사 온다. 불려고 숨을 고르기만 해도 가슴 주변에 이는 고통이 그걸 불가능하게 한다. 수술 직후의 며칠간은 살아도 사는 것이 아니었다. '모든 것은 내가 처리한다. 내 능력,

내 노력, 내 의지로 한다'는 것이 그동안의 내 신념이었다. 몸 여기저기에 달린 고무줄은 그런 내 신념을 외면했다. 피를 멎게 하는 것은 나의 의지와 노력과는 무관한 것이었다. 의지는 아무런 힘을 가지지 못한다는 것을 나는 생후 처음으로 절감한다.

급거 상경한 누나들은 울고만 있다. 친지, 친구, 제자들도 하나씩 둘씩 문병을 온다. 내가 좋아하는 시인이 '달빛 보러 와요'라는 쪽지를 시골에서 보낸다. 고등학교 동창들이 찾아와서 병실 복판에 담요를 깔고 화투를 치기 시작한다.

"제수 씨, 마실 거 좀 없어요?"

나와 친한 친구가 아내에게 술이라도 좀 내놓으라고 한다. 아내는 술 대신에 청량음료를 내놓는다. 화투를 치다가 암을 앓았던 친구 한 녀석이 느닷없이 전이 이야기를 꺼낸다.

"초기에 죽는 사람도 있고, 3기, 4기에도 사는 사람이 있고 기도를 하는 사람도 죽고, 기도를 하지 않는 사람도 살더라고. 2기면 경계선이고 초기면 거의 완치가 된다던데, 그것도 아닌 것 같아. 그 친구 초긴데 죽었다잖아. 왜, 창구 있잖아. 모두가 사람 팔자야. 초기도 재수 없으면 죽어. 전이가 문제야."

누워 있는 환자를 봐서라도 할 소리가 아닌데 나이가 들면 뭘 하나. 철이 없어도 한참 없다.

"전이라니 그게 뭔데?"

전이라는 말을 처음 들은 나는 친구들이 지껄이는 소리에 귀가 열린다.

"사형선고 같은 거야."

"그게 무슨 소린데?"

"수술한 부위가 아닌, 다른 부위로 암이 옮겨 간다는 말이야. 한 부위의 암만 해도 문제인데 다른 부위로 전이되는 경우는 백이면 백 모두 죽게 되는 거야. 피를 말리는 것은, 전이가 당장은 안 되어도 3개월 후에 다시 봐야 한다면서 환자에게 3개월 후에 병원으로 다시 오라고 할 때거든. 환자는 3개월 후에 병원에 와서 검사를 다시 받고 전이 여부를 확인해야 하거든."

"전이라는 게 그런 거구나."

"'그런 거구나'가 아니야. 그 이상이야. 전이 여부를 확인하는 검사를 5년간 계속해야 한다는 거야. 5년 동안 전이가 되지 않아야 완치가 된다는 거야. 5년 동안은 살아도 산 것이 아닌 거지."

"그게 그런 거구나."

5년간이라는 말은 나로서도 처음 듣는 말이었다. 그게 그런 거구나,라고 나 역시 중얼거렸다. 친구들이 빨리 갔으면 싶은 아내의 마음을 읽었던지 친구들이 담요를 걷어치운다. "정수야, 어서 일어나라. 우리 한잔하러 가야지."

나와 아내는 말이 없다.

늦은 밤이었다. 한복을 입고 턱에 수염을 기른 중년 남자가 병실로 들어선다. 면회 시간이 아닌데 어떻게 들어왔는지 알 수가 없다. 얼근히 취한 모습이다.

자기 아버지와 내 아버지가 먼 친척이라면서 아버님들 생각을 하니 소식을 듣고 그냥 있을 수 없었다고 떠들어댄다.

"어떤 병이라도 낫게 하는 신약을 들고 왔어요."

뿌연 물이 담긴 소주 한 됫병 크기의 유리병을 내밀었다.

"문제는 가격이 비싸다는 것에 있어요."

지푸라기라도 붙들고 싶은 인간의 심리를 이용한 사기꾼이라는 것을 누구나 직감할 수 있었다. 밤늦게 술까지 마시고 자려고 하는 환자를 깨우는 불량배라는 생각이 들었던 것이 사실이었지만 그것보다 사기를 치려는 것이 아주 불쾌했다. 그러나 아내는 혹시 하는 생각이 드는 모양이었다.

"한 병에 얼만데요?"

나는 큰소리로 여보라고 소리 질렀다. 소리 지른 후 가슴에서 오는 통증 때문에 더 이상 말을 잇지 못했다.

"이 한 병밖에 없습니다. 워낙 귀한 약이라서."

"얼만데요?"

"5백만 원입니다."

"여보, 5백만 원이래. 한번 마셔 보지 그래. 누가 알아요."

나는 아내의 얼굴을 뚫어져라 바라보면서 턱수염이 난 중년 남자를 향해 나가라는 고갯짓을 했다. 사나이는 나가지 않고 아내와 대화를 나누려고 하다가 왈칵하는 나의 태도에 놀라 병실을 나가고 만다.

죽고 사는 문제가 걸린 초음파 검사를 하는 날이다. 검사실 앞 복도 의자에 앉아 차례를 기다린다. 검사실은 하나가 아니고 여럿이었다. 환자는 자기 이름을 부를 때까지 복도 의자에 앉아서 기다려야 했다. 한참 만에 검사실 안으로 들어갔다. 어두운 검사실 안에는 장기가 비치는 모니터가 있었다. 무엇이 비치기는 하지만 보통 사람은 그게 무엇인지 알 수 없는 것이었다. 검사관이 배 위에 기름 같은 것을 바른다. 그리고 무엇인지 알 수 없는 기구로 배 위를 누르면서 여기저기로 돌린다. 그러다가 모니터에 비친 어떤 순간을 사진으로 찍는다. 무서운 순간이었다. 가슴이 뛰었다. 찍은 사진의 판독으로 운명이 결정된다는 것밖에 내가 알 수 있는 것은 없었다. 검사가 끝났다. 검사관이 결과를 알 것이라고 믿었다. 나는 결과를 즉시 알고 싶었다. 어때요,라고 물었다. 판독은 전문 의사가 한다면서 담당 의사를 만나보라고 한다. 나는 "대충이라도……"라고 되물었다.

"모든 것은 담당 의사 선생님이 말씀해 주실 겁니다."

참으로 냉랭한 대답이었다. 담당 의사는 검사 당일 만날 수 없게 되어 있었다. 그러니까 죽을지 살지의 문제가 이틀 후에야 풀린다는 이야기다. 이틀 동안을 누가 조용한 마음으로 기다릴 수 있겠는가. 이것도 내 의지와는 상관이 없는 문제였다.

간호사가 들어온다.

"혈액 검사를 해야 해요."

"왜요?"

"전이 여부를 검사하는 거예요."

나는 화투를 치던 친구가 하던 말을 기억한다.

"초음파 검사를 했는데요."

"그것과는 별도 검사입니다."

간호사의 말은 말 그대로 사무적이었다. 나는 죽은 듯이 시키는 대로 움직였다. 아래층 채혈실로 가서 피를 뽑은 후 또 물었다.

"결과는 언제 나옵니까?"

"병실에 가서 기다리세요. 2~3일 후에 선생님을 만나세요."

'천지강산에!'라는 말을 자주 쓴다고 아내에게서 핀잔을 받은 일이 있다. 교수로서 그런 말투는 더 이상 쓰지 않는 것이 좋다는 말을 하던 아내 생각이 났지만 나는 천지강산에 기다리라고만 하는가,라고 고함을 치고 싶었다. 초음파라든가 혈액 검사가 이런 것인지 알지 못하는 나를 간호사들은 오히려 우습게 생각하는 눈치였다. 아무튼 2~3일을 더 기다리지 않을 수 없었다. 모든 것이 불가항력이었다. 나는 어디의 누구에게 무슨 소리를 해야 할지 알 수가 없었지만, 어쨌든 기다려야 했다.

일주일이 조금 더 지났을까. 흰 가운을 입은 C 교수가 나타났다.

"너, 약속 지켜야지."

무슨 소린지 알 수가 없는 내가 물었다.

"무슨 약속?"

"벌써 잊었어?"

"뭘?"

"교회 가야지."

나는 기가 막혔다. 몸이 아직 신통치 않은데 어딜 가라는 건가. 해도 해도 너무한다는 생각이 들었다.

"퇴원이라도 해야 교회고 뭐고가 있잖아."

"병원 안에 교회가 있어. 움직이는 게 회복에 더 좋아. 그냥 누워 있는 것보다 움직이는 게 좋아. 그리고 검사 결과가 다 좋다고 하니 교회에 가서 감사해야지."

감사해야지,라는 말도 말이지만 가만있는 것보다 움직이는 게 좋다는 의사의 말을 누가 거역하겠는가.

교회 생각을 하자 나를 괴롭히는 문제가 생긴다. 가긴 가야 하는데 '감사해야지'라는 C 교수의 말이 목에 걸렸다. 성공적인 수술 그리고 검사 결과의 좋음, 이런 것들에 대한 감사 표시를 해야 한다는데, 그것을 어떻게 해야 할지 알 수가 없었다. 헌금이라는 말이 생각났지만 얼마의 헌금을 해야 할지를 알 수가 없었다.

"여보, 시간이 되어 가는데 교회에는 안 가요?"

"안 갈래."

"왜요?"

"그냥, 가기 싫어."

"그런 말이 어딨어요. 약속했잖아요."

"약속이고 뭐고 나는 모르겠어."

"왜 그래요. 말해 봐요."

"싫어."

"어서요."

"창피해."

"내가 화내요."

"이야기가 긴데."

"길어도 좋아요. 천천히 말해 보세요."

"내가 좀팽이 같은 인간일 줄 몰랐어."

"괜찮다니까요. 당신 좀팽이인 줄 내가 알잖아요."

"나는 신자도 아니잖소. 헌금을 왜 해, 싶더라고."

"그래서요."

"처음에는 신자도 아니니까 천 원 정도 할까,라고 생각했었지. 천 원이라도 내 생돈을 교회에 무엇 때문에 내는가, 하는 생각이 들었거든. 2~3초 후였어. 그게 아니더라고. 좀 심하다는 생각이 들었어. 만 원? 하다가, 교수 신분으로 만 원도 좀 그렇다는 생각이 들었어. 십만 원? 액수가 자꾸 올라가더라고. 수술 성공에 감사를 표시한다는 마당에 좀 심하다는 생각이 들었어."

"그래서요. 뜸을 들이지 말고 솔직하게 말하세요."

"생각해 보니, 내가 머리를 굴리고 있더라고. 당신 알잖소. 머리 굴리는 제자 내가 제일 싫어한다는 것 말이오. 학교 졸업 후 직장을 얻어 주면 감사하고 얻어 주지 않으면 스승이라고 해도 감사하지 않는 제자를 내가 많이 경험했잖아요. 참 제자가 아닌 제자는 참 감사를 할 줄도 모른다고 내가 얼마나 우습게 생각했던가 말이야. 선생은 머리 굴리는 제자를 즉각적으로 아는데 학생들은 그것이 그렇다는 것을 모르거든. 인간도 그런데 하나님이야 싶더라고. 그래서 큰마음 먹고 백만 원 할까 하는 생각을 해봤지만 그것 역시 머리를 굴린 결과더라고. 나는 어떻게 해야 할지 알 수가 없었어. 내 것을 주머니에 좀 챙겨 두고, 나머지를 들고 하나님께 간다는 것은 뭔가 아니다,라는 생각이 들었어. 내게 있는 모든 것을 전부 들고 가야 참 감사가 아니겠느냐,라는 생각이 들었어. 이론적으로는 그게 절대로 옳은 거지. 그렇지 여보."

"계속 이야기하세요."

"이론과 실제는 다르다, 이런 말 내가 수도 없이 했잖아요."

"계속 말을 하라니까요."

"입원비 생각도 나고 퇴원 후에 들어갈 약값 등, 실제의 일로 생각나는 것이 하나둘이 아니더라고. 지금까지도 안 간 교회니까 안 가면 그만이 아닌가 싶더라고. 돈도 세이브가 되고 죄책감도 없어질 것이 아닌가 싶었어. 지금까지도 헌금 안 내고 잘 살았잖아. 그런데 그게 또 아니더라고. 당신 말대로 약속을 어길 수 없다는 엄연한 사실 때문이었어요. 그래서 생각해 낸 것이 명령에 복종하자는 것이었어."

"당신에게 누가 무슨 명령을 내린다고 그래요."

"그걸 내가 알면 왜 이 고생이겠소. 아무튼 내 생각에 그래야 죄를 지어도 덜 짓는 것이 아닌가 싶었던 것이지. 어디서 들은 이야기인지 모르지만 십일조라는 말이 생각나더라고. 생각은 좋았지만 그것도 쉬운 문제가 아니었어. 학교 월급의 십일조냐, 쾌유하라고 내놓고 간 것까지 합친 것으로 십일조냐,라는 문제가 생기더라고. 생각을 하면 할수록 일이 꼬이기만 하더라고. 그래서 에라 모르겠다 싶었어. 최종적으로 결정을 내고 만 거야. 교회에 안 가기로 말이야."

단돈 십 원에 벌벌 떠는 구두쇠인 아내가 내 말을 다 듣고서 방 구석으로 걸어가 자기 가방을 열더니 두툼한 봉투를 나에게 건네면서 이거 감사 헌금으로 내세요,라고 했다. 놀란 나는 아내의 팔을 있는 힘을 다해 꼬집으면서 당신 누구요,라고 했다.

"여보, 왜 이래요. 아파요."

"당신 누구요?"

내가 다시 물었더니 아내가 말했다.

"이 사람이 왜 이래요?"

"응, 정순이 맞군."

나는 액수를 보지도 않고 그걸 들고 아내와 함께 교회로 갔다.

병실에서 교회까지의 복도는 길지도 짧지도 않았다. 병실을 나섰을 때는 주변이 밝았지만 교회에 접근할수록 복도는 차츰 어두워졌다. 마치 이 세상에서 저세상으로 가기나 하는 듯 분위기가 스산했다. 병원 바깥세상과 안 세상이 나를 헷갈리게 했다. 그것은 아내가 준 봉투 때문이기도 했다. 아내의 바깥만 보았었지 안을 보지 못했던 탓이기도 했다. 아무튼 죽을 사람들이 모여 하나님을 찾는 안 세상의 교회를 나는 태어난 후 처음으로 본다. 나는 수면제를 과다하게 먹은 사람처럼 정신이 몽롱해진다. 오늘내일하는 중환자들 앞에 성경을 들고 들어선 목사를 본다. 볼품도 없고 키도 작고 몸이 마른 목사였다. 나는 목사가 측은하게 보였다.

어쩌다 제대로 된 교회에서 일자리를 잡지 못했는가. 얼마나 못났으면 산 사람들 앞에서 목회를 하지 못하고 오늘내일하는 사람들 앞에서 목회를 하는가.

50명 정도 앉을 수 있는 공간이었다. 예배 시간이 11시인데 많은 사람들이 시간 전에 와 앉아 있었다. 나처럼 몸 여기저기에 무엇을 달고 있는 중환자들뿐이었다.

모두가 크리스천일까.

왜 이런 질문을 던지는지 나는 알 수가 없었다. 크리스천? 그들은 무엇을 하는 사람일까. 죽을 때라야만 교회에 찾아오는 사람일까.

나는 아내가 준 봉투를 손에 들고 예배가 시작되길 기다렸다. 궁금했던 설교가 시작되자 나는 손에 든 봉투를 다시 꽉 잡는다. 아내는 말없이 옆에 앉아 있다. 20분 정도의 설교였다. 부연설명은 생략하고 요약해 본다. 귀 있는 자는 들으시오,라는 말을 되풀이한, 이런 설교였다.

항상 감사하라.

참 감사는 자기의 유불리와 상관이 없는 개념이다. 지진이 나서

땅속 불구덩이로 떨어지는 순간에도 우리를 위해 피를 흘리신 예수님 생각을 하면서 '하나님, 감사합니다'라고 할 때 참 감사가 된다.

하나님의 섭리는 우리가 알 수 없다.

욕심을 내지 말라.

쓸데없는 것으로 꽉 차 있는 마음이어서는 안 된다.

지식이 꽉 차 있는 마음이면 오만한 마음이다.

모든 것을 버려라. 그러면 마음이 가난해진다. 모든 것을 하나님께 맡겨라. 믿고 맡기면 여러분 모두 쾌유한다.

봉투를 헌금 보자기에 넣고 병실로 돌아왔다. 아내가 입을 연다.

"참 안됐네요. 오늘내일하는 사람이 이렇게 많은 줄은 몰랐어요."

"기분이 착잡한 건 사실이오."

병실로 돌아온 나는 감사의 참 의미에 대한 목사의 설교 생각을 했다.

살려 주면 감사하고 죽이면 감사하지 못하겠다는, 그런 감사는 참 감사가 아니다,라는 말은 옳은 말 같았다. 이론적으로는 맞으나 실제적으로 그게 쉬운 일일까, 하는 생각이 들었다. 지진의 불구덩이 속에서 가장 귀한 자기의 목숨을 빼앗아 가는 하나님에게 감사한 마음을 가져야 한다는 것이 어찌 쉬운 일이겠는가. 그런데 희한하다. 쉽지 않은 것은 사실이나 참 감사의 뜻은 자기를 버리는 것이 옳다는 생각이 자꾸만 들었다. 교수 생활을 오래 해오면서 겪은 제자와의 경험 때문이었을까. 그 순간 십자가에 못 박히는 일이 쉬운 일이었겠는가,라면서 목에 힘을 주던 목사의 열기가 기억되었다.

십자가라는 지진을 생각하고 있을 때 고모부가 병실로 들어섰다. 키가 크고 얼굴이 잘생겼을 뿐만 아니라 사업을 잘했고 항상 주변 사람을 도와주는 고모부였다.

"아직 젊은데 왜 이래, 나 같은 늙은이도 멀쩡한데. 지금 50이던가?"

"52예요."

"얼굴 봤으니 나는 간다. 좋은 거 많이 먹고 빨리 일어나거라."

고모부는 봉투 하나를 아내에게 건넨 후 병실을 나갔다.

"여보, 이거 방금 교회에 낸 봉투와 똑같은 봉투예요. 크기도 색깔도, 그리고 부피도 같아요."

아내는 병실 주변을 살피다가 봉투 안에 든 돈을 꺼냈다.

"아이고, 우리가 가지고 간 것과 액수가 꼭 같네. 이건 기적이에요. 고모부가 우리한테 돈이 없다는 걸 알고 우리가 낸 걸 꺼내서 되돌려 준 거예요."

"얼만데?"

"새 돈으로 백만 원이에요."

"우리가 낸 것과 고모부가 준 것이 같다고? 당신 말대로 그거 기적 아닌가."

"그래요. 고모부가 교회에 가서 우리 봉투를 꺼내 온 것이 틀림

없어요. 이거 보세요. 꼭 같아요."

"교회에 안 냈으면 두 배가 되는데……."

아내는 내가 하는 농담을 듣고 "이 사람이……" 하면서 웃다가, "기적이에요. 정말 기적이에요. 기적은 지금도 여기저기에서 일어나고 있어요, 여보" 하고 말한다.

그때 민들레 꽃씨 하나가 바람에 날려 병실 안으로 들어온다. 이것 또한 기적일까, 하는 생각이 든 이유를 나는 모른다. 나는 아내를 부른다.

"당신, 상징이 뭔지 알아요?"

"내가 뭘 아나요."

"이거 봐요. 이게 상징이요."

"뭐가요?"

"이거 말이오. 상징의 의미를 받아들이는 사람이 있고 받아들이지 않는 사람이 있어요."

간호사가 들어왔다.

"혈압 재러 왔어요."

하던 말을 중단하고 나는 팔을 걷어 올린다. 혈압을 잰 간호사가 나간다.

"혈압은요?" 아내가 물었다.

"정상이에요."

사무적인 대답이었다.

"저 간호사는 항상 웃기더라."

"언젠가 내가 말한 적이 있잖소. 성수聖水와 식수食水에 대한 말 말이오."

"계속하세요."

"같은 H2O인데 신자가 아니면 그 물을 마셔 버리고 신자인 경우는 의미 부여를 한다는 말 말이오."

"당신 말은 항상 허공에 뜬 말 같아요."

"어떤 일이 일어난 후 그다음에 일어나게 될 사건을 예측하지 못하는 사람이 이 세상에 얼마나 많아요. 나는 달라요. 이걸 보면서 나에게 일어날 일에 대한 예측을 나는 할 수 있단 말이오."

"나를 불러 놓고 당신 왜 이러세요."

"상징인 경우에는 의미가 발생하고, 그게 상징이 아니라고 생각하는 사람에겐 의미 발생이 안 되거든."

"당신이 이미 말한 거잖아요."

"중요하기 때문에 다시 말하는 거요."

"나 바빠요."

"나에게 내가 잊지 못하는 역사가 있거든."

"나 바쁘다니까요."

"내 역사를 모르고서는 나를 이해하지 못해요. 나의 상징을 절대로 이해하지 못할 거요."

"왜 그래요, 당신."

"이 민들레 꽃씨를 보시오. 이걸 보면, 나는 언제나 이상한 생각이 들어요."

"……."

"민들레 꽃씨가 떨어지던 날이면 언제나 나에게 행운이 찾아왔어요. 이번에는 내 병이 완치된다는 기쁜 소식을 가지고 온 것일까. 이 세상 여기저기에 민들레 꽃씨가 떨어지는 것은 확실하지요."

"……."

"왜 대답을 안 해요."

"그래요. 여기저기에 떨어지는 것은 확실해요."

"잊지 못하는 날 하나가 나에게 있다는 말을 했던가?"

*

"바람에 날리다 날리다, 세상을 돌다 돌다 외톨이가 된 민들레 꽃씨 하나가 처마 밑에 벗어 둔 내 신발 끝에 내려와 앉더라고. 입김으로 푸우, 하고 불어 보았지. 미풍에도 날리고 말 조그마한 고게 꼼짝도 하지 않더라고. 나는 푸우를 중단했지. 이게 어떻게 여기까지 왔나 싶어서 눈물 같은 것이 고이더라고. 그렇지! 네가 좋은 소식을 가지고 온 거지, 그렇지! 외가에 간 어머니가 돌아오신다는 신호를 가지고 온 거지, 그렇지! 그렇게 되기만 한다면 얼마나 좋을까. 그때였어. 대문을 밀고 들어오면서 내 이름을 부르는 어머니의 목소리가 들리더라고. 놀라움과 반가움 그리고 감사한 마음에 못 이겨 나는 오 하나님, 하고 말았지. 그런데 민들레에 대해서 별거 아니라는 생각을 하는 사람이 있단 말이야."

"각자의 사정이 다른 것은 그뿐이 아닌데요, 뭐."

"여기 이 민들레 꽃씨 좀 봐요. 이게 나를 찾을 줄을 누가 알았겠소."

"자, 이젠 본론으로 들어가 봐요."

"민들레 말고 이 세상에 떠돌아다니다가 떨어지는 것에 대해 생각해 본 일이 있소? 그것이 어떤 사람의 손에 들어가게 되는 것에 대한 생각을 해 본 일이 있는가 말이오."

아내는 나를 측은하게 쳐다보고 있다.

"내 말을 다시 들어 봐요. 내 병의 완치를 위해서도 판을 깨지 말고."

"내가 판을 깨다니요."

"지금부터 내가 하는 말, 천천히, 한 마디 한 마디씩, 씹어 가면서 잘 들어 봐요. 했던 말 또 한다 그러지 말고."

"알았어요. 어서 해요."

나는 아내에게 새끼손가락을 내밀었다. 내 뜻을 안 아내는 자기 새끼손가락을 내 새끼손가락에 건다.

"여보, 이거 봐요. 다시 한 번 봐요."

"민들레 꽃씨 아니에요? 아까 봤어요."

"이 '착한 마음'의 상징 좀 봐요."

"……"

"어디선가 날아온 이 착한 마음을 보라고."

"……."

"내 말 못 알아듣는 거요? 이 민들레 꽃씨 좀 보라는 거요. 이게 이 방 안으로 날아들어 왔어요."

"아까 말했잖아요. 한 번 이상이에요."

"했던 말 또 한다 하지 말라고 했잖아요."

"알았어요. 이제 안 할게요."

"한 사람이 한평생 한 번쯤은 착한 마음을 쓰는 거 아닐까."

"그럴 수 있겠지요."

"한평생에 한 번은 물론일 거고 자기 생일날, 한 번쯤 착한 마음을 쓰는 사람도 있을 거요. 매 주일 교회에 가는 사람은 매 주일 헌금을 내잖소. 많고 적고는 상관없지. 교회 밖 사람들의 말로 하면 일종의 착한 마음인 거지. 아무튼 인간은 악인이라고 해도 그 마음 속에 착한 마음이 생길 때가 있을 거거든."

"본론으로, 어서요."

"난생처음으로 방금 당신으로 인한 착한 마음을 내가 쓰고 왔잖소. 그런데 고모부의 착한 마음이 그걸 우리에게 돌려준 거란 말이오. 고모부의 마음이 이 민들레 꽃씨였다는 거지.

"아, 그 말을 하려던 것이었군요."

"바로 봤소. 바로 그거요. 이 세상에 있는 인간의 수를 생각해 봐요. 사람들이 단 한 번 쓰는 착한 마음을 생각해 보면서 그 수를 상상해 보라는 거요. 얼마가 될지 몰라도 민들레 꽃씨처럼 수도 없을 거요."

"그게 기적이란 말이지요."

"바로 그거요. 기적이지요. 기적은 어디서든지 지금도 일어나는 거지만 그게 쉽게 일어나는 것은 아니지. 그리고 그게 기적인지도 모르지요."

"당신 말을 듣고 보니 그게 그렇다는 생각이 드네요. 오늘 목사님이 하신 말씀이 우리의 마음에 떨어지는 민들레 꽃씨 같기도 하네요. 당신이 수술실 들어가기 전 C 교수의 기도도 그렇구요."

"당신의 그 말이 바로 내 마음에 떨어지는 민들레 꽃씨구려."

"민들레 꽃씨 말고 더 좋은 비유는 없을까요."

"글쎄, 지금 나도 그 생각을 하고 있어요. 그런데 꽉 막히네. 어렸을 때의 기억 때문일 거야. 감사한 마음과 그 마음의 표시 그리고 착한 마음, 이런 것들이 맞물려 있는 상징이 나에겐 민들레 꽃씨였거든."

아내는 알아들었다는 표정을 지었고 나는 감사에 감사를 거듭하는 마음으로 병실에 떨어진 민들레 꽃씨를 완치의 신호로 받아들이면서 어렸을 때의 나를 되쫓고 있었다.

플랫폼에서 놓친 여자

"창의력 그게 전부란 말이야, 창의력이! 어휘를 사용하는 사람의 마음 안에 있는 의미와 사전적 의미가 반드시 동일한 것은 아니라는 말이야, 내 말은."

박형우 실장은 작가라는 어휘의 사용법을 두고도 언성을 높인다.

"작가는 예술품의 제작자이고 제작자는 말의 뜻대로 무엇을 만드는 사람들일 텐데 말이야. 작가를 특히 소설가라고 하는 것에 문제가 있다는 거지, 내 말은. 무엇을 '만드는 사람'이면 모두 작가라고 불러야 하는 거야. 우리 연구실이 제대로 되려면 그런 사고가 필요하단 말이야."

자기가 실장으로 있는 연구실을 작가실이라고 부르고, 자기의 주된 음식을 상상이라고 믿고 있는 박 실장을 직원들은 희귀종이라고 부른다.

박 실장은 출장을 일이라고 생각하지 않는다. 여유 시간을 즐길 수 있는 짧은 여행이라고 생각한다. 여행을 떠날 때마다 박 실장은 두 가지 생각에 얽힌다. '이번 여행에서 잊지 못할 추억 하나'를 만들자라는 생각과 '꼭 같게, 그러나 다르게' 만들어 보자라는 생각이 그것이다. '꼭 같게, 그러나 다르게'라는 어구는 형우가 만든 개념어이지만 남들이 그게 무슨 개뼈다귀 같은 소리냐는 반응을 보이기 때문에 우선 숨긴다. '잊지 못할 추억 하나'라는 어구 역시 숨긴다. 누구나 이해할 수 있는 일상어이지만 너는 아직도 문학소녀 취향이냐면서 친구들이 빈정대기 때문이다. 그렇다고 해서 마냥 숨길 생각만 하고 있는 것은 아니다. 드러낼 기회를 노리고 있다.

얽힘은 때에 따라 기묘한 효과를 발휘한다. 음고音高와 음가音價가 얽히면 선율이 생기는데 어떤 선율로부터는 불가사의한, 어떤 대체 세계가 탄생된다.

얽힘은 선율에만 국한되는 것이 아니다. 두 가지 서로 상치되는 '어떤 것들'이 얽힘으로써 생기는 새로운 대체 세계는 신생아처럼 개별적 존재로 태어나서 개체적 생체로 자란다. 자라는 과정은 물리 세계에서보다 심리 세계에서 더 잘 감지된다.

형우는 대체 세계에서 살기를 좋아하고 그 세계 속에서 무엇을 만드는 일에 관심이 많다. 신상품개발 연구실장이 된 것도 그런 연유에서다. 그가 대학 다닐 때에는 미술과 음악을 만들고 싶었고,

잡지나 신문을, 심지어는 조직 같은 것도 만들고 싶었다. 그에겐 만들고 싶지 않은 것이 없었기 때문에 항상 가능하지 않은 세계를 그리워했다.

'잊지 못할 추억'이나 '같게 그러나 다르게'나 간에 대상은 다르지만, 그것을 만드는 일에 작용되는 인간의 마음에는 공통점이 있을지 모른다는 생각이 형우의 고질병이다. 그 병 때문에 하루도 편안한 날이 없다.

그날 형우는 부산으로 가는 기차의 창가에서 '실장님 부산 출장 따라가려고 해요'라고 말하던 미스 심 생각을 한다. 미스 심이 따라 오면 '잊지 못할 추억 하나'를 만들 수 없을 것 같아 뿌리치고 온 것에 대한 생각을 하면서 비어 있는 옆자리에 누가 앉을까가 궁금하다.

노파 한 사람이 객차 안으로 들어선다. 통로를 걸으면서 자기 자리를 찾으려고 고개를 좌우로 한 번씩 차례로 돌린다.

'저 노파가 옆자리에 앉으면 안 되는데.'

노파는 형우 옆을 지나간다. 이번에는 뚱뚱한 중년 남자가 걸어온다. 속도가 노파보다 빠르다는 차이는 있지만 고개를 좌우로 돌리는 것은 마찬가지다.

'뚱보도 안 되는데.'

몸집으로 보아 옆자리에 앉으면 숨이 막힐 것 같다. 다행히 뚱보는 자기 자리를 찾았다. 출발 시간이 얼마 남지 않았다. 출입구에 아이를 등에 업고 헐떡이면서 걸어오는 아낙네가 있다.

'저 아낙네가 옆에 앉으면 어쩌지.'

형우 자리 두 번째 건너편에 아낙네가 앉는다. 열차가 곧 출발한다는 방송이 요란할 때 예쁜 여인 한 사람이 방송 소리에 놀라면서 열차 안으로 들어선다. 저 여인이라면 그런대로 되겠다 싶었는데 아이를 등에 업고 있던 아낙네의 앞자리에 가서 앉는다.

기차가 서서히 움직인다. 마음에 들지 않는 사람이 앉는 것보다 빈자리가 차라리 좋겠다는 생각을 할 때 저쪽에서 여대생같이 보이는 통통한 젊은 아가씨가 걸어온다. 열차가 달리고 있는데 걸어 들어오는 걸 보니 객차번호를 잘못 알고 엉뚱한 객차에 올라탔었던 모양이다. '괜찮겠네' 싶은 순간 형우 옆을 지나가 버린다.

열차가 속도를 내자 창밖에 비치는 세상은 빗살 속을 스치는 크고 작은 진눈깨비 같다. 들고 온 김밥을 먹을 수 있을 것 같은데 어제의 과음 때문에 위장이 아직 아니다,라고 한다. 형우는 창가에 머리를 기댄다. 부산에서 할 특강 내용을 머리 안에서 점검한다. 할 이야기의 앞뒤가 그럭저럭 잡힌다는 생각을 하면서 잠을 청한다. 미스 심이 아침상을 들고 방으로 들어온다. 형우 옆에 앉아서 형우가 아침밥을 먹는 것을 본다. '당신은 안 먹어?' '나중에 먹을게요' 나중에 먹겠다는 아내를 본다. 치마가 아무렇게나 다리를 덮고 있다. 치마 안의 굴곡이 형우를 자극한다. 밥을 먹다 말고 아내를 눕힌다. '실장님, 이거 너무 한 거 아니예요'라는 미스 심의 외침에 놀라 잠을 깼을 때 대전역에 도착한다는 방송 소리가 들린다.

손님이 오르고 내린 후 기차는 다시 달린다. 옆자리는 여전히 비어 있다. 김밥을 꺼낸다.

기차의 속도가 조금씩 빨라질 즈음 건너편 객차에서 형우가 타고 있는 객차 안으로 어떤 젊은 남자가 들어선다. 남자도 객차 번호를 잘못 알았던 모양이다. 뚜벅뚜벅 걸어오던 남자는 형우 앞에 선다. 빈자리가 찼다. 김밥을 꺼내서 먹으려고 하던 시점에 옆자리에 사람이 앉았으니, 김밥 먹기가 쑥스러웠다. 김밥을 다시 집어넣고 눈을 감는다. 남자는 형우에게 눈을 돌리지 않고 책을 꺼내서 읽기 시작한다. 책 읽는 남자는 형우의 눈에 보기가 좋다.

'뭘 하는 사람일까.'

저 사람은 뭘 하는 사람일까라는 궁금증, 길게 지속되는 궁금증이든 순간적인 궁금증이든 간에 일단 궁금증이 생기면 그 궁금증은 현실 세계와는 거리가 먼 어떤 대체 세계를 상상하게 한다. 형우로 하여금 다시는 떠나고 싶지 않은, 거기서 영원히 머물고 싶은 공간을 꿈꾸게 한다. 형우는 한두 번 곁눈질을 한다. 남자는 형우에게 관심이 없다. 다시 눈을 감은 형우는 김밥 생각을 한다. 내가 뭣 때문에 먹으려던 김밥을 먹지 못하고 있는가. 그가 뭘 하는 사람이든 무슨 상관이냐. 무시하면 그만이 아닌가. 판매원이 카터를 끌고 지나간다. 형우는 열차 안에서 무얼 사 먹는 일은 하지 않는다. 값이 비싸다는 것이 이유다. 지방 출장을 갈 때 형우는 언제나 노모가 만든 김밥을 들고 간다. 가격을 싸게 친다는 것이 이유이기도 하지만 김밥을 형우가 워낙 좋아하기 때문이다.

시치미를 떼기로 했다. 그렇다고 혼자서 김밥을 먹을 수는 없었다. 김밥을 꺼낸 후 옆자리로 내민다. "이거 하나 들어 보시지요."

김밥을 내밀면서도 형우는 자기가 쩨쩨한 사내같이 보일 것 같아 얼굴이 붉어진다. 신사가 좀스럽게 김밥이나 먹고 있담?이라고 속으로 빈정댈지 모를 일이었다.

형우는 '지껄이라지 뭐. 내가 알게 뭐야'라면서 무식하게 놀 결심을 한다. 김밥이 든 얇은 나무로 된 작은 상자는 여전히 남자 앞에 내민 채로 있다.

"아닙니다. 이제 방금 뭘 먹고 왔어요."

"그럼 실례하겠습니다."

"신경 쓰지 마시고요."

김밥 하나를 처음 입에 넣을 때 형우는 남자 쪽을 보지 않았다. 김밥을 씹는 입의 모양새를 남자에게 노골적으로 보이고 싶지 않아서 고개를 차창 밖으로 한껏 돌리고 있었다. 처음 한둘을 넣을 때는 쑥스러웠지만 기왕에 넣은 바에야 하는 생각이 들자 얼굴에 철판을 깔기로 했다. 형우는 김밥 씹는 소리를 쩍쩍 내면서 맛있게 김밥을 먹어 치웠다.

목이 말랐다. 열차 안에서 뭘 사 먹는 일이 없는 형우인데 그날은 달랐다. 물보다 콜라를 마시고 싶었다. 마침 청량음료를 실은 판매원이 지나간다. 창가 자리에서 통로 쪽으로 고개를 쭉 내뻗으면서 판매원을 세운다. 형우의 몸이 남자의 몸에 닿았다. 남자는 자기 몸을 뒤로 젖힌다.

"콜라는 없는데요."

콜라가 없다? 그거 웃기는 일 아닌가 싶었지만 참았다. 참으면서 특강 내용을 다시 한 번 더 점검하려고 창가에 기대고 눈을 감았다.

"이거 드시지요."

하는 소리가 들렸다. 눈을 떠서 고개를 돌렸더니 옆자리 남자가 형우 앞으로 콜라 캔 하나를 내밀고 있었다. 놀란 형우는 사양의 뜻으로 손을 저었다. 남자는 "이 가방 속에 콜라 또 있어요, 괜찮아요. 드세요."

남자는 착해 보였다. 무언가 은근한 맛이 있었고 행동거지도 부드러웠다. 책을 읽고 있는 남자, 부드럽기만 한 것이 아니라 궁금증을 일게 하는 남자. 그리고 자기 콜라를 처음 보는 사람에게 내주는 남자, 이 착한 남자에게서 형우는 콜라를 받지 않을 수 없었다. 갈증이 말끔히 해소된다. 이런 사람도 세상에 다 있구나. 형우에겐 별 거 아닌 콜라 캔 하나일 수가 없었다.

"너무 잘 마셨습니다. 참으로 감사합니다. 저는 박형우라고 합니다."

남자는 그냥 웃었고 자기 이름을 대지 않았다.

"저는 ○○기업의 신상품개발 연구실장입니다. 이번에 지사 직원들을 상대로 상품 개발에 관한 특강을 하러 부산으로 내려가는 중입니다. 특강 제목은 '꼭 같게, 그러나 다르게'로 잡았습니다."

묻지도 않은데 콜라가 고마워서 형우는 장황스럽게 자기소개를 한다. 고맙다는 표시로 다른 어떤 방법을 써야할지 몰라서 그냥 말로 덤벙대기만 했다. 남자는 아무런 반응이 없다. 조용했다.

"실례지만 뭘 하시는 분이신지?"

남자는 대답이 없다. 형우도 입을 다물었다. 한참 후인 것 같다. 작은 목소리로

"작가입니다."

작가라는 말 한 마디. 그 말 한 마디가 왜 그렇게 사람을 반갑게 하는지 알 수가 없었다.

"우리 연구실을 작가실作家室이라고 부르는데, 작가님은 무엇을 만드시나요?"

남자는 고개를 형우 반대편으로 돌리면서 스스로를 비웃는 듯한 미소를 지었다.

"혹시, 성함이?"

"……"

작가이면 대충 이름을 알고 있는 형우였다. 혹시 아는 이름이면, 이런 영광이 어디 있겠는가 싶어서 남자의 대답을 기다렸다. 남자는 건너편 차창 밖으로 고개를 고정시키고 있을 뿐 말이 없었다. 기다렸다. 기차는 달리고 기다리는 시간은 길었다. 얼마를 기다렸는지 알 수 없다.

내가 왜 이러고 있지, 잊고 말자. 내 일이나 하자. 콜라가 고맙지만, 밝히지 않겠다는데 그의 이름까지 구태여 알 필요는 없지 않은가. 오히려 실례가 될지도 몰라.

혼자 중얼거리고 있는 형우의 귀에 '저는 아직 무명입니다'라는 차분한 소리가 들렸다. 그리고 이번에도 그것이 전부였다. 겸손인지, 그의 성격 탓인지, 정말 무명인지 알 수가 없었다. 좀 답답하다는 느낌을 받은 형우는 그렇다면 왜 스스로 작가라는 말을 하긴 했나 싶었다.

이름이 나 있는 작가는 잡지나 신문 혹은 문예지에 사진이 난다. 형우는 작가의 이름과 사진을 잘 기억한다. 자기가 특히 좋아하는 작가도 몇 사람 있다. 그런 경우 이름과 얼굴은 사진 박듯이 꾀고 있다. 옆자리에 앉은 남자의 사진은 어디서도 본 일이 없다. 남자의 말대로 그는 정말 무명인가.

형우는 더 이상 묻지 않았다. 그렇다고 콜라가 고맙다는 생각은 버릴 수 없었다. 그리고 말이 없는 남자로부터 호기심은 계속 발동되고 있고 해서, 되는대로 이런저런 이야기를 이어갔다. 그때였다. 남자가 '꼭 같게, 그러나 다르게'가 무슨 뜻이지요,라고 묻는다. 반가운 질문이었다.

"설명을 하자면 좀 긴데요."

"괜찮습니다. 할 일도 없는데요 뭐."

그래, 너와 이야기를 한번 해 보자는 생각이 들었던지 남자의 태도가 변하는 걸 보고 형우는 신이 났다.

"내가 만든 '베끼기 이론'이지요."

"베끼기 이론이라니 그게 무슨 말입니까."

"'믿거나 말거나 이론'이지만 저는 그걸로 먹고 살지요."

몸이 먹고 산다는 뜻이 아니라 마음이 상상의 날개 살을 먹고 산다는 뜻이라고 추가 설명을 했지만 남자는 형우의 마음을 알 리가 없다.

"믿거나 말거나 이론'이라니 그런 이론도 있습니까?"

정신이상자는 아닐 성싶은데,라는 남자의 옆얼굴이다. 형우의 목소리가 앞뒤 자리 승객들에게 방해가 되었던 모양이인지 승무원 한 사람이 옆에 와서 '목소리를 좀 낮추어 주시지요'라고 한다.

남자는 낯이 두꺼운 사람이 아닌 것이 확실했다. 자기가 낸 소리가 아닌데도 민망해서 어쩔 줄 몰라 하면서 형우와 약속이나 한 듯이 '죄송합니다'를 연발했다. 입을 열어 볼까 하던 남자는 그때부터 입을 다물었고 형우의 목소리는 모기 소리로 변했다.

"신상품 개발을 위한 아이디어를 얻기 위해서 저는 전공과 상관이 없는, 이 책 저 책을 읽습니다."

입을 봉한 남자는 왼쪽 귀를 형우의 몸 쪽으로 눕힌다. 형우는 고개를 오른쪽으로 돌리면서 소곤거리기 시작한다.

"아이디어는 엉뚱한 곳에서 찾아지더라고요. 선생께서 읽고 있는 책이 무엇인지 알 수 없습니다만, 저는 경영 분야를 위시해서 자기 관리법, 예술 관련 책, 성공한 사람의 자전 관련 책 등, 손에 닿는 대로 마구잡이로 읽지요. 예술에 관한 책으로는 문학, 미술, 음악, 연극 등 손에 닿는 대로 읽어요. 그런데 아이디어 차원에서 내가 '꼭 같게, 그러나 다르게'라는 어휘를 생각하게 된 계기는 저의 전공과는 거리가 먼 글이었어요. 찰스 로젠이라는 뛰어난 피아니스트이면서 음악분석가가 쓴 논문이었지요."

제법 거창한 소리를 하는가 싶었던지 남자는 형우의 얼굴을 그때 처음으로 정식으로 쳐다본다.

"재미있는 개념이 그 글에 함의되어 있다는 느낌을 받았어요. 그래서 그 글을 끝까지 읽었지요. 이해는 되지 않았으나 얻은 결론은 희한했고, 내 나름대로 마구잡이로 짜낸 결론이었지만 저를 통째로 바꾸어 놓은 글이었어요. 왜 바뀌었냐에 대해서 친구들에게 여러 번 말했어요. 친구들은 웃기는 소리라면서, 아무도 귀담아 들어줄 생각조차 하지 않았어요."

남자의 왼쪽 귀가 번쩍 열린다. 남자의 그 귀를 감지한 형우는 신이 났다.

"베낀다라는 말은 옮겨 쓴다라는 뜻이라는 것을 알았지만, 글로 남의 편지를 베낀다라는 식의 뜻만이 아닌, 좀 더 넓은 의미로 베낀다라는 말을 사용하고 싶었어요. 베낀다는 말과 인간이면 누구나 행하는 행위를 상관시키고 싶었던 거지요. 내 생각이 옳은지 어떤지 알고 싶어서 '인간은 누구나 베낀다'라는 문장을 화두로 삼았고 나름대로의 근거를 찾기 시작했다는 거지요."

형우는 마시다 남은 콜라 캔을 들고서 고맙다는 인사를 다시 했고, 남자는 뭘요라는 대답을 되풀이했다. 콜라 캔을 입에서 뗀 후 형우는 귓속말을 계속한다.

"베낀다라는 말을 사용할 때에는 무엇무엇'을' 베낀다라는, 그 '을'이 있잖아요. 베낌의 대상 말이예요."

'그래서?'라는 표시인지, 남자는 고개를 위아래로 조금 움직인 후 알아들었으니 이야기를 계속하라는 표정을 짓는다.

"화장한다는 것도 일종의 베낌이랄 수가 있거든요. '바람과 함께 사라지다'의 비비안 리 같은 예쁜 얼굴을 만들기 위해서 비비안 리같게 화장을 하는 경우 그 배우를 베끼는 것이 아니고 무엇이겠습니까. 성형수술의 경우도 그렇지요. 턱이 자기 마음에 들지 않아서 성형수술을 하는 경우 마음에 드는 턱을 수술로 베끼는 꼴이 되는 것이니까요."

"그렇게 말하고 보니 그렇기도 하군요."

형우는 기회는 왔다 싶었던지 목소리가 커졌다. 남자가 쉬 하면서 왼쪽 어깨로 형우의 몸을 민다.

형우는 다시 소곤거리기 시작했다.

"누구의 할아버지 시대에는 공자님의 말씀을 행동으로 베끼고, 누구의 아버지 시대에는 재벌 총수의 경영 방식을 행동으로 베낄수 있는 것이니까요. 요즈음 벤치마킹이라는 말도 있더군요."

침묵이 얼마간 흘렀다. 긴 시간은 아니었다. 남자는 자기가 읽던 책을 형우 쪽으로 내민다.

"와아, 뭐, 근사한 책 같네요."

"움베르토 에코가 쓴 책인데요. 시리즈물은 전부가 사본이래요. 베낀 거라는 거죠."

남자와 벌써 친구가 된 기분이 들어 형우는 혼자 즐겁기만 하다.

"나는 원본을 만들었다는 사람보다 사본을 만들었다는 사람을 더 좋아합니다. 문제의 핵심을 알고 있는 사람 같아서요. 다시 말하면 진공에서 독창적인 것을 만든다는 착각을 하는 작가보다 베낄 거리를 찾는 작가를 더 좋아한다는 말이지요."

"이 책에 시리즈적 생산 운운이 나오는데 개념상으로 형씨의 믿거나 말거나 이론과 일맥상통하는 점이 있는 것 같아요."

"저는 에코의 생각이 어떤지 알지 못합니다. 책을 읽은 적도 없구요. 따지고 보면 일종의 주절거림에 불과한, 이론도 아닌 저의 이론과 일맥상통되는 점이 있다니, 그건 가당치도 않은 말입니다. 저의 직관은 아무도 무시하지 못합니다. 그 직관이 저와 에코는 급이 다르다고 말하고 있네요. 혹시 에코를 잘못 이해한 것은 아닌지요."

논쟁을 할 뜻이 없다는 뜻인지 남자는 믿거나 말거나 이론에 대해서 할 이야기는 끝났느냐고 물었다. 역시 논쟁을 하고 싶은 생각이 없는 형우는,

"아니지요. 하려면 아직 멀었지요. 한참 더 가야 합니다."

"그러면 계속해 보시지요, 뭐."

믿거나 말거나가 아니라, 듣거나 말거나 아니면 동의하거나 말거나의 심정으로 형우는 다시 지껄이기 시작했다.

"사람 몸에 뼈와 살이 있듯이, 모든 것에는 뼈와 살이 있다는 생각이거든요."

"뼈와 살이라니요?"

"예. 뼈와 살 말이에요. 뼈는 같게 베끼고, 살은 다르게 베낀다

는 거지요. 다르게 베낀다는 것은 자기가 개입하는 작업이라는 거구요. 뼈에 살을 붙인다는 이야기인데 살은 자기가 붙인다, 이 말이지요. 그게 믿거나 말거나 이론의 핵이지요. 그러니까 베낄 뼈를 선택하는 일이 중요하고 살 붙이는 기술이 필요하다는 거지요. 남의 살을 그대로 베끼면 표절이라고 하지만 그 글의 뼈 혹은 그 글을 쓴 작가의 마음을 베끼면 표절이라고 말하지 않는다는 거예요. 영향을 받은 거라고 말한대요. 모차르트라는 천재 작곡가 있지요. 우리가 다 알지요. 왜, 있잖아요, 모차르트라고. 바흐가 작곡한 노래를 어린 모차르트가 듣고 '그 노래, 참 좋다'라고 느꼈다나요. 모차르트는 그 곡과 '똑같게, 그러나 다르게' 작곡을 한번 해 보자는 생각을 했다나 봐요. '꼭 같게'라는 말의 의미는 '바흐 노래의 뼈를 베낀다'라는 뜻으로 받아들이고 '그러나 다르게'라는 말의 의미는 '베끼 돼, 자기를 개입시킨다'라는 뜻으로 받아들였다고 해요. 어린 나이에 말이에요. 무엇을 베껴야 하며 어떻게 자기를 개입시켜야 한다는 것인지 어른도 모르는 일인데 말이에요. 브람스도 베토벤을 베꼈다고 하대요. 우리 모두가 알다시피 브람스는 위대한 작곡가가 아닙니까. 그런 위대한 작곡가가 창작을 하지 않고 남의 곡을 베끼다니 있을 수 없는 일이 아니겠어요. 그런데 믿거나 말거나 그런 일이 있었대요. 무엇이 꼭 같고, 무엇이 다르냐가 핵심 개념이라나요. 궁극적으로는 자기의 삶이다, 자기를 베끼는 것이다, 자기가 누군지 몰라서, 자기의 뼈를 찾고, 그 뼈에 자기의 살을 붙이는 삶을 사는 것이 인간이다, 삶의 결과로 특정 형태로 탄생된 것이 '만들어진 것' 즉 작품作品이다,라는 거래요."

남자가 조심스럽게 입을 연다.

"창작이라는 말이 있지 않습니까. 창작이라는 말은 베낀다는
말과 의미가 다르고, 그 다른 의미가 인간 앞에 존재하는 이유가
있지 않겠습니까. 이유가 없다면 그런 어휘가 왜 우리 앞에 존재하
겠어요. 그러니까 베낀다 차원에서만 논의할 것이 아니라 창작 차
원에서도 논의해야 될 것이 아닌가요. 창작 작업은 베끼는 작업이
아니라고 말하는 사람들이 얼마나 많아요. 그 사람들에게 무슨 말
을 할 수 있나요."

형우는 목소리가 커진다.

"베낄 대상, 즉 무엇'을' 베끼느냐의 문제라니까요. 이 대목에서
사람들이 헷갈리고 있는 것 같아요. 표절과 창작의 경우 대상이 다
르다는 문제를 두고 헷갈리고 있는 것은 아닌지요."

"무슨 말이세요."

"이미 이야기했잖아요. 다시 말할까요? 좋아요 말하지요. 가령
탐정물이 성립되려면, 탐정물이 성립될 수 있는 요건을 베껴야 할
거구요. a라는 탐정물이든 b라는 탐정물이든 간에 그것이 서로 다
른 탐정물이라고 해도 말이지요. 탐정물이 될 요건을 제대로 베끼
지 않으면 탐정물이 될 수 없잖아요. 탐정물을 창작이 아니라고 제
가 말하지는 않았어요. 탐정물은 이렇게 써야 한다라는 자기의 생
각을 베끼는 것이라는 거지요. 탐정물은 이렇게 써야 한다라는 그
생각이 베낄 대상으로 선택된 뼈라는 말이지요. 그때에는 표절이

아니지요. 뼈에 자기가 살을 붙이면 창작물이 된다는 거지요. 뼈가 잘못 선택된 뼈라면, 살을 잘 붙여도 결과는 좋지 않은 창작물이 되겠지요. 그러니까 좋은 뼈, 나쁜 뼈가 있다는 말이 되지요. 좋은 뼈에 나쁜 살을 붙이는 것보다, 나쁜 뼈에 좋은 살 붙이면, 그게 차라리 더 낫다고 말하는 사람도 있더라구요."

신상품개발 연구실장이라는 사람이던가. 비록 무명이라고 했지만 작가 앞에서 탐정물 운운을 하는 이 친구, 웃기는 친구 아닌가. 남자의 속마음이었지만 어쩔 수가 없었다. '그래, 알았다, 마음대로 지껄여라, 갈 대로 한번 가 봐라.'

형우는 형우대로 내가 좀 심했나 하는 생각 때문에 하던 말을 끊고 남자의 거동을 살폈다. 남자가 입을 연다. "아무리 생각해도 창작은 베끼는 일이 아니라고 생각하는데요."

"정직하게 말하지요. 저는 작가가 아니라서 잘 몰라요. 쓰라면 못 쓰고 말만 하는 사람이지요. 아시다시피 저는 그냥 신상품개발 연구실장에 불과해요. 그러나 신상품 같은 것을 만들려고 하는 일도 만듦의 일종이 아닙니까. 인간이 무엇을 만들려고 할 때 인간 사고가 어떻게 작용되는가에 대한 생각만은 제가 항상 한다는 말이지요. 그래서 하는 말인데 베끼는 것은 확실해요. 조금 전에도 말했지만, 베끼되, 베끼는 대상이 무엇이냐는 거죠. 내 말은."

"구상이라는 것 역시 베끼는 것이라는 말입니까?"

"물론이지요. 차원이 다른 베낌이지요. 그건 자기를 베낀 결과지요. 자기의 전부가 아니라, 자기의 일부를 베끼는 일이지요. 만들어진 물건 즉 작품마다 베끼는 대상이 달라질 수 있으니까 자기의 전부가 아니라 자기의 일부라고 말하는 거지요. 빙산의 일각이라는 말도 있잖아요. 이런 뼈를 내 뼈라고 생각하는 순간, 나는 비로소 '살 것 같다'라고 말하는 '작가'가 있을 것으로 저는 믿어요. 그런 작가는 그렇게 한번 살고 싶어서, 그런 식으로 구상을 하는 거겠지요. 그 구상이 어디서 나옵니까. 자기로부터 나오는 거지요. 그러니까 결국 자기를 베끼는 거지요."

"계속해 보세요."

"했던 이야기를 또 하자니 민망하네요. 뼈는 같게 베끼고 살은 다르게 붙인다는 말, 이미 했잖아요. 모차르트 같은 천재가 늘 하는 일이 그 일이라고 했잖아요. 믿거나 말거나 말이에요. 신상품 개발의 경우도 그런 것 같아요. 훌륭한 개발자의 경우는 예외 없이 공통점을 갖고 있다는 거예요. 그 공통점이 무엇인지 알고 그것을 베낄 줄 알아야지요. 탁월한 개발자 마음의 뼈는 모두가 같다는 거예요. 모두가 몰입형이래요. 문제가 풀릴 때까지 포기하지 않는 마음의 구조를 가지고 있대요. 겉으로 드러난 것을 베끼는 것이 아니라 숨어 있는 마음을 베끼는 연습을 끊임없이 해야 한대요. 인간은 누구나 자기 수준만큼 베끼면서 산다는 거래요."

지금 내가 빙산의 일각을 드러내고 있는 건가. 나에게 그 일각을 드러낼 기회를 주는 사람을 찾기는 힘든 일인데. 지금 그 기회가 주어지고 있지 않은가. 기왕에 찾아온 기회이니 끝까지 한번 버텨 봐? 일각을 이미 드러낸 바에야 좀 더 드러내 볼까라는 생각이 들

때였다. 객차 안에 있던 사람들이 부산스러웠다. 왜 이러는 건가 싶어서 주변을 살폈더니 승객들 모두가 내릴 준비를 하고 있었다. 부산에 곧 도착한다는 방송 소리도 들렸다. 딱히 급할 것은 없었던 형우였다. 얼마 남지 않은 시간이라도 백 프로 이용해서 자기 이론을 남자에게 한마디로 설득하는 그 딱 한마디를 찾고 싶었다. 그러나 마음보다 몸이 더 급했다. 형우의 오래된 습관 때문이다. 언제나처럼 하차할 때에는 몸을 먼저 움직여야 하는 형우였다. 벗었던 웃옷을 입고 가방을 챙겼다.

"콜라 감사했습니다."

남자는 그냥 웃기만 한다.

승객들은 다투어 하차한다. 형우와 남자도 승객들 틈에 끼었다.

"안녕히 가세요."

몸이 하차하기에 바빠 누구에게 한 말인지 기억조차 하지 못한다. 형우는 전화번호도 얻지 못하고 남자와 헤어지고 말았다는 것을 뒤늦게 안다. 개찰구를 나오면서 그냥 헤어진 것을 얼마나 후회했는지 모른다. 마중 나온 여자 둘이 있다. 지사의 직원들이다.

특강만을 하고 그날로 서울로 돌아올 계획이었다. 그런데 부산 지사의 권 이사가 하룻밤을 자고 가라고 간청을 했다. 잊지 못할 추억 하나를 만들지 못한 상태이기도 해서, 하룻밤을 자기로 했다. 형우가 좋아하는 일은 낯선 지방의 길거리 여기저기를 헤매고 다니는 것이었다. 형우의 그런 사정을 권 이사가 알 리가 없다. 권 이사의 친절이 고맙기는 했지만 혼자서 시내를 헤맬 시간을 주지 않아서 형우의 마음은 불편했다.

"저는 내일 새벽부터 저 혼자 일이 좀 있습니다."

친절을 거절하느라고 같은 말을 여러 번 되풀이했으나 권 이사는 막무가내다.

더 이상 참지 못한 형우는 발음을 하나하나씩을 꽉꽉 누르면서 "권. 이. 사. 님" 하고 불렀다.

권 이사는 놀란 눈을 하면서 형우를 쳐다본다.

"역 근처에서 저 혼자 긴히 할 일이 있어요. 최소한도 두서너 시간 전에는 역에 도착해야 할 것 같아요. 수고하시는 김에 내일 아침 일찍 좀 수고를……."

"수고를……"이라는 말을 듣고서는 "그런 수고는 문제없습니다. 그러면 내일 새벽같이 여길 오겠습니다."

호텔 로비에서 권 이사와 헤어진 형우는 자기 방 베란다에 나가서 늦은 시간이었지만 밤의 바다를 바라보았다.

"어제 특강 정말 감동적이었어요. 좀 어렵긴 했습니다만, 실장님을 베껴야 한다는 생각을 한다던대요, 강연을 들은 직원들이 말이에요. 그리고 이번 업무는 피차가 만족스럽게 되었습니다. 모두가 실장님의 노력과 인내심 때문이었습니다. 우리 지사장님도 실장님을 잘 배웅해 드리라고 했습니다. 아직 시간이 멀었으니, 천천히 하십시오. 제가 역까지 시간에 맞추어서 모셔다 드릴 겁니다."

권 이사의 친절과 그것을 거부해야 하는 일련의 피곤한 사건들을 거친 후 형우는 권 이사를 따돌리는 데에 성공했다. 역에 도착하자마자 시계를 들여다보았다. 기차 시간이 아직 남아 있었다. 타향 역이라 아는 사람이 없었다. 형우는 그게 좋았다. 해방감을 느꼈다. 무한한 해방감이었다. 불과 한두 시간이라고 하지만 그 시간은 영원이었다. 영원의 묘한 맛 때문에 형우의 넋은 하늘을 날았다.

　'이런 곳에서 이렇게 혼자서 자유롭게 살 수도 있는데'라는 문장의 의미가 긍정적으로 과장되자 무엇인지 모르는, 한없는 느꺼움에 젖는다. 젖은 마음을 안고 형우는 역 주변을 거닐기 시작한다. 날씨가 차가웠지만, 기분이 좋았다. 해장국 국물을 마시고 싶었다. 역 주변에 보이는 것은 여관과 이발소뿐이었다. 더 걸었다. 식당이 보일 때까지 역 주변을 맴돌았다. 이 골목 저 골목길을 한참 걸었더니 멀리서 '설렁탕'이라고 쓰인 간판이 보였다. 그쪽을 향해서 걸었다. 문이 열려 있었다. 허름한 설렁탕집이었지만, 느낌이 좋았고 음식 맛이 좋을 것 같았다. 뜨내기 손님만 받는 집 같지 않았다.

　잠에서 덜 깬, 옷을 아무렇게나 입은 아줌마 둘이서 이리저리 오가다가 주방에서 채소를 다듬기 시작했다. 하루 장사를 위한 재료 준비를 시작하는 모양이었다. 노파가 와서 "머 물래예" 한다. 설렁탕과 소주를 달라고 했다. 손님으론 형우 한 사람밖에 없었다. "머 물래예" 했던 노파가 설렁탕집 앞을 빗자루로 쓸고 들어온 후, "오늘 왜 이래 춥노"라고 한다. 혼자 하는 말이었다. 식당 안은 조용했다. 취기에 젖은 형우에게 그 자리는 아침이 아닌, 오후 3시로 느껴졌다. 손님이 없는 허름하고 한가한 오후 3시의 중국집, 거의 텅 비다시피 한 중국집의 분위기. 형우는 독한 술보다 그런 분위기에 더 취하곤 했다. 이유는 모른다. 설렁탕집 아침이 중국집 오후로 돌변하는 이유는 더욱 모른다. 혼자 앉은 설렁탕집에서 형우는 자유를 느낀다. 마음의 평화도 느낀다. 소주 한 병이 비어 가고 있었고 형우는 '내가 지금 여기에 있다, 고로 존재 한다'를 중얼거린다. 형우는 그 순간 다른 삶 하나를 기억한다. 일류 호텔 일식집에서 일 인당 10만 원짜리 식사를 했던 곳을 기억한다. 물론 형우가 경비를 부담했던 것은 아니다. 실장의 주머니는 그런 곳에 갈 정도로 넉넉하지 못했다. 넉넉했더라도 갈 형우가 아니었다. 다만 그런 곳에 초대되어 가는 일이 어쩌다 있었다는 건데 그런 곳에 가서 사람 사는 일에 관여되는 시간은 형우에겐 지옥이었다. 만 원 이하로 먹고 마실 것 모두가 가능한데, 일 인당 10만 원짜리 식사의 경우에는 밥을 먹어도 먹은 것 같지 않다. 형우는 타향의 역 주변 설렁탕집에서 5천 원짜리 설렁탕 한 그릇과 소주 한 병으로 충분했다. 더 이상 행복할 수가 없었다. 서울로 가기가 싫지만 형우는 일어난다.

취기에 젖은 형우가 어슬렁거리면서 역구내를 향해서 걷고 있을 때 타향 역의 저쪽에 간이서점 하나가 있었고 그 옆에 한 여자가 서 있었다. 형우는 눈을 번쩍 뜬다. 거기 서 있는 사람이 형우가 좋아하는 작가였기 때문이다. 형우는 다시 확인한다. 맞다. 틀림없이 그 여류였다. 신문 잡지를 통해서 얼굴만 익혀온 형우가 그 여류의 실물을 보고서는 더욱 더 놀랐다. 체격이 좋고 사진보다 더 예뻐 보였다. 오른쪽 어깨에 걸친 물건이 눈에 띄었다. 포장된 물건이었기 때문에 그것이 무엇인지 알 수가 없었지만 형우의 눈에는 그림 액자가 숨어 있는 것 같았다. 형우는 반가운 나머지 그녀 쪽으로 걸어갔다. 인사를 하기 위해서였음은 말할 나위가 없다. 누군가가 자기를 향해 걸어온다는 것을 눈치챈 그녀는 형우를 한번 힐긋 쳐 다보더니만 모르는 척했다.

이럴 수가, 모르는 척하다니.

그 순간 형우는 앗차 했다. 또 착각을 하는구나.

바둑을 두는 형우는 조훈현이라는 세계적 바둑 기사를 좋아했다. 조훈현의 기보를 스크랩해 놓고 기회가 생기면 복기를 해 보곤 했다. 모 신문사의 문화행사를 끝낸 다음의 리셉션 자리에서였다. 큰 홀에 여러 분야의 사람들 백여 명이 모여서 서로 인사를 나누고 있었다. 형우는 구석 자리에서 혼자 서성대고 있었는데 이게 웬일인가. 형우가 마음속으로 제일 친한 친구로 여기고 있는 바로 그 조훈현이 저쪽에 서 있는 것이 아닌가. 친한 친구를 만나는 것만큼 큰 기쁨이 어디 있겠는가. 형우는 조훈현이 서 있는 쪽으로 달려갔다. 조훈현이 서 있는 곳에 거의 도달했을 때였다. 형우가 손을 내밀면서 악수를 청하려고 하는데, 조훈현은 형우를 본체만체 한다.

이럴 수가, 친구를 모르는 척하다니!

형우는 섭섭한 마음을 금할 길이 없었다. 그 순간 형우는 아차

했다.

내가 정신이 나갔지. 내가 안다고, 조훈현이 나를 알 수야 없지. 착각을 해도 한참 착각하고 있군.

부산 역 간이서점에서도 마찬가지의 일이 벌어진 것이다. 형우는 그녀를 알아도 그녀는 형우를 알 턱이 없다. 얼굴을 붉히면서 형우는 뒷걸음질을 쳤다. 뒷걸음을 치면서도 마음에 떠오르는 은밀한 생각 하나를 형우는 의식한다. 이번 기회에 잊지 못할 추억 하나를 만들고 싶다는 생각이 그것이었다. 형우는 그녀와 인사를 나누고 싶었다. 어떻게 하면 그녀와 자연스럽게 인사를 나눌 수 있을까. 아무리 생각해 봐도 적절한 생각이 떠오르지 않았다. 그녀의 작품은 알고 있었지만 그녀의 인간됨이 어떤지 모르고 있었던 형우는 우선 그녀가 어떤 여자인지 알고 싶어서 그녀를 몰래 관찰해 보기로 했다.

어떤 사람이 자기 방에 혼자 있다. 아무도 그 사람을 보는 사람은 없다. 그 방에서 옷도 벗고 자기가 하고 싶은 짓을 마음대로 한다. 누가 보고 있을 때와는 다른 행동을 혼자 있는 방 안에서는 할 수 있다. 타향의 간이서점 주변에서 그녀는 자기 방에 혼자 있는 사람이 된다. 자기를 숨어서 보는 사람이 있다는 것은 상상으로도 하지 않고 있다. 유명한 작가는 남이 안 볼 때 무얼 어떻게 하는가. 형우에겐 그것이 궁금했다.

그녀가 움직이기 시작했다. 어딜 가나? 형우는 주시했다. 간이서점으로 들어갔다.

아, 나와 비슷한 취미를 가지고 있군.

모르는 척하고 형우도 간이서점에 따라 들어간다.

그녀가 만지던 책을 기억해 두었다가 자리를 옮기면 가서 그 책을 만진다. 그녀가 표지만 보고 그냥 지나간 경우는 별 볼 일 없는 책으로 간주했고, 표지와 책의 목차를 한참 들여다보면 형우도 한참 들여다보았다. 형우 생각에 별 볼 일이 없는 것 같은 책이지만 그녀가 한참 동안 들어 본 책이면 그 책에 의미 부여를 다시 했다. 그녀가 눈치채지 않게 형우는 자신의 일거수일투족에 신경을 썼다.

오른쪽 어깨에 걸린 걸방 때문에, 오른손은 사용하기가 불편한 것 같았다. 자유로운 왼손으로 이 책 저 책의 책장을 넘기면서 몇 권의 책을 면밀하게 살핀다. 개찰 시간을 확인하기 위해서 2~3분 간격으로 시계를 들여다보는 것도 잊지 않았다. 그녀는 간이서점을 나온다. 형우도 따라 나온다.

간이서점 옆에 과자와 빵 같은 것을 팔고 있는 가게가 있었고 그 옆에 커피와 과일 주스를 만들어 파는 가게가 있었다. 형우는 과일 주스 만드는 가게 앞으로 가서 '사과 주스 하나 주세요'라고 했다. '사과 주스'라는 소리가 너무 컸던 모양이다. 그녀가 형우 쪽을 힐긋 쳐다보았다. 자기를 쳐다본다는 사실이 형우의 등줄기에 땀을 흘리게 했지만 그걸 숨기고 과일 주스를 마시면서 다시 그녀의 행동을 관찰한다.

그녀는 다시 간이서점으로 들어가서 보았던 책을 또 살핀다. 그때였다. 그녀가 주머니에 손을 넣었다. 뭘 하는가 싶었다. 그동안 해오던 짓과는 전혀 다른 행동일 것 같았다. 지갑을 꺼내고 있었다. 많고 적고는 접어 두자. 지갑 속에 돈을 넣고 있지 않는 인간이 있겠는가. 그런데 그녀가 돈을 넣고 다니는 것이 이상하게 여겨졌다. 천사 같은 그 여류가 속세의 인간같이 지갑에 돈을 넣고 다닌단 말인가. 형우는 엘리자베스 여왕이 변소에 가지 않을 것으로 믿는 어린 소년이 되고 있었다. 형우를 더 놀라게 한 것은 그녀가 구입하는 책이었다. 이미 여러 권의 책을 만들어서 서점에 내놓은 사람인 그녀가 남이 만들어 놓은 책을 산다는 것 자체가 이상하게 여겨졌다. 하지만 그것보다 그녀가 사는 책이 가관이었기에 사람을 더 놀라게 했다. 피 같은 자기의 돈을 지갑에서 꺼내서 삼류 여성 주간지를 구입하고 있는 것이 아닌가. 그냥 가지고 가라, 해도 가질까 말까 한 유치한 주간지였다. 그것이 뭣이길래 자기 돈까지 지출을 하면서 가지려고 하는가.

간이 서점에 들어가는 모습을 처음 보았을 때만 해도 형우는 반갑기 그지없었다. 자기의 취미와 같다는 생각 때문에 행복감마저 느꼈다. 그런데 거기서 삼류 잡지를 사다니, 아무리 생각해도 이해가 되지 않았다. 형우는 정신을 잃어 가고 있었다. 풀 수 없는 숙제를 푼다는 것은 정신을 잃은 사람에겐 가당치도 않은 일이다. 그때였다. 통각이 이런 것인가 싶을 정도로 형우는 놀랐다. 갑자기 짙은 안개가 걷히고 있었다. 절대로 풀리지 않을 것 같은 숙제가 순식간에 풀리고 있었다.

그렇다, 맞아, 그녀는 역시 고수다, 어떤 분야에서나 고수는 달라.

자기 멋대로의 생각을 펼치는 선수인 형우는 이번에도 기상천외의 발상을 한다. 연못은 맑은 물이 아니다. 그런데 거기서 아름다운 연꽃이 핀다. 삼류 여성 주간지 역시 더러운 물이라면 그것만큼 더러운 물은 없다. 그러나 고수는 더러운 물이라도 무조건 무시하지는 않는다. 형우는 이 대목에서 숙제가 풀리는 단서를 잡는다.

믿거나 말거나 숙제를 풀어 가는 순서는 이랬다. 귀한 돈과 삼류 여성 주간지와의 관계를 그 여류를 중간에 놓고 비교한다. 일류와 이류 혹은 삼류 작가의 차이는 무엇일까. 명작과 졸작의 차이는 또 무엇일까. 베낌의 대상에 우열이 있는가, 이런 물음은 그 여류와 상관되는 상상이 아니었더라면 형우에게 가능하지 않은 물음이었다.

일류나 삼류나 벗겨 놓으면 뼈는 마찬가지다, 일류는 살을 두고 말한다고 하지 않았던가. 그녀는 살보다 뼈를 찾고 있는 중이다. 운이 좋은 일류보다 운이 나쁜, 그래서 시궁창에서만 유치하게, 그러나 인간의 본성을 드러내면서 살아가는, 삼류 인생에서 찾아지는 뼈. 그 뼈를 그녀는 찾고 있다. 제멋대로의 상상은 형우를 울리고 또 울린다. "밥만 먹고 못 살겠다, 니 아버지 찾아가자."

아낙네의 이런 유치한 농담이 삼류 잡지에는 수두룩하다. 그 유치한 농담 속에 인간의 갈망과 상관되는 어떤 보편성이 숨어 있지 않으면 왜 그런 음담패설을 듣고 우리가 웃는 것일까. 아무리 유치

한 농담이라도 그 농담 속에 인간 본성의 뼈가 녹아 있지 않으면 웃을 사람이 어디 있겠는가. '밥만 먹고 못 살겠다'라는 뼈를 베끼고 '어떻게 못 살고 있는가'를 살로 붙이는 기술을 그녀는 터득하고 있다. 그렇다면 그녀가 '믿거나 말거나 이론'의 실천가가 아닌가. 그녀만 갖고 있는 비밀, 천기누설을 하는 장면을 형우에게 보이는 기막히는 기회가 아닌가.

형우는 갖가지 상상이 머릿속에서 얽히는 것을 감지한다. 감지하면 할수록 새로운 어떤 흐름 속에 형우의 의식은 떠돈다. 부산역에 또 한 사람의 천재가 있구나,라는 상상은 형우로 하여금 감격의 늪에 빠지게 한다.

형우는 그때부터 기도하는 마음을 가진다. 콜라를 준 남자와 이야기를 나누었듯이, 그 여류와도 옆자리에서 이야기를 나눌 기회를 얻고 싶다. 서로 다른 두 인간이 얽히게 됨으로 생성될 신비로운 선율의 흐름에 타고 싶다. 그 순간 자기의 손으로는 도저히 막을 수 없는 거대한 흐름의 힘에 형우는 밀리고 만다.

개찰을 기다리는 사람들의 모양새는 가지각색이었다. 개찰구 근처에 있는 의자에 앉아 있는 사람이 있었고 개찰구를 조금이라도 먼저 빠져나가기 위해서 줄을 서려고 하는 사람들도 있었다. 형우의 오랜 습관대로 그의 몸은 먼저 움직여야 했고 뭔가 급해야 했다. 그러나 그날은 달랐다. 그녀에게만 눈을 돌리고 있는 날이었기 때문이다. 여러 사람이 개찰구를 향해서 앞서거니 뒤서거니 걸어가고 있었다. 형우는 앞서서 걷고 그녀는 형우의 뒤에서 줄을 서고 있었다. 형우가 서 있는 위치는 그녀가 하는 짓 하나하나를 관찰할 수 있게 했다.

그녀가 소설가로 보이다가, 이번엔 평범한 가정주부로 보인다. 그녀의 어깨에 걸려 있던 것은 그림이 아니었다. 찢긴 포장지를 뚫고 나온 굴비 눈이 그녀를 보고 있다. 거리를 두고 서 있는 형우의 눈도 계속 그녀를 향하고 있다. 그녀는 계속 책을 읽고 있다.

움직이던 줄이 잠시 멈춘다. 걸방을 땅바닥에 내려 양다리 중간에 놓는다. 자유롭게 된 두 손으로 책의 목차부터 다시 검토한다. 줄이 움직인다. 걸방을 어깨에 다시 메고 걸으면서 그녀는 책에서 눈을 떼지 않는다. 형우는 줄 밖으로 한 발 옮겨 자기 뒤에 있는 사람을 먼저 개찰하게 한다. 대여섯 사람이 개찰구를 빠져나가자 그녀가 형우의 바로 뒤에 서게 된다. 형우는 그녀에게도 먼저 나가라는 시늉을 한다. 그녀는 형우 앞을 스친다. 순간 현기증 같은 것을 느낀다. 헛발질을 할 것 같다. 개찰구를 빠져나오면 아래로 내려가는 계단으로 이어진다. 계단 밑이 플랫폼이다. 형우는 헛발질을 하지 않으려고 고개를 숙여 계단만을 보면서 아래로 내려갔다. 플랫폼에 닿았을 때 고개를 들어 그녀를 찾았다. 보이지 않는다. 열차의 출발을 알리는 방송이 흘러나온다. 형우는 열차에 일단 올라타야 했다. 월요일 아침, 열차 안은 복잡하다. 많은 얼굴 사이를 비집고 그녀를 찾는다. 없다. 플랫폼에서 놓친 여자 생각에 여념이 없는 형우는 달리는 차창 밖으로 눈을 고정시킨다.

대전 역이라는 멘트와 함께 열차가 서기 전까지 형우의 눈은 의 안처럼 움직이지 않았다. 몇 사람이 내리고 몇 사람인가 타는 모양이다. 기차가 다시 움직인다. 이때에 형우의 눈에 낯익은 것이 보인다. 굴비 걸방을 메고 걷는 여자다.

그 여류는 대전에서 사는 사람이 아니라던데…….

열차를 멈추지 못하는 형우는 통증이 이는 가슴을 달래지 못한다.

어항과 호수 그리고 바다

미국 H 대학교 음악대학 대학원생들이 웅성거리는 음악인류학 강의실, 학기 초의 교실 표정은 호기심 그 자체다. 안경을 낀 미국인 n 교수가 첫 강의를 시작하려고 학생들 앞에 모습을 드러낸다. 웅성거리던 교실은 순식간에 죽은 듯이 조용하다. 대학원생 다수가 호기심 어린 눈으로 교수의 입을 주시한다. 학생들에겐 n 교수의 입에서 어떤 첫소리가 나올지가 초미의 관심사다. n 교수는 외모에는 관심이 없다. 구겨진 바지에다 허름한 상의, 많지 않은 턱수염이 보송보송 나 있는 초췌한 노교수의 모습 그대로다. 피아노, 녹음기, 비디오 기구 주변에 앉아서 강의 준비를 한다. 교수는 음악인류학 분야의 대가로 전국 대학가의 서점에서 그의 저서가 쉽게 눈에 띈다. 그의 여러 저서 중에서 『음악인류학』이라는 책이 특히 유명하다. 다수의 대학원생 중에 김혜규라는 한국인이 교실 구석에 자리 잡아 앉아 있고 일본인 여학생 한 사람과 중국인 남학생 한 사람이 각각 서로 다른 자리를 잡고 앉아 있다.

한국의 지방대학에서 피아노과 조교수로 일하면서 서울의 유수 일간지에 음악 평 고정 집필자로 활동하다가 자기 발전을 위해 미국 유학길에 오른 사람이 김혜규이다. 혜규는 옳은 음악 평론이 무엇인지에 대한 궁금증이 풀리길 꿈꾸면서 평론으로 가는 길의 끝이 보일 때까지 공부할 결심을 하고 있다. '평론의 끝 길'에 닿을 때까지 혜규는 걷고 또 걸을 각오를 하고 있고, 걷는 길목에서 지상 명령 하나가 자기를 기다리고 있다는 것도 알고 있다. 석사학위와 박사학위의 취득이라는 과제가 그것이다.

석사학위를 끝내고 박사학위 과정을 위한 첫 번째 수강 과목이 음악인류학이었지만, 석사학위를 취득할 때까지의 우여곡절을 혜규는 잊을 수 없다. 석사학위 취득 시절 혜규를 괴롭히던 요인은 어렸을 때의 생활 습관, 계획은 세우나 실천은 하지 못하는 생활 습관이었다. "너, 실천하지 못할 계획 세우는 거, 버릇된다. 욕심을 너무 부리지 말고, 실천할 수 있는 계획부터 세워라." 혜규의 어머니가 자주 한 말이었다.

혜규가 중학교 2학년 때의 일이다. 꿈도 많고, 욕심도 많은 혜규가 여름방학이 되자 중대 결심을 한다. 앞으로의 세상은 여성의 세상이요, 외국어 잘하는 사람의 세상이다. 이번 방학에는 영어를 정복하자라는 결심을 한다. 결심을 하고 나서 혜규는 그러한 결심을 한 자기를 만족스러워 하면서 영어 정복을 위한 계획표를 세운다. 혜규는 여장부가 방학 동안에 영어 하나만을 정복하다니, 그렇게 야망이 적어서야 어디 여장부라고 할 수 있겠느냐,라고 자탄을 한다. 좋은 머리를 두고 어디에다 쓰려고 하는가. 독어도 정복해야지 라면서 자기를 부추긴다. 혜규는 독어도 정복해야지 하는 순간 꿈이 망상으로 변하고 있는지를 모르고 있다. 독어만 추가 한다? 안 될 말이지. 가까운 곳에 일본이 있지 않은가. 일어까지 포함시키자 하면서 혜규는 기고만장이다.

영어, 독어, 일어, 이 세 외국어를 이번 여름방학에 정복한다! 와아, 대단하다, 역시 나는 여장부야, 하면서 스스로에게 대만족이었고, 그 자리에서 아침 기상은 몇 시, 영어 공부 시작은 몇 시, 점심은 몇 시, 취침 시간은 몇 시, 등으로 여름방학 계획표를 작성하는 일에 온 정성을 쏟는다. 영어, 독어, 일어 공부 시간을 색깔별로 표시하기 위해서 집 옆에 있는 문구점으로 뛰어간다. 문구점으로 뛰어갈 때의 기분은 외국어 셋을 이미 마스터한 기분이다. 계획표를 예쁘게 만들 필요까지는 없을 것 같은데 혜규는 애를 써 가면서 계획표를 예쁘게 만들고 있다. 문구점에서 여러 종류의 색연필을 구입한 후, 시간대별로 다른 색깔을 칠하면서 하루 종일 계획표를 만드는 데 시간을 보낸다. 실현성이 없는 계획표는 안 된다, 충분한 휴식 시간도 계획표에 넣을 융통성이 있어야 한다면서, 휴식 시간, 오락 시간도 계획표에 넣는다. 계획표를 세우는 데 지친 혜규는 자기를 위로할 방법을 찾는다. '그렇지, 오늘은 계획표를 만든 날이지. 실천은 내일부터지'라고 한 후, 그는 집 밖으로 뛰어나가서 한참 놀고 들어온다. 지친 채로 저녁밥을 먹고 잠자리에 든다. 계획표대로라면 기상 시간은 아침 6시다. 혜규는 이튿날 6시에 일어나지 못한다. 실천의 첫날부터 차질을 빚는다. 아직 계획표에 순응이 잘 되지 않아서 그렇다, 내일부터 하면 되지 뭐, 하고선, 6시 30분부터 7시 30분 사이, 아침 식사 전에 할애된, 한 시간 동안의 영어 공부를 시작한다. 계획표대로 교과서 1과에서 2과까지를 공부하는 시간이다. 1과 2과의 내용은 I am a boy 같은 기초 중의 기초로, 혜규가 이미 알고 있는 내용이다. 공부하는 데, 한 시간이 걸릴 필요가 없었다. 순식간에, 1과 2과의 공부를 모두 끝낸다. 사실상 공부를 끝낸 것이 아니라, 이미 알고 있는 것이기 때문에, 공부를 하지도 않았다. 한 것으로 하고 그냥 끝을 내고 말았다는 이야기다. 그러니까 그날의 한 시간은 그냥 놀고 넘겨 버린 꼴이 되었다. 하지만 혜규는 계획표를 실천한 것으로 간주하고 만족했다. 아침밥을 먹고, 독어 공부 시간이 되어 der, des, dem, den을 외워야 할 시간이었다. 영어와는 달라서, 혜규는 답답하다. 외우려고 하니 힘이 들고 귀찮아진다. der, des, dem, den이 아니라 "der, des, dem, den, del(델) dero(대로) debura(대부라=되버려라)"라고 주절거린다. 웃고 넘길 수 없는 억지다. 혜규는 자기가 만든 계획표를 보면서 내일 할 공부의 양이 얼마인지 확인한다. 독어의 경우 내일 할당량이 얼마 되지 않음이 확인된다. 좋다, 얼마 되지 않는 양이라면, 오늘의 것을 내일로 미루어도 되겠다. der, des, dem, den 정도를 구태여 오늘 외울 필요가 어디 있느냐, '오늘의 것'을 '내일의 것'과 공부를 같이 하면 되지 않느냐. 많지도 않은 분량의 공부를 구태여 오늘 할 필요가 뭐 있느냐라는 식으로 계획을 미룬다. 문제는 하루만 미루는 것이 아니라는 데에 있었다. 미루는 일은 계속되었고, 독어, 일어는커녕 영어 하나도 정복하지 못한 채로 방학은 끝이 나고 만다.

그런 영어로 유학은 어떻게 가능했던가. 피아노 치는 일은 내일로 미루지 않았다는 데에서 혜규 인생의 출구가 찾아진다. 내일로 미루지 않은 피아노였기 때문에 혜규의 피아노는 잘 치는 피아노로 통했다. 잘 치는 피아노로 통한 것이 원인이 되어 지방 음대에서 피아노과 전임강사 자리를 얻게 된다. 유학을 가지 않고서 전임 자리를 얻는다는 것은 행운 중의 행운이다. 그게 아마 60년대 중반이었기 때문에 가능했던 것 같다. 요즈음이야 유학? 아무것도 아니다, 누구나 다 가는 유학이다. 그 당시 풍토로는 살아남기 위해서 반드시 유학을 가야 했다. 정식 유학이 아니라도 좋았다. 외국의 유명한 도시에 있는 음악회장 옆에서 사진이라도 한 장 찍어 와야 했다. 찍은 사진을 연구실이나 레슨실에 걸어 놓아야, 음악의 본고장에서 견문을 넓힌 사람이라고 인정을 받았다. 만일 유명한 작곡가나 연주가와 스냅사진이라도 찍는 날이면 몇 년간의 유학보다 더 효과가 있었던 시절이었다. 전임이 된 처지에 있긴 했지만, 그리고 서양이 음악의 본고장이라고 일컬어지는 것을 싫어하는 혜규였지만 당시의 풍토를 외면할 도리가 없었다. 외면할 수 없었던 것이 유학을 해야겠다는 생각을 들게 한 원인이기도 했지만, 더 중요한 다른 이유가 있었다. 지방대학에서 피아노과 전임으로 있었지만 서울의 일간지를 통해서 음악 평론 활동을 하고 있었던 혜규이었기 때문이었다. 피아노과 교수가 평론 활동을 하고 있었으니, 주위 사람들의 구설수에 오르지 않을 수 없었다. 혜규 앞에서는 아무 말을 하지 않던 음악가들이 혜규가 없는 곳에서는 혜규를 도마 위에 올리는 빈도가 높아갔다. "저 여자, 피아니스트야, 음악 평론가야, 어느 하나를 택해야지.", "아니, 그것보다 여자가 평론을 해도 돼?" 비난의 목소리가 빗발 같았다. 여자이고 남자이고를 떠나서 혜규는 자신의 이론적 바탕이 부실하다는 것을 자인하고 있었다. 음악미학이나 음악철학 그리고 음악교육학과 음악사회학 등을 포괄적으로 다루고 있는, 아니 당시의 혜규로서는 다루고 있을 것 같다는 생각이 든, 음악학이라는 분야에 혜규는 관심이 쏠렸다. 아무런 근거도 없는 생각, 아니면 반드시 옳은 생각이 아닐 수도 있었던 생각, 그런 당시의 생각들이 혜규의 마음을 유학 쪽으로 흔들었다. 손으로 피아노를 치는 것과는 달리, 음악학은 영어로 된 책을 읽고, 영어로 글을 써야 하는 분야인지라 문제는 혜규의 영어 실력이었다. 음악 평론에 대한 궁금증이 풀릴 수 있는 길의 끝까지 가보는 것을 삶의 목적으로 삼고 있었다고는 하지만, 영어가 안되니 막막하기만 했다. 무식하게 현지에 가서 한번 부딪혀 보면 되지 않는가라는 친지의 충고도 있었지만, 유학 시험에 통과되지 않고

서는 현지에 갈 수가 없는 당시의 제반 규정이 문제였다. 국사 시험은 어떻게 해 볼 수가 있을 것으로 생각되었지만 영어 시험 합격은 불가능 바로 그것이었다. 혜규는 술로 아니면 피아노로 하루하루 자신을 달랬다. 혜규에게 술과 피아노는 밥이었고, 수면제였고, 진통제였고, 위로제였다. 요즈음은 몰라도 그 당시 술을 마시는 여성은 뒤로 밀려나기 일쑤였지만, 속에서 끓는 피를 달래기 위해서 혜규는 술을 벗으로 삼고 살지 않을 수 없었다. 피아노 소리에 취하면서 그리고 술에 취하면서 꼬부라진 혀로 '그래 좋다 이거냐. 피아노과 전임이니 어쩌겠어, 피아노나 열심히 쳐야지 별 수 있나. 나? 좋다 이거야. 피아노를 치겠다 이거야, 그게 내가 살 길이다, 이거야'라고 주정을 하는 세월을 보내야만 했다. 그러면서도 말만 하지 않고 혜규는 피아노를 열심히 쳤다. 피아노를 쳐야만 혜규는 한껏 숨을 쉴 수 있었다. 승진을 위해서 독주회를 연 것이 아니라, 피아노를 치면서 숨을 쉬고 싶어서 독주회를 열었던 것이 혜규에게 행운을 가져다주었다. 지금은 없어졌지만, 그때에 명동에 있었던 국립극장에서 연 독주회에서 슈베르트 피아노 소나타 Bb 장조를 한국 초연한 것이 특효약이었던지 어느 날 생각지도 않던 소식이 혜규를 반긴다. 전임 강사에서 조교수로 승진이 되었다는 소식이었다. 승진 소식이 반가웠다기보다, 뒤늦게 받은 소식이 더 반가웠다. 조교수의 경우는 유학 시험이 면제된다는 소식이었다.

한곳에 신경을 지나치게 쓰다 보면 그보다 더 중요한 곳에 신경을 쓸 겨를이 없을 때가 있다던가. 혜규는 유학 시험 면제 소식을 들은 후, 비로소 새로운 걱정거리가 생긴 것을 알았다. 유학을 갈 수 있는 자격을 얻은들 무슨 소용이냐는 생각이 그것이었다. 유학을 간다는 말은 공부를 할 학교에서 입학 허가를 받아야 한다는 이야기다. 혜규는 그때까지 미국의 어느 학교에서도 입학 허가를 받은 바가 없다. 영어를 할 줄 모르는 사람이 미국 대학에 입학 허가를 받을 방법을 알 수가 있겠는가. 공부하고 싶은 학교의 선정도 선정이지만, 선정된 학교에 입학 지원서를 보내 달라는 편지를 쓸 실력도 없었다.

우여곡절 끝에 영어를 아는 사람의 도움을 얻어 편지를 써 보내게 되는데, 혜규는 편지의 서두를 보고 질색을 한다. 와아 이렇게 영어를 잘하는 사람이 한국에 있었나. I am a student 정도의 영어 실력밖에 되지 않는 혜규로서 To whom it may concern이라는 편지 서두의 문구를 보고 얼마나 놀랐는지 모른다. 혜규는 who라는 단어를 보면 놀라지 않는다. 그런데 whom이라는 단어를 보면 가슴이 덜컹한다. who면 who인거지 whom은 또 뭐냐 싶다. 고부랑 글씨 그것들이 도대체 뭐가 뭔지 알 수가 없다. 골치만 아프다. 골치가 아픈 데에서 끝나는 것이 아니라 whom 같은 단어를 보면 일단 겁이 난다. 혜규가 더 겁을 먹는 단어는 또 있다. to라는 단어다. 그놈의 to라는 단어는 뭘 하는 놈인지 정말 알 수가 없다. 혜규를 무섭게 하는 이 두 단어가 편지의 서두에 나란히 붙어 있는 것이 아닌가. 그것으로 끝내는 것이 아니라 혜규로서는 감당하기 어려운 긴 영어 단어가 연결되고 있었다. To whom it may concern이라니, it는 뭐며, may concern은 또 뭐냐. 와아 하고 탄성을 부르지 않을 수 없었다. 혜규로서는 To whom it may concern이라는 편지의 서두를 보고, 입학 허가를 받은 것으로 생각했다. 아니 생각을 한 것이 아니라 이미 받았다고 확신했다. 그런데 이게 어찌 된 일인가. 편지의 답장은 모두가 거절이었다. 기막히는 일이었다. 기막히는 일이 일어난 바에야 기막히는 일을 다시 한 번 더 일으켜 보자는 생각을 한 혜규는 그동안 연락을 끊었던 미국에 가 있는 옛 남자 친구 c 생각을 했다. c는 혜규의 음악을 좋아했다. 문학을 전공하다 철학으로 전공을 바꾼 c는 혜규가 가끔 쓴 시도 좋아했다. 그런 인연으로 혜규와 c는 각별한 사이였다. 혜규는 얼굴에 철판을 깔고 c에게 전후 사정을 편지로 알렸다. 요즈음 같으면 전화나 이메일로 소통이 쉽게 될 수 있었겠지만 그 당시엔 편지로밖에 소통할 수 없었다. 어떻게 해서 그런 일이 가능했는지 혜규로서는 알 수가 없었지만 혜규에게 이런 서류 저런 서류를 보내라면서 갖가지 절차를 거치더니만 자기가 공부하고 있는 학교에서 c가 혜규를 위한 I-20 form을 얻어준다. I-20 form만 얻어준 것만이 아니라 미국 오면 의사소통을 위한 통역 역할도 해 주겠다고 했고, 미국 생활에 익숙해질 때까지 거주지 문제 등 여러 가지의 도움을 주겠다는 제의도 해왔다. 대학 조교수요, 음악 평론가인 혜규, 영어로 치면 I am a girl 정도밖에 모르는 혜규, 이런 혜규가 청운의 꿈을 안고, '음악 평론의 끝 길'을 보고 싶은 야망을 품고 남편과 아이들은 두고 김포공항을 떠나게 된다.

결심만 하면 일이 다 되는 줄 알았던 혜규였지만 막상 유학을 와 보니 넘어야 할 고비는 첩첩산중이었다. 개학하기 전, 며칠은 좋았다. c의 안내와 도움도 도움이었지만 다른 문화권과의 접촉이 신기하고 놀랍고 흥미로워서 재미까지 있었다. 그러나 학기가 시작되고서부터 이야기는 달라졌다. 예견한 대로 영어가 문제였다. 여기 가도 영어, 저기 가도 영어, 어딜 가도 영어가 혜규의 발목을 잡았다. 예루살렘에 통곡의 벽이 있다고 하지만 혜규에게는 무소통의 벽이라는 것이 숨통을 막았다. 여장부라고 큰소리를 쳤지만 그건 말로만 떠는 허풍이었고 실상은 소심할 뿐만 아니라 평균적 여성 체격이라 여장부와는 거리가 먼 혜규였기에 별도리가 없었다. 음악학 공부는 둘째로 치고, 우선 영어 공부만을 하지 않을 수 없었다. 만일 음악 평론의 끝을 보아야 한다는 열망과 집념이 혜규를 붙들어 주지 않았더라면, 영어 공부를 해야겠다는 생각 같은 것은 접고 귀국을 서둘렀을지 모를 일이었다. 혜규는 이를 악물고 젖먹은 힘까지 내서 영어 공부를 했다. 영어가 하루아침에 되는 것이 아니라는 사실을 알아본들 소용이 없었다. 혜규는 결국 앓아눕게 된다. 어디 아프냐,라고 물으면 한곳을 꼬집어서 여기다,라고 말할 수도 없었다. 열도 나지 않았고, 머리만 아팠다. 머리 여기저기가 찌근거리고 쿡쿡 찔렀다. 하루 이틀도 아니고, 매일이었다. 영어고, 음악학이고가 문제가 아니었다. 고통스러워하는 혜규를 보다 못한 c가 병원으로 가 보자 한다. 혜규는 병원이 무서웠다. 학교에서 영어로 시달리는 것이 무서웠던 혜규는 병원에 가서 영어로 무슨 소리를 해야 할지 생각만 해도 몸서리가 쳐졌다. 어디가 어떻게 아프다는 말을 영어로 뭐라고 말해야 한단 말인가. 찌근거린다, 쿡 쿡 쑤신다라는 말을 영어로 도대체 어떻게 한단 말인가. 병원에 가지 않겠다고 고집을 피우던 어느 날, c가 "한국인 의사 한 사람을 섭외했다"고 했다. 의사는 혜규를 보고 웃었다. 영어 때문에 겪는 두통이라면서 미국 와서 3개월 정도 지나면 없어지는 두통이니 걱정 말라고 했다. 조금만 더 고생하면 낫는다, 집으로 가서 쉬라고 했다.

홍역을 치른 후, 혜규는 영한사전과 더 친한 친구가 되기로 결심한다. 주말이 되면 영한사전을 안고 학생회관에 가서 영어 책을 편다. 혜규는 책을 앞에 놓고 한숨을 쉰다. 넘어야 할 산, 건너야 할 강이라는 말이 혜규의 한숨에 섞인다. 한국에 두고 온 아이들 생각에 가슴이 저린다. 책을 잠시 접어 두고 남편에게 엽서를 보낸다. "여기 사정으로 보아 하는 수 없어요. 아이들은 당분간만 한국에 두고 당신만 먼저 와요. 빨리요. 초청장은 이미 보냈잖아요. 규."

미국에 와서 제일 신기했던 만남은 주말이라는 단어였다. 어렸을 때 혜규는 토요일 오후를 좋아했다. 오후가 통째로 노는 시간인데도 그다음 날도 노는 날이었다. 혜규는 토요일 오후가 되면 안 풀리던 산수 문제가 풀려 시험에서 백 점을 맞았을 때처럼 마음이 좋았고 한가롭고 평화로웠다. 혜규는 한가함을 지금도 좋아한다. 미국의 주말이라는 것은 그 이상의 것이었다. 금요일 오후가 되면,

말 그대로 짧은 방학이었다. 금요일 오후부터 마음이 가벼워지는
데, 다음 날이 또 쉬는 토요일이고, 그다음 날이 또 쉬는 일요일이
다. 이건 정말 희한한 시간적 공간이었다. 주말에 학생회관에 가면
특히 좋다. 한국 신문까지 볼 수 있었다. 그것만이 아니었다. 피아
노가 들어 있는 방이 여러 개 있었다. 음악을 전공하지 않는 사람
이라고 해도, 피아노를 좋아하는 학생들을 위해서 마련해 둔 피아
노 방이었다. 학생회관에서 영한사전과 씨름을 하다가 지치면 피
아노 방에 가서 연습을 한다. 혜규에겐 피아노 연습만큼 좋은 것이
없었다.

　어느 하루, 학생회관에서 혜규는 울었다. 휴게실에 마련되어 있
는 한국 신문을 보게 된 것이 원인이었다. '이 세상에 사전을 찾지
않고서도, 읽히는 신문이 있구나. 그게 한국 신문이구나.' 혜규는
펑펑 울었다. 한국어가 왜 그렇게 반갑고, 정다웠던지 알 수가 없
었다. 영어 신문 같으면 사전을 들고서도 일주일이 걸려야 했었다.
한국 신문은 사전 없이도 그저 슬슬 읽혔다. 하도 신기해서 읽어
가면서 눈물을 줄줄 흘렸다.

　S 교수를 혜규는 잊을 수 없다. S 교수의 음악문헌학 강의를 듣
고 혜규는 감동에 감동을 거듭했다. 강의를 알아들어서 감동을 했
던 것은 아니었다. 알아듣지 못한 강의에 감동을 받다니, 그게 무
슨 소리냐,라고 말할 사람이 있을지 모른다. 그렇게 말하는 사람은
잘난 그 사람의 사정이다. 못난 혜규의 사정은 못 알아듣는 강의로
부터 감동을 받고 있었던 것이 사실이었으니까, 어느 누구도 혜규

에게 '너 감동을 받지 않았다'라고 말할 수가 없다. '저분의 입에서 나오는 모든 말이 음악에 관한 한, 음악문헌에 관한 한, 음악 양식 변천사에 관한 한 공자님 같은 말이다'라는 사실을 혜규는 믿었다. 내가 못 알아듣는다는 것뿐이지, 교수 입에서 흘러나오는 모든 말은, 하나같이 무조건 외워 두어야 할 좋은 말이라는 것을 믿었다. 말이 아닌 음악을 듣고 혜규는 얼마나 많은 감동을 받았던가. S 교수의 입에서 흘러나오는 말을 듣고 자신을 통째로 흔들어 준 감동의 순간을 혜규는 잊을 수 없다. 혜규는 더욱 놀라는 기회를 맞는다. 초등학교 1학년생의 영어 실력도 되지 못했던 자기가 어쩌다 알아듣는 강의 내용이 있을 때 자신에게 감동을 받는 순간이 그 기회였다. '영어로 하는 강의를 내가 알아듣는다니, 이런 게 기적이 아니고 무엇인가.'

감동을 받는 것은 좋다. 그러나 감동이 혜규의 문제를 해결해 주는 것은 아니었다. S 교수의 입에서 'assignment'라는 말이 흘러나왔을 때, assignment라는 말이 숙제라는 뜻인 줄 알아들었지만, 그다음이 문제였다. S 교수가 하는 말이 숙제가 있다는 말인지, 숙제가 없다는 말인지 알 수가 없었다. 감동은 둘째 문제일 수밖에 없었다. 숙제가 있다고 했을 경우, 그 숙제가 무엇인지, 그리고 언제까지 그 숙제를 제출해야 하는지를 알아야 학점을 딸 수 있는 것이 아닌가.

숙제가 있는지 없는지, 있다면 그게 뭔지 알아야 하는 혜규는 자기를 도와줄 사람이 필요했다. 생각다 못한 혜규는 창피한 일이지만 동양 여자에게 호감을 가지는 미국 남학생을 찾아서 도움을 청하는 길이 효과적이라고 생각했다.

　주말이 되었다. 혜규는 학생회관으로 간다. 한국 신문을 보면서 더 이상 울지 않았다. 혜규가 피아노를 열심히 치고 있는데 누가 양해를 구하지도 않고 방문을 열고 들어왔다. 놀랐다. 그냥 놀란 것이 아니라 많이 놀랐다. 이목구비가 반듯한, 잘나 보이는 남학생 한 사람이 들어왔다. 남학생을 찾으려고 얼마나 노력을 했었던가. 그런데 자기 발로 찾아오는 남학생이 있다니. 그것도 아주 잘생긴 남학생이라니, 혜규는 자기도 모르게 입을 벌렸다. 혜규는 그 남학생에게 피아노를 가르쳐주기로 하고, 그 남학생은 혜규의 영어 문제를 해결해 주는 역할을 담당하기로 합의를 본다. 이거야말로 하늘이 혜규에게 내리는 선물이 아니고 무엇인가. 물론 c는 그림자같이 필요할 때마다 항상 혜규의 옆에 있었다. 독창자가 반주자에게 보내는 최대의 찬사는 '연주 도중 당신을 의식하지 못했다'라는 말이다. 정상급 반주자같이 자기의 존재를 혜규가 의식하지 않도록, 있어도 없는 듯한 역할을 해 온 c와 그 남학생의 지속적인 도움으로 혜규는 결국 석사학위를 획득하게 된다. 혜규는 '평론의 끝 길'을 만나기 위해서 모든 인간적 인연을 끊고 자기에게 주어진 남은 과제인 박사학위 취득을 위해서 때를 맞추어 미국으로 건너온 남편과 함께 새로운 곳을 향해 출발한다.

음악문헌학으로 석사학위를 취득한 혜규이지만, 영어는 여전히 불편했다. 석사과정에서보다 박사과정에서 다루는 개념들이 훨씬 어려워서 그런지 못 알아듣는 강의 내용이 여전히 여기저기에 산재했다.

음악인류학 첫 시간부터 혜규는 이해가 되지 않는 질문과 만난다. 엉터리 교수라고는 상상을 할 수 없는 n 교수는 흑판에 "Is music natural? or artificial?"이라고 쓰고 있었다. 혜규는 흑판에 쓰인 영어 문장을 보고, '저게 질문이 되는가'라는 생각을 한다. '말도 되지 않는 질문이 아닌가. 틀린 질문을 질문으로 내건다는 것 자체에 문제가 있는 것이 아닌가.' 음악을 두고 어떻게 인위적인 것인가라는 질문을 던질 수 있단 말인가. 인위적인 것이라는 생각이 아예 없는 사람은 '인위적인 것인가'라는 질문을 던질 이유가 없지 않은가. 그런 질문을 던지는 사람의 마음에는 혹시 음악이 인위적일 수도 있다는 생각이 들어 있어서 그런 것이 아닌가. 혜규의 생각은 아랑곳하지 않고, n 교수는 흑판에 그 질문을 화두로 꺼내놓고선 거침없는 강의를 시작했다. 혜규의 귀는 멍멍하기만 했고 n 교수의 강의에서 앞뒤가 얽히는 어떤 의미 같은 것은 전혀 생기지 않았다.

영한사전을 뒤져도 무슨 말인지 모르는 문장을 만났을 때에 혜규는 자기가 밉다는 경험을 수도 없이 했다. 어떤 때에는 짜증 때문에 죽어 버리고 싶기도 했다. 그 대신 영한사전을 뒤진 후, 번역이 되는 문장이 나오면, 번역이 되었다는 이유 하나만으로, 번역된 내용에 이의를 달지 않고, 그냥 동의해 버렸던 부끄러운 시절도 있었다. 그런 혜규가 'Is music natural? or artificial?'이라는 문장이 번역이 되었음에도 불구하고, 그 문장에 이의를 제기하고 싶은 생각이 든 자신에게 혜규 스스로도 놀랐다. 그것도 보통 사람이 쓴 문장이 아니라 대학가에서 존경받고 있는 n 교수가 쓴 문장이 아니었던가. 혜규의 마음은 편치 않았다. 반드시 n 교수의 유명세 때문만은 아니라고 하더라도, 혜규는 혹시 자기에게 잘못 생각하는 점이 있는가 싶어서 뭔가 찜찜하고 답답했다. n 교수가 허무한 교수가 아닌 것은 확실한 것 같고, 그렇다고 해서 혜규 자신의 생각을 쉽사리 거두어들일 수도 없고 해서 더욱 괴로웠다. 출구를 찾지 못해 헤어날 수 없는 수렁에 빠진 것 같은 혜규는 생각하고 또 생각했다. n 교수가 첫 강의에서 왜 이런 질문을 내걸었을까.

흑판에 쓰인 문장만으로 n 교수의 강의를 평가할 수만은 없다는 생각을 한 혜규는 n 교수가 한 강의 내용 전부를 자세히 검토한 후 그것을 더 정확히 이해해야겠다는 생각을 한다. 그러나 끝난 연주를 다시 들을 수 없듯이 강의는 이미 끝났고, 강의 내용을 녹음해 두지도 않았으니, 강의 내용을 재검토할 방안이 없었다. 수강생 한 학생을 붙들고, 강의 내용을 복습하는 길밖에 없다는 생각이 들었다. 석사학위 때 피아노 방에서 혜규를 도와주던 남학생이 아쉽다는 생각을 한다. 동양 여자에게 호감을 가진 남학생이 수강생 중에 있으면 얼마나 좋을까 싶었으나 박사과정 학생들의 사정은 석사과정 시절보다 사뭇 달랐다.

박사과정 학생들은 뭔지 모르지만 우선 대단히 바빴다. 자기네들의 갈 길이 선명한 것 같았다. 석사과정 시절에는 내가 이걸 전공으로 할지 어떨지 아직 모른다고 말한 학생을 만난 적도 있었다. 석사과정을 그냥 한번 밟아 본다는 식, 그러니까, 아직 아마추어적 사고가 교실 공간의 반쯤은 차지하고 있는 것 같다는 느낌이 들었다. 그런 분위기에 반해 박사과정을 밟고 있는 학생들은 모두가 자기 인생을 걸고 있는 프로 같아 보였다. 한눈을 파는 학생이 없었다. 학생 중에는 대학 교수도 있었다. 동양 여자에 흥미를 가지는 학생은 눈을 씻어도 보이지 않았다. 모두가 서슬 퍼렇게 자기 할 일만 했다. 비는 시간이 있으면 도서관에서 책을 읽었고 과제물을 준비하기에 여념이 없었다. 사실이 그런지 어떤지 알 수가 없었지만, 혜규에겐 그렇게밖에 비쳐지지 않았다. 학생회관 같은 것도 없었고, 피아노 방도 없었다. 혜규는 자기의 장기가 된 '우선 견딤'에 의존할 도리밖에 없었다. 혜규는 견디고 또 견뎠다. 눈물을 머금으면서 학교 건물 내 어두운 복도의 벽에 기대고 서서 앞으로 어떻게 해야 하나 하고 있던 날 오후였다. 신부 한 사람이 혜규에게 와서 "어디서 왔느냐"라고 물었다. 놀란 혜규는 "코리아"라고만 대답했다. 신부는 묻지도 않고, 혜규 가까이에 섰다. 혜규는 신부가 음악인류학 강의 수강생 중의 한 사람인 것을 즉각적으로 알아차렸다. 혜규는 이게 웬 행운이냐 싶었고 속으로 반갑기 이를 데가 없었다. 너무 급하게 서두는 것은 아닌가 싶었지만, 이런 기회가 언제 다시 올지 모른다는 생각, 그리고 n 교수의 강의 내용에 대한 고통스러울 정도로 심한 궁금증이 있었기 때문에 더 이상 미룰 수가 없었다. 서툰 영어 발음을 입 밖으로 내뱉지 않을 수 없었다. n 교수의 강의 내용을 잘 따라갈 수 없다, 도와줄 수 있겠는가라는 것이 요지였다. "여기는 이야기하기가 좋지 않다. 우리 호숫가로 가자." 신부의 제안이었다. 혜규는 신부의 제의가 반가워서 하나님만 부르고 있었다.

호수는 학교 건물 뒤쪽에 있었다. 뒷문을 빠져나오면 교직원들을 위한 식당 겸 커피와 음료를 파는 작은 건물이 길 건너편에 하나 있었는데, 그 건물로 가는 좁은 길가에 호수의 한 자락이 모습을 드러내고 있었고 숲속에 자리를 잡고 있는 호수 주변에는 양탄자 같은 잔디가 깔려 있었다. 호수에는 수십 마리의 크고 작은 금붕어가 놀고 있었고, 호수 주변의 잔디 여기저기에는 학생들이 쌍쌍으로 앉아서 놀거나 책을 읽고 있었다.

혜규와 신부는 잔디에 앉았다. '이렇게 근사한 젊은 남자가 왜 신부가 되었나?' 싶었지만 아무 말도 하지 않았다. 신부는 혜규 옆에 바싹 붙어 앉더니만, 교수가 한 이야기를 설명하기 시작했다. 신부의 설명을 완전히 알아들을 수는 없었다. 이해가 되지 않는 곳이 있으면 좀 더 천천히 말해 달라고 부탁했다. 그래도 못 알아들을 경우, 다시 말해 달라고 했다. 신부는 "내가 한국어를 당신이 영어하는 정도라도 할 수 있었으면 얼마나 좋겠느냐"라면서, 혜규가 요구하는 대로 자세히 설명해 주었다. 신부의 말을 요약하면 아래와 같았다.

"자연적인 것, 인위적인 것 할 것 없이 그 모든 '것'들은 인간의 경험과 상관이 있다. 자연적인 것으로 인간이 경험하고, 인위적인 것으로 인간이 경험하는 것이지, '자연적인 것'이나 '인위적인 것'이 인간의 경험과 상관이 없이, 저쪽에서 독립적으로 존재하는 것이 아니다."

신부의 말을 듣고 혜규는 긴가민가했다. 신부가 혜규에게 설명한 말이 과연 n 교수가 한 말인지 확인하고 싶었으나 확인할 방도가 없었다. 하는 수 없는 혜규는 신부에게 두 번, 세 번 n 교수의 강의 내용에 대해서 다시 물었다. 신부는 마찬가지의 대답만을 되풀이했다. 신부의 말을 들은 혜규는 뭔가 풀리지 않는다는 감을 계속 받았다. 꽤 유식한 말 같게 들리긴 했지만, 음악이 자연스러운 것이라는 생각에 변함이 없는 혜규였기 때문에 음악이 인위적인 것이냐는 질문을 질문으로 제기한다는 것 자체를 받아들이기가 어려웠다. 경험이 어떻고 저떻고, 저쪽에서 독립적으로 존재하는 것이 어떻고 저떻고 하는 것은 학자들이 유식한 말을 하려고 하는 것이라는 생각밖에 들지 않았다. 혜규는 베토벤 음악이나 슈베르트의 노래를 생각했다. 베토벤이나 슈베르트의 음악을 두고 인위적인 것이라고 말한다면 그것은 베토벤이나 슈베르트, 아니 음악 자체를 모욕하는 것이라는 생각이 들었다. 그러나 혜규는 생각을 멈추었다. n 교수의 강의는 앞으로 많이 남아 있지 않은가. 명성을 무조건 무시할 수도 없지 않은가. 성급한 판단은 금물일지 모른다는 생각이 들어 일단 참기로 하고, 다음 강의를 기다리기로 했다.

혜규는 신부와 헤어지기가 싫었지만, 신부는 다시 보자는 말을 하면서 앉았던 자리에서 일어섰다. 혜규는 "다음 강의 내용도 요약해 줄 수 있느냐. 그래 주면 정말 감사하겠다"라고 말했다. 신부는 이 자리에서 다음 주에 또 만나자고 한 후 몸을 움직인다. 그 움직임은 기약할 수 없는 내일이라는 여운을 혜규에게 남긴다. 어딘지 모르는 곳을 향해 걷고 싶은 심정을 억누르기에는 혜규의 심신은 지쳐 있었다.

n 교수는 학생들이 들어오기 전에 강의실에서 무언가를 준비하고 있었다. 미리 교실에 들어와 있는 혜규의 눈에는 교수가 학생들에게 비디오를 보여 줄 준비를 하는 모양으로 보였다. 흑판이 있는 곳에 스크린을 고정시키고 비디오 기구 역시 적당한 위치에 놓은 후, 시범으로 비디오를 틀어 보고 있었다. 비디오에 뜨는 영상은 흑인들이 살고 있는 어느 시골의 정경이었다. 강의 시간이 가까워지자, 학생들이 하나둘 모여들었고, 미리 와서 교실 구석에 앉아 있던 혜규는 그때부터 신부가 나타나기를 기다렸다. 강의 시간이 되었음에도 불구하고 신부는 나타나지 않았다. 초조한 혜규는 안타까운 마음으로 신부를 기다렸다. 교수는 강의를 시작했다. 이런저런 말을 하다가, 비디오를 틀면서는 더욱 신나게 강연을 했다. 혜규는 교수의 강의보다 신부의 등장에 대한 관심 때문에 마음 둘 곳을 찾지 못했다. 교실 입구만을 한결같이 바라보고 있었다. 교수가 말하고 있는 내용을 알아듣는다면, 그 말의 의미를 따라가기라도 할 것 같은데 그러지도 못하는 혜규였다. 그러니 신부의 등장

에 대한 생각은 더욱 멈출 수 없었다. 신부는 영영 나타나지 않았다. 지난번에 호숫가의 잔디밭에서 자기가 뭘 잘못한 것이 있는가에 대한 생각을 해 보았다. 아무리 생각해도 뭔가 잘못한 것은 없었다. 잘못하고 잘못하지 않고가 뭐가 문제야. 그 사람은 자기가 택한 강의를 들으러 강의실에 와야 하는 것이 아닌가. 그런 생각을 하고 있을 때 비디오를 보여 주던 n 교수가 손가락으로 비디오 쪽을 가리키면서 '잘 보라'는 듯한 몸짓을 했다. 교수의 갑작스러운 동작에 놀란 혜규의 눈에는 흑인들이 고개를 흔들고 있는 영상밖에 보이는 것이 없었다. 그러나 n 교수는 흑인들이 흔들고 있는 고갯짓을 손가락으로 다시 가리키면서 열을 냈다. 강의 시간 내내 신부는 보이지 않았다. 어차피 놓치고 말 강의였지만, 그날의 강의는 몽땅 놓치고 말았다. 실의에 빠진 혜규가 강의실을 빠져나오는데, 뒤에서 누가 "혜규" 하고 불렀다. '혜규'라는 발음이 한국인의 발음이 아니라는 생각이 들었고, 남자의 목소리라는 느낌을 받았다. 뒤를 돌아보니, 과연 어떤 남자였다. 남자이긴 남자인데 낯선 남자 같기도 하고 낯이 익은 듯도 했다. 그 순간 혜규는 기절할 정도로 놀랐다. 신부복을 입고 있던 남자가 그날은 평상복을 입고 서 있었다. 신부복을 입고 있는 사람만을 찾았던 관계로 평복을 입고 신부가 강의실에 이미 들어와 있었던 것을 혜규는 몰랐던 것이다. 평상복을 입은 신부는 더 잘생긴 남자로 보였다. 신부는 주저하지 않고 혜규의 손을 잡고 호숫가로 걸어갔다. 둘은 전번에 앉았던 그 자리에 가서 앉았다.

"신부복을 입지 않았네요."

"신부복이라니요."

"신부님 아니세요?"

"아, 그 옷. 신부복같이 생겼지만 사실은 신부복이 아니지요. 내가 좋아하는 옷이라서 입고 다닐 때가 많아요."

혜규는 더 이상 묻지 않았다. 이상한 남자가 아닌가 싶었지만 입을 다물었다. 잠시 침묵이 흘렀다. 혜규는 비디오에서 보았던 흑인들의 고갯짓이 궁금하다고 했다. 혜규의 마음을 읽은 남자는 '자연적'과 '인위적'이라는 화두를 꺼낸 교수가 자기의 논의를 발전시킨 것이라고 말했다. 혜규는 논의를 발전시켰다니, 그게 무슨 말이냐, 라고 묻고 싶었으나, 어떻게 그런 말을 해야 할지 몰라서 그냥 고갯짓 흉내만을 냈다. 신부는 혜규의 마음을 다시 읽었다.

세상에는 백인종, 황인종, 흑인종 등이 있다. 어느 인종이 더 좋은 인종이라고 말하는 태도는 자민족중심주의자들이 취하는 태도다. 각 인종을 가치중립적 차원에서 말하기 위해서 a 인종, b 인종, c 인종이라는 어휘를 n 교수는 사용했다.

어떤 의견이 나왔을 때 그 의견에 동의하는 관습이 어느 종족에게나 있는데, 그 관습은 인종마다 다르다. a 인종은 동의할 때 고개를 아래위로 흔들고 동의하지 않을 때 고개를 가로로 흔든다. b 인종은 동의할 때 고개를 가로로 흔들고 동의를 하지 않을 때 아래위로 흔든다. a 인종에겐 동의할 때 아래위로 흔드는 것이 자연스럽고 b 인종에겐 동의할 때 고개를 가로로 흔드는 것이 자연스럽다.

그것이 그렇다는 사실을 입증하고 싶어서 입증 자료를 n 교수가 학생들에게 보여 주었다.

남자의 말을 들은 혜규는 "비디오를 보여 준 다음 이상한 음악을 들려주었는데 그건 또 뭔가"라고 물었다. 남자의 대답은 이랬다.

x 인종의 음악을 자연스럽다고 느끼는 사람의 귀에 y 인종의 음악은 절대로 자연스럽게 들리지 않는다. 음악인류학자인 n 교수는 그것이 그렇다는 사실을 입증하기 위해서 x와 y 인종이 즐기는 음악을 들려주었다.

n 교수의 강의 내용이라면서 남자는 또 아래와 같은 말을 했다.

음악은 인간이 만든 것이다. '만든 것'이라는 뜻을 나타내기 위해서 우리는 '작품作品'이라는 말을 쓴다. 인간이 만들었다는 말은 무슨 뜻인가. 나무나 풀 같은 것은 인간이 만든 것이 아니다. 자연 바로 그것이지 자연적인 것은 아니다. 인간이 만들었다는 말은, 인간의 인위성이 개입되었다는 말이다. 고도의 기술 때문에 인위성이 개입되지 않은 것 같게 보일 수는 있다. 그러나 인위성이 개입되지 않은, 인간이 만든 것은 없다.

남자가 하는 말을 듣고 혜규는 뭐가 뭔지 알 수가 없었다. 다만 한 가지, '고도의 기술 때문에 인위성이 개입되지 않은 것 같게 보일 수 는 있다'라는 말이 가시같이 목에 걸렸다. 그러나 영어가 모자라서 더 이상 따지지 않았다. 목에 걸린 가시가 언제 뽑아질지 안타깝기만 했다. 목을 쓰다듬으면서 혜규는 남자에게 음악인류학자는 뭘 하는 사람이냐고 물었다.

아프리카 사람만을 인종 즉 흑인종이라고 부르지 않고 미국 사람도 인종 즉 백인종이라고 부르는 사람이다. 음악학자는 백인종의 음악만을 머릿속에 넣고 있는 경우가 많지만, 그리고 그런 음악을 예술로 보는 경향을 가지지만, 음악인류학자는 백인종, 흑인종, 황인종의 음악 모두를 머릿속에 넣고, 그것들을 그들의 고유한 문화의 일부로 보는 사람이다. 다시 말하면 음악학자는 음악을 '예술'로 보고 음악인류학자는 음악을 '문화'로 보는 사람이다. 내 말이 아니라 n 교수의 저서에 적힌 말이다.

남자의 말을 듣고서도 혜규는 뭐가 뭔지 알 수가 없었다. 음악을 '예술로 본다'와 '문화로 본다'의 차이가 뭔지에 대해선 더욱 궁금했다. 자동차가 없는 혜규는 궁금증을 안은 채로 집으로 돌아왔다. 이게 어찌된 일인가. 석사학위 시절에 자기를 혜규 씨라고 부르면서 많이 도와준 c가 남편 옆에서 기다리고 있었다. 혜규는 기절할 정도로 반가웠다. 이 근처를 지나는 길에 혜규 씨가 보고 싶어서 잠깐 들렀다고 했다. 혜규를 정성껏 도왔다는 사실을 알고 있는 남편은 혜규에게 성찬을 베풀라고 했다. c가 반가운 것은 사실이나 혜규는 동의한다면서 고개를 가로로 흔들고 있던 사람들에 대한 생각 때문에 아직도 제정신이 아니었다. 인간이 어떻게 그럴 수가 있는가. 가로로 흔드는 것이 동의하는 방식으로 자연스러운 것이라니, 그게 있을 수 있는 일이란 말인가. c는 모르는 척하고 딴전을 피운다. "혜규 씨 그 남자 장가 갔어요."

"누가 장가를 갔다구요?"

"혜규 씨 벌써 잊었어요? 있잖아요 왜, 학생회관에서 혜규 씨를 두고 죽고 못 산다고 하던 그 잘생긴 남학생 말이에요. 그 학생이 장가갔어요. 놀라지 말아요. 혜규 씨와 닮은, 유학 온 한국 여학생에게 갔어요."

그때서야 혜규는 자기를 도왔던 미국 남학생을 두고 하는 말인 줄 알았다.

"무슨 소리예요 그게. 나를 두고 죽고 못 살았다니……."

c와 혜규는 옛날이야기를 하면서 저녁을 먹었다. 먹으면서도 혜규는 x 인종이라느니 y 인종이라는 말을 거두어들일 수가 없었다. 문학을 하다가 철학 박사가 되어 있는 c 역시 인종이라는 말에 많은 관심을 표명했다. 혜규의 남편이 들고 온 술이 c의 열을 올리게 했고 c는 결국 혜규를 '자연적'과 관련한 개념에 대해서 결과적으로 더 헷갈리게 한, 다음과 같은 이야기를 했다.

손가락으로 하나, 둘, 셋, 넷, 다섯을 세어 보라,라고 했을 때 h 인종은 손바닥을 편 후, 하나 할 때 엄지를 꼬부리고, 둘 할 때 검지를 꼬부리고, 셋 할 때 중지를 꼬부린다. 그다음 넷 다섯은 차례대로 넷째 손가락과 새끼손가락을 꼬부린다. 인종에게 다섯을 손가락으로 세어 보라고 하면, 손바닥을 펴는 대신 주먹을 먼저 쥔다. 그리고 하나 할 때 검지를 쭉 뻗어 내고 둘 할 때에는 중지를 뻗어 내고, 셋, 넷의 경우는 넷째 손가락, 그다음 새끼손가락을 뻗고, 다섯 할 때는 손바닥을 편다.

어느 쪽이 더 자연스러우냐고 물으면, h 인종은 손바닥을 펴는 것을 먼저 해서 세는 것이 자연스럽다고 하고, j 인종은 주먹을 쥐는 것을 먼저 하는 것이 자연스럽다고 한다. 지구 상에는 서로 다른 문화, 관습, 전통이 많다. 어떤 문화, 어떤 관습, 어떤 전통이냐에 따라서, 동일한 현상을 두고, 자연스럽게, 혹은 부자연스럽게 경험한다.

c의 말을 듣고, 혜규는 호숫가에서 이야기를 나누던 남자의 말과 비슷하다는 생각을 했다. 그럴수록 혜규의 머리에 n 교수의 얼굴이 더 떠오른다. '자연적'이라는 어휘의 개념과 '경험' 개념과의 관계에 대한 생각이 혜규의 머리를 어지럽게 한다. 무엇이 어떻게 되어 가는지 알 수가 없는 혜규였다. 정신적으로 방황을 하고 있던 어느 날, 혜규는 음악인류학 박사과정을 밟고 있고, 혜규와 같이 음악인류학 강의를 듣고 있는 인도인 친구에게서 초대를 받는다. 이 초대에서 다음과 같은 사건이 벌어진다.

인도의 전통 음식인지 뭔지 알 수 없는, 평소에 한번도 먹어 보지 못한 음식을 먹을 기회를 가진다. 입에 꼭 맞다는 생각이 들지는 않았으나 그런 대로 흥미로운 음식이었다. 정성껏 만들어 놓은 음식이라 이것저것 가리지 않고 먹는다.

"이거 우리가 좋아하는 겁니다, 한번 맛보세요." 친구의 아내가 혜규에게 권유한다. 음식의 이름을 대면서 맛보라고 했지만 그 이름은 잊고 만다. 혜규는 권하는 음식을 입에 넣는다. 그동안 먹었던 음식과는 사뭇 다른 음식이다. 사뭇 다른 음식이라기보다 냄새도 이상하고, 정말 먹기에 거북스러운 음식이다. 음식을 입안에 넣어둔 채로 혜규는 화장실로 간다. 그동안 먹었던 음식과 더불어 모두 토해 내고 만다.

얼마간의 시간이 흐른 후 혜규는 답례로 인도인을 집으로 초대한다. 한국 전통 음식을 푸짐하게 차린다. 불고기, 김치, 된장찌개 등, 여러 가지 음식을 성의껏 만들어 식탁 위에 올려놓는다. 인도인은 조심스럽게 이것저것을 맛본다. 예의상 말하는 것이겠지만, "맛있다"는 말을 한다. 그러다가 된장을 입에 넣을 때다. 갑자기 화장실로 달려간다.

그동안 n 교수의 강의를 들은 탓도 있었지만, 이 사건이 있은 후, 혜규는 n 교수를 꿈에서도 만난다. 즐거운 만남이 아니다. 날이 갈수록 n 교수가 무서워진다. n 교수의 주장에 혜규가 동의하는 것은 아니지만 n 교수 때문에 그동안 혜규의 신념이었던 이런저런 믿음이 조금씩 무너지는 것 같다. 혜규는 밤잠을 설칠 때가 잦다.

다시 찾아온 n 교수의 강의 시간이었다. n 교수는 끈질기게 첫 번째 강의 시간에 내건 화두를 물고 늘어진다. 강의를 하던 n 교수가 느닷없이 혜규를 흑판 앞으로 불러낸다. 그리고 흑판에 "I like music"이라고 쓴다. 그리고는 혜규에게 "I like music"을 한국어로 써 보라고 한다. 영문을 모르는 혜규는 교수가 시키는 대로 "나는 음악을 좋아한다"라고 쓴다. n 교수는 일본인 여학생을 불러낸다. 그리고 혜규에게 시킨 대로 일본 여학생에게도 시켰다. 흑판에

는 "わたしは おんがくが すきです(와타시와 옹가쿠가 스키데스)"
라는 글자가 쓰인다. 이번에는 중국인 학생을 불러낸다. 흑판에 "我
喜歡音樂(위 시후안 인위에)"라는 글씨가 쓰인다. 결과적으로 흑
판 위에 보이는 것처럼 영어, 한국어, 일어, 중국어가 순서대로 쓰
인다. 모두가 '나는 음악을 좋아한다'라는 말이다. n 교수는 흑판에
쓰인 문장들을 보면서 학생들을 향해서 말은 하지 않고 웃고 있다.

I like music
나는 음악을 좋아한다
わたしは おんがくが すきです
我喜歡音樂

　n 교수는 흑판 앞에 불려 나간 세 사람을 모두 자기 자리에 가서
앉으라고 한 후, 전체 학생들에게 어느 언어가 가장 자연적인 언어
냐고 묻는다. 학생들은 대답을 하지 않고 있다. n 교수는 다시 빙
긋이 웃으면서 말할 필요가 없지 않느냐는 표정을 지었다. 그 표정
속에는 이런 말이 담겨 있었다.
　미국인에겐 'I like music', 한국인에겐 '나는 음악을 좋아한다',
일본인에겐 'わたしは おんがくが すきです', 중국인에겐 '我喜歡音
樂'가 가장 자연적인 것이 아니겠는가. 자연적 언어가 인간 경험과
상관없이 저쪽에 독립해서 존재하는 것이 아니라는 사실을 학생들
은 알겠는가.

한참 후의 일이다. 그동안 한국에 두고 온 아이 둘이 미국으로 건너온다. 딸은 서울의 친정어머니 집, 아들은 대구의 시어머니 집에 맡겨 두었었다. 그리고 막내는 미국에서 태어나서 자라고 있었다. 서울서 살다가 온 딸은 아버지에게 "아빠, 아빠", 대구서 살다가 온 아들은 "아부지예", 미국에서 태어난 막내는 "daddy, daddy, wha's happening here"라고 한다. 그 순간 혜규는, 비록 부분적이긴 하지만, n 교수에게 손을 들기로 한다. 부분적이라고 하는 이유는 n 교수에게 완전히 항복하기는 싫다는 의미에서다. 아무튼 그것은 혜규가 아이들 셋이 행하는 언어 행위를 본 후의 생각이었다. 다른 행위에 관해서는 아직 단정을 내릴 수 없지만, 인간의 언어 행위에 관한 한 언어 경험권, 다른 말로 하면 언어 문화권을 초월할 수 없다는 것을 혜규는 사실로 인정했다.

아버지를 daddy로 부르던 막내가 졸라서 새끼손가락만 한 금붕어 네 마리를 샀다. 금붕어가 헤엄치고 놀 수 있는 어항의 크기는 사람 머리 크기만 했다. 거실 구석에 있는 작은 탁자 위에 어항은 놓였고, 그것은 혜규 가족의 노리개가 되었다. 먹이를 향해서 달려드는 금붕어의 헤엄 속도는 비호같았다. "인간이나 동물이나 먹이를 향하는 속도는 예외 없이 어마어마하구나." 혜규의 중얼거림이다.

아이들과 남편은 잠들었고 혜규는 과제물에 손을 대고 있다가 혼자서 맥주 캔을 비운다. 세 개째 비우자 취기가 돈다. 혜규는 '야,

너희들, 정말 대단하구나. 누가 그런 무서운 속도로 질주하라고 가르치더냐.' 혜규는 금붕어의 헤엄 속도에 경탄한다. n 교수가 지금 혜규와 같이 맥주를 마시고 있다면 뭐라고 말할까. 혜규는 또 n 교수를 생각하고 있었던 것이다. 술에 취한 혜규는 앞뒤 관계도 없는, 말 그대로 두서도 없는 말을 내뱉는다. 질문도 아니고 대답도 아닌, n 교수가 혜규를 헷갈리게 한, 지금도 헷갈리게 하고 있는 문제들과 상관되는 말들이다. 자기가 내뱉는 말을 통해서 혜규는 자기 생각을 무의식적으로라도 정리를 해 볼 요량이었다.

'자연적'이라는 것과 '인간의 경험'은 분리될 수 없는 것이다?

서울에서 살면 '아빠' 대구에서 살면 '아부지애' 미국에서 살면 'daady'라고 부르고 마는 것이 인간이다?

경상도 출신의 부모 밑에서 태어난 아이가 '내 부모는 경상도 사람이니까 나도 당연히 경상도 말을 해야 한다'는 식으로 자유의지로 어떤 문제를 결정하고, 그 결정 덕분으로 미국에서 태어난 아이라고 해도 경상도 말을 모국어로 삼는다?

그게 가능하지 않다면 인간 언어 행위의 근거는 무엇인가?

언어 행위만이 아니라 모든 인간 행위의 근거는 무엇인가?

어떠한 경험권 안에서 태어나느냐가 그 인간의 행위 방식을 통제한다?

맥주 대신 위스키 몇 잔을 더 마신 후 혜규는 거실 바닥에 쓰러져 잤다. 자주 있는 일은 아니지만, n 교수의 망령에 짓눌려 하루도 마음 편안하게 살지 못한 혜규였던지라, 그동안 쌓였던 스트레스를 풀지 않을 수 없었던 모양이다. 혜규는 세상모르게 자고 일어났다. 네 마리의 금붕어 중에서 한 마리가 죽어 있었다. 원인을 알 수 없었다. 음식을 향해서 달리는 금붕어의 헤엄 속도에 매료되었고 술에 취한 혜규가 먹지 말아야 할 음식을 어항 속에 넣은 것이 원인인가 싶었다. 그렇다면 왜 한 마리만 죽었고 다른 세 마리는 건재하는가. 혜규는 살아남아 있는 금붕어의 건강을 확인하려고 어항 속에 음식을 떨어뜨려 보았다. 떨어지는 음식을 향해서 세 마리의 금붕어가 무서운 속도로 달려들었다. 건강에는 이상이 없다는 것이 확인되었다. 죽은 금붕어를 뒷마당에 묻어 주었다.

며칠이 지났다. 또 한 마리의 금붕어가 죽었다. 알지도 못하는 죽음의 이유에 대해서 또 생각했다. 대답을 얻기도 전 또 한 마리가 죽었다. 이래서는 안 되겠다는 생각을 한 혜규는 남은 한 마리를 살리려고 했다. 남은 한 마리의 건강 상태를 점검한다. 음식을 향하는 속도는 여전히 비호같다. 혜규는 학교 잔디밭 옆의 호수 생각을 한다. 호수 속에서 살고 있는 크고 작은 금붕어 생각도 했다. '좋다, 너는 그 호수에 가서 살아라. 어항에서 헤엄치지 말고, 호수에서 헤엄치면서 살아라. 더 넓은 세계로 가라.' 혜규는 남은 한 마리를 작은 비닐봉지에 담아서 호수로 향했다. 비닐봉지에 든 금붕어는 생사 문제가 걸려 있는 어떤 지진 같은 변괴가 일어나고 있는 것인지 몰라 하는 모양이었다. 비닐봉지 안에서 이리 뛰고 저리 뛰는 모습은 굶은 사자가 사냥감을 쫓고 있는 모습이었다. 혜규는 금붕어에게 소리쳤다.

'너! 속도를 유지해야 해. 호수에 넣어 주자마자 그 속도로 호수 한복판으로 헤엄쳐 들어가야 해. 너를 더 이상 어항에 가둘 사람이 없게 너의 자취를 감추어 버려야 해.'

호수 가장자리에 선 혜규는 비닐봉지에 입을 맞춘 후 '잘 가라 금붕어야. 너의 무서운 속도를 믿는다' 하면서 비닐봉지를 열고 호수 쪽으로 금붕어를 스르르 흘려보낸다. 금붕어가 "난, 이제 살았다"라고 외치면서 호수 복판으로 질주하길 기대하던 혜규는 경악한다. 이게 웬일인가. 금붕어는 호수 가장자리에서 한 발치도 움직이지 않고 그 자리에서 빈둥대고 있다. 혜규는 발바닥으로 땅바닥을 친다. 치면서 금붕어에게 '어서 도망 가'라고 외친다. 금붕어는 땅바닥을 치는 혜규의 발바닥 소리를 아랑곳하지 않는다. 혜규는 땅바닥 치는 행위를 반복한다. 금붕어는 호수의 가장자리에서 헤엄 아닌 헤엄만을 치고 있다. 금붕어 헤엄의 반경은 어항의 크기를 넘지 못한다. 어항 벽으로부터 해방된 줄을 모른다. 혜규는 호수 가장자리에서 다리를 굽힌다. 점점 더 땅 쪽으로 굽히면서 구부린 채로 앉는다. 그리고 양손으로 시야를 가린다. 어항만큼만 볼 수 있는 좁은 시야를 만든다. 금붕어가 어항 안으로 들어온다. 그때였다. 어항 안에 들어온 금붕어는 원래의 속도를 재생시킨다. 어항 벽을 뚫고 나오지 못한 채로 무서운 속도로 그 안에서 이리저리 왔다 갔다 한다. 혜규는 눈을 가렸던 양손을 떼고 호수 전체를 볼 수 있는 시야로 되돌린다. 되돌린 후 금붕어를 본다. 그 순간 금붕어의 혜엄 속도는 없는 것으로 변하고 만다. 혜규는 무서웠다. 어항이라는 벽이 없어졌음에도 불구하고, 금붕어는 어항 밖을 뚫고 나오지 못한다. 혜규가 그렇게도 원하건만 호수 복판을 향하여 혜엄치지 못한다. 어항 안만큼의 공간 안에서 속도 아닌 속도로 혜엄치고 있을 뿐이다. 어항에서의 속도는 호수에서의 속도가 될 수 없었던 것이다. 혜규는 호숫가에 서서 n 교수의 강의실을 바라보는 자신을 발견한 후 호수를 벗어난다. 집으로 가는 길은 한없이 멀어 보인다.

'나는 지금 영어로 혜엄을 치면서 미국에서 공부인가 뭔가를 하고 있다. 한국 언어문화권이 아닌 영어 언어문화권에서 혜엄치고 있는 내가 바로 금붕어가 아니고 무엇인가. 내가 인간이 되려면, 어디에 있을지 모를, 애초부터 나를 조건 지운 어항을 찾아서 그것을 부숴 버려야 한다. 남이 만든 어항이 아니라 내 삶을 위한 테두리를 내가 만들어야 한다. 어항이 아니라 내가 나의 자유의지대로 혜엄칠 수 있는 바다를 창조해야 한다.'

'나의 바다! 내 바다? 나의 바다……'

왜소해지는 혜규의 목소리는 몸 안에서만 맴돈다.

아까운 꽃

재수 집 뒤에는 야산이 있다. 입다 버린 재수 어머니의 검은 치마 빛깔을 띠는 산이다. 찢어진 치마 천이 상상을 초월할 정도로 길게 늘어진 것처럼 보인다. 마치 돌아가신 어머니가 몸을 풀고 가로로 뻗어 산으로 변해 있는 것 같다.

야산 중턱에 돌의자가 여럿 놓여 있다. 제일 위에 있는 돌의자 뒤에 작은 컨테이너가 하나 있다. 사람 키보다 더 큰 나무들이 사방으로 울타리를 쳐주고 있어 그 컨테이너는 눈에 잘 띄지 않는다. 누가 그걸 거기에 옮겨다 놓았는지 아는 사람은 없다. 지금은 사용하지 않는 컨테이너이고 사람이 접근하지도 않는다. 집의 전 주인 가족 중 한 사람이 산에서 목을 맸다는 소문 때문에 집값이 쌌고 돈밖에 모르는 재수 아버지는 소문 따위는 무시하고서 싼 집을 구입했다. 가족 중 한 사람이라는 소문이지만 동네 사람은 그 집 딸이라고 하는 사람과 집 안주인이라고 하는 사람이 있다. 소문을 아는 사람은 그 산 근처에 얼씬거리지도 않는다.

재수는 아버지의 간섭이 지겹고, 일찍 집에 들어가기 싫은 날엔 산으로 올라가서 게으름을 피운다. 아무도 접근하지 않는 곳이라 혼자 시간을 보내기에 좋은 곳이다. 세월의 흐름은 재수로 하여금 산에 오르는 것을 익숙하게 만들었고, 낡고 어두운 컨테이너 안에 휴식처 하나를 만들게 한다. 컨테이너 천장 한쪽이 부서져 그곳을 통하면 밤에 별이 보인다. 못 쓰는 의자나 담요 같은 것으로 만들어진 그 휴식처를 재수는 '내 방'이라고 부른다. 그게 진짜 자기 방으로 느껴진다는 의미에서다. 산으로 오르는 길은 뒷문 이외에도 많다. 동네 사람들이 오르내릴 수 있는 통로가 이곳저곳에 있지만 소문 때문에 동네 사람들이 산에 오르내리지 않아 산은 결국 재수의 전유물이 된다.

아버지와 아들 둘이서 살기에 집은 너무 크다. 문간방은 사용하는 이가 없고 거실에는 값비싼 소파가 있지만 언제나 냉기가 돈다. 재수 방은 거실 옆으로 나 있는 짧은 복도의 끝에 있다. 아래층에 거실 이외에 방 두 개가 더 있지만 그것 역시 사용하는 사람이 없다. 2층은 아버지 차지다. 서재에는 거창한 책상과 회전의자가 놓여 있고 주변에 많은 책들이 방을 장식하고 있지만, 누가 봐도 읽지 않는 책이라는 것을 안다. 책장 옆에 놓여 있는 소파 역시 값비싼 것들이지만 앉는 사람이 없어서 썰렁하다. 침실은 서재 옆에 붙어 있고 그 옆으로 게스트룸이 둘 있다. 회사 여직원 두서너 명이 가끔 와서 밤늦게 일을 하고 거기서 자고 가곤 한다.

상처를 한 후 여러 해가 지났으나 재혼할 생각을 하지 않고 아들 하나만 믿고 사는 아버지이지만 아들은 아버지가 싫다. 돈과 출세밖에 모르는 아버지에게 지겨움을 느낀다. 중소기업을 더 큰 기업으로 육성시킬 일념밖에 없고, "야, 이놈아, 이게 다 네 거 될 거 아니냐"라는 말을 아버지가 자주 하는데 그 말을 하지 않는 아버지이길 재수는 원한다.

재수는 이류대학 수학과 1년생을 마치고 2년생으로 올라갈 시점에 있는 20세 청년이다. 얼굴은 잘생긴 편은 아니나 눈이 매섭다. 계집애 얼굴 같다는 말을 들을 때가 있지만, 뭔가 지적인 냄새를 풍기는 외모를 가지고 있다는 말도 듣는다. 멋을 부리는 학생으로 보이지 않지만 표 나지 않게 자기식의 멋도 부릴 줄 안다. 그는 어른들을 믿지 않는다. 어른들이 무슨 말을 하면, 왜 그런 말을 하는지 즉시 안다. 출세라는 명분을 안고 거짓과 위선을 밥 먹듯이 하는 어른들을 만나면 재수는 더욱 믿지 않는다. 어른들이 훈계조로 무슨 말을 하면, 그 어른의 얼굴을 아예 쳐다보지도 않는다. 학교 선생의 경우도 그렇다. 재수에게 선생이 무슨 말을 할 때, 선생의 얼굴을 쳐다보는 일은 없다. 선생이 훈계를 하면, 재수는 그 말을 아예 듣지 않고 딴생각을 한다.

어렸을 때 재수는 공부를 잘했고 착한 아이었다. 아버지는 그러한 외아들에게 희망을 걸고 살았다. 사업하는 친구들과 저녁을 먹을 때 재수 아버지는 재수를 불러서, "우리 아들입니다"라고 소개하기를 즐겼다. 어머니가 죽은 후부터 공부에 흥미를 잃었고 대학 진학에 대한 논의가 표면화되었을 때 재수가 수학과를 선택하겠다고 한 것이 원인이 되어 아버지와의 사이가 벌어진다.

재수 아버지는 사업상 여러 사람들과 만난다. 그런 와중에 자식 이야기가 나올 때가 있는데, 그때마다 실의에 빠진다. 재수가 수학 전공 대학생이 된 후부터 특히 그랬다. 사장 '갑'의 아들은 경영학 전공으로 일류기업의 스카우트 대상, 사장 '을'의 아들은 법학 전공으로 사법시험 준비, 사장 '병'의 아들은 이미 사법시험을 합격해 놓고 있다. 딸이 음대에서 피아노 전공을 하는 사장 '정'의 경우는 자식이 음악을 전공한다는 사실을 놓고 속이 상하는 일이 없다.

재수 아버지는 집의 위치를 두고도 불만이다. 야산에서 목을 맸다는 소문이 있는 지금의 집보다 사장 '갑', '을', '병', '정' 모두가 살고 있는, 부촌으로 알려진 S구의 B지역에 관심이 더 많다. 언젠가는 이사를 가고 말아야 할 곳이 B지역이다. 아버지는 기회 있을 때마다 재수에게 "조금만 참아라. 우리도 B지역으로 이사를 갈 거다"라고 말한다. 재수는 그러한 아버지를 대할 때마다 왜 저럴까 싶다.

그날 재수는 아버지 서재로 불려 가는 날인 줄도 모르고 귀갓길에 머리를 염색했다. 방문을 열고 들어서는 아들을 본 아버지는 노란 머리를 하고 있는 그를 보고 한참 동안 입을 딱 벌리고 있다가 "너, 그 머리!" 하더니만 "도대체 그게 뭐냐"라고 고함을 쳤다. "머리칼을 물들이는 놈은 미친놈이야. 내 아들이 미친놈이 되다니" 하면서 노발대발이었다. 수학 전공이 못마땅하다는 생각 때문에 아들의 모든 언행이 불만스러운 아버지의 고함은 천장을 떨게 했다. 아들의 입장은 달랐다. 아버지의 입맛에 놀아날 필요가 없다고 생각한 지는 이미 오래고, 설사 노란 머리가 멋이 없다고 하더라도 지나는 길에 한번쯤 그래 보고 싶었던 것이 아들이었다. 재수는 사사건건 간섭을 하는 아버지의 의견을 무시하기로 미리부터 작정을 했었다.

"그래, 오늘 내가 너를 보자고 한 이유가 뭔지 아나?"

'아버지! 숨은 제가 쉬는데 아버지가 제 숨을 대신 쉬겠다는 겁니까'라는 말을 하고 싶었지만 재수는 입을 다물었다.

"거기 섰지 말고 이리 와서 앉거라."

재수는 한두 발자국 아버지가 앉은 소파 쪽으로 걸어갔다.

"이리 와서 앉으라는데도."

"……."

"내가 왜 너를 보자고 했는지 아나?" 아버지는 다시 물었다. 재수는 아버지를 쳐다보지 않는다. 대답도 없다.

"그래, 휴학을 결심했나?"

"휴학계 내지 못했어요."

"뭐라고?"

"아직은요."

"곧 신학기가 다가오잖아."

"자신 없어요."

"한두 해 늦는 것은 별것 아니라고 내가 몇 번을 말해야 하냐? 재수로 안 되면 삼수를 하면 된다. 이름도 이번 기회에 삼수로 바꾸면 된다. 걱정 말고 휴학하고 법학과 입시준비를 시작해."

삼수로 이름을 바꾸어도 된다는 아버지의 말에 재수는 이를 악문다.

"대답을 해. 대답을. 아버지가 지금 말을 하고 있잖아."

재수는 여전히 대답하지 않고 있다. 대답하지 않는 것이 아니라 아버지 말을 아예 듣지 않고 있었다.

재수는 아버지 방에서 벗어나고 싶은 욕망밖에 없다. 아버지가 자기를 왜 불렀는지 모를 리 없다. 너무나 뻔한 일이 아닌가. 수학을 그만두고 다른 대학으로 가라는 말을 벌써 몇 번씩이나 하지 않았던가. 유수 대학으로 들어갈 실력이 되지 못한다는 말도 재수 쪽에서 여러 번 했었다.

설교만이 싫은 것이 아니었다. 온통 돈 냄새뿐인 아버지 방부터 싫었다. 아버지 몸에서도 돈 냄새가 났다. 아버지가 어쩌다 집으로 초대한 손님들에게서는 아버지한테서 맡는 냄새보다 더 역겨운 냄새가 났다. 얼굴은 번지르르하고, 곧 썩어 버릴, 고깃덩어리로밖에 보이지 않는 몸들. 빛나는 광선을 눈알에서 뿜어내면서 재수는 그들을 향해서 냉소적인 태도를 노골적으로 취한다. 아버지가 여자 손님을 데리고 올 때가 있는데, 돈 보고 아버지 뒤를 따라다니는 그런 여자 손님을 재수는 거들떠보지도 않았다.

죽기보다 듣기 싫어하는 아버지의 녹음방송은 재생된다.

"사람은 잘살아야 하는데, 잘살려면 지금 너같이 살아서는 안 된다. 수학? 그런 거 모르고도 잘만 사는 사람 이 세상에 얼마든지 있다. 세상을 사는 건 옳고 그릇되고의 문제가 아니다. 옳고 그릇되고의 문제를 모르고도 잘사는 사람, 이 세상에 수도 없이 많다. 너는 잘사는 거 싫으냐. 수학과에 들어간 것은 시작부터 잘못된 일이었다. 출세는 2~3년, 아니 5년, 10년 정도 늦어도 상관이 없다. 일생의 차원에서 보면 그것은 아무것도 아니다. 그러니 수학과를 그만두고 삼수를 해서라도 일류대학의 법학과에 들어가야 한다. 그래야 사람 구실을 할 수 있다. 내가 하고 있는 사업이 크지는 않지만 작지도 않다. 아버지의 사업을 맡으려면 수학으로선 안 된다. 학교를 당장 그만두라는 말은 아니다. 더 늦기 전에, 일단 휴학을 해라. 그리고 입시 준비를 다시 시작해라."

숨을 돌린 아버지는 계속한다.

"그래. 오늘 하루만 더 봐준다. 내일 당장 그 머리 되돌려 놓아라. 난 그 꼴 못 본다."

그때 전화벨이 울렸다. "웬일이냐"라는 아버지의 말에 저쪽에서 뭐라 말을 하는 것 같다. "뭐라고? 비밀번호?" 저쪽에서 또 뭐라고 말을 하는 모양이다. "내 핸드폰 끝 네 자리야. 남에게 알려지면 안 된다. 절대로 모르게 해라." 누구와의 통화인지 알 수가 없고 무슨 비밀번호인지 알 수가 없었으나 재수의 머릿속에 핸드폰 끝 네 자리는 입력이 되었다. 전화를 끊은 아버지는 무슨 이유에서인지 "됐다, 나가봐" 했다. 이게 웬 떡이냐 싶었던 재수는 아버지 방을 급히 빠져나오려고 하다가 넘어진다. 그 순간 재수의 가슴을 덜컹하게 하는 "잠깐"이란 아버지의 목소리가 등 뒤에서 들렸다. 곧이어 "잘 생각해 봐. 아버지 말 안 들으면 등록금은 없다"는 말이 떨어졌다. 벌떡 일어난 재수는 아버지 귀에 들리지 않게 "더 잘됐네 뭐" 하고 소리쳤다. 아버지 방과 멀어질수록 그 소리는 더 커졌고, 소리의 커짐은 그동안 막혔던 재수의 숨통을 터지게 했다.

번개같이 방을 빠져나가는 아들의 뒷모습을 보는 아버지의 가슴은 답답했고 입안에는 쓴 침이 고였다. '저놈을 어떻게 하지'라는 신음 소리가 저절로 나왔다. 정말 바보라면 아들이 밉지는 않을 것이다. 영양가라곤 한 푼어치도 없는 수학과 학생인 주제에 사람이면 누구나 부러워하는 돈을 비웃는 아들의 태도가 우선 못마땅하다. 돈 때문에 손을 내밀지 않으면 또 모를 일이다. 돈이 필요할 때에는 아버지에게 손을 수시로 내민다. 아들을 어떻게 교육해야 할지 모른다는 것이 아들의 전공이 수학이라는 사실보다 더 괴로울 때가 있다. 아들의 눈가에 언제나 남을 비웃는 듯한 묘한 그림자가 깃들어 있는 것도 아버지는 싫다. 얼핏 보면 상냥한 웃음 같지만 자세히 보면 소름이 끼치는 냉소기가 엿보인다. 웃음 반, 울음 반이 섞인 재수의 얼굴이 때로는 아버지를 황당하게 한다. 오른쪽 입술이 약간 비틀어질 때 생기는 형태와 반웃음이 섞인 재수의 얼굴 표정은 뭐라 말할 수 없는 섬뜩한 느낌마저 준다. 아버지는 아들의 그런 표정을 두 눈 뜨고 보지 못한다. 죽은 그 애의 어미가 그런 표정을 지을 때가 있었다고 기억하는 아버지는 아들의 그런 표정에 몸서리를 친다. 너 왜 그렇게 웃냐, 너 왜 입술을 치켜세우냐, 라는 식으로 나무랄 수도 없는 노릇이다. 비웃는 표정으로 느낀다는 것뿐이지 사실상 사람을 비웃는 것인지 어떤 것인지 알 수도 없다. 어떻게 생각하면 아들이 무섭기도 하다. 사소한 사건이 벌어질 때라고 해도 자기에게 불리하다고 생각되는 경우 방어망을 아주 치밀하게 칠 줄 아는 아들이다. 주변을 멀리서부터 살피면서 철두철미하게 배수진을 칠 줄 아는, 지독하다고 할 정도로 영리한 아들이다. 아들의 그러한 재주를 감지할 때 아버지는 왠지 소름이 돋는다.

아버지 방에서 해방된 재수는 집 앞 골목길을 새같이 날고 있었다. 어렸을 때 하늘에서 날고 있는 고추잠자리를 잡았던 기억을 되살리면서 재수는 훨훨 날고 있었다. '거기 섯!' 하는 아버지의 소리가 날까 두려움에 떨면서 뒤를 힐긋힐긋 보면서 날고 있었다. 재수는 채 안으로 휘말려 들어가는 고추잠자리가 될까 하는 조바심 때문에 채 밖의 세상으로 뛰쳐나가려고 채 안에서 날개를 미친 듯이 흔드는 고추잠자리를 상상한다. 어디엔가 쳐져 있을지 모를 아버지의 그물을 떨쳐 버리려고 재수 역시 미친 듯이 힘을 다해서 뛰고 있었다.

재수는 산소호흡기가 필요했다. 음악회장이 재수에겐 산소호흡기였다. K전철역에서 몸을 실은 재수는 C역에서 전철을 바꾸어 탔다. 음악회장이 있는 N역에서는 더 이상 뒤를 돌아볼 필요가 없었다. 음악회장 로비에 들어서는 순간 재수는 다른 세상을 만난다. 두 손을 잡으면서 서로 인사를 나누는 사람들, 맡겨 둔 표를 찾으러 매표소 쪽으로 달리는 사람, 간이 커피숍 옆에서 누군가를 기다리고 있는 사람, 고개를 프로그램 쪽으로 숙이고 있는 사람, 로비 여기저기를 여유 있게 거니는 사람들, 재수는 이런 사람들을 보면 이국에 와 있다는 느낌을 받는다. 음악회의 시작을 알리는 소리가 들릴 때만큼 행복한 시간은 없다. 입장 신호음이 들리자 로비에서 북적거리던 관객은 음악회장 안으로 스르르 밀려든다. 음악회장 안의 불이 꺼진 후 벌어질, 음으로만 이루어질 불가사의한, '음들의 얽힘이 낳는 비밀스러운 사건'에 대한 재수의 기대감은 아버지의 지상 목표인 돈이나 출세와는 거리가 멀다. 일상과는 아주 다른 참으로 멀고도 먼 세계다. 재수는 객석 제일 뒤 구석 자리를 선호한다. 객석이 백 프로 차는 음악회가 확률적으로 적다는 것을 아는 재수는 그날도 객석의 제일 뒤쪽의 구석 자리에 앉았다.

교향악단 단원들이 정식 연주를 하기 전에 서로의 음을 맞추기 위해서 각기 자기 악기의 소리를 낼 때, 그것이 아직 음악은 아니나 재수의 마음은 벌써 떨고 있었다. 서곡 한 곡이 끝난 뒤 무대 중앙으로 옮겨진 길고 검은 색깔의 그랜드피아노 앞으로 한 여인이 걸어 나온다. 라흐마니노프 피아노협주곡 2번을 연주할 모양이다. 아는 사람이면 누구나 아는 사실이 아닌가. 라흐마니노프 피아노

협주곡 2번의, 말로는 대신할 수 없는 유일무이한 진귀의 세계를. 몸서리가 쳐질 정도로 극적 긴장감을 증폭시키는 개시 부분의 화음군의 연속체, 그리고 그다음으로 이어지는, 울먹이지 않고는 들을 수 없는 관현악 선율의 요동은 재수의 눈을 뜨지 못하게 한다. 재수는 눈을 감고 벌써 울먹이고 있다. 이 세상의 모든 것을 잊는다. 음악회장은 순식간에 광희의 연회장으로 변한다. 재수는 그 자리에서 자기 분신을 찾고 싶은 갈망에 마음을 세운다. 추함을 덮는 어두움, 그 어두움을 밀어내는 빛이 발하는 순간을 창조하는 음들의 조화, 그 조화를 건반 위의 손으로 빚어내고 있는 무대 위의 피아니스트! 재수는 그녀를 마치 자기의 분신처럼 느낀다. 무대 위로 뛰어올라 가서 그녀를 포옹하고 싶은 충동을 억제하느라 마음을 가누지 못한다.

구미 각국과 일본 연주를 거쳐서 한국에 왔고, 또 동남아 등지에서의 연주 일정에 몸이 묶인 국제적 명성을 떨치고 있는 피아니스트의 눈으로 보면, 재수는 이 세상에서 쉽게 발견될 수 있는 익명의 음악애호가에 불과하다. 분신을 찾고 싶은 재수의 갈망은 일방통행로일 수밖에 없다. 그녀의 연주에 넋이 빠진다는 사실 하나만으로 극장 뒷문 독주자의 출입구 근처에서 그녀가 퇴장할 때를 일방통행식으로 기다리고 있는 재수는 비참하기만 하다.

그녀가 공연장 뒷문을 빠져나오는 모습, 펜들의 사인 공세를 외면한 채로 어떤 남자의 보호를 받으면서 차에 올라타는 것을 본 재수는 택시를 타고 그녀의 뒤를 쫓는다. 차량은 공연장에서 그다지

멀지 않은 R호텔 앞에서 멎었다. 재수는 자기도 모르는 사이에 택시에서 내렸고, 그녀가 들어간 통로 쪽으로 달렸다. 영화에서 나오는 호텔 안에서의 화려한 리셉션 장면을 재수는 익히 알고 있었다. 남녀들이 꿈같은 세계에서 대화를 나누고, 포도주를 마시는 풍경 등 재수는 호텔 안을 마음대로 상상했고 리셉션에서 그녀와 동석하는 것으로 착각을 하고 있었다. 뒤늦게야 착각을 하고 있는 자신을 발견한 재수는 호텔 안에서 벌어질 동경의 세계를 그리면서 호텔 밖에서 멍하니 서 있는 자기 모습을 찾는다. 그때서야 자기에게 남은 곳이라곤 죽도록 가기 싫은 아버지 집뿐이라는 것을 알게 된다. 예술을 전공으로 하는 재수의 친구가 다니는 학교에 갔다 오는 날도 그랬다. 무용 연습실이나 연극 연습장 근처에 가면 재수의 마음은 이유 없이 들뜬다. 학생과 교수들이 하나같이 숨을 쉬면서 살고 있는 모습을 본다. 노래를 부르면서 숨을 쉬고, 춤을 추면서 숨을 쉰다. 연기를 하면서 숨을 쉬고, 피아노를 치면서 숨을 쉰다. 그들의 그 숨 섬이 곧 재수의 숨이 된다.

재수가 음악회장만 기웃거리는 것이 아니라 연극과 무용 주변에서도 기웃거린다는 것을 안 아버지가 어느 날 말했다.

"알고 보니 너는 여기저기 기웃거리기만 하는 아이더구나. 무엇 하나 제대로 하는 것 없이 기웃거리지만 말고, 하나를 딱 붙들고, 그 방면의 대가가 되어 봐라. 그렇게 된다면, 나는 그것이 무엇이라도 용납할 생각이다. 그런데 너는 뭐냐, 하는 짓이라는 게."

재수는 마음속으로 울부짖었다.

"대가? 좋지요! 저는 이미 대가인걸요. 기웃거림의 대가 말입니다. 두고 보세요. 제가 죽을 때까지 기웃거림을 포기하는지. 기웃거림의 아마추어인지, 기웃거림의 프로인지 말이에요. 더 기웃거릴 필요가 없다고 판단이 되는 순간, 저는 더 이상 삶을 유지할 필요가 없다고 믿거든요. 두고 봐요."

음악회장과 아버지 집의 차이는 무엇일까. 라흐마니노프 피아노 협주곡 2번을 연주한 피아니스트와 돈을 빚는 일에만 관심이 있는 아버지의 차이는 무엇일까. 음악가와 사업가의 차이를 두고 말하는 것은 아니다. 인간의 삶에 있어서 부富가 중요하다면, 음악을 성공적으로 만들어 내는 그녀나 사업을 성공적으로 이끌어 가는 아버지 간에 이미 공유하고 있는 것이 부가 아닌가. 그들이 인간에게 필요한 부를 공유한 사람이면 그다음의 차이는 무엇일까. 삶의 목적과 수단을 놓고 그들이 어떤 생각을 하고 있는 것일까. R호텔이나 B지역이나 간에 이미 부와 무관한 공간은 아니지 않은가. 그런데 왜 재수가 R호텔 주변에서는 넋을 잃은 채로 서성거리다가, B지역을 지날 때에는 그토록 비참해지는 것일까. 풀 수 없는 함정에 빠진 재수는 내키지 않는 걸음으로 집을 향하고 있었다. 너 어디 가서 이렇게 늦었어!라는 말을 하기 위해서 자기를 기다리고 있을 아버지 생각을 하니 끔찍했다. 거짓말로 얼버무리는 것에도 이젠 지쳤다. 거짓말을 한 후 들어가야 할 지옥 같은 자기 방은 생각만 해도 지긋지긋하다. 그 순간 뒷산 '내 방'에 가서 잠시 쉬고 가자라는 생각을 했다.

구멍가게에서 소주 한 병을 샀다. 아버지 방에는 불이 켜져 있었다. 호통치는 아버지의 소리가 산자락까지 들리는 듯했다. 뒷문 입구에 비치해 둔 휴대용 조명등을 들고 '내 방'을 향해서 발걸음을 옮겼다. 땅과 하늘이 쓸쓸하고 적적하기 그지없었다.

어디에선가 울음소리가 들렸다. 여인의 울음소리였다. 재수는 덜컥 겁이 났다. 목을 맨 일이 있었다는 소문이 있는 산이라 순간 도망치자,라는 생각을 했다. 그러나 어디서 누가 왜 울고 있을까, 궁금증이 생겼다. 울고 있는 여인이 조명등에 비쳤다. 여인은 혼자였다. 조명등을 비쳐도 여인은 몸을 움직일 기색이 없다. 술병을 들고 있는, 머리가 흩어져 있는 모습이 보였다. 밤이다. 아무도 없다. 조명등을 비쳐도 반응이 없고 겁도 안 낸다. 마음대로 하라는 신호인가. 더군다나 술병을 들고 있는 여자가 마음대로 하라는 신호를 보내는 것이라면, 이건 어떻게 되는가. 어둠을 좋아하는 마귀가 재수를 덮친다. 가까이 가서 몸에 손을 대는 경우 반응은 어떻게 될까. 이런저런 생각 끝에 여인에게 접근해 보라는 어둠의 유혹과 도와주라는 빛의 활동이 동시에 작동된다. 어둠과 빛 사이에서 재수는 선택을 해야 했다.

재수는 여인을 본 자리에서 한참 서 있었다. 여인은 여전히 흐느끼고 있다. 재수는 가슴을 두근거리면서 여인이 앉은 쪽으로 천천히 발걸음을 옮긴다. 재수와 여인의 거리가 점차로 좁아져도 여인은 아무 반응이 없다. 조금 더 가까이 갔다. 여인이 앉은 곳 바로 앞에 섰고 한 발자국만 더 움직이면 여인이 앉은 돌에 이른다. 그 순

간 재수는 다시 겁이 난다. 걸음의 속도를 더 빨리해서 재수는 여
인 앞을 그냥 지나치고 만다. 내려올 때 그 여인이 안 보이길 원하
면서 산정까지 올라갔다. 하산할 때 여인이 안 보이면 궁금증은 남
겠지만 문제는 해결이 난 것이 된다. 어둠도 결과적으로 물리친 셈
이 되고, 빛의 활동이 성공한 셈이 되니까 말이다. 산정까지 올라
갔던 재수는 천천히 내려오기 시작했다. 여인은 앉았던 자리에 그
대로 있었다. 재수는 여자가 앉은 돌 앞에 서지 않고 계속 하산을
한다. 그때 여인의 목소리가 들렸다.

"왜 그냥 가요."

깜짝 놀란 재수는 걸음을 멈추었다. 뒤를 돌아보지 않았다. 여인
은 "왜 그냥 가요"라는 말을 또 했다. 순간 목매 죽은 사람의 혼인
가 싶어 재수는 또 겁이 났다. 도망치려고 발걸음을 떼려고 할 때,
여인은 다시 흐느끼기 시작했다. 재수는 섰던 자리에서 몸을 돌렸
다. 조명등을 여인 쪽으로 비췄다. 여인은 손으로 얼굴을 가리지
않은 채 술병을 재수 쪽으로 내밀었다. 술병을 내미는 모습을 보니
섬뜩했다. 귀신인가 하는 생각이 다시 들어 가슴이 또 한 번 덜컹
했지만 재수는 여인이 앉아 있는 돌 가까이를 향해 걸었다. 여인은
흐느끼기만 했다.

"웬일이세요." 재수가 물었다.

여인은 술병을 입에 또 댔다.

"웬일이세요"라고 다시 물었다. 왼손에 들고 있던 술병을 재수
앞으로 또 내밀었다. 재수는 헷갈리기 시작했다. 이건, 도대체 뭔

가, 천당도, 지옥도 아니고, 아버지 집도 아니고, 음악회장도 아니지 않는가. 음악 때문에 넋을 잃는 순간도 아니지 않은가. 재수의 가슴 깊이 남몰래 숨겨 둔 한 가지의 핵은 무엇이었던가. 욕정 바로 그것이 아니었던가. 그 하나에로의 접근이 가능한 밤이 지금 이 순간이 아닌가. 이런저런 생각으로 뒤범벅이 배증된 재수는 여인이 앉아 있는 돌 근처에 가서 앉았다. 여인이 이번에는 아주 크게 흐느낀다. 아무도 없는 야밤중에 낯선 여인이 무방비 상태로 술을 마시고 있는 공간에서 웬일이세요,라는 말을 되풀이했지만, 여인은 재수를 보지 않고 숙인 고개만 좌우로 흔들었다. 재수는 일어서서 여인 쪽으로 더 다가갔다. 여인은 움직이지 않고 그대로 앉아 있었다. 대답을 강요한다는 의미로 오른손으로 여인의 어깨를 가볍게 흔들면서, "왜 이러세요" 했다. 여인은 여전히 가만히 있었다. 재수의 오른손과 여인의 왼쪽 어깨가 닿았지만 여자 쪽에서 거부반응 같은 것을 나타내지 않았다. 거부반응이 없다는 사실의 확인이 재수의 마음에 불을 붙일 줄은 몰랐다. 여인의 몸에 재수가 손을 댄 것은 그날 밤이 처음이었다. 여인의 어깨 감촉이 그렇게 부드러운 것인 줄도 처음 알았다. 여인은 계속 가만히 있었다. 재수는 더 세게 어깨를 흔들었다.

"죽었어요."

여인이 처음 내뱉는 말이었다. 재수는 놀랐다. 자기도 모르는 사이에 조명등을 다시 켰다. 여인은 여전히 꼼짝하지 않는다. 잠시 후 여인이 다시 "죽었어요"라고 했다.

"누가요?"

"우리 선생님이요."

"선생님이라니요."

풍만한 여체가 조명등에 비친다. 오른손에 들고 있던 소주병을 내려놓고 조심스럽게 여인을 일으켜 세우면서 재수는 "돌이 차갑습니다"라고 했다. 여인은 저항하지 않았다. 일어서긴 했는데 어디로 가야 할지 몰라 하는 여인이었다. 재수는 오른손으로 여인의 오른쪽 어깨를 감았다. 그리곤 잡초 사이를 뚫고 몇 발자국 움직였다. 여인은 저항 없이 재수에게 몸을 맡겼다. 재수는 '내 방'이 있는 컨테이너 안으로 들어갔다. 이름 모르는 나무들이 만든 울타리 안의 작은 공간에서 재수와 여인은 밤하늘을 쳐다보면서 새벽을 기다렸다.

"나 이 동네에 살아요. 죽고 싶어서 여기 올라왔는데 무서워서 죽을 수가 없었어요. 선생과 정을 못 나누고, 그냥 보낸 게 죽고 싶도록 후회가 되거든요."

재수는 무슨 말인지 알아들을 수가 없었다.

"선생은 촉망받는 무용수였어요. 러시아 유학까지 마치고 돌아온, 이미 프로의 경지에 들어간 젊은이였는데 무슨 이유에서인지 춤을 접겠다고 하지 않겠어요? 기가 막혔지요. 자기에게 필요한 것은 섹스라고 했어요. 모든 행위의 뿌리는 섹스라는 말을 거침없이 하는 사람이었어요. 그런 이상한 말을 했을 때 처음엔 놀랐어요. 선생님을 좋게 보아왔기에 그냥 재미있는 말이라고만 생각했었지요, 그가 나를 요구하는 줄을 몰랐거든요. 요구를 했다고 해도 들어줄 생각은 하지 않았지요. 그랬더니, 그냥 답답하다면서, 뛰어내릴까 보다 하길래, 용기도 없으면서, 했더니 그 순간 뛰어내리지 않겠어요. 우리는 그때 어느 강의 다리 위에서 차량 정체 때문에 차가 꼼짝하지 않고 있는 상태에 있었거든요. 순식간에 벌어진 일이라서 마치 꿈같았어요. 결국 내가 죽인 거예요. 무엇이 그런 발작적 행동을 하게 했는지 지금도 알 수가 없어요. 섹스를 원할 때 들어줄 걸 말이에요. 그리고 항상 옆에 있어 주겠다고 약속만 했더라도, 아마추어가 아니라 프로 쪽을 택했을 거예요. 무서운 프로 말이에요. 그는 나에게 춤을 가르친 선생이었거든요."

여인의 선생이 누군지 알 수 없었지만, 재수에겐 그 선생이 자기와 비슷한 사람 같다는 생각이 들었다. 내일 같은 시간에 이 자리에서 만나자는 약속을 하고 재수는 새벽녘에 산을 내려왔다.

"2학년 1학기 등록금 주세요."

"너 쓸데없는 소리 말아라. 오늘은 결판을 내자. 1년 동안을 다녀 보았으니 알 것이 아니냐? 2학년으로 올라가는 것은 포기해라. 수학 같은 건 소용없다고 내가 그동안 몇 번을 말했나. 자퇴를 하라는 건 아니다. 그러니 내가 양보한 거 아니냐. 우선 휴학을 해라. 다시 입시 공부를 해서 일류대학 법학과에 들어가야 한다. 너 어릴 때에는 공부 잘하던 아이가 아니었더냐?"

아들은 아버지의 권유를 끝내 거절한다. "너, 이제부터 내 아들

아니다"라는 폭탄선언이 터진다. 그냥 해 보는 소리가 아니었다. 아들의 장래를 위해서 내린 아버지의 사생결단이었다. 아버지는 끝내 등록금 지불을 거부했고 등록금뿐만 아니라 다른 형태의 경제적 지원도 모두 거부했다. "앞으론 너 혼자 모든 걸 알아서 해라. 돈이 얼마나 무서운가를 배우게 될 것이다."

아버지의 결단은 힘이 들었지만 아들의 결단은 오히려 쉬웠다. 아버지나, 집이나, 학교나, 모두 지겨웠고, 등록금 같은 것은 더욱 더 하찮게 여겨졌다. 세상 물정을 모르는 아이로 낙인이 찍힌 바에야 확실히 찍히고 말자라는 쪽으로 생각을 굳혔다. 시간이 많이 걸리지 않았다. 재수는 가출이 아니라 출가 생각을 했다. 거짓으로 덧칠이 되어 있는 일상으로부터의 탈출이었고, 음악, 연극, 춤, 사랑, 진실, 이런 것들이 재수를 향해서 던지는 눈짓이 눈짓으로만 머물지 않고 재수의 마음 안으로의 스밈이었다. 판단 오류로, 되돌릴 수 없는 후회와 괴로움이 재수의 몸통을 삼키더라도, 일단 아버지의 집을 벗어난 후 재수는 자기의 길을 찾고 싶었다. 자기 인생이 어떻게 되는가 한번 보고 싶었고 자기 마음이 내키는 대로 한번 살아 보고 싶었다. 집을 떠난다는 사실이 옳고 그릇되고의 문제는 둘째 문제였다. 누가 이래라저래라 하는 소리 때문에 숨이 막히는 공간으로부터 일단 벗어나고 싶었다. 못났으면 못난 대로, 잘났으면 잘난 대로, 자기 생긴 대로 한번 살아 보고 싶었다. 물론 한 가지 확실한 전제는 있었다. 마음대로 한번 살아 보자는 것이 퇴폐한 삶이나 이른바 소비적 삶을 살겠다는 것은 아니었다. 오히려 그 반대였다. 어른들의 위선 내지 거짓을 고발하는 길을 걷기 위해서 집을 떠나려는 것이었다.

문제는 돈이었다. 빈 주머니로 어딜 갈 수 있겠는가. 고심을 거듭하던 끝에 아버지의 카드를 빌리기로 했다. 핸드폰 마지막 네 자리 숫자도 이미 입력된 바 있었다. 남은 것은 출가의 수순이었다. 수순을 밟기 전에 재수에겐 할 일이 하나 남아 있었다. 뒷산의 '내 방'에서 그 여인을 만나는 일이었다. 출가 이야기를 듣던 여인은 오직 춤밖에 몰랐던 자기 선생과 재수의 성격이 비슷하다고 느낀다. '그러면 안 된다. 카드는 내게 있다'라는 요지의 말을 하면서 카드를 재수의 호주머니 속으로 밀어 넣었다.

사전조사를 끝낸 그날 오전 9시 30분, 재수는 은행에 일착으로 갔다. 여인이 준 카드로 6백만 원을 인출했다. 재수식 계산법에 의한 1년치 등록금에다 잡비를 포함한 총액이었다. 사용私用으로 6백만 원이라는 거액을 재수가 손에 쥐어 본 것은 처음이었다. 10시에 S전철역에서 C고속터미널이 있는 K역을 향했다. 안주머니에 돈을 넣고, '이걸 잃어버리면 모든 일은 끝장이다' 하면서, 안주머니 단속을 철저히 했다. 10시 30분, Y지역으로 가는 매표구 앞에 섰다. Y지역에 가야 '자연의 성'으로 갈 수 있었다. 터미널 구내에는 사람들로 붐볐다. 매표구 앞뒤에 사람들이 서 있었는데 재수는 안주머니의 안전을 위해서 그 사람들과 거리를 두려고 애쓰면서, "Y지역 버스 몇 시에 출발합니까?" 하고 물었다.

"11시 5분 출발입니다."

"얼마예요?"

"만 4천5백 원입니다."

"한 장 주세요."

안주머니에서 만 원권 두 장을 꺼냈다. 표와 거스름돈이 매표구 밑으로 밀려 나왔다. 재수는 안주머니를 노릴 기회를 누구에게도 주지 않기 위해서 표와 거스름돈을 확인하지도 않고 받은 것을 오른손에 잡아 쥐고 매표구를 빠져나왔다. 나오자마자 오른쪽 바지 주머니에 그것을 집어넣었다. 일단 사람이 없는 공간에 가서 한숨을 돌린 후 '이제 일은 다 끝났다'고 마음속으로 외쳤다. 시계를 보니 출발 시간까지 30분이 남아 있었다. 6백만 원을 인출한 은행 근처에서 산 2천 원짜리 김밥을 먹어야겠다는 생각을 했다. 적당한 장소가 없었다. 버스에 타서 먹지 뭐, 하면서 표에 기재된 출발시간을 확인해 보려고 주머니에 손을 넣었다. 표와 거스름돈 5천 원권 한 장이 따라 나왔다. 표값이 만 4천5백 원이었으니까 5천 원권 한 장과 동전 5백 원이 나와야 했다. 백 원짜리 동전도 5백 원짜리 동전도 없었다. 호주머니 안에 손을 넣어서 주머니 밑까지 휘저으면서 동전을 찾았다. 없었다. 만 원권 두 장을 주었으니 거스름돈은 5천5백 원이어야 했는데 5천 원밖에 없으니 뭐가 잘못된 것이 분명하다. 웬일일까. 재수는 주머니를 확인하고 또 확인했다. 혹시 싶어서 왼쪽 주머니에도 손을 넣어 보았다. 동전은 없었다.

가장 쉬운 방법은 5백 원짜리 동전 하나를 잃어버렸다고 생각해 버리면 되는 것이었다.

'잃은 걸 지금에 와서 어디서 어떻게 찾겠나. 매표구에 가서 따진다고 될 일도 아니지 않은가. 6백만 원이 안주머니에 있는데, 그까짓 돈 5백 원쯤이야' 싶었다. 그러다가 재수는 '아니지!' 하면서 생각을 바꾸었다. 돈 5백 원이라고 누가 그냥 주나, 비장한 각오로 새 인생을 막 시작하려고 하는 시점에 서 있는 게 아닌가. 돈 5백 원을 경솔하게 취급하는 정신으로 새 출발이 가능하겠는가. 시작부터 모든 것이 실패의 늪으로 빠질지도 모를 일이 아닌가. 생각을 바꾼 재수는 5백 원짜리 동전을 찾아야겠다는 생각을 굳혔고 출가의 성패가 그 동전에 딸렸다고 생각했다. 왼쪽 주머니를 한 번 더 확인했다. 없었다. 그다음, 거스름돈 5천 원과 표를 다시 확인했다. 표와 5천 원권 사이에 동전이 끼어 있을지 모른다는 생각에서였다. 헛수고였다.

사느냐 죽느냐 그것이 문제다가 아니라, 찾느냐 못 찾느냐가 문제였다. 이게 아마도, 하늘이 주는 첫 시련일지 모른다는 생각이 들었다. 백 원짜리 동전 다섯이 거스름돈에 포함되었다면 그 다섯 개 중 최소한도 한둘의 동전은 주머니에 남아 있어야 했다. 백 원짜리 동전이 하나도 없는 것을 보면 거스름돈이 5백 원짜리 동전이었던 것이 틀림없다. 사실이 그렇다고 해도, 5백 원짜리 동전이 지금 어디에 있는지 알 길이 어디에 있는가. 막막하기만 한 재수는 탐정의 눈으로 동전을 찾아야 한다고 마음을 바꾸었다.

표와 거스름돈을 받을 때 안주머니의 안전만 생각하느라고 사람들로 얽혀 있는 매표구 주변에 머무는 시간을 1초라도 짧게 하기 위해서, 표와 거스름돈을 확인하지 않고, 그걸 쥐고 사람들 틈을 빨리 빠져나와야 한다는 생각밖에 하지 않았다는 기억을 해냈다. 빨리 빠져나와야 한다는 생각을 하는 사이에 동전이 재수의 손에서 빠져나간 것이 틀림이 없다. 매표구에서 빠져나온 후 오른손에 잡은 것을 오른쪽 바지주머니에 넣었던 기억을 되살리자, 동전이 빠져나갔다면, 빠져나간 장소가 매표구 근처인 것이 확실하다는 결론을 얻었다. 탐정의 수사영역은 넓은 터미널 바닥에서부터, 매표구 주변 바닥으로 좁혀졌다. 수사영역의 좁아짐이 얼마나 다행인지 몰랐다. 바다같이 넓어 보였던 터미널 전체 바닥에서 자기 집 안방같이 좁아 보이는 매표구 주변 바닥으로 조사망이 압축되자 일이 엄청 쉬워질 것 같은 느낌이 들었다. 안주머니를 한 번 더 확인한 후, 재수는 매표구 쪽으로 갔다. 사람들이 여전히 붐비고 있었다. 그렇거나 말거나 재수는 바닥 주변을 살피기 시작했다. 사람들의 발바닥이 동전을 밟고 있을지 모른다는 생각에서 사람들이 움직일 때마다 바닥을 다시 살폈다. 동전은 아무 곳에도 없었다. 매표구 앞의 바닥에 엎드려서 훑어보았다. "미안합니다"를 연발하면서 매표구 밑을 훑고 또 훑어도 동전은 없었다. 포기할 수밖에 없는가. 그렇다면 출가는 실패가 되고 마는가. 절망에 빠진 재수는 어찌할 바를 몰랐다. 그냥 몸을 일으킨 후 한숨을 푸우우, 하고 쉬었을 때였다. 어디선가 이상한 느낌을 주는 빛 같은 것이 재수의 눈을 스쳤다. 이상하다, 재수는 그 느낌을 주는 쪽을 주시했다. 어두운 곳이었지만 동전 하나가 창구 바로 밑의 벽에 붙어 있는 것이 희미하게 보였다. 떨어져서 동그르르르 구르다가, 바닥에 눕게 된 것이 아니라 구르는 동력이 어떻게 되어서 그런지 몰라도, 벽에 부딪쳤고, 그것이 넘어진 게 아니라, 벽에 붙어 서게 되었던 모양이었다. 벽에 붙어 있는 것을 쥐어 보니 5백 원짜리 동전이었다. 재수는 확신을 갖는다. "출가 성공이다!"

운전석 바로 뒤 4번 자리에 앉는다. 재수의 옆자리는 비었고, 통로 건너편의 1번, 2번 자리에는 늙은 노인 두 사람이 앉아서 사투리로 말하고 있었다. 같이 늙어 가는 노인이지만 마른 노인은 형 같고, 몸집이 난 노인은 동생 같았다. 형이 늙었지만 동생도 형 못지않게 늙었다. 형, 아우 할 것 없이 얼굴에 주름살투성이다.

'저 주름살들은 누가 만들었을까.'

재수는 두 노인의 주름살을 보면서 옛 친구 h 생각을 했다. h는 주름살에도 싱싱한 주름과 노곤한 주름이 있다는 말을 하곤 했었다. 노곤한 주름은 인생무상을 노래하고, 싱싱한 주름은 새 세포로 둔갑하여 남은 인생을 찬양하는 노래를 한다고도 했다. 슬픈 노래와 기쁜 노래가 서로 다른 주름살 때문에 이 세상에서 생긴다는 말을 하면서 주름살 노래를 불렀었던 것도 기억했다. 형의 이빨은 멀쩡한데, 동생의 이빨은 다 빠지고 없었다. 누가 먼저 어둠 속에 파묻힐지는 모를 일이었다. 누구에게나 찾아오는 주름살이 아니던가. 이 주름이 영 굳어 버려 생체가 그 굳음 때문에 어쩔 수 없이 밀리게 되는 날, 형이나 동생이나 모두 무덤의 친구가 되고 결국 자연화의 길로 가고 만다고 한 h는 지금 어디에 있을까.

운전석 바로 뒤에 앉은 재수는 기사에게 '자연의 성'까지 얼마나 걸리느냐고 물었다. 기사는 두 시간 사십 분 정도 걸린다고 했다.

재수의 가슴은 설레기 시작했다. 처음 만나는 여인 앞에서 재수의 가슴은 특히 더 잘 설레곤 했었는데, 설레는 것으로 끝이지 않고, 궁금증이 지속되는 동안 쉽게 사랑에 빠지기도 했다. 어떤 여인일까, 하는 재수의 호기심이 사랑의 뿌리였다. 재수의 병은 너무 쉽게 사랑에 빠진다는 데에 있었다. 사랑에 쉽게 빠지는 재수의 병 앞에서 재수 스스로도 어찌할 바를 몰라 했다. '자연의 성'은 여인도 아니고 아직 만나지도 않은 대상인데 '자연의 성'에 가까워지는 것만으로 재수는 벌써 가슴 설레는 병을 앓는다. 음악회장이나 극장과는 다른, 낯선 고장인 Y지역은 과연 어떤 곳일까. 궁금증은 열을 배증시킨다. 결국 갈 대로 갔다. 무슨 느낌이 이럴까. 디지털 문화가 아닌 아날로그 문화가 지배하고 있는 고장인 듯했다. 일단 마음이 편안했다. 자연적인 것은 자연 그대로였고, 인위적인 것은 서툴지만 인간의 단면 하나씩을 보여 주고 있는 듯했다. 구멍가게는 잘 단장된 바이더웨이나 세븐일레븐 같지 않았지만 인간들이 필요로 해서 만들어 놓은 것이라는 생각을 들게 했고 인간들이 필요로 해서 생긴 것들은 각자의 구실을 해내고 있어 정다운 친구를 만난 것 같았다. 구멍가게만이 아니었다. 인간의 삶을 위해 훌륭한 구실을 하고 있는 모든 인위적인 것들이 재수에겐 아름답게 보였다.

재수는 '자연의 성'으로 가는 버스로 갈아탔다. 차창 밖에서 비가 내리고 있었다. 오르막 산길을 달리던 버스가 얼마간 산 중턱을 돌다가 다시 내리막길로 미끄러져 내려갔다.

"저 멀리 보이는 곳이 '자연의 성'입니다."

재수의 마음은 다시 떨렸다. 음악회장 주변과는 사뭇 달랐다. 음악을 결과라면 '자연의 성'은 원인이었다. 베토벤의 〈전원교향곡〉이 결과, 그 음악을 잉태했던 베토벤의 산보길인 비엔나 숲이 원인이었던 것처럼 말이다. 결과는 결과대로 원인은 원인대로 재수를 울렸다. 성의 입구에서 버스가 섰다. 버스에서 내린 사람은 재수 혼자뿐이었다. 비는 여전히 오고 있었다. 빗줄기는 가늘었고 어깨에 떨어지는 촉감은 어머니의 손길같이 따뜻했다. 재수는 비를 맞으면서 성을 향해서 걸었다. 성의 입구에 구멍가게가 하나 있었다. 한 묶음에 2천 원인 귤과 한 개에 천 원씩 하는 사과 다섯 개를 샀다. 그동안의 재수에게 일금 7천 원은 큰돈이었다. 그런데 아무런 주저 없이 돈 7천 원을 쓸 수 있는 재수는 자신이 부자라도 한참 부자라는 생각이 들었다.

성은 처음 보는 곳인데 어디선가 많이 보아 오던 동네 같았다. 자연으로 둘러싸인, 인간이 상상할 수 있는 최선을 갖추고 있는, 꿈의 마을 같았다. 아담한 건물 하나가 들어서 있었고 산이 건물의 병풍 역할을 하고 있었다. 건물 뒤로는 다른 지역으로 달리는 버스들이 먼발치에서 보였다.

"죄송하지만 511호에 오늘 하룻밤만 지내주시지요."

"좋지요."

위의 대화에서 성 사람들의 소박하고 순수한 마음 냄새를 경험했다. 임시로 하룻밤만 사용해야 할 방이 511호라는 사실을 미안하게 생각하는 얼굴 표정이 재수에겐 오히려 고맙게 비쳤다. "좋지요" 하는 간단한 대답을 들은 성 사람은 친절하게 511호실의 열쇠를 주었다. 재수는 태어나서 처음으로 인간 대접을 받는다는 느낌을 받았다. 511호실로 올라왔다. 텔레비전이 놓여 있었고, 책상과 냉장고 옷장, 전등, 욕실 할 것 없이 시골답지 않게 갖출 것은 모두 갖추고 있었다. 자유의 몸이 된 사실을 의식하면서도 재수는 무엇을 먼저 해야 할지 알 수가 없었다. 자유의 몸이 아니라 '알 수가 없음'에 묶인 부자유스런 몸 같게 느껴졌고 오늘 하루만 묵을 방이라는 생각을 하자 짐을 풀 수도 없었다. 시장기가 돌았다. 재수는 버스에서 먹다 남은 김밥을 꺼냈다. 텔레비전 전원을 켰다. 여기까지 와서 텔레비전을 보나 싶었지만, 방이 확정되지 않았고, 마음이 잡히지 않아 텔레비전을 보는 것은 임시변통이라고 자위했다. 한국의 L 9단과 중국의 제일인자 K 9단의 바둑 대국이 생방송되고 있었다. 바둑을 좋아하는 재수는 김밥 먹는 것도 잊어버리고 바둑 대국을 지켜보았다. 그때였다. 아래층에서 전갈이 왔다. 617호실로 옮기라는 것이다. 왜 갑자기 지배인이 방을 바꾸어 준 것인지 알 수 없었지만, 새로 정해진 방은 한결 고급스러웠다. 짐을 푼 후 재수는 욕실로 뛰어 들어갔다. 욕실에서 팔다리를 쭉 뻗고 누웠다. 이렇게 편안할 수가 있는가. 내의를 입지 않은 채로 부드러운 가운을 걸치고 욕실 밖으로 나왔다. 여전히 편안했다. 창밖에는 계속

비가 내리고 있었다. 창 옆에 놓인 소파에 앉았다. 내리는 비를 바라보았다. 아버지 집 뒷산에 있는 '내 방'보다 더 편안했다. 재수는 뒷산의 그 여인이 옆에 있었으면 싶었다. 장소가 정해지는 대로 연락을 하겠다고 한 약속을 잊지 않고 있었지만 재수는 숨을 좀 크게 혼자 쉬고 싶었다. 재수는 곧 아버지 생각을 했고 아버지를 향해서 중얼거렸다.

'아버지, 왜 저의 삶을 못 살게 했습니까. 아버지가 등록금을 주지 않았다는 것이 섭섭한 것은 아닙니다. 오히려 저로서는 그게 잘된 거지요. 저의 삶을 살게 해 준 계기를 마련해 주셨으니까요. 아버지, 저는 아버지께로 다시는 돌아가지 않습니다, 절대로.'

이렇게 중얼거리고 보니, 아버지가 불쌍하게 느껴졌다.

며칠간 재수는 아무것도 하지 않았다. 그냥 새가 된 기분으로 산과 강 주변을 날아다니기만 했다. 마음대로의 삶을 실천하기 위한 준비 작업으로 몇 날 며칠을 성 주변을 헤매기만 했다. 산과 강 주변을 맴돌면서 산의 정적이 주는 메시지와 흐르는 강물 소리가 주는 노래의 의미를 식별하려 했다. 자연의 언어를 인간의 언어로 번역하는 작업을 시도해 보기도 했다. 들의 평온함과 나뭇가지들의 귓속말, 숲과 바람이 서로를 달래고 어르고 쓰다듬기를 하는 모습, 여기저기에서 자라고 있는 잡초들, 그런 것들 옆을 재수는 스치고 지나다녔다. 성의 구석구석을 구경하는 것으로 나날을 보낸 셈이다. 인간의 소리를 듣지 않아도 되는 나날은 말 그대로 행복한 나날 바로 그것이었다. 빛이 있으면 그늘도 있다고 했던가. 행복한 나날이기도 했지만 무엇에의 잉태를 위한 고통스러운 나날이기도 했다. 두려움과 거짓 그리고 비굴로 뒤덮인 어두운 그늘에서 살았던 그동안의 삶이 준 고통과는 거리가 먼 고통이었다. '너 도대체 뭘 하고 있는 거야'라는 아버지의 말이 들리지 않는 것이 무엇보다 좋았다.

사람 '갑'이 '을'이 될 수 없고, '을'이 '병'이 될 수 없는 것은, 이름 가진 사람 하나하나의 얼굴 모양새가 다른 것과 같다고 했던 중학 시절 국어선생님 생각이 났다. 각 사람 사고의 뿌리가 다르고, 그 뿌리에서 자란 열매가 서로 다른 것과 같다는 말을 자주 했던 국어선생님. 재수의 뿌리 역시 어렸을 때 이미 그 성질이 특정 방향으로 굳어 있었던 것이 아닐까. 국어선생님의 말소리는 계속 들린다. 누구나 그렇지만 뿌리의 성질은 모국어의 익힘 과정과 같이 자기도 모르는 사이에 굳는다. 그 성질이 특정 방향으로 굳으면 그 뿌리의 생리대로 가지나 꽃들이 자라게 된다. 왜 그렇게 자라게 되었는지 그 이유를 모르면서도 어린이는 어른이 생각하는 것보다 훨씬 더 많고 다양한 것들을 경험하고 익힌다. 그리고 자기의 뿌리를 튼튼하게 만든다. 재수는 자기의 뿌리가 원하는 꽃을 피워야 한다는 절대명령을 안고 지금 '자연의 성'에 와 있다. 재수가 피울 꽃의 뿌리에 물을 주고 있는 나날이 바로 지금이라고 그는 생각한다.

신고식 이야기가 나왔다. '자연의 성'에 먼저 들어온 사람들에게 신고를 해야 한다는 것이다. 주머니 사정에 따른 것이겠지만 거기 있는 사람을 초대해서, 푸짐한 저녁을 사든지 최소한도 커피를 한

잔씩 산 후 자기의 이력을 보고해야 한다는 것이었다. 재수는 생각했다. 안주머니에 든 돈이면 커피를 몇 잔 살 수 있을까. 와아! 수백 잔이라도 살 수 있는 것이 아닌가. 아니 수천 잔이라도 살 수 있지 않는가. 커피 한 잔을 바라는 성 식구들을 생각하면 안주머니의 액수는 많아도 가당치 않게 많은 돈이었다. 커피보다 값이 몇 배 더 비싼 것을 사더라도, 충분히 여유가 있는 돈이었다.

재수에게 신기한 생각을 들게 한 것은 '여유'라는 말이었다. 태어나서 그동안 한 번도 가져 보지 못한 여유인데 그것은 금전적 여유였다. 생각만 해도 기막히는 일이었다. 인간이 돈과 출세를 원하는 이유가 바로 이런 '여유' 때문인가. 재수는 자기도 모르는 사이에 돈의 힘에 소스라치게 놀랐다. 도대체 돈이 뭘까.

먹고 싶을 때, 입고 싶을 때, 사고 싶을 때, 베풀고 싶을 때, 자랑하고 싶을 때, 여행하고 싶을 때, 무얼 원할 때, 때, 때. 말하자면 이런 때가 재수에게 한두 번 찾아왔던 것이 아니었었는데, 이런 '때'가 찾아올 때, 그 '때'가 원하는 대로 할 수 있는 여유를 그동안 재수가 원했었다는 말인가. 아니, 인간이면 예외 없이 모두 그런 여유를 원하는 것일까. 재수의 안주머니 사정이 바로 그러한 때를 위해서 준비되어 있는 여유였다는 말인가. 아무튼 재수는 최고로 좋은 곳으로 가자는 제의를 했고 지배인은 그 지역에 있는 가장 좋은 식당으로 갔다. 초대 손님 모두 재수보다 나이가 많았다.

"오늘 저의 신고식에 소요되는 경비에 대해서는 일절 신경을 쓰지 마십시오. 어르신들 앞에서 외람된 말씀이지만 탄탄한 기업가

이신 저의 아버님이 이번 여행에 많은 경비를 주셨습니다." 재수의 입에서 술술 나온 말이었다.

술, 안주, 음식 할 것 없이 주머니 사정을 생각하지 않고서도 푸짐하게 시킬 여유를 재수는 만끽했다. 모두들 먹을 만큼 먹었고 마실 만큼 마셨다. 거나하게 취한 후 음식점을 나서는 성 사람들의 입에서 "젊은이가 겸손하고, 사람이 됐네"라는 말이 나왔다. 신고식이 성공적이었다는 뜻이 아니고 뭣이겠는가. 단 한 가지 난처했던 것은 이력을 보고할 때였지만 재수는 있는 그대로의 자기를 보여 주었다. 이류대 수학과 1년생, 2년생으로 진학을 하지 못했고, 아버지는 법학 전공을 위해서 타 대학에 응시하라고 하지만, 자기의 입장은 다르다는 말을 했다. 자기 전공을 살리기 위해서 지금도 이 성을 기웃거리는 것이라고 했다. 지배인은 재수의 말을 듣고 고개만 끄덕거렸고, 다른 사람들은 모든 것에 무관심했다. 술에 취한 사람들이었지만 '자연의 성' 구성원들은 딴 세상 사람들로 보였다. 인간들이 아니라 자연의 일부 같다고나 할까. 재수의 말에 별 반응을 하지 않았고, 밤길을 걷기 시작했다. 각자가 아는 노래 하나씩을 흥얼거리면서 성을 향해서 걸었다.

617호실에 돌아온 재수는 주머니 속에 든 계산서를 꺼내 봤다. 15만 원이었다. 15만 원이 아니고 만일 열 배가 되는 150만 원이었더라면 어떻게 될까. 안주머니에 얼마가 들어 있어야 재수가 느끼는 여유에 합당한 액수가 될까. 6천만 원이 있어야 한다는 이야기가 아닌가. 6백만 원과 6천만 원의 물리적 차이는 엄청난 것이다.

그러나 6백만 원 이상의 돈이 재수에겐 필요가 없었다.

신고식이 끝난 후 재수를 헷갈리게 하는 대목 하나가 있었다. 신고식을 치를 때 술과 음식을 얼마든지 가져오라고 했던 자신을 재수는 기억했다. 식당에서 자기가 참 사람답게 산다라는 느낌을 받았었다는 것도 기억되었다. 그렇다면 문제는 어떻게 되는가. 그동안 돈을 쫓는 사람들을 재수가 얼마나 경멸했던가. 그런데 지금 재수는 돈의 위력에 감탄을 하고 있지 않은가. 재수의 눈에 아버지의 얼굴이 보이기 시작했다. 617호실에서 재수는 이런저런 생각의 틈바귀에서 헤어나지 못하고 있었다. 그렇다면 서울의 B지역 사람들이 재수보다, 말하자면, 삶의 '어떤 차원'에서 뭔가 먼저 깨달았던 사람이란 말인가. 재수 역시 진작부터 돈과 상관되는 여유를 원하고 있었던 것은 아니었을까. 자기에게 그런 여유가 주어질 가능성이 출발지점에서부터 없었기 때문에 미리부터 방어망을 멀리서 쳤던 것은 아니었을까. 방어망을 쳐 놓고 아버지나 B지역 사람들에게 화살을 겨누고 있었던 것은 아니었을까.

재수는 신고식에서의 자기 자신을 다시 되돌아본다. 되돌아봄은 결코 자기 정당화를 위해서가 아니었다. 재수는 정직하게 다시 되돌려 생각해 본다. 아무리 되돌려 생각을 해 보아도, 대답은 하나이었다. 자기가 위선자는 아니었다는 사실이 그것이다. 위선자가 아니라는 것을 정당화시킬 수 있는 논리는 찾을 수 없었다. 그러나 분명히 '나는 위선자가 아니었다'라고 재수는 외치고 있었다. 생각하고 다시 생각해도 신고식에서 모든 게 만족스러웠다는 사실밖에 드러나지 않았다.

재수가 그때 원했던 것은 어려운 것이 아니었다. 자기 눈앞에 보이는 것을 있는 그대로 보고, 느껴지는 것을 느껴지는 대로 느끼고, 베풀고 싶은 것을 베풀고 싶은 대로 베풀고, 또 생각되는 것을 생각되는 대로 생각하고 싶었을 뿐이었다. 여기서의 핵심은 누가 시켜서 한 짓이 아니라 자기가 하고 싶은 대로 했다는 것으로서 백 프로 만족이었다는 사실이었다. 오른쪽 입술을 왜 비죽이 올리느냐고 나무랄 아버지도 없었고 자기 입술이 그렇게 올라가기 때문에 그냥 올리고 있으면 되었던 것이다. 그것이 옳든 옳지 않든, 잘못 생각했든, 잘 생각했든, 그런 것과는 상관이 없이, 자기 생긴 대로, 보이는 대로, 느끼는 대로, 마음껏 경험을 하는 순간이 귀중했을 뿐이었다. 그런 순간이 자기를 하늘로 나는 새로 만들고 있었다는 의미에서 뿌듯했던, 신고식 때의 자기를 기억했다.

재수는 자기가 입어야 할 옷에 대한 생각으로 전율했다. 아버지가 만들어서 입혀 주는 옷이 아니라 자기가 만든 옷, 자기 몸에 맞는 옷에 대한 생각을 하면서 전율했다. 재수는 자기의 신체와 정신적 구경에 맞는 옷을 입고 싶었다. 여유의 유무는 금전적 액수가 결정하는 것이 아니라 자기가 어떤 옷을 입느냐에 딸린 것이라는 생각을 했다. 신고식 날 재수는 자기의 옷을 입고 있었기 때문에 자기를 미워하지 않았고, 자기와의 관계가 전혀 불편하지 않았다. 그런데 신고식이 끝나고 617호실에 되돌아온 재수의 마음은 편하지가 않았다. 자기 옷을 입고 살아야만 사람답게 사는 것일 텐데,

그 옷을 자기가 정하고 자기가 입느냐, 돈이 정하고 돈이 입혀주느냐의 물음이 재수를 괴롭혔다. 그러나 한 가지 명백한 사실을 재수는 잊지 않고 있었다. 아버지 말 대로 법학과로 가기 위해서 삼수를 하는 길로 들어서서는 안 된다는 것, 아버지 말대로 자기 이름을 삼수로 바꾸어서도 안 된다는 것이었다. 1년치 등록금 6백만 원은 아무 가치가 없는 돈이라는 생각을 재수는 하고 있었다. 재수의 안주머니에 들어 있는 6백만 원은 등록금 6백만 원과는 비교될 수 없을 정도의 가치가 있는 돈이라는 생각을 했다. 돈이 옷을 정하는 것이 아니라 자기가 정한 돈의 가치가 옷을 정해야 한다는 입장에 재수는 손을 들어주기로 했다. 재수의 논리는 남의 논리가 아니라 자기의 논리였고 그것이 재수의 운명이었다.

다음 날, '내 방'의 여인에게 전화를 걸었다.

"왜 이렇게 전화가 늦었어요? 큰일 났어요. 아버지가 위독하세요. 빨리 집으로 오세요."

여인의 느닷없는 말에 재수는 놀랐다.

'자연의 성' 지배인은 재수 아버지의 옛 친구였다. 재수가 '자연의 성'에 들어서는 것을 먼발치에서 본 지배인은 재수가 누구인 줄 알았다. '사업'을 버리고 '자연'을 택한 지배인이 '자연의 성'으로 오기 전 친구 집을 방문한 적이 있었고 그때 재수를 본 일이 있었다. 재수가 '자연의 성'으로 들어온 것을 본 즉시 617호실로 옮기라는 지배인의 지시는, 재수가 알지 못했을 뿐, 친구 아들에게 베푸는 호의였다. 호의를 베푼 다음 지배인은 재수 아버지에게 전화를 걸었다. 재수 아버지는 "이놈을! 당장 그만" 하면서 기사에게 차를 급히 몰라고 미친 듯이 소리쳤다. 사고는 바로 그 여인의 집 앞에서 났고, 기사는 즉사, 재수 아버지는 치명타를 입었다. 현장을 목격한 그 여인은 재수를 부르는 신음 소리를 들었고 결과적으로 사고 이후 지금까지 그 여인이 재수 아버지를 간호하고 있다는 것이었다.

재수는 지배인에게 아는 체를 하지 않고 즉시 병원으로 달려갈 생각을 했다. 병원으로 달려갈 생각이 든 것은 즉각적인 반응이지, 앞뒤를 따진 후의 결정이 아니었다. 재수는 즉각적인 반응의 순간을 넘긴 후 이번에는 차분히 앞뒤를 따졌다. '아니다, 나는 아버지에게로 되돌아가지 않는다. 어렸을 때부터 수도 없이 쓴 반성문을 또 쓰라면, 차라리 죽고 말 것이다.'

나는 이미 남색을 팔지 않았던가. 사랑하지도 않는 여인과 자리를 같이한 것이 그것이 아니고 무엇인가. 그리고 갚을 생각을 하지 않은 돈을 빌렸고, 그 돈으로 여유를 경험한, 사기꾼 중의 상 사기꾼이 아닌가. 뭐? 사기꾼? 내가 사기꾼이라고? 아니지! 사기꾼이 아니지. 절대로 아니지! 세속에서 일어나는 일상사에 무관하기로 한, 이미 출가한 사람이 아닌가. 내 돈, 네 돈이 있는 세상을 버린 지 이미 오래된 시점이 아닌가. 안 간다. 아버지에게로 절대로 안 간다. 나는 기웃거림의 대가로 남아 있어야 한다.

재수는 결국 성을 떠날 생각을 하지 않는다. 자! 그런데…… 하면서 재수는 한숨을 쉬었다. 성을 떠날 생각을 하지 않는 것은 좋다. 그렇다면 죽어 가는 아버지를 버린 후 무엇을 어쩌겠다는 건가. 재수는 아버지 생각을 다시 했다. 생각에 두서가 있을 여유가 없었지만 재수는 요약의 명수였다. 자, 아버지는 뭔가. 다시 생각했다. 아버지의 평생이란 도대체 어떤 것이었던가. 만족스러운 만큼 돈을 모으지 못했던 것이 아버지의 평생이었던가. 그렇다면 재수 자신은 어떤가. 충분히 만족스러운 돈을 안주머니에 이미 넣어 보지 않았던가. 재수의 생각으론 자기가 아버지보다 더 많이 살았고 더 많이 가져 본 사람이었다. 더 이상 산다는 것은 지겨운 되풀이에 불과했다. 그런데 재수는 다시 고개를 흔들었다. '되풀이라도 좋다, 아버지를 그냥 둘 수는 없다, 아버지에게로 가야 한다'라고 외쳤다. 외침의 반향은 정면에서 분노처럼 터졌다. '그게 정답이라는 말인가'라는, 더 큰 외침이 재수의 뇌관을 쳤다. 역설을 입에 문 재수는 굶주린 사자처럼 포효한다.

'내가 지금 내 옷을 벗어 던져 버려야 한다는 말인가. 아니다, 나는 지금 입고 있는 내 옷을 입고 있어야 한다.'

시간이 없었다. 결단의 순간을 찾아야 했다. 주저앉았던 재수는 결국 다시 일어난다. 짐을 싸들고 성을 떠난다. 돈은 아직 많이 남아 있었다. 택시를 집어타고 서울로 향했다. 서울로 가기 전에 어머니의 산소에 들렀으면 하는 생각에서 산소로 향하는 길로 접어들었다. 극심한 차량의 정체 현상으로 길은 주차장으로 변하고 있었다. 다리 위 역시 주차장이 되고 있었다. 재수는 뭔가 갑갑했다. 다리 아래에는 강물이 흐르고 있었다. 재수는 갑갑한 마음을 달래야 했다. 물이라도 실컷 좀 마셔야 했다. 재수의 숨통을 열어 줄 수 있는 길은 딱 한 가지밖에 없었다. 출가 전 아버지 집에서 살 때도 그랬듯이 기웃거림을 통해서 숨을 쉬는 길이었다. 재수에게 기웃거릴 곳이 아직 하나 남아 있었다. 죽기 전에 꼭 한 번 가 봐야 하는 곳이 그곳이었다. 여인의 선생이었다던 그 남성 무용수가 가 있는 곳은 어떤 곳일까. '기웃거림의 대가'인 재수는 자기 옷을 입은 채로 다리 밑을 향해 '반복은 싫다'를 외치면서 저 비행하는 새가 된다. 어디선가 풍덩 하는 소리가 났고, '태생적 예술혼의 꽃, 아, 피지 못한 아까운 꽃'이라는 노랫말의 후렴조가 물거품 틈새로 빠져나온다.

열리는 문

술에 취한 효경은 비틀걸음이다. 집 근처 골목길 담벼락에 기대서서 토한다. 쭈그리고 앉았다가 다시 걷는다. 대문을 따면서도 비틀거린다.

"너 또 술 마셨구나."

"내가 몇 살인 줄 알아. 제발 걱정 좀 그만둬!"

　자정이 넘게까지 기다리던 어머니 한 씨의 말을 들은 척도 하지 않는다. 웃옷을 피아노 위에 던진 후 효경은 자기 방으로 들어가 버린다.

"시집을 가래도 가지 않고, 저걸 어쩌지."

　거실에서 전화 소리가 울린다. 2층에서 자고 있는 한 씨는 듣지 못한다. 다시 울린다. 아래층에서 자고 있던 효경은 눈을 뜨고 있었지만 어제의 과음 때문에 꼼짝하지 못한다. 속이 타고 목이 마르다. 무거운 몸을 이끌고 물을 마시러 부엌으로 간다. 물을 마시고 거실로 나올 때까지 전화가 울린다.

"엄마, 전화!"

2층에서는 기별이 없다.

"조금 기다리세요."

2층으로 올라가는 계단을 향해서

"엄마아, 전화!"

"조금만 더 기다리세요. 엄마가 곧 내려옵니다."

"아침부터 누가 사람을 괴롭히나."

"또 그 남잔데."

딸의 말투는 도전적이다.

"아버지가 돌아가신 지 얼마 되었다고 벌써 남자를 불러들여."

딸이 다시 내뱉는 말이다.

"예. 저예요. 지금 어디세요. 아, 예, 알았습니다. 제가 곧 나갈게요."

수화기를 드는 순간 계단을 내려올 때와는 달라지는 한 씨의 목소리, 엄마의 목소리가 저렇게 맑은 적이 있었던가. 한 씨는 거울 앞에 서서 자기 얼굴을 한참 들여다본 후 머리를 만지면서 얼굴을 이리저리 쓰다듬는다.

"집 안 청소 좀 해 둬라. 피아노 위 네 옷도 좀 치우고. 손님이 오신다."

한 씨의 화장과 옷 빛깔은 너무 화려하다.

나더러 집 안 청소를 해 두라고? 웃기는 소리 말라지.

효경이 거실 창 옆에 앉아서 담배를 피우고 있는데 닫혔던 대문이 다시 열린다. 집을 나섰던 엄마가 들어온다.

"네가 찜찜하게 생각할 것 같아서 나가다가 이야기 좀 하러 왔다."

"엄마, 집 비워 줄까?"

"너 그게 무슨 소리야!"

"무슨 소리라니? 집 비워줄까,라는 말, 무슨 소린 줄 몰라?"

"너, 엄마를 왜 그렇게 이해 못해. 다 너를 위해서야."

"나를 위해서라고?"

"배 선생님이라고. 네 아버지 친구시다. 너도 알 거야."

"그래서?"

"그분 나쁜 사람 아니야."

"그게 우리와 무슨 상관인데?"

"작곡한다는 애가 어째 그래. 와서 보면 알 거야. 나, 간다."

마음을 가눌 수 없는 효경은 거실에 그냥 앉아 있을 수가 없었다. 자기가 우는 사람과 남을 울리는 사람이 있다면 효경은 대부분의 경우 자기가 우는 쪽에 속한다. 그날은 달랐다. 엄마를 한번 울려 보고 싶었다. 그게 어떻게 될지 알 수가 없다.

과음 때문에 위장상태가 정상으로 돌아와 있지 않으나 해장술 생각을 하고 집을 나선 효경은 어제 마시던 집으로 간다. 단골집이다. 컴컴하지만 안에 들어서서 얼마간 있으면 누가 어디에 앉아 있는지 모두 알 수 있는 구석 자리가 효경의 지정석이다.

"그렇게 많이 마시고도 아침부터 또 오셨네요."

효경은 철중 형에게서 작곡 관련정보를 얻길 좋아한다. 작곡과 학생일 때 유일하게 존경하던 김 교수에게서 들었던 재생욕慾에 대한 이야기를 술에 취한 철중 형이 엊저녁에 했다. 작곡가 지망생에게 그 이야기의 의미가 중요하다는 말을 자주 했던 김 교수처럼 철중 형도 같은 말을 되풀이했다. 모두들 중요하다고 하지만 효경에겐 이해가 되지 않는 말이었다. 하는 수 없이 효경은 이야기 줄거리를 그냥 외워 두기로 한다.

추운 러시아의 어느 곳이었단다. 동네 모퉁이에 있는 느티나무 아래 바보 아니면 정신병자 같은 노인 한 사람이 앉아 있었단다. 철중 형은 잔을 비운 뒤 이야기를 이었다.

먹고 자는 곳이 어딘지 아는 사람이 없는 그 노인은 하루도 빼지 않고 이상한 물건 하나를 들고 그 느티나무 아래로 온다. 악기는 아니지만 그 물건은 이상한 소리를 낸다. 물건을 두들길 때 나는 이상한 소리가 동네 아이들의 귀를 홀린다. 겁이 나서 그 노인 곁으로 가까이 갈 수는 없었으나, 그 소리를 듣고 싶어서 아이들은 날마다 느티나무 근처에 모인다. 그냥 이상한 소리가 아니라 신기하기 짝이 없는 소리였다. 동네 아이들 중 한 아이는 다른 아이들과 달랐다. 노인이 내는 소리를 듣고 집으로 뛴다. 그 소리를 재생시킬 수 있는 기구를 찾으려고 헛간을 뒤지고, 다락방, 창고, 부엌, 집 안 곳곳을 뒤진다. 재생욕은 아이의 식욕보다 강했다. 뒤지다가 그럴듯하다고 생각되는 물건이 있으면 두들겨 본다. 바라던 소리가 재생되지 않는다. 재생욕에 이기지 못하는 아이는 물건을 계속 찾는다. 아무리 찾아도 집 안에는 없다. 정말 없는 것인지 어디에 그것이 있는 줄을 몰라서 그런 것인지 알 수가 없는 아이는 속이 탄다. 물건을 찾지 못하는 아이는 울고 만다. 집안 어른들은 아이가 우는 이유를 모른다. 울다가 지친 아이는 그 소리가 어떤 소리더라, 하는 생각을 한다. 물건을 찾지 못하는 것도 안타까운데 시간이 흐름에 따라 그 소리가 어떤 소리인지 기억이 잘 나지 않는다. 물건을 찾지 못해서 답답한 것보다 더 답답하다. 다음 날을 기다리다가 느티나무 아래로 뛰어간다. 노인은 그날도 그 소리를 내고 있었다. 맞아, 저 소리였지. 짙은 안개가 말끔하게 걷히는 것 같다. 아이는 즐거움의 극에 닿는다. 다시는 그 소리를 잊지 말아야지, 하면서 집을 향해 뛴다. 집 안의 모든 물건을 차례로 다시 두들겨 본다. 집 안에 있는 물건으로는 끝내 노인이 내는 소리를 재생시킬 수가 없다. 아이는 죽고 싶도록 속이 탄다. 또 운다. 이번에는 몇 날 며칠을 계속해서 운다. 울고 또 울어도, 물건은 찾아지지 않는다.

아이는 자라서 스트라빈스키가 된다. 어른이 된 스트라빈스키는 평생 동안 잊지 못할 작곡 원리를 그때 배웠다. 작곡에 몰두할 때의 마음은 그 소리를 재생시키고 싶었던 그 마음이었다. 재생에 적합한 수단을 찾지 못해 울면서 밤을 새웠던 아이는 자라면서 재생에 적합한 수단을 찾기 위해서 화성법, 대위법, 음악형식, 음악분석 등 작곡의 다양한 수법을 익힌다. 음악의 종류에 따라 재생수단이 다를 수 있지만 작곡을 할 때 작용되는 재생욕은 그때나 어른이 되었을 때나 마찬가지였다. 스트라빈스키는 평생 그 생각을 잊지 않고 살았다.

철중 형의 이야기를 되새기면서 소주 반병을 마셨을 때 혹시, 하는 생각을 한다. 예정보다 엄마가 집으로 빨리 올지 모른다. 그렇다면 집에 그 남자와 둘만이 있게 된다. 효경은 술만 마시고 있을 수 없었다.

엄마는 아직 집으로 돌아와 있지 않았다. 다행이라는 생각이 들었지만 궁금증이 배증된다. 거실 창 앞에 앉아서 대문만을 바라보고 앉은 효경은 견딜 수가 없다. 술기운에 젖어 자기를 잊어버리고 싶다. 부엌으로 가서 소주병을 들고 거실로 온다.

남자가 들어서는 순간부터 무례한 행동밖에 할 수 없다는 생각을 굳힌다. 불쾌하게 만들어서 남자를 집에서 쫓아내는 길밖에 없었다.

대문을 향해 앉은 효경은 술버릇 때문에 얼마 전 친구들에게서 놀림받던 대화를 회상한다.

"너 철중 형 좋아하지?"

"뭐라고?"

"너 매일 철중 형과 술 마시잖아. 그날도 철중 형 어깨에 기댔잖아."

"웃기는 소리 하지 마. 술에 취하면 남자 냄새가 좋아서 그랬을 뿐이야. 그게 내 술버릇인 거 알잖아."

친구들의 빈정댐을 회상하던 효경은 그렇다면 엄마도 남자 냄새가 좋다는 건가. 효경의 마음은 편치가 않다. 왜 철중 형처럼 좋은 작품을 쓰지 못할까. 지난번 작곡 콩쿠르에서 낙방한 후부터 좌절감에 짓눌리고 있는 효경은 하루에 한 소절도 쓰지 못한다.

남자를 만나러 간 엄마에게 신경을 쓴다는 것과 작곡에 신경을 쓴다는 것의 본질은 다르다. 누구는 남자 냄새 맡기를 좋아해도 되고, 누군 안 된다는 논리는 논리가 아니다. 효경에게 급한 것은 작곡이다. 작곡에나 신경을 쓸 것이지 왜 엄마의 일에 신경을 쓰는가.

작곡한다는 애가 어째 그래,라는 말을 남기고 나간 엄마의 말에 어떤 여운이 담긴다. 그 여운이 아버지 지방 근무 시절 술에 취해서 엄마가 주절대던 푸념을 회상케 했다.

"너 여자지! 여자의 삶 말이야. 시집가서 아들딸 낳고 잘 먹고 잘 사는 삶, 좋지. 암, 좋고말고. 고전낭만이라는 말 있지. 그 말을 나는 내 마음대로, 말하자면 자의적으로 사용하거든. 잘 먹고 잘 사는 삶, 누구나 좋아하는, 그런 삶을 고전적 삶이라고 나는 부르거든. 고전의 진정한 의미가 뭔지 알지도 못하지만 우리 모두 고전을 좋아하잖아. 그러나 나는 고전에만 매달리기 싫거든. 안개 낀 세상이 좋거든. 비록 굶더라도, 꿈을 좇는 삶. 페가수스의 고삐를 풀어버리는 삶, 그런 삶을 나는 낭만적 삶이라고 부르거든. 한쪽 날개로 날지 못하는 새가 되어 땅에서 퍼덕거리기는 죽기보다 싫거든. 그래서 나는 양 날개가 좋거든. 고전과 낭만, 양 날개 말이야. 하하하."

남편의 근무처가 자주 바뀌기 때문에 바뀔 때마다 거주지를 옮길 수는 없었다. 남편 없는 빈집에서 배운 것이라곤 술뿐이었던 한 씨는 딸에게 언제나 '너 여자지!'로 주정을 시작했다.

한 씨는 결혼 전에 사랑하던 남자가 있었다. 무명 시인이었다. 문학소녀였던 한 씨는 그와 결합하길 원했다. 한 씨 어머니의 극심한 반대 때문에 결합의 꿈을 접고 누구나 부러워하는 젊은 법관과 결혼한 후 평탄한 삶의 길을 택했다. 그러나 언제부터인지 모른다. 한 씨의 마음에 보일 듯 말 듯한 검은 칸막이가 쳐진다. 겉 삶과 속 삶을 갈라놓는 칸막이다. 한 씨는 출구를 찾지 않고서는 견딜 수가 없었다.

효경이 다섯 살이 되던 해였다. 한 씨는 딸을 통한 대리만족의 꿈을 현실화시킬 결심을 한다. 남편의 동의를 구하지 않고 피아노 한 대를 집 안으로 사들인다. 증권을 하면 하루아침에 망하고 자식에게 피아노 레슨을 시키면 서서히 망한다는 소리를 어디선가 들은, 그리고 비싼 레슨비를 내면서 피아노를 시킨다고 해도 소질이 없으면 장래를 보장할 수도 없다는 소리까지 들은 남편은 효경이 피아노 배우는 것을 완강히 반대한다. 피아노 때문에 남편과 한 씨는 싸운다. 효경에겐 슬픈 기억으로 남은 싸움이었다. 한 씨는 남편 몰래 딸에게 피아노 레슨을 받게 할 다른 방법을 찾는다.

남편이 지방에서 근무하던 어느 날, 한 씨는 자기가 좋아하는 슈베르트 현악 4중주 〈죽음과 소녀〉를 구하려고 CD 가게에 들른다. CD를 구해서 가게 밖으로 나오려는 순간 가게로 들어오는 남자와 부딪친다. 남편의 친구인 유명한 음악가 배도변 씨였다. 그 자리에서 딸아이의 장래를 위한 자문을 구했고, 배도변 씨에게서 '아이를 한번 데리고 와 보세요. 소질이 있는지 없는지를 봐야 됩니다'라는 반응을 얻는다. 딸을 데리고 배 선생 집으로 당장 가려고 했지만 딸이 '아빠, 나, 피아노 배우러 아빠 친구 집에 갔었다'라고 말할 것이 분명했다. 그렇다고 딸에게 거짓말을 시킬 수는 없었다. 꿈의 성취 앞에 놓인, 도저히 넘을 수 없는 벽이 남편이었다. 넘으려고 고집하는 순간 어떤 일이 벌어질지 모를 일이었다. 한 씨는 CD 가게 앞에서의 일은 잊기로 하고 다른 묘안이 생길 때까지 동네에 있는 피아노 학원에 보내기로 했다.

그러던 어느 하루 배 선생이 전화로 아이를 왜 데리고 오지 않느냐,라고 물어 왔다. 그게 실수였는지 모르지만 한 씨는 남편의 성격이 문제라서 그럴 수가 없다는 말을 하고 만다.

"그러면 아이 아빠에게 직접 제가 한번 말해 볼까요. 친한 친구니까 이해할 겁니다."

"그건 안 됩니다. 그러면 제가 선생님과 만났다는 사실을 알게 되면 남편이 화낼 거예요."

"지금 그 친구 있습니까?"

"아닙니다. 지방 근무처에 있어요."

"아, 그러면 그 친구 돌아올 때 한번 만나 보겠습니다."

"아니에요. 그 일로 만나시면 안 됩니다."

한 씨는 하지 말아야 했을 말을 모두 쏟아낸 기분이라서 마음이 찜찜했다.

배 선생은 남편의 친우라고 하지만 속된 말로 외간 남자다. 외간 남자에게 속마음을 모두 말해 버린 것은 자존심의 문제였다. 남편의 체면을 봐서도 안 될 일이다. 다른 길을 찾기로 하고, 한 씨는 배 선생과의 접촉을 끊는 것이 좋다는 생각을 굳힌다. 감정적으로 무언가에 휘말리게 되면 아이의 피아노를 핑계로 놀아나려는 여인으로 오인받을 수도 있다.

세월이 흘렀다. 딸아이는 동네 피아노 학원밖에 거치지 못한다. 그것으로 피아노 전공은 가당치도 않았다. 아버지의 벽을 넘느라고 많은 고통스러운 나날을 보낸 후 효경은 피아노 대신 대학 작곡과로 진학한다. 졸업반에 이르렀을 때였다. 학생 작곡발표회에서 효경의 작품이 발표된다. 딸의 작품발표회에 갔던 한 씨는 거기서 우연히 배 선생을 만난다. 배 선생은 신인급에 해당되는 젊은 학생들의 신작에 관심을 보이는 것으로 유명한 음악가였다.

남편의 지방 근무만 아니었더라도 둘이 다시 만날 일은 없었을 것이다. 둘의 만남에서 남편과는 전혀 다른 대화가 움튼다. 대화의 주제가 한 씨에겐 흥미로웠다. 무명 시인이었던 옛 애인과 나누던 대화를 그리게 했다. 그동안 쉬지 못했던 숨을 쉬는 것 같았다. 뜻을 알지도 못하면서 그런 말이 입에 오르내리는 것만으로도 한 씨는 행복했다. 인간의 삶과 예술의 관계라는 말이라든가, 음악의 세계와 문학의 세계의 다른 점이라든가, 딸의 전공인 작곡의 본질 운운 등이 한 씨를 행복하게 했다. 한 씨와 배 선생이 공유한 감정 하나가 또 있다는 사실의 발견도 신기했다. 감동의 순간이라는 단어의 의미를 귀하게 여긴다는 공통점이었다. 밋밋한 일상적 삶보다 한순간이라도 좋으니, 어떤 감동을 진하게 받는 순간이 귀중하다는 것에 서로가 동의한 것이다.

'감동의 순간이 찾아오길 언제나 원해요'라는 말이 나왔을 때, 둘은 합창이라도 하듯이, '정말 그래요'라고 부르짖었다. 한 씨에게 이상하게 느껴진 것은 또 있다. 배 선생의 목소리였다. 말의 내용이 새롭고 말하는 속도에 여유도 느껴졌지만 그것보다 배 선생의 목소리가 부드럽게 느껴졌고 한 씨는 그 목소리를 들으면 미묘한 감정적 늪에 빠진다. 그러면 안 된다는 것을 모르는 한 씨가 아니었으나 나 몰라라 할 수 없는 또 다른 관건이 한 씨에게 있었다. 한 씨에게 절대명령이었던 딸의 문제 때문에 이것저것을 따지고 있을 수 없었다. 딸의 문제를 해결할 사무적 절차를 먼저 거쳐야 한다는 생각이 앞섰다. 그래서 둘의 관계는 한 씨 쪽에서 더 적극적이었다. 딸이 작곡가로서 성공할 수 있는 방법을 아는 유일한 사람이 배 선생이라고 믿었기 때문에 배 선생을 딸의 선생으로 모시는 것이 우선순위 일이었다. 작곡이라는 것이 무엇인지 모르는 한 씨였지만, 배 선생이 하는 말을 딸에게 전하고 싶다는 생각까지 한다. 배 선생의 말을 딸에게 전하기 위해서 배 선생의 어록을 외우기로 한다.

너는 항상 수단 익힘이 곧 작곡이라고 생각하는 거 같았어. 남들이 만들어 놓은 작곡법 관련지식 내지 기술 습득에만 관심을 가지는 것 같았어. 누구의 말을 들어 보면, 작곡을 제대로 하려면 그런 게 아닌 것 같았거든.

그 누가 누구냐,라고 물을 것 같아서 한 씨는 딸에게 발설을 유보한 채 딸의 작곡 선생으로 배 선생을 모실 기회만 노린다. 남편이 알고 반대를 할까, 그것 때문에 전전긍긍하고 있을 뿐이었다. 이 전전긍긍이 한 씨로 하여금 술만 마시게 했다. 남편의 지방 근무로 딸밖에 없는 빈집에서 할 일이라곤 술 마시는 것밖에 없었다. 그러던 와중에 남편이 사고사를 당하고 그때부터 무너지는 삶이 한 씨를 덮기 시작한다. 술은 날로 늘었고 실패로 끝이 났지만 과다한 수면제 복용 사건을 저지르기도 한다. 전화를 받고 딸에게 집안 청소를 해 놓으라고 말한 한 씨가 남자를 만나러 나간, 사건이라면 사건일 수 있는 일이 이런 맥락에서 벌어졌다.

해가 질 무렵, 취기에 젖어, 일이 어떻게 되어 가는지 궁금한 딸은 거실 창 쪽에서 대문을 바라보고 앉았다. 그때 대문 밖에서 사람 소리가 들렸다. 해거름의 문은 효경의 눈에 슬프게 비친다. 효경의 그런 눈동자 안으로 보기에 거북한 정경이 들어온다. 건장한 남자가 집 입구에 들어서다가 발에 무엇이 걸려서 넘어진다. 한 씨가 남자의 어깨를 껴안듯이 부축한다. 효경은 부엌으로 가서 소주 한 잔을 더 따른다.

키는 크지도 작지고 않았다. 옷은 검소한 편이었고 몸집은 좋았다.

남자는 여자와 함께 거실에 들어선다.

"너 또 술이구나?"

피아노 위에 늘어져 있는 효경의 옷가지는 그대로다. 집 안 청소를 한 흔적은 없다. 효경은 고의적으로 예의에 어긋나는 행동을 하려고 마음먹은 지 이미 오래였고 지금이 남자를 집에서 쫓아낼 수 있는 유일한 기회라고 생각한다.

"인사드려라. 유명한 작곡가 배도변 선생님이시다. 아버지와 절친한 친구시고."

한 씨는 남자에게 앉을 자리를 권한 후 그 옆에 앉는다.

"작곡은 잘하는데 청각에 문제가 있다고 해서 친구들이 지어 준 배도변이라는 별명이 이름이 되어 버렸어."

한 씨의 말을 듣는 둥 마는 둥 양손을 바지주머니에 넣고 서 있는 효경의 모습은 무섭다. 도끼에 허리를 찍혀도 넘어지지 않던 거대한 나무가 이젠 어쩔 수 없이 곧 쓰러질 수밖에 없다는 신호 같다.

"어른 다 됐네. 작품발표할 때와는 딴판이군."

"어른 다 됐다니요. 만날 어린애로 남아 있어야 한다는 건가요?"

청각이 약한 남자는 말귀를 알아듣지 못한다.

"아버지 많이 닮았네."

배 선생의 말을 듣지 않고, 효경은 자기 방으로 들어가 버린다. 불안한 효경은 다시 거실로 나온다. 한 씨는 계속 웃는 얼굴이다. 친절인지 아양인지 모를 웃음이었다. 효경은 거실에 있는 텔레비전을 켠다.

"시끄럽다. 텔레비전 꺼라."

"봐야 할 프로가 있어요."

"네 방에 가서 봐라."

"내 방 텔레비전, 고장 난 거 몰라?"

"그러면 볼륨 좀 낮추어라."

이번에도 남자는 모녀가 나누는 대화를 정확히 알아듣지 못하는 모양이다.

"저 애, 작곡가 지망생이에요."

"예. 압니다. 지난번 학생 작품발표회 때 보았잖아요."

효경은 그런 말을 하는 엄마가 죽도록 싫다. 아니, 밉다.

'네가 싫어도 소용없다. 이 시간을 내가 얼마나 기다렸는지 너는 모른다.'

딸의 마음을 짐작한 한 씨의 속마음이다.

"피아니스트로서는 너무 뒤지는 것 같았어요. 애 아빠 눈치를 보느라고 늦어 버렸어요. 작곡과로 진학했어요. 작곡이 잘 안된다면서, 매일 술만 마셔요."

엄마가 하는 말을 듣고 딸은 기로에 선다. 술주정이나 정말 미친 듯이 한번 해 버릴까. 그러나 워낙 센 술이라 주정을 하려면 아직 시간이 일렀다.

"작곡이 쉬운 건 아니지요."

남자의 조용한 목소리다.

한 씨에게 하는 소린지, 효경에게 하는 소린지 알 수가 없지만 배 선생은 이런 말을 한다. "오목이 있으면 볼록이 있어야 합니다. 상행 다음에는 하행이 뒤따라야 하고요. 느린 부분 다음에는 빠른 부분이 있어야 하지요."

한 씨도 그랬지만 효경도 배 선생의 말이 알쏭달쏭하게 느껴지기만 했다. 당연한 소리 같기도 했고 막연하기 짝이 없는 말로도 들렸다. 듣는 사람의 반응이 신통치 않으니까, 말을 하던 사람이나 듣던 사람이나 간에 뭔가 머쓱한 기분이 들어 잠시 침묵의 시간을 견뎌야 했다. 세 사람 모두 약간씩 취했다. 남자는 위스키 한 잔을 더 청한다.

"나, 화장실 좀……" 하고 2층으로 올라간 엄마가 돌아오지 않는다. 효경은 남자와 둘이 앉아 있기가 싫다.

그때였다. 켜져 있던 텔레비전에서 '세계음악에의 여행' 프로가 시작된다. 효경이 기다리고 있던 친구의 연주 프로는 그다음으로 이어질 모양이었다. 일상복으로 갈아입고 아래층으로 내려오는 한 씨는 '세계음악에의 여행'이라니 그게 뭔가요, 한다.

"음악학 분야에서 근년에 다루기 시작한 개념입니다. 동양음악, 서양음악이라는 말과는 다른 개념으로 이 세계에 있는 예술음악, 민속음악, 대중음악 모두를 포괄하자는 음악용어입니다. 우리가 보통 음악이라고 할 때 생각하는 것과는 사뭇 다른 개념이지요."

한 씨는 무슨 소리인지 알아듣지 못한다. 효경 역시 남자의 말이 무슨 소리인지 알아듣지 못한다. 그때 텔레비전에서 괴상한 소리를 음악이라고 소개한다. 개구리가 합창을 하는 것 같은 소리다.

"배 선생님. 저 소리가 안 들려요?"라고 묻는 한 씨는 배 선생을 바라보면서 '아는 것도 많고 사람도 참 괜찮아'라는 생각을 한다.

"대화에서는 불편을 느낍니다만, 음악은 어렴풋이 들려요. 아주 어렴풋이. 그러나 그 내용은 충분히 음미할 수 있습니다. 똑똑히 들린다고 음악이 되는 건 아니니까요."

효경의 생각에 남자의 말이 거짓말 같지는 않다. 거짓말 같지 않다는 효경의 생각은 저 남자의 정체는 뭘까,라는 궁금증을 일게 한다. 보통 사람들이 하는 이야기와는 뉘앙스가 다른 말이 남자의 입에서 잘도 터진다는 느낌이다.

"저는 개구리 소리 이야기를 하는데요."

"개구리 소리가 아니지요. '세계음악'의 하나이지요."

"저 소리가 음악이라고요?"

해는 이미 빠졌고, 전등에 비치는 거실탁자 위에서 중국집에서 시킨 식사 겸용의 안주가 즐비하다.

이번에는 외국의 어느 섬 주민들이 노래를 부르면서 무얼 두들긴다. 소리는 서양 예술음악을 낳은 악기 소리와는 전혀 다르다.

"5음 음계가 지구 상에 몇이 있는지 아시나요?"

한 씨도 효경도 대답하지 못한다.

"'세계음악' 개념을 창출한 학자들에 의하면 4천 종류의 5음 음계가 있대요."

"그렇게 많이요? 장음계와 단음계 둘뿐일 텐데."

한 씨의 반응이다.

"장음계와 단음계는 7음 음계이지요. 7음 음계에도 둘만 있는 게 아닙니다. 아무튼 서양 예술음악을 좋아하는 사람이 지구 상에 얼마만큼 있는 줄 아시나요?"

'이 남자가 무슨 소리를 하려는 거야?'

효경이 입안에서 중얼거린다.

"지구 인구의 4퍼센트만이 서양 예술음악을 좋아한다는 통계가 나와 있어요. 아까 우리의 귀에 개구리 소리로 들리던 그 소리도 음악이라고 하는 부족이 있거든요. 우리가 서양음악을 즐기는 것만큼 그 부족들은 그 소리를 즐기거든요. 그 사람들도 우리와 똑같은 사람이지요. 우리가 즐기는 것과 그들이 즐기는, 그러니까 즐기는 대상이 다를 뿐이라는 거지요. 음악에 대한 진실을 알려면 지금 내가 한 말의 의미를 알아야 합니다. 음악은 누구나 자기라는 개인이나 집단이 듣거든요. 그런데 이 세상에는 서로 다른 자기라는 개인이나 집단이 많아요. 개인이나 집단이 사용하는 언어가 수도 없이 지구 상에 많듯이 말입니다."

텔레비전에서 또 다른 음악이 들린다.

"저건 뭐예요. 이상한 소리네요?"

한 씨의 질문이다.

"일본의 가부키 모르세요?"

"저건 또 뭐예요?"

"우리의 응안지악이지요. 모르세요?"

술안주 접시는 비어 가고 술병이 하나 더 들어온다.

내가 잘못된 선입견을 가졌었나. 저 남자, 뭘 좀 알기는 아나? 유명한 작곡가이면서 이론가라고 하더니 정말 그런가?

이해가 되지 않는 엉뚱한 이야기이지만 뭔가 새로운 이야기 같다는 생각이 든다는 의미에서만이 아니라 거실에 들어선 후 남자의 매너에 무슨 허점이 있었던 것도 아니었다. 효경은 남자에 대한 견해를 수정해야 하나, 하는 생각을 처음으로 한다. 한 씨는 곧 내려올게요, 하고선 2층으로 올라간다.

텔레비전에서 친구의 연주가 시작된다. 곡목은 장송곡에 해당되는 악장이 포함되어 있는 쇼팽과 베토벤의 피아노소나타다. 친구의 연주가 끝날 시점이었다. 남자는 피아노 쪽으로 걸어간다.

'저 사람이 저길 왜 가나. 저 사람 피아노도 칠 줄 아나?'

남자는 쇼팽의 장송곡을 친다. 효경의 눈은 두 배로 커진다. 피아니스트의 솜씨는 아니었으나, 음악의 흐름이 기차게 좋다. 혹시 괜찮은 사람? 그래서 엄마도? 술에 취한 사람이 저렇게 잘 칠 줄 아나, 이거 정말 대단한 일이 아니야.

피아노를 치면서 느닷없이 개별 죽음이냐, 일반 죽음이냐,라는 어휘를 꺼낸다. 개별이니 일반이니,라는 단어가 효경에겐 생소하다. 그 단어 뒤에 죽음이라는 어휘가 붙는 것은 더욱 안 된다 싶었다. 그러나 다른 한편 신기한 말로도 느껴졌다. 어휘의 뜻은 전혀 알 수가 없었지만 남자가 피아노 앞에 앉아서 이해가 되지 않는 외국어 같은 말을 계속할 때 효경은 무슨 말을 해야 할지 몰라 그냥 멍한 채로 앉아 있을 수밖에 없었다. 효경의 눈에 짙은 안개가 끼고 남자는 점차적으로 지금까지의 남자가 아닌 다른 남자로 변하고 있었다. 친구들이 왜 배도변이라는 별명을 지어 주었는지 알 것 같았다.

이번에는 배도변이 베토벤의 장송곡을 친다.

효경은 믿을 수 없었다. 저 사람, 엄마 말대로 굉장한 음악가인 것이 사실이구나. 효경은 헷갈리기 시작한다. 배 선생은 효경에게 내가 쇼팽을 다시 칠 테니, 들은 것을 들은 대로 무슨 말이든, 말을 한번 해 보라고 한다. 남자가 하라는 대로 하고 싶지가 않았지만 효경은 어찌할 바를 모른다. 거절할 힘도 없었지만 입을 벌린다고 해도 무슨 말을 해야 할지 앞뒤가 깜깜했다. 반응이 없는 효경을 보고 배 선생은 이런 말을 했다.

"특정 인간의 개별적 감정과 인간 감정 일반이 같을까요?"

개별이라느니 일반이라느니 하는 어휘가 남자의 입에서 또 새어 나오는데 그 이해 불능의 어휘가 효경을 압도한다. 저 사람의 마음 안에는 무엇이 들어 있나?

"죽음의 경우도 마찬가지가 아닐까요. 아버지의 죽음 관련 감정이 개별적 감정이라면 쇼팽이나 베토벤의 장송곡은 효경 양 아버지의 죽음과는 상관이 없는, 인간의 죽음 일반과 상관이 있는 것은 아닐까요? 장송곡이라는 어휘는 그냥 하나의 명칭 즉 이름에 불과한 것이 아닐까요? 혹시 쇼팽이나 베토벤 자신들의 죽음에 대한 개별 감정일지도 모를 일이지만요. 자, 자, 내 말을 들어 봐요. 내가 왜 이런 이야기를 하는지 아세요? 효경 양이 작곡을 하려고 한다니까 하는 말이거든요. 아버지의 죽음이 목숨을 걸 정도로 슬프냐? 그리고 그것이 유일무이한 슬픔이냐?라고 우선 스스로에게 물어보세요. 아니면 쇼팽의 곡처럼 슬픔 일반의 한 유형이냐?라고 물어보든지요."

대답할 능력이 없는 효경은 눈을 어지럽게 하는 접시들과 술병으로 헝클어진 탁자 위를 본다. 빈 잔 모두에 술을 따른다. 선생도 마시고, 효경도 마신다.

배 선생이 "아버지의 죽음이 슬프냐. 쇼팽의 곡이 슬프냐?"라고 다시 묻는다.

"슬픔의 종류가 다르지요"라는 효경의 대답은 퉁명스럽다.

"아버지의 슬픔을 음으로 표현하고 싶다면, 표현 결과가 쇼팽과 같아야 하나요? 아니면 베토벤과 같아야 하나요? 효경 양은 아무것도 아니고, 쇼팽이나 베토벤만 대단한 사람이니까, 대단한 사람만 있고 효경 양은 없어지게 되나요? 효경 양이 쇼팽이나 베토벤과 닮기만 해야 하나요? 쇼팽은 베토벤이 될 수 없고, 베토벤은 쇼팽이 될 수 없지. 만일 누가 어느 쪽이 되려고 한다면, 그건 벌써 시작부터 틀렸지. 쇼팽은 쇼팽이 되어야 하고, 베토벤은 베토벤이 되어야지. 그러니까 효경 양도 효경 양이 되어야 한다는 거지요. 효경 양이 되는 연습이 작곡가의 길이요, 작곡의 뿌리라는 거지요."

효경은 무슨 소리를 하는지 알 수가 없었다. 재미없는 영화 같아서 영화관을 빠져나갈까, 하는 순간, 영화가 재미있는 장면으로 접어든다는 생각이 들었기 때문에 영화관에 끝까지 머물렀던 적이 있었는데 효경은 자기 집 거실이 지금 영화관으로 변하고 있음을 느낀다.

"다시 부탁합니다. 자기를 찾는 연습을 위해서, 그리고 나의 성의를 생각해서라도 내 말에 응해 주세요. 내가 다시 쇼팽을 칠 테니, 무엇을 들었는지 들은 것을 말로 한번 서술해 보라는 겁니다."

효경은 남자의 피아노 솜씨에 기가 죽었고, 남자의 말속에 거역할 수 없는 힘이 내포되고 있다는 것을 처음으로 인정한다. 어떤 마력에 홀린 것이 분명한 효경은 주저하는 마음으로 입을 연다.

"일단 느립니다. 단두대를 향해서 걸어가는 사형수의 걸음이 느린 것처럼요. 우습게도, 어떻게 보니, 결혼식장에서 신랑 앞으로 딸을 끼고 걸어가는 신부의 아버지 걸음처럼 느리기도 합니다. 저는 우선 그렇게밖에 들은 내용을 말로 대신할 수 없네요."

"핵심적인 요인에 대해서 말했어요. 장송행진곡이 빨라서야 되겠어요? 자, 다시 생각해 봐요. 느린 것 이외에 또 무엇이 있어요? 음들이 한곳에 머물러 있어요? 흩어지고 있어요? 올랐다가 내려와요? 아니면 음들의 크기가 고정적이에요? 커졌다가 작아졌다가 해요?"

"처음에는 많이 움직이는 것 같지 않네요. 죽음으로 가기 싫어서, 한곳에서 머뭇거리는 것 같아요. 그러다가 내친김인지, 뭔가가 북받쳐 오르고 있다는 느낌이네요."

효경은 느낀 대로 대답한다.

"효경 양의 감정을 피아노라는 매체를 통해서 담으려면, 피아노와 상관되는 지식과 기술을 익힌 후라야 가능하지요. 그러나 이 대목에서 생각해야 할 것이 있어요. 그런 지식과 기술은 작곡의 수단이지 목적이 아니라는 거지요. 그리고 작곡의 수단이 그런 것밖에 없는 것이 아니라는 사실이지요."

효경은 또 헷갈린다. 피아노를 칠 때에는 잘 치는 사람이라는 것을 알겠는데, 어떤 말을 할 때에는 그 말이 무슨 말인지 알 수가 없다.

당황스러워 하고 있는 효경을 보고 남자는 수단과 목적이라는 말의 의미를 설명하겠으니, 부엌이나 집 구석 어디에나 가서, 소리를 내는 물건을 가지고 와 보라고 한다.

"슬픈 마음을 소리로 대신할 수 있는 물건 같은 것을 찾아오면 더 좋고요. 아까도 말했지만 아버지가 돌아가신 감정을 표현하는데 피아노만이 수단이 되라는 법은 없으니까요. 피아노를 표현 수단으로 선택하지 않는다고 해서, 표현 목적이 없어지는 것은 아니지요. 만일 그게 없는 것이 된다면 아버지의 죽음이 주는 슬픔이 없다는 것과 같다는 말이 되는 거지요. 그건 정말 웃기는 이야기가 아닙니까?"

효경은 부엌에 있는 사기그릇, 맥주병, 빈 콜라병, 수저, 그리고 자기 방에 있는 북을 가지고 나온다.

"자, 이 물건들의 공통점은 소리를 내는 기구라는 것이지요. 피아노도 소리를 내는 기구이고요. 그런데 피아노를 두들기려면, 이미 말했듯이, 피아노와 관련되는 지식과 기술을 익힌 후라야 됩니다. 그러나 여기 놓인, 이 여러 가지의 소리 내는 기구를 두들길 때에는 그럴 필요가 없어요. 그냥 두들기면 되는 겁니다. 피아노로는 신나게 두들길 수가 없지만, 이런 것들로는 그렇게 할 수 있거든요."

이 사람이 왜 이러나, 이게 작곡과 무슨 상관이 있는가,라고 효경이 중얼거리고 있을 때다. 아마 두들기라는 말 때문이었을 것이다. 스트라빈스키 이야기 생각을 한다. 착잡한 심정을 안고 효경은 자기를 괴롭혀 온 '마음의 불'이라는 숨겨 둔 어휘를 마음에서 꺼낸 후 스트라빈스키 이야기와 '마음의 불'을 난생처음으로 연결시켜본다. 언제나 꺼져 있기만 하는 불을 자기 마음 안에서 보게 되는 효경의 괴로움은 견딜 수 없는 수위까지 치닫는다. 어린 스트라빈스키의 욕망이 바로 마음에 불이 켜지는 순간은 아니었을까. 어릴 때의 불이나 어른이 되었을 때의 불이나 간에 불은 불이었던 것이 아닐까. 수단을 취득했다고 불이 자동적으로 켜질 수는 없는 법 아닌가.

배 선생은 효경이 가져온 물건을 두들기면서 어떤 소리가 나는지 점검한다. 그리고는 효경 양의 아버지인 자기 친구의 죽음이 가져다준 슬픔을 소리로 재생해 보는 연습을 하겠다고 했다. 그리고 이 물건 저 물건을 두들기기 시작한다. 쇼팽이나 베토벤 장송곡과는 판이하게 다르지만, 배 선생이 이 소리 저 소리를 조합하는 과정을 보고 효경은 자기도 모르는 사이에 신기한 세계로 빠져든다.

　배 선생은 효경의 표정을 읽으면서, 효경의 손에 북을 두드리는 막대기를 갖다 댄다.

　"자, 한번 두들겨 봐요. 슬픈 마음을 안고 귀를 닫고 두들겨 봐요."

　슬픈 마음을 안고라는 말은 이해가 되는데, 귀를 닫고라는 말은 웬 말인지 알 수가 없다.

　"좋은 곡, 나쁜 곡, 이런 거 생각지 말고, 남이 뭐랄까, 그런 생각도 말고, 진실로 슬픈 마음이 없다면 그만두고, 진실로 슬픈 마음이 있다면 귀를 닫고 그 마음과 닮게 한번 두들겨 봐요. 귀를 닫는다는 것이 중요한 거야. 누차 말하는 것이지만 쇼팽이 베토벤 장송곡을 흉내 내려고 했다면, 쇼팽의 장송곡은 없었을 것이거든. 절대로 남의 눈치를 보지 말고, 자기의 진실된 슬픔을 두들기는 거지. 방관자로 있으면, 백 년 있어도 아무것도 안 돼요. 참여자가 되어야 해요. 처음부터 잘하는 사람은 없어요. 자, 아무렇게나, 그러나 정직한 마음으로 두들겨 봐요. 모르는 사이에 강물이 흐르는 대로 자기 몸을 맡기듯이 그냥 흐르는 거라는 생각을 하면서 두들겨 봐요. 귀가 듣는 소리보다 마음이 듣는 소리를 생각하라는 말이지요."

　효경은 작곡을 어떻게 하나,라는 의문은 가졌으나, 자기를 잊을 정도의 감동을 받은 적은 없었다. 자발적인 감동의 순간이여,라고 부르짖고 싶었다. 그럼에도 불구하고 효경은 남자가 시키는 대로 하기에는 아직? 싶었다. 남자의 세계는 그동안의 자기와 너무나 동떨어져 있던 세계였다. 엄두가 나지 않았다. 뭔가 거북스러웠다. 아니 그렇다기보다 아직도 남자를 의심의 눈으로 보고 있기 때문인지 모를 일이었다. 그러나 그것도 잠시였다. 효경의 손은 떨린다. 자, 자, 하는 남자의 부드러운 소리만 들린다. 효경은 두들기기 시작한다. 첫 음이 둥, 하고 난다. 부끄러웠다. 자, 자, 하는 말에 다음 음을 또 두들긴다. 두두 둥, 한다. 좋아요, 좋아, 하는 말에 밀려, 그 다음 또 두들기고 그다음도 두들긴다. 자기도 모르게, 될 대로 되라 싶다. 계속 두들긴다. 두들김이 옳고 그릇됨과는 상관없이 신바람의 공간으로 효경은 자신을 몰아넣는다. 이건 정말 희한한 경험이다. 내가 살아 있다는 확신을 갖게 한다. 남들이 뭐라든 상관이 없다는 확신이었다. 자기를 믿는 순간이었다. 효경은 자기가 자기에게 하는 말을 난생처음 듣는다. 들으면서 효경은 두들기고 또 두들긴다. 평생 이렇게 신나게 소리를 내 본 일은 없었다. 자기가 내는 마음의 소리로 이렇게 가슴이 벅차고 신이 난 적은 없었다. 말 그대로 한바탕 신나게 놀았다. 표현매체를 통한 그려진 감동이 아니라 자기 혼자만 아는, 마음 안에서 이는 그냥 감동의 순간일 뿐이었다. 효경은 이미 이 세상 사람이 아니었다. 자기와 남 모두를 잊는 순간이었다. 몸은 거실에 있었으나 마음은 어디론가를 향해 날고 있었다. 타자의 뿌리가 아닌, 자아의 뿌리가 잉태되는 순간이었다.

"내가 왜 이런 말을 하는지 알겠어요? 자기가 있어야 한다는 겁니다. 자기는 없고, 수단만 익혀 봐야 아무런 소용이 없다는 거예요. 구체적인 자기 찾기를 끊임없이 훈련을 해야 하는 거예요. 그러지 않고서는 특유의 개성을 지닌, 거봉으로서의 효경은 될 수 없다는 것이지요."

눈을 감고 효경은 정신없이 다시 두들겼다.

"자, 자, 그런데"라는 남자의 말이 들린다.

"지금 두들긴 것은 막연한 자기 마음, 추상적 마음의 반영에 불과해요. 남에겐 소통이 되지 않는, 자기 혼자만의 기분을 낸 것에 불과해요. 그러니까 추상성만으로는 안 돼요. 구체성을 띠게 해야 해요. 다른 말로 하면 참 자기를 찾는 연습을 해야 한다는 거요. 아버지의 죽음 관련 감정이 '하나'라면, 여러 번 녹음한 결과도 '하나'이어야 하겠지요. 자기감정을 분석해서, 특징을 지어 주어야 해요. 그게 구체성이라는 거지요."

개별이나 일반이라는 말만도 벅찬데, 추상성, 구체성이라니? 효경의 마음은 또 헝클어진다.

아버지의 죽음 관련 감정이 반드시 '하나'일까,라는 의구심이 생겼지만, 효경은 배 선생의 말을 자기를 훈련시키려고 하는 말로 이해하기로 한다.

"당장은 안 돼요. 아이가 태어나자마자 바로 말하는 거 봤어요? 처음에는 흉내를 내는 거요. 흉내를. 자, 다시 한 번 두들겨 봐요."

효경은 다시 두들긴다. 세게 두들기다가, 여리게 두들기다가, 빠르게 두들기다가, 느리게도 두들긴다. 얼마를 두들겼는지 모른다.

"좋아요. 아까보다 훨씬 좋아요. 자, 이제는 녹음을 할 겁니다. 누구에도 들려주지 않고 효경 양 혼자서만 들을 것이니까 부끄러워할 필요도 없어요. 일단 녹음을 해요. 첫날 녹음한 것과 둘째 날 녹음한 것, 그리고 셋째 날 녹음한 것을 비교하는 연습을 게을리하지 말아야 해요. 배가 부르도록 밥을 먹은 후 배가 부르다는 이유로 다시는 밥을 먹지 않겠다는 말을 한다면 그것은 사람을 웃기는 일이지요. 신나게 한 번 두들기고 한바탕 놀았다고 다시는 두들기지 않겠다는 말을 한다면 그것 또한 웃기는 일이지요. 다시 두들기고 또 두들겨야 해요. 그리고 그걸 녹음해서 비교해야 해요."

효경은 이 사람이 도대체 어디까지 나를 몰고 가려고 하나 싶었지만 홍수처럼 밀려오는 거센 물줄기의 힘을 막을 수 없었다. 효경은 다시 두들긴다.

"마음 안에 있는 음과 녹음기 안에 있는 음이 같은가 다른가, 그걸 점검하는 연습 없이는 작곡가가 될 수 없어요."

남자의 목소리는 두들기는 효경의 손 움직임을 가능케 하는 무대로 변한다. 마음 안의 음과 악보에 담긴 음을 닮게 하는 세계를 꿈꾸면서 효경은 끝도 없이 두들긴다. 그 순간, 뿌연 안개가 거실의 구석 여기저기에서 새어 나온다. 안개는 거실 창틈을 비집고 마당으로 나간다. 세상은 온통 뿌옇다. 음악적 성령 같은 것으로 뒤덮인 거실에서 효경은 굳게 닫힌 문, 자기 음악의 문을 열기 위해서 한없이 두들긴다. 멀리서, 어떤 열리는 문이 한 인간의 음악을 드러내는 기적을 연출하고 있는 줄도 모르는 효경은 두들기고 또 두들긴다.

시 빠진 소설

프롤로그

눈먼 돈이 있다. 눈먼 여행도 있나?

인천공항이 생기기 전의 일이었다. 미국 독립 200주년 기념행사에 초청된 권진은 김포공항으로 나갔다. 초청 인사 중에 문화계 인사가 몇 명 끼어 있었다. 권진이 아는 사람은 없었다. 서로 모르는 사람끼리 인사를 나누었다. 낯익은 이 한 사람이 권진의 눈에 띄었다. 문학평론가로 유명한 D였다. 신문 잡지에서 사진과 글을 보게 되는 인사였기에 첫눈에 알아볼 수 있었다.

우리 일행은 필라델피아에서 열리는 행사에 참석했다. D가 어떤 사람인지에 대한 권진의 관심은 컸다. 미국에 도착한 후 행사에 함께 참석하고 식사 때 동석하는 것 이외에 이렇다 할 사건이 벌어지지 않았다. 권진은 일행의 뒤를 따라 다니기만 했다. 문학평론을 한다는 D는 술을 하지 않는다고 했다. 권진은 실망이었다. 술을 좋아하는 권진은 여행 기간 중에 D와 함께 술을 마시면서 서로 알고 지내는 사이가 되기를 기대했던 것인데 그것을 포기할 수밖에 없었다.

자유 시간이 주어진 날 권진은 도시 관광을 하고 싶었다. 정보를 얻으려고 1층으로 내려갔다. D가 로비 의자에 앉아 있었다. 인사를 하려고 했더니 D는 모르는 척했다. 권진은 프런트에 가서 도시 관광 프로그램이 있는지 물었다. 영어로 소통에 부자유를 느끼지 않은 권진이 노랑머리 아가씨와 길게 이야기를 나누는 것을 D가 본다.

"영어를 곧잘 하는 친구군."

D의 혼잣말이다.

귀국할 날짜가 내일로 결정된 날 밤이었다. 권진은 호텔 밖에 나가서 혼자 술을 마시고 돌아왔다. D가 묵고 있는 방은 권진의 방 옆이었다. 그냥 지나가려고 하다가 술에 취한 권진은 D의 방문을 두들겼다. 반응이 없어서 다시 두들겼다. 잠시 기다렸다가 또 두들겼다. 누구세요, 라는 소리가 들렸다. 술에 취한 권진은 문 앞에서 어물거리다가,

'누구라고 하면 알거냐!'

술에 젖은 소리는 숨기고 문을 또 두들겼다. 문을 연 D는 잠옷을 입고 있었고 한 손에 책을 들고 있었다.

"죄송합니다. 내일 떠난다고 해서……."

이런 무례한 사람이 다 있나. 밤늦게 예고도 없이 이렇게 찾아오다니!

만일 이런 반응이라면 죄송합니다, 문청인 사람이 선생님과 이야기를 나누고 싶었는데 기회가 없었고, 내일이면 떠난다고 해서, 실례를 무릅썼습니다,라고 말할 작정을 했었는데 반응이 기대했던 것과 달랐다.

"영어 잘하던 분?"

"한잔했어요."

"많이 취했네요. 어서 들어오세요."

"문청이었거든요."

"들어와서 이야기하세요."

영어 실력을 기억하고 있는 D의 온기에 더 취한 권진은 "미국 유학 시절, M 대학의 주차장이었어요"라면서 혼자 지껄이기 시작했다.

*

대학 주차장에서 주변을 살피는 한 동양 남자에게 미국 학생이 묻는다.

"누굴 찾습니까?"

"권진이라는 학생을 찾습니다."

"도서관에 있을 거예요. 매일 거기서 사니까."

"도서관이 어디지요?"

"저기 보이는 저 건물 2층입니다."

이십 대 전후로 보이는 남녀 학생들이 두 사람 아니면 세 사람씩 모여 앉아 책을 읽고 있었다. 도서관 안을 둘러보아도 권진은 보이지 않았다.

"권진이라고 하는 한국 학생 아십니까?"

"저기가 권진의 자리입니다."

예쁜 미국 여학생이 가리키는 곳에는 아무도 없었다. 권진의 자리라고 하는 쪽으로 가 본다. 책상 위에 펼쳐진 책 한 권과 그 옆에 영한사전이 놓여 있다. 정해진 자리라기보다 그 자리에 매일 와서 공부를 하기 때문에 권진의 자리가 되어 버렸다.

'화장실에 간 건가……'

그때 도서관 입구에 권진이 나타났다.

"선배님, 어떻게 된 겁니까?"

권진은 반가워한다.

"근처에 온 김에 얼굴 보러 왔네."

"나가서 커피나 하시지요."

"나, 가 봐야 해. 얼굴을 봤으니 됐어."

"그럴 순 없지요. 커피 한잔을 할 시간도 없으세요."

선배는 권진이 안내하는 곳으로 따라갔다.

"지금 교수 면담 갔다가 퇴짜 맞고 오는 길이에요."

"그건 왜?"

"이거 보세요. 내용은 A, 서식은 C라네요. 그리고 이거 좀 보세요."

선배의 눈에 B-라는 붉은 글씨가 보였다.

"기가 막혀서. 박사과정을 밟는 학생이 B-를 두 번 받으면 퇴교해야 한대요. 내용이 A면 된 거지, 서식 같은 것이 뭐 그리 중요해요. 항의하러 찾아갔다가 퇴짜를 맞았어요. 실력은 있으나, 이상한 성격의 소유자라고 손가락질을 받고 있는 괴짜 교수이거든요."

"고생을 많이 하는군. 한국 돌아가면 자네 소식 전하겠네."

권진은 기분이 나빴다.

B- 받았다는 말이 길었나? 한국에 가서 자네 소식 전하겠네라니, 그건 무슨 소린가.

선배를 주차장까지 안내하고 편치 않은 마음으로 돌아온 권진은 클래스메이트인 g 양이 앉은 자리로 갔다. 항상 같이 붙어 다니던 친구들은 없고 g 양 혼자 책을 읽고 있었다.

또 도움을 청하면 들어줄까.

도서실 옆에 붙은 휴게실에서 뽑아 온 커피 잔을 g양 앞에 놓고 권진은 문제가 생겼다고 했다. '조금만 기다려요'라고 말하고선 g

양은 일어서서 도서관 밖으로 나간다. 펼쳐져 있는 책은 음악의 심층 구조 듣기의 이론서인 잘처의 『구조 듣기』이었다.

'벌써 셍커 이론에 대한 과제물에 손을 대고 있군.'

권진도 해내어야 할 과제물이지만 g 양의 도움을 얻어야 했다. 도움을 얻을 기회가 있을지 없을지 모르는 권진은 어렴풋하고 아득한 자기의 앞길 때문에 걱정이다. g 양이 손수건으로 손을 닦으면서 제자리로 돌아온다. '너 또 무슨 도움을 청하려고 내게 왔니'라는 표정을 짓고 있지는 않았다. 권진은 g 양 앞에 자기 논문을 내놓았다. 눈앞에 놓인 논문 겉표지를 g 양이 본다. B-라는 붉은 글씨를 보더니만 "y 교수의 짓이군요" 했다.

y 교수인줄 어떻게 아느냐고 물었더니 "외국 학생들을 혼내는 걸로 유명한 분이지요"라고 말한 g 양이 이런 말을 또 했다.

"진을 위해서 하는 충고인데, 가만히 있으면 안 돼요. 면담이 불가능한 걸로 유명하지만 면담이 성사되면 살 길이 생깁니다."

"벌써 갔다 왔어요."

"한 번으론 안 돼요. 성사될 때까지 가야 해요."

"문 앞에 쓰인 것 못 봤냐면서 혼을 내더라고요."

"문 앞에 뭘 보라고 했는데요?"

"면담 시간이 적혀 있으니 그걸 보라는 거예요. 오후 2시라고 쓰여 있더라고요. 2시에 다시 갔더니 없었어요."

"면담 시간을 수시로 변경하는 걸로도 유명해요."

"그러면 언제 가면 돼요?"

"지치지 말고 몇 번이고 계속 가세요. 안 되면 또 가고, 안 되면 또 가고, 그렇게 해야 해요. 그게 해결책이에요."

권진은 g 양의 충고를 따랐지만 면담은 결국 이루어지지 않았다.

어두운 복도의 끝자락에 학장실이 있었다. 권진은 복도를 왔다 갔다 했다. 여러 번 왔다 갔다 하고 있을 때 학장이 저쪽에서 걸어온다. 권진이 서 있는 곳에 다가온 학장이 "무슨 일이냐"라고 물었다. 권진의 머리에는 한국어가 스친다.

이런 경우 어떤 말을 해야 말이 될까.

권진의 표정을 읽은 학장이 손짓을 했다. 넓지 않은 학장실은 밝고 아늑했다. 여비서 한 사람이 학장실 입구에 앉아 있었고 헌책과 새 책들이 꽂힌 낡은 책장이 벽을 둘러싸고 있었다. 크지 않은 타원형 테이블이 중앙에 있었고 그 둘레에 의자가 여럿 놓여 있었다. 학장이 자리에 앉더니 물었다.

"무슨 일이에요?"

부드러운 목소리였다. 권진은 말 대신 B-라는 붉은 글씨가 쓰인 논문을 내놓았다. 학장이 권진의 얼굴을 한번 쳐다보더니 "이름이 뭔가?" 했다.

"권진입니다."

"어디서 왔는가?"

"한국에서 왔습니다."

"무슨 일로 찾아왔는가?"

권진은 더듬거리면서 말했다.

"저는 평소에 목적과 수단에 대한 생각을 하곤 했습니다. 수단이 신통치 않으면 목적 성취가 어려워질 것이므로 수단이 중요하다고 생각했습니다. 그러나 수단은 어디까지나 수단이지 목적이 될 수 없다고 생각해 왔습니다. 논문의 목적인 내용은 A인데 수단인 서식이 C라고 해서 B- 학점을 준다는 것이 이해가 되지 않아 저의 생각이 틀렸는지 여쭈어 보려고 왔습니다. 담당 교수님에게 면담을 청해도 거절당해서 하는 수 없이 학장님께 찾아왔습니다."

권진의 이야기를 들은 학장이 말했다.

"B-가 하나 더 나오면 퇴교 당한다는 것이 두려운 모양이군. 이야기를 들어 보니 퇴교 당할 학생은 아닐 거라는 확신이 들어. 걱정 말고 지금처럼 공부를 열심히 해요. 더 이상의 문제는 없을 것이네. 평가는 담당 교수의 권리이니까 학장이 그 권리를 빼앗을 수는 없지. 담당 교수를 찾아가서 나에게 한 이야기를 지금처럼 해 봐요."

학장실을 나온 후 면담 신청을 여러 번 했지만 성공하지 못했다. 퇴교 생각은 결국 술을 불렀다. 술집을 찾을 처지가 되지 못한 권진은 양주 한 병을 사서 그것을 통째로 마실 수 있는 곳을 찾았다. 주말이 되면 편안한 의자에 앉아 텔레비전을 보면서 휴식을 취하곤 했던 학생회관 생각을 했다. 학생들을 위한 시설이 마련되어 있고 다양한 잡지류와 신문들이 준비되어 있었는데 한국 신문이 눈에 띌 때도 있었다. 혼자 술을 마시고 있던 권진은 학생회관 휴게실에서 g 양을 만난다. 권진은 g 양을 만나자마자 학장실에 갔었던 일과 그동안 일어났던 일에 대한 보고를 했다. 권진이 술에 취해 있는 것을 g 양은 본다. g 양은 B- 때문에 권진이 취해 있다는 것을 직감한다.

"나는 퇴교하게 될 거다. B-를 또 하나 더 받을 것은 분명하다. 서식 같은 거 무시하는 내가 어찌 A를 받겠는가."

그때 g 양이 하지 말았어야 할 이야기를 한다. 인도에서 유학 온 남학생 하나가 그 교수로부터 B- 학점을 두 번을 연거푸 받고 자살했다는 이야기였다. 권진은 양주병을 주머니에서 꺼내 주르르 마신다. 놀란 g 양이 말한다.

"그건 오래된 이야기예요."

"그래도 그렇지. 어제고 오늘이고가 문제가 아니지요."

"사실 그 인도 학생 참 똑똑하고 착했는데 너무 아까웠어요."

권진은 그날 위스키 한 병을 다 마실 작정을 한다.

"이놈의 학교, 다시는 안 본다. 오늘이 마지막이다."

g 양 앞에서 한국말로 지껄이고 있을 때 g 양 옆에 있는 빈 의자 위에 한국 신문이 있는 것을 본다. 권진은 그 신문을 집어 든다. 권진이 좋아하는 바둑란과 연재소설 부분들이 눈 안으로 들어온다. 국어사전 없이도 술술 읽히는 신문이다. 바둑을 좋아했던 옛날 생각을 하게 했고 재미나는 연재소설에 빠졌을 때를 생각나게 한 신문을 읽다가 권진은 울먹인다. 영한사전을 가지고서도 쉽게 읽히지 않았던 영어 책 속의 글과는 너무나 다른 울림이었다. 아름다움

은 말할 것도 없고 사전 없이도 정말 너무나 쉽게 읽혔다. 이 쉽게 읽힌다는 사실이 낳는 불가사의한 힘과의 만남이 권진을 이만저만 슬프게 만드는 것이 아니었다. 소리를 내는 통곡은 아니었지만 g 양이 있다는 것도 잊고 홍수처럼 쏟아지는 눈물을 그냥 둔다.

그렇다 확실하다. 나는 바보다. 그렇지 않고서야 어찌 거지 같은 논문 서식 하나를 몰라서 B-를 받아 퇴교를 당하게 된다는 말인가. 웃기는 일이며 한국의 수치다. 내가 지금 이러고 있는 것은 B-라는 학점 때문이 아니다. 한국어가 왜 이렇게 쉽게 읽히는 아름다운 언어인가라는 놀라운 사실의 발견 때문이다. 주머니 속에 든 양주병을 꺼내 한 모금 더 마신 권진은 g 양을 향해서 한국말로 고성을 지르기 시작했다.

"이 세상에서 한국말만큼 아름다운 말은 없어요. 이거 봐요, 이 글씨 모양새 좀 봐요. 얼마나 아름다운지. 그리고 이 연재소설의 대화를 들어 봐요. 리듬을 타고 흐르는 소리의 굴곡이 얼마나 신비로운지."

"내가 그때 그 말을 들었어야 했는데."

"지금 와서 후회가 된단 말인가?"

"후회 정도가 아니지. 참으로 죽고 싶은 심정이야."

"그때에는 그 말의 의미를 몰랐었다는 말인가?"

"바로 그거야. 정말 그 말의 뜻을 몰랐어. 알았다면 기적이었지. 기적 말이야!"

술에 취한 권진은 신문을 읽다가 말고 기적? 하다가 g 양 앞에서 이렇게 외친다.

"기적이란 다름 아니거든. 알 수 없는 것과 상관이 있는 거거든. 우리 인간이 알 수 없는 여러 변수들의 상호 작용 결과가 기적이거든."

g 양은 잊지 못할 영화장면보다 더 흥미롭게 권진의 거동을 주시한다. 권진은 g 양이 알아듣든 말든 상관하지 않고 한국말로 다시 주절대기 시작한다.

내가 바둑을 좋아한다. 이 좋아함이 이 세상에 존재하는 하나의 변수다. 한국 신문에 바둑 기사가 났다는 것 역시 하나의 변수다. 신문의 글씨가 사람 머리 크기만큼으로 주밍업 된 '승패'라는 글씨가 권진의 눈앞에 나타난 것도 변수다. 확실한 또 하나의 변수는 술 때문에 권진이 어떤 심리적 파동에 휘말린다는 사실이다. 승패라는 주밍업 된 단어가 이끄는 짧은 문장이 권진의 눈에 들어왔다는 사실과 이 휘말림이라는 변수와의 상호 작동이 기적을 낳기에 이른다.

승패는 병가지상사라!

우리 주변에 경구는 많다. 금언임에도 불구하고 날마다 듣는 말이라고 해서 그 말을 귀담아 듣지 않는 경우가 많다. 말의 참 의미를 듣는 귀가 없어서 금언을 헌신짝처럼 버리기도 한다.

바둑 두는 사람이 자주 듣는, 승패는 병가지상사라는 말의 참 의미도 마찬가지다.

그게 바둑에만 국한되는 경구일까.

바둑에만 국한되지 않는다는 사실에의 깨달음 때문에 권진에게 그 경구의 의미를 새롭게 듣는 귀가 탄생된다. 새로 탄생된 귀에 대한 확신이 권진을 실패자에서 승리자로 일어서게 한다.

새 마음으로 이번엔 내가 이길 차례다고 부르짖으며 이튿날 도서관으로 간다. B-가 B로 승격이 되었다는 소식이 기다리고 있었다. 학장이 y 교수와 통화를 했다는 것과 목적과 수단에 대한 주제로 권진에게 논문 한 편을 쓰게 하면 어떨까 하는 학장의 제의를 교수가 받아들였다고 하는 말도 들렸다.

한 학기 끝나고 방학이 시작되면, 스트레스를 풀기 위해서 박사 과정을 밟고 있는 학생들은 자기네들끼리 모여 밤을 새면서 술을 마시곤 했다. 그날은 철학 전공인 한창열, 정치학 전공인 고성범, 영문학 전공인 차유경, 음악학 전공인 권진, 이렇게 네 사람이 스트레스 해소 잔치를 벌였다. 모두가 한국에서 대학 강사를 하던 늙은 학생들이었다. 그중에서 영문학을 하는 유경만이 한국에서 대학원을 갓 졸업하고 유학을 온 젊은 여성이었다. 그날의 호스트인 창열은 저녁에 있을 모임에 필요한 술과 안주를 준비해야 했다. 어떤 술과 안주를 준비해야 할지 또 그것들을 언제 준비해야 할지에 대한 생각으로 창열은 신경을 쓴다.

철학은 주저일까, 결단일까.

잠깐의 망설임지만 창열의 신경을 건드리는 힘은 지속적이다.

준비를 해 버린 후 그것에 대한 신경을 끄고 하던 공부를 계속할까. 그럴 필요가 있냐? 저녁 시간에 잠깐 나가서 시장을 봐 오면 되지 뭐.

저울질을 하던 창열은 이런 일로 시간 낭비를 해야 하나, 처리해 버릴 것은 처리해 버리자면서 등산 가방을 들고 주차장으로 나간다.

커다란 수박 덩어리 정도로 크게 보이는 둥근 유리 항아리에 담긴 양주 한 병을 산다. 그리고 캔 맥주 여섯 개 묶음으로 되어 있는 것을 세 묶음 산다. 그것들을 등산 가방 속에 넣고 차를 몬다. 한국 식품점으로 가기 위해서다. 두 여자가 채소를 다듬고 있었다.

"김치 있어요?"

"저기 냉장고에 가 보세요."

채소를 만지고 있던 한 여자가 말했다.

식품 가게의 벽 쪽을 보아도 냉장고는 없었다. 어디 있느냐고 묻기보다 창열은 자기가 직접 찾기로 했다. 편의점에 가면 아이들이 좋아하는 얼음과자류를 넣어 두는 아이스박스가 한곳에 놓여 있었는데 그 속에 비닐봉지에 쌓인 배추김치가 들어 있었다.

주인인 듯한 남자 한 사람이 가게로 들어온다. 일을 하던 여자가 그 남자에게 말했다.

"김치 원한대요."

여자가 한 말은 그게 전부였다.

이놈의 집은 손님이 왔는데 이렇게도 불친절하나 싶었지만 두 말을 않고 그냥 물었다.

"이 김치 얼마죠.?"

대답하는 사람이 없었다. 창열이 다시 얼마냐고 물었다. 그때 한 여자가 10불이라고 했다. 한국 식당에서는 그냥 주는 것이 김치가 아닌가. 더 달라면 더 주는 것이 김치가 아닌가. 그런데 한 봉지에 10불이라니.

"이거 너무 비싼 거 아닙니까?"

또 대답하는 사람이 없다. 다용도실에서 나온 남자는 다른 일을 하고 있었고 여자들도 말없이 자기네들 일만 계속하고 있었다.

그냥 나와 버릴까 하던 창열에게 희한하게도 기분이 나쁜 것만은 아니라는 생각이 들었다. 우리 집 김치는 싸고 좋은 김치이니 사려면 사고 싫으면 말아요,라고 말하는 것 같았다고나 할까. 자기네들 상품에 대한 자신감을 무응답으로 표시하는 것 같은 느낌을 준다고나 할까. 아무튼 창열은 1불짜리 열 장을 내놓으면서 말했다.

"김치 하나 주세요."

받은 돈을 세 보지도 않고 주머니에 넣은 남자가 물었다.

"어느 것을 하실래요."

"모두가 같은 거 아닙니까?"

"이쪽은 오늘 만든 거고. 저쪽은 며칠이 되어서 익었어요. 익은 게 좋으면 저쪽, 오늘 만든 것이 좋으시면 이쪽, 마음대로 하세요."

창열은 익은 것 한 봉지를 들고 가게를 나오면서 "장사 한번 잘

하네"라고 지껄였다. 집으로 가려다가 깜박했다는 생각이 들어 가게에 다시 들어갔다.

"오징어 있지요?"

"거기 어디 있을 거예요."

"땅콩은요?"

"땅콩도 거기 어디 있을 거예요."

창열은 오징어와 땅콩을 찾는 데 시간이 걸렸다. 그들은 손님을 도와줄 생각을 여전히 하지 않았다. 오징어와 땅콩을 사들고 나오면서 창열은 한 번 더 지껄였다.

"그래, 장사 한번 잘한다."

아파트 안에는 허름한 책상과 책장이 있었다. 아무것도 깔려 있지 않은 방바닥 중앙에는 흠집이 난 낡은 식탁이 놓여 있었고 방구석에 신문이 흩어져 있었다. 목이 마른 늙은 학생들은 식탁에 둘러앉아 창열이 가지고 온 맥주와 위스키 병을 바라보고만 있었다.

"모두들 이번 학기 잘 넘겼어요?"

호스트 창열이 술병을 들면서 말한다.

과제물 때문에 학기 도중에는 술 마실 기회가 없었던 학생들은 창열이 술잔을 내밀 때 모두 덥석 받아 들었다. 영문학 유경은 책장 구경을 하다가 방 한쪽 구석자리에 앉는다. 유경이 앉은 방바닥에 사르트르의 『존재와 무』가 펴진 채 있었다.

논문 주제가 과학 철학이라는 소문이던데 사르트르는 웬일일까.

"아니에요. 전 술 못해요."

유경은 손을 흔든다.

"우리만 취하라고요? 그러지 말고 한잔 받으세요."

"아닙니다. 정말 저는 못해요."

"그러면 맥주라도 조금."

"구석에 앉아 있지 말고 앞으로 좀 나오세요."

창열은 캔 맥주를 따서 유경에게 내민다. 마지못해 유경은 캔 맥주를 받는다. 창열이 정치학에게 위스키를 권한다. 그다음 음악학에게도 권한다. 옆에 놓인 잔으로 정치학이 철학에게 위스키를 권한다. 세 사람은 위스키 잔을 들었고, 유경은 맥주 캔을 들었다.

"자, 오늘 좀 취합시다. 다음 학기를 위해서 스트레스를 풀어 두어야지요."

들었던 잔을 창열은 더 높이 들어올린다. 유경은 맥주를 들었다가 식탁 위에 내려놓는다. 세 남자는 위스키를 단숨에 들이켠 후 앞에 놓인 맥주를 안주 삼아 마신다. 식탁 위에는 오징어와 땅콩 그리고 김치가 놓여 있다. 세 사람이 마셔도 충분할 것 같은 커다란 양주병이 시간 가기만을 기다린다.

"맥주와 양주는 또 있으니 밤을 새면서 마셔 봅시다."

창열이 흥을 돋운다. 그런데 모두들 빈 술잔을 자기 앞에 놓고만 있다. 보다 못한 창열이 한두 잔을 더 권하고서부터 취흥이 돈다. 마음속에 쌓였던 답답함을 풀기 위해서 모두들 무슨 말이라도 해야 했다. 아니 그것보다 다른 전공을 하는 사람들의 생각이 어떤 것인지 확인하고 싶기도 했다. 권진은 산 사람의 숨소리가 그리웠고 들으면 딴 세상으로 가게 되는 음악이 유경은 그리웠다.

"선배님께 언젠가는 꼭 한번 물어보려고 했는데, 무식한 질문을 하나 해야겠어요."

"철학 하는 사람이 무식이라니, 그게 무슨 소린가?"

음악학이 되받는다.

"저의 경우는 모르는 게 많습니다. 그래서 궁금했었던 것이지요. 음악을 한다고 하길래 피아노를 치든가 노래를 부르든가 하는 줄 알았는데 도서관에서 우리처럼 책을 읽는다면서요. 리포트도 쓴다지요. 음악 하는 사람이 논문 같은 것을 쓴다니 이해가 되지 않아서 음악학이 뭡니까,라고 묻는 것입니다."

난처한 표정을 짓고 있는 권진이 빈 술잔을 만지고 있었다. 그때 유경이 끼어든다.

"궁금한 게 저도 있어요. 사실인지 어떤지 모릅니다만 글도 쓰신다면서요. 음악을 하는 사람이 글까지 쓴다니 더 이해가 되지 않아서요."

차분하지만 목소리가 야무졌다.

그동안 입을 닫고 있던 성범이 거든다.

"글이라면 음악 하는 사람보다 영문학을 하는 유경 씨 소관이 아닙니까."

유경은 성범을 보면서 손을 좌우로 흔들면서 말한다.

"영문학을 한다고 모두 글을 쓰는 건 아니지요. 소설이나 시를 쓴다든가 평론을 하는 사람도 있어요. 하지만 저는 아니에요."

말은 그렇게 하면서도 뭔지 몰라도 속으로는 유경이 딴생각을 하고 있다는 느낌을 권진이 받고 있을 때 창열이 말한다.

"유경 씨, 내가 던진 질문에 대한 답을 하게 해 줘요."

권진은 빈 술잔을 그냥 만지고만 있다. 창열이 권진에게 맥주잔을 건넨다. 권진이 "나는 양주로 할래"라고 했다. 그랬더니 창열이 우선 이 잔을 받으세요, 하면서 들고 있던 잔을 건넨다. 창열이 양주를 맥주잔에 3분의 1쯤 붓고 거기에다 맥주를 채운다. 그리고 취흥을 돋우기 위해서 수다를 떤다.

"지난 학기 기억나세요? 학기 끝나고 우리가 마실 때 대단하셨잖아요. 정말 주량이 대단하시더라고요. 저에게 한 잔 주세요. 오늘 우리 유경 씨 앞에서 남자답게 한번 놀아 보십시다. 날마다 책만 붙들고 있는 서생 노릇을 오늘만은 그만두자고요."

학기가 끝나고 우리가 마실 때 대단하셨어요,라는 말을 들은 권진은 쥐구멍에라도 들어가고 싶었다.

그날 내가 기고만장했었던가 보지. 모든 게 술 때문이었어.

이런 후회가 쥐구멍을 찾게 했지만 별도리가 없음을 알고 권진은 들고 있던 잔을 단숨에 들이켠 후 창열에게 돌린다. 비슷한 양의 폭탄주를 받은 창열도 단숨에 비운 후 그걸 성범에게 건넨다. 성범 역시 단숨에 들이켠다. 잔은 다시 권진에게로 돌아갔다.

"양주를 마시라고는 하지 않겠어요. 유경 씨가 맥주잔을 그대로 놓고 있는 한 대답을 하지 않겠어요."

권진이 유경을 공격하자 그 뒤를 성범이 따른다.

"여자 분들 술을 많이 하지는 않을지 몰라도 맥주보다 양주를 선호하는 분도 있더라고요. 유경 씨도 그런지 모르지요. 자, 양주, 한 잔만이라도 하지요."

성범이 양주잔을 유경 앞으로 내민다.

"아니에요. 저는 술을 정말 못합니다."

"그러면 안 마셔도 좋으니 잔을 받아 놓기나 하세요."

성범이 고집을 피웠다. 유경은 성범의 기세에 눌려 양주 한 잔을 받아 맥주잔 옆에 놓았다.

"이 정도면 내가 할 일은 했지요. 자, 창열 씨의 질문에 대답을 해 보세요. 사실 저도 궁금했어요. 음악을 하는 사람이 음악은 하지 않고 페이퍼를 쓴다? 그건 정말 이해가 되지 않아요."

비운 잔을 만지고 있는 권진을 보고 성범이 폭탄주를 만들어서 다시 건네면서 말했다. 성범의 말을 들은 권진의 마음이 일상과 멀어진다.

내가 무엇에 겁을 내냐. 성범도 따지고 보면 후배가 아닌가. 하고 싶은 말을 피병이 터져 나오더라도 마음 놓고 한번 해보자고. 못 할 거 뭐 있어.

권진은 유경을 쳐다보다가 두 후배들 쪽으로 고개를 돌리고 눈을 감는다. 방 안이 잠시 고요하다. 권진의 입이 움직인다.

멀어진다, 모든 것이 멀어진다.

권진의 입에서 밑도 끝도 없는 얼버무림이 나오자 두 남자가 눈짓을 하면서 귓속말을 한다.

"드디어 취했군."

권진은 주변을 상관하지 않고 계속 중얼거린다.

가까워진다. 가까워진다. 술과 가까워진다. 무너진다. 마음이 무너진다. 나까지 합쳐서 모두가 밉다. 거짓 같다. 정치학이 뭐며, 철학이 뭐며, 영문학은 또 뭐냐. 제기랄!

취기에 오른 권진이 기고만장의 전초전에 들어선다.

"야, 후배들! 선배 말을 잘 들어야지!"

권진의 말투는 관객의 술안주가 된다.

"잘 들어 봐! 내가 처음 하는 말이니까! 내가 이 잔을 마실 테니 성범이 먼저 대답을 해야지."

"그건 무슨 소립니까. 제가 대답을 하다니요."

"이 잔을 비울까, 말까, 이 말이야. 내 말은."

"무슨 대답을 저더러 하라는 건지 모르겠지만 일단 마시고 한잔 주세요. 대답할 테니까요."

한쪽은 하대를 한 지 오래고 다른 한쪽은 '나'가 '저'로 바뀐다. 남자들의 대화를 들으면서 유경은 재미있다는 생각을 한다. 하지만 혹시 싸우게 될까 걱정이다.

꽉 찬 폭탄주를 단숨에 들이켠 권진이 성범에게 잔을 돌린다. 받은 잔을 단숨에 들이켠 후 성범은 빈 술잔을 식탁 위에 탁 올려놓는다. 그리곤 권진을 쳐다보면서 "뭐라도 물으세요" 한다.

"성범은 정치학을 하지?"

"예, 정치학을 합니다."

"날더러 음악을 하면 했지 음악학은 왜 하느냐,라고 묻는데 성범은 정치를 하면 했지 왜 정치학이라는 걸 하나. 철학하는 사람이 철학을 한다는 것은 이상하지 않은데 정치하는 사람이 정치학을 한다니 그게 나는 이해가 안 가거든."

"음악을 하는 분이시니, 정치학이 뭔지 모르시는군요."

"정치를 하는 사람이니까, 음악학이 뭔지 모르는군."

"아니 저는 정치를 하는 사람이 아니고 정치학을 하는 사람입니다."

"아니 나는 음악을 하는 사람이 아니고 음악학을 하는 사람이라니까."

그때 창열이 끼어든다.

"음악 대신 음악학을 한다, 정치 대신 정치학을 한다, 뭘 하긴 하는 모양인데 마치 철학을 하는 사람 같네요."

"철학이나 문학의 경우는 처음부터 학이라는 글자가 붙어 다니는데 정치나 음악의 경우는 학이라는 글자가 붙어 다니지 않아서 말썽인가 봐요. 하나의 단어로 성립되는 과정은 무서운 일 같아요."

창열이 유경의 말을 막는다.

"스트레스를 풀려고 모인 건데 스트레스가 쌓이면 안 좋지요.

자, 우리 술이나 마십시다."

"유경 씨가 결혼을 언제 하려는지, 애인은 있는지 그런 거 물어
볼 수는 없어요?"

취해 있는 권진의 말이다.

"그것도 좋지만 아까 던진 질문은 어떻게 되는 건지, 그건 그냥
넘어가려는 겁니까."

창열이 고집을 피운다.

"허허, 스트레스를 풀자고 방금 말한 건 누군데?"

"한번 해 본 소리를 가지고, 선배님도……."

"맞아요. 권진 씨, 저도 궁금해요. 음악학이 뭘 하는 건지 알아들
을 수 있는 말로 이야기를 좀 해 주시죠."

유경의 말이다. 시선이 한곳으로 모인다는 것을 의식한 권진이
말한다.

"유경 씨. 길게 해도 돼요?"

세 사람의 얼굴을 차례로 둘러보다가 유경이 말한다.

"물론입니다."

"유경 씨!"

"예?"

"혼자 '물론'이면 안 되지요. 철학과 정치학도 '물론'이어야지요."

창열과 성범은 권진을 향해 눈을 껌벅인다.

"보세요. '물론'이 아닌 모양입니다. 아무런 반응이 없잖아요. 두
분께 술 한 잔씩 권하세요. 그러면 '물론'일지 모르지요."

창열과 성범은 눈을 다시 껌벅한다. 주위를 살피던 유경이 창열과 성범에게 술잔을 건넨다.

"유경 씨, 혹시 '시 빠진 노래' 들어 본 일이 있어요?"

"시 빠진 노래라니, 그게 무슨 소리예요?"

"도 레 미 파 솔 라 시 도라는 말 들어 본 일 있지요. 장음계의 마지막 부분에서 나오는 '시', 도음 혹은 이끈 음leading tone이라고 하는 음 말예요."

"예, 음악 시간에 들은 일이 있어요."

"'시'라는 음이 포함되어 있는 노래의 구절이 있다고 할 때, 그 '시'를 빼고 부르면 시 빠진 노래가 되는 거지요."

무슨 소리를 하려는가 하는 유경의 표정이다.

"예를 하나 들어 볼까요. '도오 시 라솔 라아'라는 흐름이 있을 때 그것을 '도오 라 라솔 라아'로 부르는 사람이 있다는 것입니다. '도오 라 라솔 라아'가 아니라 '도오 시 라솔 라아'라고 불러야 한다고 여러 번 말을 해도 그 말이 무슨 뜻인지를 못 알아듣는 사람이지요. 연습을 많이 시켜서 '시'를 빼지 않게 만들어 놓아도, 다음 날이면 도루묵이 되어 버리는 사람입니다. 말하자면 음악에 소질이 없는 사람이지요. 간단한 예이지만, 음악에 소질이 없는 사람 중에서도 소질의 수준에 있어서 천차만별이거든요. 소질이 조금밖에 없는 사람이 많이 있는 것으로 착각을 하고서 음악을 하다가 인생을 망치는 사람이 하나둘이 아니지요. 가슴이 아픈 일입니다. 음악학의 경우도 그렇습니다. 음악 공부를 열심히 한다고 해서 음악학을 할 수 있는 것이 아니라는 말이지요. 음악성이 없으면 음악을 하지 말아야 하듯이 학문성이 없으면 음악학을 하지 말아야 하거든요."

권진이 말을 하다가 쑥스러워졌던지 "더 계속할까요"라고 한다. 놀란 표정인 유경은 어쩔 줄 모른다. 성범 역시 가만히 있다. 창열 혼자서 조금만 더 해 보라고 한다. 그때 성범이 "아이 목말라"라고 했다. 권진 역시 한잔을 더 하고 싶었다. 술잔이 한두 번 왔다 갔다 한 후 권진이 또 입을 연다.

"피아노를 친다, 노래를 부른다, 작곡을 한다고들 하지요. 그러니까 음악가들은 음악을 '하는' 사람이지요. 그런데 음악을 '하는' 것보다 음악을 '아는' 것을 더 좋아하는 사람이 있어요. 누가 피아노를 잘 치는가,라고 물을 때 그 물음에 대한 답을 하고 싶은 사람이지요. 그런 사람은 잘한다는 말을 하는 근거가 무엇인가라는 물음에 대한 답을 알고 싶어 하는 사람이지요. 물음의 종류는 그것만 아니지요. 음악이 어디서 태어나서 어떻게 변천했는가,라고 묻고 그 물음에 대한 답을 알고 싶어 하는 사람이 있고, 음악을 이해하려면 어떻게 해야 하는가의 문제를 놓고도 대답을 얻고 싶은 사람이 있고 또 오페라는 음악이냐, 연극이냐, 미술이냐, 어느 쪽이냐, 라고 묻는 사람도 있잖아요. 베토벤이나 슈베르트 같은 사람은 어떤 사람이었냐, 그들이 천재이기 때문이냐, 노력 때문이냐,라고 묻는 사람도 있고요. 현대음악은 왜 그전의 음악과 다르냐,라고 묻는 사람도 있어요. 음악을 하는 사람과 음악을 알고 싶은 사람은 관심의 대상이 시작부터 달라요. 하는 사람은 음악가라고 하고, 알고 싶은 사람은 음악학을 하는 사람이라고 보면 될 겁니다. 물론 토를 다는 사람이 있습니다만, 이 세상은 모두가 토 아닙니까. 토를 달고 이야기를 하자면 끝이 없습니다만, 한두 마디만 더하고 말을 끝내는 것이 좋을 것 같네요. 알고 싶은 사람은 연구를 하고, 연구 결과를 글로 발표하지요. 논문을 쓰고 책을 쓰지요. 골치를 더 아프게 하는 것은 알고 싶은 대상이 너무 많다는 것입니다. 음악을 예술로 보지 않고 문화 현상으로 보는 사람도 있고요. 음악 교육의 문제, 음악의 가치문제, 음악의 사회적 기능 문제, 음악의 정치성 문제, 음악의 역사성 문제, 한마디로 음악이라는 어휘 하나를 두고 수없이 많은 질문을 던질 수 있다는 거지요. 그 질문에 대한 답을 알고 싶어 하는 사람은 음악학을 하게 되지요. 알고 싶은 사람에겐 연구 대상과 연구 방법론의 선택이 중요한 관건이 된다는 것은 말할 필요도 없고요."

"뭔가 이야기가 되는 것 같네요. 기왕에 입을 열었으니, 음악학이 글과도 상관이 있나요?"

이번엔 유경이 묻는다.

음악학 이야기를 할 때에는 술에 취했어도 정신을 차렸던 권진이 글 이야기가 나오자 갑자기 딴사람이 된다. "너는 글은 안 되니, 포기해라, 그렇지 않으면 평생 고생만 하다가 죽을 거야"라는 말. 이 말이 무서웠던 어린 시절의 기억 때문에 권진은 글에 대한 이야기가 나오면 몸을 움츠린다. 시 빠진 글이 있지 않겠느냐는 생각이 끼어든 것인지 모를 일이다.

대답을 하기 싫은 어떤 순간이 찾아오면 자기 삶에 어떤 것을 느닷없이 비집고 들어오게 해서 엉뚱한 생각을 하는 버릇이 권진에게 있다. 그 버릇이 지금 권진을 충동질한다. 느닷없이 y 교수의 이중성에 대한 불만을 터트린다. 음악학과 글의 관계라기보다 글에 대한 권진의 생각이 어떤지 알고 싶었는데 기대와는 달리 "y 교수의 마음 안에는 쌍놈과 양반 개념이 체질적으로 들어 있어요"라는 말을 하기 때문에 유경은 가만히 있지 않았다.

"미국인 교수가 쌍놈이나 양반이 무엇인지 아나요?"

"유경 씨, 유경 씨가 답답한 사람입니까. Y 교수가 쌍놈과 양반 개념을 안다는 말을 하는 게 아니지요. 엉터리 같은 생각을 Y 교수가 하고 있다는 말을 간접적으로 한 거 아닙니까."

철학과 정치학은 서로 술잔을 주고받기만 했지 권진에겐 술을 권하지 않았고 권진의 이야기를 들을 생각도 하지 않았다. 술에 취해서 남이 눈 안에 들어오지 않는 권진에게 주는 경고였지만 권진은 아랑곳하지 않고 유경을 향해서 열을 올리고 있다.

"역사적 시각으로 볼 때 동양이 미국보다 한참 길고 깊이가 있는 거 누구나 아는 사실 아닙니까. 그것을 알 만한 교수가 동양인을 얕잡아 볼 뿐만 아니라 자기네들보다 더 미개인으로 본다, 이 말입니다. 지식은 많으나 모두가 특정 기간 동안에서만 말이 되는, 관습적 지식에 불과해요."

술에 취하긴 취했구나 싶었지만 모든 게 술 탓이려니 생각하고 유경은 글 이야기가 나오기만을 기다렸다.

"역사학자라면서 어찌 동양인에 대한 호기심이 그렇게도 없는지 이해가 가지 않아요. 동양 역사에 대한 관심이 없다면 서양음악사에 정통하다는 것에도 한계가 있는 것이 분명하지요. 동양음악사에 대한 관심은 아예 없는, 자민족 중심주의자의 표본 같은 사람이 음악학계에서 대우를 받는다니 말이 되지 않아요. 구역질 나는 사람이에요. 그런데 그의 저서는 서점 여기저기에 깔렸고 명저로 알려져 있으니, 그리고 그가 무슨 대단한 학자처럼 알려져 있으니 요 지경 세상이라는 거지요. 그런 교수가 가지고 있는 특권이 학생을 자기 취향대로 짓누르고 있으니 말이 되기나 합니까."

학기 도중에는 술 근처에도 가지 않는 정상인이 권진이다. 방황의 방 자도 모르고 박사학위 과정 밟기에 충실하고 가장 모범적인 학생이 권진이다. 그런데 방학 때에는 주야로 술에 절어 있는 미치광이다. 넋을 두 개 가진 사람이라고 말하는 사람도 있다. 학기 도중에는 거짓 넋, 방학 때는 참 넋이 그를 지배한다고 하는 사람도 있다. 반쪽 넋으로 사는, '넋 빠진 인간'인 그의 행동거지를 방학 중에 살피면 무언가에 한이 맺힌 사람으로 보인다. 말이 되지 않는 말을 하고 있다는 것을 감지한 유경은 권진의 한이 무엇인지 궁금했고 그것 때문에 권진이 안쓰러웠다. 그러니까 권진은 유경 앞에서 특권을 지닌 사람이다. 넋이 반쪽밖에 없이도 살아간다는 것 또한 얼마나 기이한 특권인가. 유경에겐 권진이 방황과 정착이라는 두 추가 느리게 움직이고 있는 벽에 걸린 고물 괘종시계로 보인다. 아니 어떻게 보면 한마디로 구제불능인 인간이다.

질문에 대한 답보다 이야기가 다른 곳으로 빠지는 것이 못마땅한 창열은 권진의 마음을 찌른다.

"유경 씨의 물음에는 답을 하지 않는군요. 그 이유를 알 수 없지만 나는 다른 질문 하나 하겠어요. 학문을 해도 될 것 같은데 선배님은 왜 음악을 하셨어요?"

창열이 물으면서 술잔을 건넨다. 권진이 술잔을 받고 있을 때 유경이 철학을 향해 의아한 표정을 짓는다.

"지금까지 내 말을 못 알아들었군. 음악학이 학문이 아니라는 말을 하는 것 같잖아."

권진의 말을 듣던 유경이 고개를 끄덕였다. 철학은 당황하듯이 말한다.

"죄송합니다. 제가 실수를 했나 봅니다."

"그렇지, 실수지. 그러나 당신은 역시 훌륭한 학자야. 실수였다는 말을 솔직히 한다는 점이 대단한 장점이야."

"선배님은 항상 좋게만 말씀을 하시지요."

"그런데 말이야. 사람들이 자네 같을 말을 하는 사람이 많다고. 내가 싫건 음악학은 음악이 아니고 음악을 연구 대상으로 삼는 학문이라는 말을 해도 소용이 없단 말이야. 음악이라는 두 글자에만 익숙해져 있으니 학이라는 말은 잊어버리는지 원. 학문 분야에서도 상대의 눈높이에 맞추어 가면서 이야기를 해야 하는 건지 원."

"얼굴이 붉어지네요. 선배님 말씀이 맞습니다. 음악학을 한다고 해도 우리는 그냥 음악 하는 사람이라고 하고 마는데, 그게 아니라는 이야기를 듣고도 실수를 했네요."

"배경이 음악이었다,라고 말하면 그럭저럭 넘어갈 수 있을 것 같은데 말이야."

"그런데 또 하나 궁금한 게 있어요. 배경이라는 말이 나와서 하는 말입니다만 '하는' 사람에서 '아는' 사람으로 바뀐 이유가 무엇인지 궁금하거든요."

"아니, 권진 씨의 이야기를 듣고 나는 나대로 이미 감을 잡았어요. 할 말이 너무 많아서 말을 못하고 있는 것 같아요. 말을 시작할 엄두를 내지 못하고 있는 것은 아닐까요. 분명히 권진 씨 마음속에는 무엇이 있어요. 우린 그걸 들어야 해요."

유경이 테이블 위에 놓고 있던 양주잔을 들어 마시면서 말했다. 맑은 정신으로는 권진을 설득할 수 없다는 생각에서였던지 마신 잔을 권진에게 권한다. 창열과 성범은 놀란다.

"학문을 좋아하고 그게 중요하다고 생각하는 것 다 알아요. 그런데 권진 씨에겐 다른 무엇이 있는 것 같아요. 그걸 모르고는 오늘 이 자리를 뜰 수가 없는 것 같아서 하는 말인데 딱 한 가지만 묻겠어요."

권진은 유경의 말에 귀를 기울인다.

"권진 씨가 넘어지면 오늘 제가 책임지겠어요. 약속합니다. 그러니까 글 이야기를 좀 해 주세요. 학을 하면 됐지 왜 글을 쓰시나요?"

"이거 어려워지는군……"

"길게 아니라도 좋아요. 한두 마디만 해 주세요."

"한 가지 조건이 있어요. 이 남자 친구들도 유경 씨가 책임을 지겠다고 하세요."

"그렇게 되면 너무 길게 되는 거 아닙니까, 선배님."

철학이 끼어든다.

"이 집에 술이 없다는 건가, 뭔가?"

"술은 또 있어요. 걱정 마세요."

"그렇다면 내 잔에는 왜 술이 없나."

"유경 씨가 준 거 벌써 마셨군요. 죄송합니다. 좀 취하신 것 같아서요."

창열에게서 받은 잔을 단숨에 들이켠 후 성범에게 잔을 돌린다. 그때까지 자고 있던 성범이 "어, 저에게 주시나요" 하면서 눈을 뜬다. 자고 있던 것은 아니었다. 술에 취해 가는 과정에서 생기는 성범의 버릇이었다.

"재미없어도 들어 줘. 시 빠진 글! 나, 딱 싫어! 정말 내가 하고 싶어서 하는 이야기가 아니야. 그런데 내 마음이 서거든. 몸이든 마음이든 요즈음 통 서지가 않았는데 유경 씨가 오늘 내 마음을 서게 하거든."

"마음도 다 서나?"

성범의 말이다.

창열이 권진에게 잔을 또 건넨다.

"어릴 때부터 나는 노래를 잘 불렀어. 시 빠진 노래가 아니었지.

콩쿠르에 나가기만 하면 일등이었어. 그런데 말이야. 노래를 부르면서 자라던 어느 날부턴가 글이 좋아지더라고. 글 쓰는 것 역시 음악만큼 좋더라고. 그게 내 평생을 지속적으로 괴롭히는 뿌리가 될 줄이야 누가 알았겠나. 창피해서 입에 담기도 싫은 이야기이지만 오늘 마음 털기로 했어. 부끄러울 것도 없지 뭐, 모든 것을 털어놓을 거야. 뭣이 문제였던가 하면 이거였어. 노래의 경우는 경연대회에 나가기만 하면 일등이었는데 글 대회에는 나갈 때마다 낙방인 거야. 나로서는 그게 이해가 되지 않았어. 세상이 하나로 보이지 않고 둘로 보이기 시작하더라고. 넋 반쪽이 어디론가 날아가 버리더라고. 마음은 물론이고 몸까지 휘청거리기 시작하더라고. '넋 빠진 아이'라는 말을 들으면서 외롭게 자랐었지. 부모의 말을 듣지 않았고, 학교 성적도 떨어지고, 성년에 접근할 시절부터 술을 시작했지 뭐. 남 몰래 혼자 냉가슴을 앓던 세월이 흐르더라고. 잃은 넋 한쪽을 되찾기 위해서 술로 나날을 보냈지만 넋을 찾기는커녕 반남은 넋조차 희미해지는 것 같았어. 출구를 찾아야 했었어. 음악을 버릴 수야 없었지. 글? 물론 버릴 수가 없었지. 버릴 생각을 해 본 일조차 없었으니까. 그래서 글은 쓰되 음악에 관한 글을 쓰면 되겠지 하는 생각이 들었었어. 그게 출구가 되지 않겠느냐는 생각을 했다는 것이야. 먼저 글 훈련을 해야 할 것 같다는 생각에서 집 안에 틀어박혀 버렸지 뭐. 그리곤 원고지와 씨름하기 시작했지. 외부와는 담을 쌓고, 말 그대로 칩거 생활로 들어갔던 거야. 고통이 나를 짓누르긴 했지만 내가 진실로 하고 싶은 것을 하면서 살 수 있는 공간이 내 방이었어. 그래, 맞아, 나의 가능성에 눈을 뜨게 하는 후진 구석방 말이야. 앞길이 깜깜해서 어디로 가야 할지 알 수가 없었지만 가기만 하면 길을 비춰 줄 빛이 나를 기다려 줄 것이라는 믿음으로 내 방이 나를 버티게 해 주더라고. 나를 미치게 한 베토벤의 삶과 슈베르트의 삶에 대한 글을 쓰기 시작했고 베토벤의 하이리겐슈타트 유서를 읽고 울면서 글을 썼지. 어린 여자 제자와 플라토닉 러브라든가 뭔가 하던 슈베르트가 제자의 어머니와는 육체적 관계를 맺는 이중 플레이를 했다는 글을 어디선가 읽고 이걸 어떻게 해석해야 하나, 아니 해석이라기보다 사실인지 아닌지를 확인하는 문제를 놓고 헷갈리는 세월을 보내기도 했지. 베토벤이나 슈베르트가 매독 때문에 죽었다는 것이 사실인지 아닌지를 확인할 길이 없어서 밤을 지새운 날도 하루 이틀이 아니었어. 하루는 잡지사 기자를 하는 친한 친구가 나를 찾아오더라고. 방구석에 엎드려 글을 쓰고 있는 것을 보고 그 친구가 이렇게 말했어. '야, 너 뭘 하고 있나. 집어치우고 나가자.'

그날 밤 나는 수레에 실려 집으로 돌아왔었지. 기자 친구는 멀쩡했지만 나는 인사불성이 되고 말았었지. 그 친구의 충고, 그러니까 내게 글을 쓰지 말라는 말 때문에 술잔이 빌 사이가 없었던 것이야. 그런 소리를 들을 때마다 속이 미어지는 것 같았거든. 너는 글로는 안 돼,라고 말하는 것 같다는 생각 때문에 술로 그 친구에게 분을 풀었던 거야. 세월이 또 흐르던 어느 날 그 친구가 다시 찾아왔어. 야, 너 정 그렇다면, 우리 잡지에 수필 하나 써 봐, 하더라고. 긴 이야기를 짧게 하겠어. 내 수필이 성공이었어. 내가 태어난 후 글로 칭찬을 받아 본 것이 처음이었지. 음악가에 대한 이야기를 60~70매 정도로 해서 1년간 연재하라는 청탁이 오더라고. 기절할 정도로 놀랐고 반가웠지. 그런데 말이야. 그 와중에 준비가 덜 된 것이라는 것을 알면서도 내가 피아노 독주회를 열어야 했어. 음악 선생 자리를 얻으려면 독주회 경력이 있는 사람에게 기회가 주어진다는 이유 때문이었어. 독주회 후원을 H 신문사가 맡았는데 그것이 또 하나의 예기치 않은 내 인생을 낳게 했어. 내 독주회가 끝난 후 H 신문사 주최로 외국인 피아니스트 T 씨의 초청 피아노 독주회가 열렸었거든. 글도 쓰고 피아노 독주회를 마친 지 얼마 되지 않았던 나에게 T 씨의 연주평을 써 보라고 하더군. 그래서 썼지 뭐. 사내에서 내 평문이 좋다는 평가를 받게 된 모양이야. 자기네들 신문에 음악 평 고정 집필자로 위촉하더라고. 내게 말이야. 기가 막히더라고.”

음악과 글을 연결시키는 일을 맡은 권진은 그때부터 살아 숨 쉬는 인간이 된다. 그렇다고 해서 잃은 반쪽의 넋이 찾아졌다는 것은 아니었다. 마지막으로 ‘한 번만 더’ 하는 생각을 잊은 적이 없는 권진은 결단을 내린다.

“『사상계』라는 잡지가 있었지. 작가 L을 나는 잊지 못하거든. 「○○○○」이라는 소설로 『사상계』를 통해서 등단한 작가였거든. 바로 그 『사상계』라는 잡지에 내가 「방황의 시간」이라는 단편으로 응모한 일이 있었지. 그때 L은 당선됐고 나는 낙방이었었지. 결국 그게 돌이킬 수 없는 소설과의 결별이 되고 말았지. 낙방을 한 후 심사위원들을 무식꾼이라고 얼마나 비웃었는지 몰라. 밤이 새도록 소주를 마시면서 있는 욕 없는 욕을 다 퍼붓느라고 목이 멨으니까. 작품의 우수성을 알지 못하는 사람이 무슨 놈의 심사 위원이야라면서 술로 기고만장했었지 뭐. 오늘 저녁은 그날에 비하면 아무것도 아니야."

유경뿐만 아니라 창열과 성범은 권진이 무슨 말을 하든 그냥 듣고만 있다.

"나는 지금도 「방황의 시간」이라는 작품을 걸작이라고 생각해. 철학? 정치학? 자네들은 몰라! 그게 뭔지 몰라! 유경 씨는 알지. 그래서 예쁘지. 그런데 말이야. 낙방이라는 것이 그렇게도 무서운 것인지 몰랐어. '안 될 사람은 안 되는구나'라는 쪽으로 생각이 굳어지는데, 그건 정말 사람을 죽이더군. 어둡고 춥고 인적도 없는 곳에서 벌벌 떨게 되더라고. 어느 누구 하나 내 옆에 와서 다독거려 주는 사람이 없었어. 그렇다고 해서 막 말로 내가 죽어? 아니지! 이렇게 눈 뜨고 살고 있지 않은가. 까불지 말라 그래. 이 자식들! 야, 너는 뭐하냐, 철학 한다면서, 유경 씨는 뭐 하냐, 영문학도 좋지만 시나 소설을 써 봐."

술에 완전히 먹힌 권진을 두고 창열은 이러지도 저러지도 못하고, 성범은 가 버리고, 유경만이 권진을 부축해서 창열 집을 떠난다. 밖에는 날이 새고 있었다.

토하려고 화장실에 간다. 아무것도 나오지 않는다. 뭘 먹은 게 있어야 토하지. 냉수라도 마셔야 토할 것 같았다. 물이라도 토해야 위 속에 있는 술기가 빠져나올 것 같았다. 냉장고로 가서 냉수를 마신 후 방으로 들어와서 누웠다. 자고 싶었다. 계속 속이 쓰리다. 잠이 오지 않는다. 올 듯 말 듯 잠이 오락가락이다. 벌써 이튿날이다. B- 학점 생각이 났다. 현실과의 타협이었다. 술이 아직 덜 깼지만 도서관으로 나갔다. 도서관에서도 오락가락이다. 책을 펼까 말까, 박사를 포기하는 게 바로 가는 길이 아닐까, 지금까지의 모든 실패를 잊을까 말까. 기억의 세계에서도 오락가락이다. 기고만장을 부렸던 것은 확실한 기억이다. 창열 집을 나섰을 때 유경의 부축을 받았다는 기억은 희미하다. 유경 앞에서 하고 싶었던 말이 있었던 것 같은데 기억되지 않는다. 비틀거리고 넘어지려던 자기를 잡아 준 유경 손의 온기에 대한 느낌은 권진이 잊을 기억이 아니다. 유부남이 그런 기억을 안고 있다니 말이 되는가 하는 자책감에 권진은 괴롭다.

살아 숨 쉬는 기회를 얼마나 갈망했던가. 질식할 것 같은 학기 도중의 공기에서 해방되기를 얼마나 원했던가. 그렇다면 기고만장이 뭐가 나쁘단 말인가. 매일 하는 짓도 아닌데. 권진에겐 기고만장이 자기의 참 넋이 사는 순간이었다. 학기 도중에는 자기 자신을 포함한 모든 인간이 밉다는 미움 병과 모두가 거짓 인간들 같다는 거짓 병이 도진다. 학교 주변 길은 모두가 어디로 가는 것인지 알 수가 없는 어두운 길이 된다.

좋았지!

좋았다고?

한 학기에 한 번쯤 스트레스 푸는 거 나쁜 일 아니잖아!

그래도 나쁜 일이 있긴 있었어!

그게 뭔데?

유부남이 젊은 여자에게 온기를 느꼈잖아!

그게 나쁜 일이라고? 무슨 일을 저지른 것도 아닌데!

그건 안 될 일이지!

안 되긴 뭘 안 돼!

음심을 품는 게 간음이잖아, 죄를 이미 지은 거야!

죄 좋아하네! 인간에게 본능을 누가 준 건데!

도서관에 와 앉은 권진은 계속 오락가락이다.

창문으로 들어오는 부드러운 바람이 얼굴을 스친다. 얼굴만을 스치지 않고 얼굴이 통로가 되어 목 아래로 내려온다. 내려온 바람은 몸통 안 여기저기를 쓰다듬는다. 몸 안의 모든 부분이 부드러워지는데 가슴 한쪽 부분이 유독 딱딱하다. 그 부분의 위치는 알 수가 없다. 유경과 헤어진 후부터 딱딱함을 느꼈다. 스트레스 해소치고는 객기를 너무 부린 것은 아닌가라는 생각에 짓눌린다.

오락가락하던 괘종시계의 추가 한곳에 가서 멈춘다. 처리해야할 과제물은 「고전음악의 구조」에 관한 논문이었다. 그 논문을 쓰라는 추의 명령이 권진을 압박한다. 참고 문헌을 찾아 읽고 논문을 써야 한다는 생각이 권진의 가슴을 다시 답답하게 한다. 하지만 참고 문헌을 찾기 위해서 권진은 도서관 안을 헤매지 않을 수 없었다. 레너드 마이어의 『음악, 예술 그리고 아이디어』와 월리스 베리의 『음악 형식』을 찾았다. 책과 영한사전을 꺼낸다.

왜 진작 영어 공부를 열심히 해 두지 못했던가.

읽어야 할 책을 펴놓긴 했으나 숨부터 막힌다. 창열 집에서의 추태가 되살아난다. 후회도 후회이지만 자기가 싫어지는 이유는 유경의 얼굴이 떠오른다는 데에 있었다. 분명하게 기억되는 유경의 말 한마디 때문이었다.

"권진 씨에겐 다른 무엇이 있는 것 같아요."

유경을 만나서 그 말이 무슨 뜻이었는가,라고 묻고 싶다. 영한사전을 잡으면서도 어처구니없는 생각을 하고 있는 스스로에게 '이 바보야'라고 소리친다. 어디선가 들리는 B-가 뭔지 알지 하는 소리 때문에 영한사전을 던져 버리지 못하면서 몸을 떤다.

언어는 진공에서 살지 않는다. 탁한 공기나 맑고 깨끗한 공기나 가리지 않고 사람이 삶을 영위하는 공기 안에서 작동된다. 진공만 아니면 어디든지 끼어드는 것이 언어다. 어느 언어라고 말할 거 없다. 우리 모두가 구사하는 말이 다 그렇다. 공기는 잔잔할 때도 있지만 바다처럼 거센 파도를 타고 누구도 거역할 수 없는 분노를 일으키기도 한다. 언어만이 아니고 인간의 행동 역시 그렇다. 권진이 자기의 기고만장에서 보였던 말이나 행동이 만일 마스터베이션이었다면 그것은 참으로 탁한 공기다. 맑은 공기를 생각하는 권진은 자기에게 신부 자격을 준다. 그리곤 도서관의 유리창 앞에 비치는 자기 얼굴을 본다. 어깨와 그 어깨의 중앙에 목이 있고 그 목 위에 얼굴이 얹혀 있다. 고해성사를 하려는 죄인의 얼굴에 비해 유리창에 비치는 신부는 어릿광대 모습이다. 그 순간 모든 것이 우스운 일로 변한다. 권진은 자기가 도서관에 와 있는 목적에 대한 생각을 다시 하면서 어릿광대를 달랜다. 혼자된 노시어머니를 모시면서 성공한 남편의 귀국만을 기다리고 있는 착한 아내에게 권진이 편지로 고해성사를 대신한다.

과제물을 완성하려면 다섯 단계를 거쳐야 했다. 1) 참고 문헌을 읽는 단계, 2) 읽은 내용을 소화한 후 권진 자신의 어휘로 요약하는 단계, 3) 리포트의 초를 한국어로 먼저 쓰는 단계, 4) 초를 영어로 번역하는 단계, 5) 번역된 영어를 원어민 수준으로 올리기 위해서 도움을 청할 미국인을 찾는 단계였다. 모든 단계가 쉬울 리가 없지만 4단계까지는 권진 자신의 힘으로 해야 했다. 그러나 제5단계는 권진의 힘으로 되는 일이 아니다. 동양인에게 관심을 가진 사람을 찾아야 했다. 누가 그런 사람인지 알 수가 없다는 것이 문제다. 그러나 권진은 자기가 해야 할 일을 먼저 처리했다. 고전 음악 구조의 한 양상이라는 제목을 붙이고 다음과 같은 메모를 했다.

1. 시작이 있고, 전개 과정이 있고 귀결이 있다.

2. 시작은 정지 상태(I), 전개 과정은 동적 상태(V), 귀결은 정지 상태(I)로 되돌아온다. 그러니까 음악의 구조를 축약하면 〈I-V-I〉 즉 정-동-정이 된다. '출발-여행-귀가'라고나 할까.

3. 전개 과정이 단순하고 복잡하다는 것이 작품 우열의 기준이 되는 것은 아니나,

4. 갑)의 경우처럼 동적 상태로 바로 갔다가 정지 상태로 되돌아오는 경우가 있고,

5. 정)의 경우처럼 우여곡절 끝에 동적 상태로 갔다가 정지 상태로 되돌아오는 경우가 있다.

6. 아래의 몇 가지에는 우여곡절의 사정이 악곡마다 다르다는 것을 보여 준다.

갑)	I			V		I
을)	I		V/V		V	I
병)	I	IV	V/V		V	I
정)	I	ii	IV	V/V	V	I

7. 우여곡절의 예는 얼마든지 더 있다. 이 세상에 있는 그 많은 곡들을 보라.

과제물 메모가 끝날 해거름 무렵에 유경이 나타났다. 예기치 않던 유경의 방문이 반갑다. 옆자리에 앉더니만 밑도 끝도 없는 말을 했다.

"많이는 못 하지만 사실 저도 술을 조금 하거든요."

입고 있는 옷은 화려했고 전에 보지 못하던 화장기까지 도는 얼굴이다. 어리둥절해 하는 권진을 보더니만 '뭘 좀 물어볼 것도 있고 해서요'라고 했다. 도서관 주변에는 서점과 제과점 그리고 아이스크림 집이 있었고 학생들을 상대로 하는 음식점과 맥주 집이 있었다.

누가 반복이 지루하다고 했던가. 원형 반복을 바탕에 깔고 그 위에 변형 반복이 겹쳐질 때의 불가사의한 음악의 아름다움을 경험한 사람은 권진의 마음을 알리라.

많이는 못하지만 사실 저도 술을 조금 하거든요.

이 말은 원형 반복이든 변형 반복이든 상관없었다. 반복되기만 해도 권진에겐 의미 있는 정보의 원천이 된다.

'나와 같이 술을 마시고 싶다고?'

반복해서 던져도 지루하지 않은 질문이다. 주로 집에서 술을 마시던 권진은 도서관 주변에 어떤 술집이 있는지 알 길이 없었다. 주머니 사정 역시 뻔했다.

"한국 유학생이 좋아하는, 제가 가 본 집이 하나 있는데 비싸지도 않고 꽤 괜찮은 데예요."

유경의 제의가 고마웠다. '비싸지도 않고'라는 말이 마음에 들었다.

크고 작은 테이블이 놓여 있었고, 테이블을 비추는 명암 도는 각각 달랐다. 누가 앉아 있는지 분간이 되지 않을 정도로 어두운 곳이 있는가 하면 창가에 붙어 있는 상대적으로 밝은 곳도 있었다. 유경은 창가 쪽으로 간다. 뒤따라 가서 권진은 유경과 마주 보고 앉는다. 술만 파는 집으로 알았는데 카피와 간단한 식사도 가능했다.

"오늘 제가 한잔 살게요."

어찌해야 할 바를 몰라 하는 권진을 보던 유경이 카운터 쪽을 향해 손짓을 했다.

"양주를 할까요. 포도주를 할까요. 아니면 맥주를 할까요."

"맥주를 하지요."

해프닝은 이렇게 해서 시작되었다.

"영문학이지만 소설을 잘 몰라요. 읽는 것은 좋아합니다. 낙방했다던 소설을 보고 싶어서요. 심사 위원들이 몰라서 그렇지 걸작이었다고 하던 그 소설 말이에요."

술김에 내가 말을 잘못 전달한 건가? 분명히 그걸 버렸다고 했었는데?

"제가 그거 버렸다고 하지 않았던가요?"

"예. 그런 말씀을 하셨어요. 술김에 괜히 하시는 말씀인가 싶어서 확인하고 싶었어요."

"버렸어요."

"정말이에요?"

"제가 왜 유경 씨에게 거짓말을 하겠어요."

"그러면 새로 하나 써서 저에게 주세요."

유경은 권진의 매니저나 되는 것처럼 말한다. 권진은 고맙다기보다 행복했다. 모든 것을 뒤로 미루고 유경이 원하는 대로 해 주고 싶었다. 그러나 아무리 그렇다 하지만 그건 현실적으로 불가능하다. 박사과정에서 피를 흘리고 있는 지금이 아닌가. 영어로 하는 과제물 때문에 말도 못할 골치를 앓고 있는 지금이 아닌가.

"오늘은 뭘 하셨어요?"

"주어진 참고 문헌 이것저것을 뒤졌어요."

"좋은 책들이었어요?"

"예, 정말 좋은 책들이었어요."

권진은 자기가 제대로 이해를 했는지 어떤지 확인해 보기 위해서 연주가들이 연주하기 전에 리허설을 하듯이, 읽은 내용을 유경에게 자기 말로 요약을 해 본다. 이해를 제대로 하지 못했다면 말로 이을 수가 없을 것이라는 생각 때문에 자기를 한번 시험해 본 것이다.

"갈 곳이 정해진 것은 모두가 같은데 갑은 그곳에 바로 가 버리는가 하면 정은 옆길이 아름다워서인지, 그 옆길로 빗나갔다가 원래 갈 길로 돌아오더라고요. 갈 곳을 그냥 두고 어디로 가려는가 싶어서 정의 작품에서는 궁금증이 더 생기더라고요."

"무슨 말인지 이해가 안 되네요."

"갈 곳을 찾아가는 과정에 여러 개의 이정표가 있는데 어떤 작곡가는 그 이정표만 보고 그곳으로 직진하는데 어떤 작곡가는 그 이정표가 어디에 있다는 것을 기억한 후, 다른 곳으로 우회한다는 것입니다. 갈 곳이 어딘지 나는 모른다 할 정도로 모든 것을 잊고 놀다가 이정표 앞에 벌써 와 있는, 그런 수법을 쓴 작곡가가 있거든요."

"그래도 무슨 말인지 모르겠네요."

"미안합니다. 제가 몰라서 이야기를 제대로 하지 못한 탓이겠지요. 정말 미안합니다. 바로 가는 음악이 졸작이라는 것도, 돌아가는 음악이 걸작이라는 것도 아니지만, 돌아가는 쪽이 바로 가는 쪽보다 더 많은 음악적 정보를 수반한다는 이론이었던 것 같았어요. 물론 다른 이론도 있겠지만요."

"자, 술 한잔하시지요."

유경이 술잔을 든다.

인간은 누구에게나 고민이 있고 그 고민을 모두 해결할 수 없다는 것을 권진이 모를 리 없다. 현실적 삶과 관계되는 이익의 길을 이탈한다는 것은 어느 누가 봐도 잘하는 짓이라고 말할 사람이 없다는 것 역시 모를 리가 없다. 그런데 유경 앞에서는 현실적 이익과는 먼 길이 펼쳐지고 있었다. 한없는 궁금증을 일게 하는 여자가 권진의 앞에 앉아 있었던 것이다. 유경이라는 여자를 나 몰라라 할 수가 없는 권진은 말을 계속했다.

"내게 친구가 있었어요."

유경은 권진의 얼굴을 쳐다본다.

"그 친구가 나는 부러웠어요."

유경은 권진의 얼굴을 계속 쳐다보고만 있다.

"그 친구는 여자를 자기 것으로 만드는 명인이었어요."

"그게 무슨 소리예요?"

"내가 좋아하는 여학생이 있었거든요."

"그래서요."

"그런데 그 여학생의 마음을 잡을 수가 없었어요."

"그래서요."

"그 여학생은 좋은 음악을 들을 때 내가 느끼는 그런 느낌을 주는 여자였어요."

"무슨 말인지?"

"좋은 음악을 들으면 너무 아름답고 서럽고 외로움을 느껴서 나는 누군가가 한없이 그리워져서 참을 수가 없게 되거든요."

"그래서요?"

"일상사의 무의미성과 덧없음이 나를 못 견디게 해요. 그런데 그 여학생을 보면 나는 일상사를 벗어나게 되거든요."

유경은 권진을 다시 쳐다본다.

"내 친구가 내게 왜 그 여학생의 마음을 잡으려고 하나, 라고 묻더라고요."

"그래서요?"

"나는 무슨 소린지 그냥 지껄였어요."

"뭐라고요."

"비슷한 것은 많은데 꼭 같은 것은 없어! 어느 하루 꼭 같을 것 같은 사람이 있더라고. 음악에서의 내 음정과 꼭 같은 음정이더라고. 그 음정을 그냥 듣기만 하다가 헤어졌어. 만나서 정말 꼭 같은지 다시 확인하고 싶었는데 말이야."

"한 번 더 듣고 싶었다는 거지요?"

유경이 끼어들었다.

"그냥 헤어지고 말았다니까요. 미칠 것 같았어요. '그리움'이라는 말이 사람이 되더라고요. 그래서 그 그리움을 잡으려고 했어요. 잡히지 않았어요. '그리움'은 물건이 아니었어요. 그런데 그 녀석이 나를 바보라고 하더라고요. 왜냐고 물었더니 그 친구가 말했어요. 물건인 몸을 잡아라. 물건이니까 잡힌다. 몸을 잡으면 마음은 따라온다. 마음은 언제나 몸과 동행하니까. 사랑한다는 말 같은 것은 필요 없다. 그냥 몸을 잡으면 된다. 힘으로 잡아도 된다. 그리고 키스를 해라.

친구의 말이 옳다는 생각이 든 이유를 지금도 모르겠어요. 어두운 골목길이었어요. 몸을 잡으려고 그 여학생의 집이 있는 그 길목에서 기다렸지요. 저쪽에서 걸어오더라고요. 자기 집 앞에 서있는 사내가 누군가 싶었던지 주춤하다가 나인 줄 알고, 반가운 표정이었어요. 나 하기에 딸렸다는 생각이 들었어요. '그리움'도 실제로 무슨 일이라도 일어났으면 싶은 표정이었어요. 무엇을 어떻게 해야 할지 아무것도 모르겠더라고요. '우리 같이 어딘가 멀리 도망가자'와 같은 말은 나올 생각을 하지 않더라고요. 그래서 원래의 목적대로, 키스를 하려고 했지요. 놀란 '그리움'이 왜 이래요 하면서 나를 밀어냈어요. 내 안경이 땅으로 떨어졌어요. 그걸 주우려고 몸을 굽혔어요. 그 사이에 '그리움'은 자기 집 안으로 들어가 버리고 말았어요. 실패한 후 나는 그리움이 그리워서 비통스러웠어요. 그러면서 생각했어요. 역시 몸을 잡은 덕분으로 얻은 마음은 진짜 마음이 아니다. 땅의 마음이다, 하늘의 마음이 아니다. 그래서 나는 하늘의 마음을 얻기 위해서 몸 잡기를 포기하고 잡히지 않는 '그리움'을 잡으려고 세상을 헤맸었어요."

유경은 권진의 말을 못 들은 척하고 말꼬리를 돌린다.

"권진 씨의 말대로 낙방했다는 그게 걸작인지 누가 알아요? 그걸 왜 버렸어요?"

"글쎄요. 아무튼 버린 것이 사실입니다. 버리지 않고 어디엔가 있다면 내가 그렇게 기고만장할 수는 없지요."

"그 말은 무슨 뜻이에요?"

"죽은 사람에 대해서 누가 어떤 이야기를 한다고 할 때, 자기 멋대로 이야기를 해도, 그것이 사실인지 아닌지 확인할 길이 없지요. 그 사람이 죽지 않고 살아 있으면 이야기는 달라지지만요. 버린 원고는 죽은 사람이거든요. 그 작품이 걸작이라고 한 것이 사실인지 아닌지 확인할 길이 없다는 것이지요. 저로선 걸작이라고 생각하는데 지금 생각하니 버린 것이 실수라는 생각이 드네요. 유경 씨가 걸작이라고 말할지 누가 알아요? 그런 기회를 유경 씨에게서 빼앗아 버린 것이 아쉽네요. 물론 버린 게 잘한 짓이라는 생각도 들어요. 유경 씨가 그걸 읽고 졸작이라고 생각하게 된다면 나는 이 세상에서 사라져야 할 판이니까요. 아무튼 죽은 사람이 다시 살아난다는 것은 있을 수 없는 일이지요."

유경과 헤어진 후 「방황의 시간」의 존재 여부에 대한 궁금증이

494

다시 일었다. 어디서 어떻게 버렸었는지 확인해 보고 싶었다. 권진은 집의 반대 방향으로 걸었다. 얼마를 걸었는지 모른다. 집으로 돌아와서 정신을 잃을 때까지 술을 마셨다.

　해거름이 되면 유경이 도서관에 나타날까 기다려지는 습관이 생겼다. 그것은 나쁜 습관이었다. 도서관 창문을 통해서 부드러운 바람조차 불지 않는다. 한 가지 다행한 것은 과제물의 덕분으로 좋은 책이 무엇인지 알게 되었다는 것이다. 도서관 안에는 읽어야 할 책이 수도 없이 많다는 것이 새삼스럽게 고맙게 느껴졌다. 좋은 책을 찾아서 읽고 이해된 내용을 주제로 해서 쓴 글을 유경에게 보내자는 마음을 가질 수밖에 없었다. 권진이 자기 마음을 달래고 있을 때 g 양이 나타난다. 과제물 처리 문제가 걸려 있는 g 양이다. 문제는 g 양이 도와줄지 어떨지 알 도리가 없다는 데 있었다. 이번 학기에 한 번만 더 도와주었으면 하는 생각이 간절했지만 그냥 앉아서 창밖을 내다보고 있을 수밖에 없었다. 고맙게도 g 양이 권진 곁으로 와서 앉는다.

　"지난 번 B - 받은 건 어떻게 되었나요?"

　"벌써 말씀을 드렸을 텐데?"

　"그랬던가요."

　"지난번, 보고한 거 기억 안 나세요?"

　"지금 저녁 시간인데 아직 책을 보고 있어요?"

　"과제물 때문에 골치를 앓고 있어요. 4단계까지는 되었는데 5단계 때문에 골치를 앓고 있어요."

"5단계라니 그게 무슨 소리예요?"

권진은 자기가 쓴 영어 문장을 g 양 앞에 내놓는다. g 양은 권진
이 쓴 문장을 읽지도 않고 말한다.

"지난 학기처럼 좀 봐 드릴까요."

권진은 오 하나님 하고 속으로 외친다.

기약 없는 인생 여정에서 권진이 갈아타야 할 버스가 대기 중인
터미널이 눈앞으로 다가온다.

권진은 g 양의 도움을 얻은 결과 5단계를 무사히 거치고 B- 학
점을 면했지만 B-를 연거푸 두 번 받은 유경이 학교를 떠났다는
놀라운 소문을 듣는다. 유경에 대한 소문까지 포함된 여러 어려운
고비를 넘긴 후 박사를 끝내고 미국의 ○○대학교의 조교수로 취
직이 된 어느 날 유경에게서 편지를 받는다. 교수 공개 채용이 있
다는 소식을 전하는 편지였다. 집안의 권유로 결혼을 했고, 한국에
서 가정주부 생활을 하고 있다는 내용도 적혀 있었다.

유경의 편지 덕분으로 잠적했던 음악 평론가 권진이 10년 만에
귀국하여 W대 총장에게서 임명장을 받는다. 권진의 연구실은 3층
에 있었다. 책상과 의자 그리고 빈 책장뿐인 텅 빈 연구실에는 밖
을 내다볼 수 있는 유리창이 하나 있었고 그 이외의 부분은 모두가
흰 벽이었다. 페인트 냄새가 권진의 후각을 불편하게 만들었지만
학교 측의 배려가 고마울 뿐이었다.

권진이 입고 있는 옷은 당연히 권진의 옷이어야 한다. 그런데 권진은 그것을 자기 옷이라고 생각해 본 일이 없다. 입고는 있어도 집이 가난해서 형이 입던 옷을 물려받은 옷이라서 '내 옷'이 아니었다. 옷만이 아니었다. 신고 다니던 고무신발도 '내 신발'이 아니었다. 어머니가 어디선가 가지고 온 신발이고 그것을 신지 않을 수 없어서 그냥 신고 다녔을 뿐이었다. 어머니와 같이 살던 초가집도 마찬가지였다. 그냥 어머니와 함께 사는 집이었을 뿐 '내 집'이 아니었다. 가난 때문만은 아니었다. 어릴 때부터 이것은 '내 것이다'라는 생각을 들게 하는 그런 '이것'은 권진에게 없었다. 모두가 그저 그런 것이었다. 있어도 그만 없어도 그만인 것들만 이 세상에 존재했다. 슈베르트의 〈겨울 나그네〉가 내 노래고 길거리에서 피어나고 있는 개나리꽃이 내 꽃이었다. 그런데 희한한 일이 벌어졌다. 아무것도 없는 텅 빈 연구실이 내 연구실로 느껴졌다. 권진이 생각해도 이상한 일이다. '내 연구실'이 생긴 것이다. '내 연구실'에는 오직 '내 책'으로 꽉 채워질 것이라 꿈꾸면서 권진은 학장의 당부이었던, "우리 학교는 그동안 개인 레슨이 교육의 주였어요. 음악학과 석사논문 지도를 잘 부탁합니다"라는 말을 두고 생각을 거듭했다.

음악을 '한다'보다 음악을 '안다'라는 화두를 문제로 삼을 생각을 하니 창열의 집에서 음악과 음악학에 대해서 기고만장했던 일이 생각났다.

학생에게 제일 먼저 알게 하고 싶은 것은, 권진이 이름 붙인, '주어진 조건'이라고 하는 하나의 개념에 대한 것이었다. '주어진 조건' 개념이 학생들에게 쉽게 먹혀 들어갈까 걱정이 되어 권진은 고민한다. 메모로 적어서 서랍 속에 넣은 후 생각이 익을 때를 기다리기로 했다.

메모 : 주어진 조건 개념에 대하여

1. 음악 언어는 '하나'가 아니고 '여럿'이다.

2. 언어마다 음악 문법이 다르다.

3. 주어진 문법을 익힌 후 소통 도구로 삼는다.

4. 소통 도구의 하나로 음 체계라는 것이 있다.

5. 다섯 음으로 이루어진 체계를 5음 음계, 일곱 음으로 이루어진 체계를 7음 음계라고 부른다.

6. 장·단음계는 7음 음계 중의 하나로서 이 세상에 존재하는 수많은 음 체계 중의 하나다.

7. 전통음악에서 널리 쓰이는 선법旋法인 계면조, 평조, 우조 역시 이 세계에 존재하는 여러 음 체계 중의 하나다.

8. 음악을 가능케 하는, 음악 이전의 음악 조건 즉 주어진 조건인 음 체계가 장·단음계에 국한되어 있는 것이 아니다. 그러니까 음악은 만국공통어가 아니다.

9. 주어진 음 체계가 5음 음계의 경우는 시 빠진 노래라는 것 자체가 없다.

10. 주어진 조건은 음 체계 이외에 또 있다. 소나타 형식이 그렇

고 악기가 그렇다. 이런 것 모두는 작곡가에게 주어지는 조건이다.

11. 베토벤의 곡에서 베토벤이 만든 것은 그 곡의 이십 프로밖에 안 된다는 주장을 하는 학자까지 있다.

12. 작곡가만이 아니라, 인간은 주어진 조건으로부터 해방될 수 없다.

이런 메모를 들고 하는 강의 외에도 권진이 하는 일은 하나둘이 아니었다. '양식의 다원성'이란 논문에서 시 빠진 노래 개념은 하나의 관습에 불과하다는 요지의 논문을 쓰기도 했다. 시 자체가 없는 음 제도가 있다는 사실을 역설한 논문이었다. 그 무렵 유경에게 연락을 한번 해 보고 싶기도 했지만 결혼을 한 여자에게? 싫어서 그만두기로 했다.

논문 지도를 하는 선생이 된 권진은 학생일 때의 자기 생각을 한다. 「방황의 시간」을 투고했을 때의 자기에 대한 궁금증과 만날 기회가 마련되는 시간이기도 했다. 심사 위원의 수준이 아니라, 투고자의 수준에서 쓴 그 소설이 어떤 소설이었을까 하는 궁금증이 급증했음은 말할 나위가 없었다. 그 소설은 없어진 소설이고 문학과도 결별한 상태였지만 궁금증은 어찌할 도리가 없었다. 그리고 유학 시절의 기고만장했던 일에 대한 생각도 났다. 권진으로서는 거짓 없는 기고만장이었지만 기고만장했던 그 시절에의 회상은 권진의 마음이 어디론가를 향해서 헤매게 만들었다. 지금도 그렇지만

그 시절도 권진 자신이었다는 사실에 대한 생각이 무언가 입맛을
쓸쓸하게 했다.

음악에서는 '시'가 장·단음계에서의 이끈 음이 되지만 문학에서
는 '시'가 '시적詩的 질質'일 때의 '시' 같다는 생각이 들었다. 소설이
시는 아니니까, 시 빠진 소설이란 있을 수 없는 것일지 모르지만
왠지 자꾸만 시 빠진 소설에 대한 생각을 하게 된다. 시 빠진 노래
는 알아도 시 빠진 소설이 무엇인지 모르는 권진은 소설 이야기가
나오기만 하면 죽고 싶다. 시 빠진 문장이라는 것에 대한 생각 역
시 권진에게는 기막히는 술 안주였다.

학교로 전화하는 일이 잘 없는 아내에게서 전화가 왔다.

"여보, 놀라운 일이 벌어졌어요."

"무슨 소리요?"

"놀라운 일이라니까요."

"왜, 어머니에게 무슨 일이 생겼어요?"

"아니에요."

"그렇다면 뭐요. 답답해요. 빨리 말해 줘요."

"그게 나왔어요."

"그게라니, 뭐가 나왔다는 이야기요?"

"오늘 어머니가 당신 물건을 집으로 가지고 왔어요. 사위 물건이
라고 그동안 쭉 보관하고 있던 거래요."

"그게 뭔데?"

"당신이 쓰던 물건과 쓰다 남은 원고지 할 것 없이 우리가 버리고 떠났던 것 모두 다 가지고 오셨어요."

권진은 여전히 답답했다.

"당신 기억하세요? 「방황의 시간」? 당신 유학 시절에 유경인가 뭔가 하던 여학생 앞에서 기고만장했다는 그 원고 말이에요."

권진의 심장은 그 순간 멈추는 것 같았다.

"여보."

권진은 말이 없다.

"여보."

"응, 여기 있소."

"왜 그래요, 당신 반갑지 않아요? 당신이 그렇게도 귀하게 여겼던 소설이 아직 살아 있어요."

"왜 자꾸 그래요. 지금 나 곧 강의 들어가야 해요."

"알았어요. 「방황의 시간」이 집에 있어요."

보고 싶은 것도 알고 싶은 것도 없어진다. 가슴이 부풀긴 했지만 뭔가 찜찜했고 두려웠다. 심사 위원의 눈으로 자기 작품을 읽는다는 것은 상상할 수가 없었다. 그날 권진은 결혼 후 처음으로 외박을 했다. 싸구려 여관에 들어가서 소주를 마셨다. 지금 자기가 읽은 후 당선작이 된다면 몰라도 낙방임이 확인되는 날이면 죽고 말아야 할 것 같았다.

비틀거리면서 새벽에 들어온다. 한잠도 못 잔 아내, 남편의 눈치만 살핀다. 권진은 거실에 놓인 탁자를 본다. 요즘 같으면 A4 용지에 출력한 원고를 보내든가, 이메일로 보면 된다. 그러나 그 당시에는 원고지에 자필로 쓴 원고만 있었다. 앉지도 못하고 서서 천정을 본다. 아내는 부엌 앞에 서서 남편의 거동을 다시 살핀다. 권진은 비틀거리면서 탁자 앞에 앉는다. 원고지의 상단에 뚫린 구멍이 보이고 구멍을 이용한 줄이 원고지를 묶고 있다. 원고지의 가장자리는 찢어져 있고, 색깔은 온통 누렇게 변해 있었다. 잃어버렸던 반쪽 넋이 나 여기 있다 하면서 흐늘거리는 것 같다.

이걸 정말 내가 봐야 하나?

눈에 익은 필적이 까맣게 잊고 있었던 자신의 옛 모습을 보게 한다. 덜 깬 술이 권진을 울린다. 표지가 따로 있는 것이 아니고, 원고지 첫 장에 제목이 쓰여 있다. 잊고 있었던 못생긴 자기의 필적이 권진을 또 울린다. 지난 10년이라는 세월이 빨리 돌아가는 필름처럼 스친다. 10년 전과 달라진 게 많이 있지만, 그때나 지금이나 '나는 나다'라는 생각을 하면서 원고 뭉치를 자기 앞으로 끌어당긴다. '방황의 시간'으로 기억하고 있었는데 '배회의 시간'이라고 적혀 있다. 방황보다 배회라는 어휘의 선택이 옳았다는 생각이 들었다. 배회라는 제목만 보고서는 낙방은 면했다는 생각을 했다. 다음 장을 쉽게 넘길 수가 없었다. 낙방의 늪으로 빠져들어 가게 될 것인가 하는 걱정이라기보다 권진을 짓누르는 예측 불능이라는 공포감 때문이었다. 그러나 다음 장을 넘기지 않을 수 없는 시간이 왔다. 넘겼다. 첫 문장을 본다.

지하실 계단을 밟고 급히 내려간다. 다방 레지에게 화장실의 위치를 묻는다.

제목을 보고 안도감을 느꼈던 것과 비슷한 기분이 들었다. 짧은 순간이었지만 밝은 빛이 스며드는 것 같았다. 그다음을 읽었다.

설사가 나서 그래요, 설사! 화장실, 화장실! 천재의 설사요, 천재의 설사!

이거 큰일이구나 하는 생각이 들었지만 그다음을 또 읽었다. 그 순간이었다. 그다음을 읽을 이유가 없음을 권진은 직감한다. 얼굴이 붉으락푸르락 한다. 한때 한 번씩은 누구나 착각을 한다는 것을 감안한다고 해도, 권진은 좀 지나친 바보의 글을 본다. 추호도 의심하지 않았던 과거의 기고만장이 한갓 허풍에 불과했다는 것을 그다음을 읽기도 전에 권진은 알았다. 이 앎은 황당함을 낳는다. 천둥이 이쪽에서 저쪽으로 순식간에 번개를 옮기면서 내리치는 벼락같은 황당함이다. 현재라고 해서 허풍쟁이가 재현되지 말라는 법이 어디 있겠는가. 자기에 대한 의구심이 권진에게 가장 마음 아픈 일로 다가온다. 지금은 현직 교수인지라 권진이 쓰는 글을 읽는 사람이 있다고 하지만 퇴직 후 어느 누구도 읽지 않는 글이 된다면 그건 배회의 시간처럼 낙방의 글이 아니고 무엇이겠는가.

이걸 정말 내가 썼나 하는 절망감보다 지금 쓰고 있는 여러 글 생각을 권진은 다시 한다. 지금 내가 쓴 글이 내가 죽은 후에 살아남을 글이 아니고 10년 후에 아무도 읽지 않는, 사장되고 말 글들이라면 지금의 글들 역시 모두 그때의 기고만장과 무엇이 다르겠는가. 살아남을 글들아, 너는 어디에 있느냐. 현재의 삶이 헛삶이 아닌, 죽은 후에도 살아남을 참삶일 수 있는 그런 삶들아, 너희 정체는 무엇이냐.

원고지를 향해 방아쇠를 당겼으나 가슴의 상처는 아프지도 않다. 박사요 미국 대학 교수를 하다가 귀국하여 유수대학 현직 교수인 권진을 인생살이 차원에서 누가 패배자라고 하겠는가. 그러나 기고만장의 내용이 참이 아니라 허풍이었음이 드러나자 스스로에 대한 의심이 낳은 패배 의식에 죽고 싶도록 권진은 괴롭다. 권진은 결국 불치의 병에 걸리게 된다. 현재의 자기 자신을 의심하기에 이르는 것만큼 무서운 형벌은 없다.

패배자임을 자인한 그날부터 권진은 자학의 배를 타고 술로 세월을 보낸다. 병자 주변에 따뜻한 온기는 사라지고 살을 에는 듯한 차디찬 겨울바람만이 분다. 무엇을 성취할 가능성과 무관한, 아무런 의미도 없는 자기의 삶을 비관한 권진은 술과 더불어 조금씩 조금씩 폐인의 늪으로 빠져들어 간다. 시 빠진 소설에서만 인간이 추구하는 가치가 있는 것은 아닐지 모른다. 그러나 만일 시 빠진 판단이라는 것이 있다면 그 형벌이 주는 고통은 술잔 이외에 대신 할 수 있는 것은 없다. 결국 기고만장이 되고 말, 지금의 허울 좋은 교수 노릇보다 그 술잔을 받아 드는 것이 남은 자기의 삶이라고 생각한다.

　그날도 권진은 소줏집에서 술에 젖어 있었다. 취생몽사 상태가 되어 갈 무렵 술집 출입구에 두 여인이 들어선다. 유경과 친구 한 사람이다. 방황의 시간이 영 아니더라는 이야기를 주정 끝에 했더니 그렇지 않아도 한번 보고 싶었다면서 유경은 '먼저 가라' 하면서 친구를 보낸다. 참으로 오랜만에 둘이 마주 보고 앉았다.

　"결혼 생활은?"

　이혼했다고 한다.

　"아이는?" 없다고 했다.

　"술은 여전하시군" 하면서 유경은 사회적 통념을 비판한 논문을 읽었다고 한다.

　"시 빠진 노래도 노래라면서요. 주어진 조건을 새롭게 창조하는 일은 언제나 역사에서 이루어진다고 논문에 썼던대요."

　그 순간이었다. 권진에겐 언제나 순간이 출구였다. 유경의 말이 비친 희미한 출구였지만 재인식에의 어떤 확신 같은 빛이 번쩍하는 순간이었다.

　옳다, 내가 했던 소리를 내가 먹어 버리면 안 되지. 시 빠진 노래도 가능하다고 역사가 말하고 있지 않은가. 비록 그게 형극의 길일지 모르나 다시 시작하자. 어두운 곳에서 슬피 울며 이를 갈지 않으려면 다시 시작하는 길밖에 없다. 언젠가는 '시 빠진 소설'의 원조가 될 날이 올지 누가 아나!

　말은 비단이었지만 권진은 그날도 취생몽사가 되어 유경을 놓쳐 버린다. 해는 지고 소줏집 밖 마당에선 어제처럼 권진의 눈 먼 여행길 길목에서 제자들이 기다린다.

에필로그

"살아서 돌아온 사람을 또 죽일 수 있어요? 지금까지 한 이야기를 확 줄인 후 그것으로 액자를 만드세요. 그리고 그 액자 속에 성형수술 같은 것은 하지 말고 살아온 사람을 그대로 살려서 내게로 가지고 오세요. 등단작으로 고려해 보겠어요."

권진은 두 번 다시 기고만장해지기 싫어서 고맙지만 D의 제안을 잊기로 했다. 비굴이었지만 슬픈 용기였다.

이강숙 소설집 『괄호 속의 시간』 발간을 축하드리며

이문열

작가로서의 이강숙 선생님을 추억하게 되면 나는 언제나 싱클레어 루이스의 단편 「늙은 소년 액슬브롯」을 떠올리게 된다. 예순이 넘어 대학에 가서 손자 같은 녀석들과 대학물을 맛보다 어느 축제의 하룻밤 어린 동급생과의 진지한 대화로 졸업을 갈음하고 '기분을 잡치기 전에' 새벽같이 대학을 떠나는 20세기 초반 미국의 늙은 소년 액슬브롯이 떠오르는 것은 아마도 30여 년 전 선생님을 처음 뵙게 되었을 때 내가 받은 인상 때문일 것이다.

그때 나는 등단 3년 차의 신출내기 작가로 대구에서 《매일신문》이란 지방 신문사에 기자로 있었는데, 어떤 지인의 소개로 이강숙 선생을 처음 만나 뵙게 되었다. 서울대학교 음악대학 교수이자 KBS교향악단 총감독으로 계시는 경북 지역 출신의 선배란 선생님의 간단한 이력에다. 이름난 바이올린 연주자이신 김영욱 씨와 함께 나올 것이란 예고 외에는 달리 들은 바가 없어, 공연히 주뼛거리며 옛날 대구 시청 부근의 '연화장蓮花莊'이란 허름한 요정으로 나갔던 기억이 난다.

지인이 처음 만나 어색해져 있는 자리를 애써 푼다고 풀어 나갔지만 술이 몇 순배 돌 때까지는 서로가 서먹할 수밖에 없는 자리였다. 선생님이 KBS교향악단원들을 인솔해 대구에 내려오셨다는 것은 알게 되었으나, 수많은 대구 사람 가운데 특별히 나를 지목해 만나고 싶어 한 까닭을 몰라 그랬는지도 모르겠다. 하지만 오래잖아 자신의 문학에 대한 열정, 특히 소설에 대한 열정을 쏟아 놓으면서 나는 선생님이 왜 나를 불러냈는지 짐작할 만했다. 그러다가 쉰 가까운 대학교수로서는 드러내기 쉽지 않은 소설 창작에의 포부를 드러내셨을 때 나는 문득 늙은 소년 액슬브롯을 만났음을 알아차렸다. 그때 바로 시작해도 빠르지 않은 등단을 대학 교수 정년 뒤로 예정하고 있다고 수줍은 듯 밝힐 때가 특히 그랬다.

그날의 만남이 시작이 되어 그 뒤 여러 해 이런 자리 저런 자리에서 이따금 선생님을 뵈었으나, 내가 작가로서 한창 요란스러운 세월을 보낼 때라 긴 시간을 깊이 있게 교유할 처지는 못 되었다. 민음사 박맹호 회장님의 친상 때 보은에서 만나 낮술에 취한 채 문상을 끝내고 중앙일보 논설위원이시던 권영빈 선생님, 작가 하일지와 한 차에 올라 서울로 돌아오는 길에 이천의 내 집필실에 들렀던 게 90년대 초에 있었던 마지막 만남이었던 듯싶다. 그 무렵 집

중적인 바둑 공부로 갑자기 급수가 3급이나 올랐다며 기세 좋게 바둑을 두어 가시던 모습이 언뜻 언뜻 떠오른다. 별나 보이던 호승심도.

그 뒤 다시 10년 세월이 훌쩍 지난 뒤 선생님은 현대문학에서 「빈병 교향곡」으로 등단하셨는데, 기사를 보고 선생님의 연치를 계산해보니 예순다섯 대학 정년(그때는 한국예술종합학교 총장으로 계셨지만) 즈음이었다. 나는 「빈병 교향곡」을 찾아 읽으면서 드디어 늙은 소년 액슬브롯이 만년의 자신을 찾았구나, 싶은 느낌과 함께 묘한 감회에 젖었다. 그러나 그뿐 나는 다시 험난한 2천 년대로 휩쓸려 들어갔고, 그 뒤 선생님이 내신 두 장편과 한 소설집을 꼼꼼히 찾아보지 못한 채 자기연민에 허덕이며 앙앙불락한 세월을 보냈다.

이제 다시 10년이 흘러가고 선생님의 두 번째 소설집이 발간되면서 외람되이 내게 그 소설집의 발문이 청탁되었다. 지난 게으름을 자책하며 첫 소설집 『빈 병 교향곡』과 장편 『피아니스트의 탄생』 및 『젊은 음악가의 초상』을 새삼 구해 더듬어 읽고, 또 원고로 새 소설집 『괄호 속의 시간』을 읽었으나 무디어진 내 안목과 신통찮은 기억력에 삼엄한 발문이 어찌 가당키나 한 일이겠는가. 편집자에게 빌고 빌어 발간發刊 축사로 바꾸고 이제 귀한 책 뒤를 몇 줄 어지럽힌다.

선생님의 두 장편이 그러하거니와, 이번에 출간되는 소설집 『괄호 속의 시간』에서도 열다섯 편 가운데 늙음과 황혼의 적막이 배어 있는 두 편 외 나머지 작품들은 선생님이 출발하신 예술가 소설의 범위를 크게 벗어나지 않은 듯하다. 음악과 문학, 아니면 그 둘 모두에 '들린' 영혼들의 상처와 자랑으로 얼룩진 초상이 늙은 소년의 세상을 보는 눈썰미와 일생의 지적 터득을 바탕으로 그려져 있다.

하지만 이번 소설집을 읽으면서 느끼게 되는 것은 30여 년 전에 본 미국소설에서의 늙은 소년의 그것보다는 중당中唐의 시인 맹교 孟郊가 칠언절구 〈과거에 올라登第〉에서 내비치는 감회이다.

봄바람에 뜻을 얻고 말발굽 휘몰아 달려 春風得意馬蹄跌

하루 만에 장안성의 꽃을 다 볼까 하네. 一日看盡長安花

쉰이 넘어서야 첫 벼슬길에 오른 당나라의 늙은 소년이 마흔다섯에 겨우 진사시에 입격한 뒤 읊은 득의의 심경을 이 소설집에서 읽게 되는 까닭은 등장인물들의 나이를 잊은 풋풋한 열정과 정결하면서도 탈속한 미학 때문은 아니었을까.

예술가로서의 이반 일리치

유 준

1

법관으로 그럴듯한 삶을 살아온 한 사내가 있다. 갑자기 병이 찾아와 죽음을 목전에 두게 된 그는 병상에 누워 그 '그럴듯함'의 내부를 면밀히 둘러보게 된다. 그리고는 이런 깨달음에 이른다.

난, 내가 조금씩 산을 내려오는 것도 모르고 산 정상을 향해 나아간다고 믿고 있었던 거야. 정말 그랬어. 세상 사람들이 보기엔 산을 오르는 것이었지만, 실은 정확히 그만큼씩 내 발밑에서 진짜 삶은 멀어져 가고 있었던 거지……. 그래, 이제 다 끝났어. 죽는 일만 남은 거야!

즉 그 그럴듯함의 속살이란 것이 결국 "썩을 일밖에 남지 않은 무르익은 참외"(최승자)에 불과했다는 점을, 그 그럴듯함의 표피를 한 꺼풀만 벗겨내면 온갖 가식과 위선과 허영이 들끓고 있었다는 점을 깨닫게 된 것이다. 이상은 톨스토이의 명작 『이반 일리치의 죽음』을 거칠게 요약해 본 것이다. 이 작품에서 톨스토이는 '어떻게 하면 잘 죽을 것인가?'하는 문제를 다룬다. 톨스토이가 마련해 놓은 답은 간단하다. '잘 살면 잘 죽을 수 있다.' 그렇다면 잘 산다는 것은 무엇인가? 잘 살기 위해서는, 일단 산다는 것 자체, 즉 삶이 무엇인지 알아야 한다. 그렇다면 또, 대체 삶이란 무엇인가? 톨스토이가 찬사를 서슴지 않았던 후배 작가 체호프의 견해부터 먼저 들어보며 에둘러 가보기로 한다. 그의 생각은 이렇다.

삶이 무엇인지 묻습니까? 그것은 당근이 무엇인지 묻는 것과 같습니다. 당근은 당근이고, 아직 그 이상 알려진 것은 없습니다.
　　　　—1904년 4월 20일, 체호프가 올가 크니페르에게 보낸 편지에서

이 말은 대체로 옳지만, 그렇다고 해서 삶의 의미를 탐구하고, 그로부터 잘 살아 보고자 노력하는 일련의 몸짓들이 모두 허무한 제스처로 전락하고 마는 것은 아니다. 체호프 역시도 「개를 데리고 다니는 부인」에서 두 주인공 '안나'와 '구로프'로 하여금 "날개도 꼬리도 잘려 버린 삶, 웬 헛소리 같은 삶"으로부터 벗어나 "제대로 살고 싶어"라고 외치게 만드는바, 여기서 두 인물이 말하는 "제

대로"라는 것은 톨스토이가 이반 일리치의 삶과 죽음을 통해서 그려 보이고 있는 바와 흡사하다. 즉 외부적이고 가시적인 기준에 의해서 재단되거나 휘둘리지 않고, 자신의 내면의 목소리에 귀 기울이며 사는 삶을 말한다. 사회적인 인정이나 경제적인 능력 따위로부터가 아니라 자신의 내면으로부터 주체성의 표지와 존립근거를 마련하는 삶, 고단한 인정認定투쟁의 소용돌이 속에 함몰되지 않고, 인정人情을 나누는 가운데 훼손되지 않은 자신과 타인의 내면이 교류하는 삶 말이다. 죽음의 문전에 이르러서야 이를 깨닫고 후회하는 이반 일리치와는 다르게 우리는 이 평범하고도 난해한 진리를 진즉에 깨닫고, 나아가 그 깨달음을 나날의 삶 속에 고스란히 옮겨올 수 있을까? 그것도 이반 일리치가 살던 시대와는 비교도 안 될 정도로 휘황한 자본주의의 스펙터클이 내면성의 끝없는 위축을 불러오는 이때에?

2

신이 묻는다. 예술 없는 천국과, 예술 있는 지옥 중 어느 곳으로 보내줄까? 나라면 냉큼 천국을 택하겠지만, 이런 질문에 이렇게 답하는 자가 있다.

"에이, 농담도…… 예술 없는 천국이 어딨어요?"

작품을 통해 추측해 본 이강숙의 답변이다. 음악가로서, 작가로서 뮤즈에 사로잡혀 일생을 보내온 전기적 삶도 그렇거니와, 이번 작품집 역시도 예술에 헌신하고, 그 헌신 속에서 천국을 맛보려는 자의 정열이 고스란히 느껴진다. 그런데 그(녀)들에게 예술이 왜 중요할까? 댄디의 배역을 연기하느라고? 나르시시즘의 완성이기에?

그 모든 삶의 주인은 자기가 아니었다고 생각한다.
　　　　　　　　　　　　　　　　　　　　—「괄호 속의 시간」

"저는 다시는 후회스러운 삶은 살지 않기로 했거든요."
　　　　　　　　　　　　　　　　　　　　—같은 작품

후회 없는 주체적 삶을 살기 위해 그들은 "일상이라는 감옥"에서 벗어나 "책을 읽고 글을 쓰기 위해 그토록 혼자가 되길"(같은 작품) 원한다. 즉 이강숙 소설의 주인공들에게 예술—주로 '문학'과 '음악'—은 거짓으로 점철된 현실의 세계에서 벗어나 진정성의 광휘가 비춰 오는 천상으로의 비상을 가능하게 해 주는 날개와도 같다. 즉 이강숙 소설 속 인물들에게 예술은 톨스토이의 이반 일리치에게 죽음(죽어감)이 그러했듯, 내면의 진정성을 추구하며 사는 삶을 꿈꾸게 하는 동력이다.

그러나 그러한 삶을 현실화하기란 나날의 삶이 우리에게 알려 주듯 그리 호락호락한 일이 아니다. 예술가—주로 작가나 음악가―이거나, 예술가를 지망하는 주인공이 있고, 그에 맞서는 인물이 있다. 이 안타고니스트들은 크게 두 부류다. 하나는 그 예술가(지망생)를 좌절하게끔 하는 천재적인 (또는 소위 잘나가는) 다른 예술가. 다른 하나는 예술을 세상물정 모르는 철부지들의 소일거리 정도로 생각하는 부모. 이 두 부류의 적들에 맞서서 자기만의 세계를 구축하려는 자들의 고투가 이강숙 소설의 전반적인 밑그림을 이룬다. 전자에 대한 이야기가 풍문으로 떠도는 모차르트를 향한 살리에리의 질투에 담긴 심리적 동선을 반복적으로 배회하는 선에 머무는 반면, 후자에 대한 이야기는 이반 일리치적 고뇌에 가까이 다가가 있다.

'음들의 얽힘이 낳는 비밀스러운 사건'에 대한 재수의 기대감은 아버지의 지상 목표인 돈이나 출세와는 거리가 멀다. 일상과는 아주 다른 참으로 멀고도 먼 세계다.

―「아까운 꽃」

여기서 '아버지'가 살아생전의 '이반 일리치'라면, 초점화자 '재수'는 죽음을 앞에 둔(그럼으로써 '신생新生'의 의미를 비로소 깨우치게 되는) 이반 일리치라 할 수 있다. 그리고 이는 이 소설집 전체를 관통하는 메인 모티프이기도 하다(대표적으로 표제작 「괄호 속의 시간」에서 그려지는 주인공 'B'와 그의 어머니 '한 씨'의 대립도 같은 테마의 변주이다). 절반쯤은 "'음'들의 얽힘이 낳는 비밀스러운 사건"에, 절반쯤은 "'언어'들의 얽힘이 낳는 비밀스러운 사건"에 주목하며, 그 비밀을 푸는 열쇠를 손에 넣고자 힘겨운 투쟁들을 지속하는 게 이번 소설집 전체를 관통하는 일종의 마스터플롯인 것이다. 그리고 이 투쟁은 돈이나 권력 등 당장의 현실적 가치를 지니지 못하는 모든 것들에 노골적인 멸시를 보내는 출세주의자인 부모(로 대변되는 기존의 현실)와의 투쟁이기도 하며, 자신의 또 다른 내면과의 투쟁이기도 하다. 여기서 중요한 것은 후자다. 전자는 이미 멜로드라마에서 숱하게 반복된 플롯인 반면, 후자는 그런 상투성을 초월해 내면의 두 층위가 서로 길항하며 아이러니적 성찰을 낳기 때문이다.

신고식이 끝난 후 재수를 헷갈리게 하는 대목 하나가 있었다. 신고식을 치를 때 술과 음식을 얼마든지 가져오라고 했던 자신을 재수는 기억했다. 식당에서 자기가 참 사람답게 산다는 느낌을 받았었다는 것도 기억되었다. 그렇다면 문제는 어떻게 되는가. 그동안 돈을 쫓는 사람들을 재수가 얼마나 경멸했던가. 그런데 지금 재수는 돈의 위력에 감탄을 하고 있지 않은가. 재수의 눈에 아버지의 얼굴이 보이기 시작했다. 617호실에서 재수는 이런저런 생각의 틈바귀에서 헤어나지 못하고 있었다. 그렇다면 서울의 B지역 사람들이 재수보다, 말하자면, 삶의 '어떤 차원'에서 뭔가 먼저 깨달았던 사람이란 말인가. 재수 역시 진작부터 돈과 상관되는 여유를 원하고 있었던 것은 아니었을까. 자기에게 그런 여유가 주어질 가능성이 출발지점에서부터 없었기 때문에 미리부터 방어망을 멀리서 쳤던 것은 아니었을까. 방어망을 쳐 놓고 아버지나 B지역 사람들에게 화살을 겨누고 있었던 것은 아니었을까.

—「아까운 꽃」

초점화자 '재수'는 한 기업체 사장의 아들이다. 평소 그는 돈만 밝히는 아버지를 경멸하지만, 아버지 돈으로 호사를 누리며, 그가 경멸하던 세계의 달콤함을 맛본다. 이른바 '예술가 소설'은 때로 '예술(가)=선善·성聖/비예술(가)=악惡·속俗'의 이분법을 너무나 손쉽게 차용함으로써 모든 이분법이 그러하듯 스스로 폭력적인, 즉 비예술적인 모습을 드러내곤 한다. 「아까운 꽃」은 플롯이나 문장이 다소 성기고, 시제의 혼란이 종종 눈에 띄긴 하지만, 이런 사려 깊지 못한 이분법적 인식에서 벗어나 있다는 점에서 주목할 만하다. 즉 이 소설은 세상과의 싸움보다 더 힘겨운 싸움이 때로 자신의 상반된 두 내면이 벌이는 싸움일 수 있으며, 이 싸움을 정직하게 응시하며 제대로 싸워내지 못한다면 세상과의 싸움은 그저 또 다른 자기기만에 불과할 수 있음을 보여 준다.

3

"소설다운 소설 하나만 쓰고 죽는 하루가 되자,라는 생각이었어요. 소설이 뭐기에 죽음과 맞바꿀 생각을 했던 것인지 알지 못했어요. 그러나 사실이 그러했거든요. 하루에 소설 한 편을 쓰자는 생각을 한 걸 보면 벌써 싹이 노랗다는 거 아니겠어요. 등단 6년이 지났는데도 무명으로 남아 있을 만큼 뭘 몰라도 한참 모르는 바보였으니까요. 그러나 소설이 그만큼 저에게 중요했던 건 사실이었던가 봐요."

—「너는 너대로, 나는 나대로」

"소설다운 소설 하나만 쓰고 죽는 하루가 되자"라는 문장을 들여다본다. 일단 이 문장에 대해 "소설다운 소설 하나만 쓰자"라고 써야 좀 더 깔끔한 문장이라거나, "~하루를 보내자"(물론 이 경우에도 '죽는'과 '보내자'가 의미론적 충돌을 일으키긴 하지만)라고 해야 문법적으로 바른 문장이라는 훈수를 둘 수도 있을 것이다. 그러나 나는 이와는 다른 방식으로 이 문장을 대하고 싶다. 서술자와 작가를 혼동하는 것은 대개 어리석은 짓이다. 그러나 대개가 언제나 '전부'의 동의어인 것은 아니다. 이 소설이 만일 등단을 목표로 한 문청의 작품이라면 난 이 단락 전체를 빼 버리라고 말할 것이다. 그러나 평생을 예술적 정령을 좇아 살아온 자가 이런 말을 할 때엔, 그만한 사연이 있지 않을까 하고 귀 기울여 보는 게 그 생을 대하는 바른 자세라 생각한다.

다시 톨스토이 얘기다. 그의 『안나 카레니나』를 읽었을 때 나의 첫 소감은 이런 것이었다. '이것이 내가 쓴 소설이라면, 지금 당장 죽어도 여한이 없겠다.' 난 이것이 유치한 아마추어적 사고라 생각하지만, 프로 예술가들 역시 이러한 아마추어적 열병에 사로잡힐 때가 있음은 별다른 비밀도 아니다. 그리고 그것이 단순히 시기와 질투로 빚은 못생긴 항아리가 아니라면, 언젠가는 잘 빚은 항아리의 동력으로 작용할 가능성도 얼마든지 있다. 움베르토 에코가 『장미의 이름』이나 『푸코의 진자』 같은 소설을 쓸 수 있었던 것도 어디선가 밝혔듯, 커트 보니것, 돈 드릴로, 필립 로스, 그리고 폴 오스터의 소설이 자기가 쓴 것이었으면 하는 마음이 꿈틀대고 있었기 때문일지도 모른다.

"등단 수년째로 여전히 무명"인 '김진오'는 좋은 작품을 쓰고자 하는 열망에 사로잡힌 채로 하루하루를 보낸다. 그러나 작품은 잘 써지지 않고, 동료 작가들의 수상소식은 그를 점점 더 왜소하게 만든다. 이런 상황에서 엎친 데 덮친 격으로 시력마저 점점 더 나빠진다(이를 예술적 재능의 소진을 의미하는 메타포로 받아들일 수도 있다). 그의 열망에 대한 응답은 절망뿐인 것이다. 이 절망은 때로 이런 절규를 낳기도 한다. "내가 소설을 쓰러 왔다. 소설을 어떻게 하면 잘 쓸 수 있냐, 산아, 비밀이 뭐냐. 날 좀 도와다오." 앞서 한 이야기를 반복해 보겠다. 이것이 이십 대 문청의 문장이라면, 반론의 기회도 생략한 채로 난 이 문장을 당장 지우라 할 것이다. 그러나 오랜 세월, 거의 한평생을 예술의 정령을 좇아 일궈 온 한 삶에서 이런 문장이 배어 나온 것이라면 무언가 좀 다른 방식으로 바라보아야 하지 않을까? 이를 두고 그저 '미망'이라 하는 것은 한

생이 품어 온 내밀한 정열과 그 정열을 형상화하고자 하는 노고에 대한 온당한 처사가 아닐 것이다. 불멸의 형식으로 불로초를 구해 오라고 신하들을 닦달하는 권력자나, 그와 별반 다를 바 없이 탐욕으로 불로초를 빚으려 하는 수많은 혹부리 영감들에 비해, 끊임없이 예술적 정열에 사로잡혀 '음과 언어들의 얽힘이 낳는 비밀스러운 사건'의 심층을 탐사하려는 저 젊음의 에너지는 작가의 생물학적 연치를 무색케 한다('비교적 젊은' 축에 속하는 비평가인 나의 내면에선 예술이라는 이름으로 고작 초 하나가 타고 있을 뿐이라는 점을 떠올려 보면, 이강숙의 내면에서 들끓는 저 예술의 활화산은 그저 놀라울 따름이다). 이강숙은 문화훈장을 받은 경력도 있지만, 그의 생의 나이테에 짙은 향취를 돋우는 것은 그런 외재적 칭송이 아니라, 그의 내면에서 여전히 꿈틀대는 완미한 예술을 향한 도저한 정열 자체이다.

지금 내가 쓴 글이 내가 죽은 후에 살아남을 글이 아니고 10년 후에 아무도 읽지 않는, 사장되고 말 글들이라면 지금의 글들 역시 모두 그때의 기고만장과 무엇이 다르겠는가. 살아남을 글들아, 너는 어디에 있느냐. 현재의 삶이 헛삶이 아닌, 죽은 후에도 살아남을 참삶일 수 있는 그런 삶들아, 너희 정체는 무엇이냐.

—「시 빠진 소설」

지금 읽히는 글들의 대다수는 10년 후엔 읽히지 않을 것이다(물론 내 글을 포함해서). 그러나 그렇다고 해서 그런 글들이 전혀 의미가 없는 것은 아니며(이 역시 내 글을 포함해도 될까⋯?), 그런 삶이 "헛삶"인 것은 아니다(당연히 내 삶과 당신의 삶을 포함해서). 무언가를 쓰고 있다는 것, 그 쓴다는 행위 안에 이반 일리치적인 성찰이 동반되고 있다는 것 자체가, 그 글쓰기의 주체가 지금 헛삶이 아닌 참삶을 살고 있다는 강력한 증거이다. 물론 10년 후에도 읽힐 정도의 성취를 보이면 더욱 좋겠지만, 그것 자체가 글쓰기의 목적이 된다면, 다시 말해 유명遺名만이 예술 창작의 유일하고도 절대적인 목적이자 동기가 된다면, 그건 옷만 갈아입은 이반 일리치에 불과하다. 그런 점에서 이강숙 소설의 주인공들은 어느 정도는 안심해도 좋고, 또 어느 정도는 안심하기 이르다. 예술 행위 자체를 자기 진정성의 구현으로 생각하는 경우가 있는가 하면, 인정 투쟁의 소도구 정도로 생각하는 경우 역시 발견되기 때문이다. 중요한 것은 이 둘 사이에서 발생하는 아이러니적 긴장이다. 이 긴장이 좀 더 첨예화되고, 그 첨예화된 긴장이 좀 더 섬세하게 표현되는 지점에서 이강숙 소설은 한 번 더 도약하게 되리라 기대한다.

4

이 글을 쓰는 동안 잠시 휴식을 취했는데, 그때 난 영상물을 하나 감상했다. 2011년 차이콥스키 콩쿠르에서 피아니스트 손열음이 연주하는 모차르트 피아노협주곡 21번. 너무나 아름다워서 모든 모난 것들이 둥글어지고, 투박한 것들이 섬세해지는 느낌이다. 그런 순간들이 있다. 우리가 날아오르는 순간들. 영국의 작가 줄리언 반스의 표현을 빌리면, 그 비상의 방법은 크게 세 가지다. 예술, 종교, 사랑. 이 셋을 하나로 묶는 방법이 있으니, 예술을 사랑하는 종교를 수립하는 것이 바로 그것이다. 그리고 이것이 우리가 이강숙의 소설 속에서 보게 되는 이야기의 대체적 얼개이다. 물론 그것이 늘 미학적으로 축복받은 상태에 있는 것은 아니지만, 환전 가치를 지니지 못하는 대개의 것들이 축복으로부터 소외되는 이 척박한 땅에서, 그의 소설 속 인물들이 예술을 통해 그 대지의 척박을 기름지게 하려 분투하는 모습은 기억될 만하다.

정리하자. 난 소설 창작에 대한 이강숙의 정열이, 그리고 그 열기로부터 탄생한 그의 작품들이 그저 자기도취적 카덴차나 연주회 말미에 붙는 앙코르에 불과하다고 생각하지 않는다. 물론 정열만으로 탄생하는 명작은 결코 존재할 수 없겠지만, 그 정열 자체가 하나의 작품처럼 빛나는 순간은 때로 존재하기도 한다. 나아가 그 정열이야말로, 불멸의 형식 아니겠는가. 현세적 가치의 외압 없이 자신의 삶을 스스로 빚어내고자 하는 한 인간, 회심 후의 이반 일리치로서 자신의 삶을 주체적으로 빚어내고자 하는 한 인간이 그 주체성의 내용이자 형식으로 추구하고 있는 예술적 행보는, 회심에 이르기 전의 이반 일리치와 같은 삶을 살고 있는 우리에게 이렇게 귀띔해 주는 것 같다.

"눈뜨라, 부르는 소리 있도다."

허구적 현실의 스펙터클에 눈먼 채로 자기 소외의 나날을 보내고 있는 우리의 손을 잡고 실로암 냇가로 이끄는 것, 이것이 소설이 맡고 있는 주요 임무라는 사실에는 예나 지금이나 변함이 없다.

누굴까.

옆에 있어도 안 보였어요. 어렸을 적 멀리 서 있을 때 딱 한 번 보
았어요. 저렇게 예쁠 수가 하는 말이 입에서 흘러나온 후 평생을 옆
에 두기로 했어요. 보이다가 안 보이다가 옆에 두었다가 멀리 두었
다가 하면서 평생을 살았어요. 보는 눈 먼 후 마음은 가고 몸만 남
아, 기댈 곳을 찾았더니 바로 내 옆에 그 '누굴까?'가 자고 있네요.

먼 훗날 당신이 찾으시면. 이 노래 소월이 불렀던 노래 같네요.
말기 암 환자에게 먼 훗날이 있을리 없지요. 그러나, 그러나 말이
에요. 그 먼 훗날이라는 말이 좋아, 당신이 찾으시면이라는 말이

또 너무나 좋아 죽어도 나는 그 먼 훗날을 그리겠어요.

 깔끔하네요. 앞뒤가 맞지 않는 거 내가 좋아했거든요. 오늘 아침 친구와의 약속을 잊었어요. 나로선 앞뒤가 맞지 않는 아침이었어요. 나를 얽고 있는 실타래도 없는데 왜 이렇게 깔끔한지 모르겠네요. 죽기 전에 오늘 하루같이 깔끔한 날 있을까 기다리며 살아도 될까요. 가슴속에 숨겼던 말 토해내니, 누굴까. 아이 깔끔해. 다시 열심히 먹어야지.

2015년 4월
이강숙

괄호 속의 시간

지은이 이강숙
펴낸이 양숙진

초판 1쇄 펴낸날 2015년 4월 27일
초판 2쇄 펴낸날 2015년 4월 30일

펴낸곳 (주)현대문학
등록번호 제1-452호
주소 137-905 서울시 서초구 신반포로 321 (잠원동)
전화 02-2017-0280
팩스 02-516-5433
홈페이지 www.hdmh.co.kr

ISBN 978-89-7275-739-9 03810